Dissolution
by C.J. Sansom

都铎疑云

卷一
圣堂之变

[英] C.J.桑森 著
曹茜、王雪梅 译

重庆出版集团 重庆出版社

Dissolution
Copyright © 2003 by C.J.Sansom
Published in agreement with Greene & Heaton Ltd.,
though The Grayhawk Agency.
Simplified Chinese Translation Copyright ©2017 by Chongqing Publishing House Co.,Ltd.
All rights reserved.
版贸核渝字（2015）第144号

图书在版编目(CIP)数据

都铎疑云卷一 / C.J.桑森著，曹茜，王雪梅译.
一重庆：重庆出版社，2017.6
书名原文：Dissolution（The Shardlake Series）
ISBN 978-7-229-11758-0

Ⅰ.①都… Ⅱ.①C… ②曹… ③王… Ⅲ.①长篇小说－英国－现代
Ⅳ.①I561.45

中国版本图书馆CIP数据核字（2016）第272421号

都铎疑云（卷一）

DUDUO YIYUN（JUAN YI）

[英]C.J.桑森 著 曹 茜 王雪梅 译

责任编辑：邹 禾 肖 飒 方 媛
装帧设计：OCEAN
责任校对：郑小石

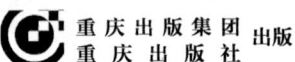
重庆出版集团 出版
重庆出版社

重庆市南岸区南滨路162号1幢 邮政编码：400061 http://www.cqph.com
重庆出版社艺术设计有限公司制版
重庆鹏程印务有限公司印刷
重庆出版集团图书发行有限责任公司 发行
E-mail:fxchu@cqph.com 邮购电话：023-61520646
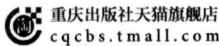
重庆出版社天猫旗舰店
cqcbs.tmall.com
全国新华书店经销

开本：890mm×1230mm 1/32 印张：13.75 字数：368千
2017年6月第1版 2017年6月第1次印刷
ISBN 978-7-229-11758-0
定价：60.80元

如有印装问题，请向本集团图书发行有限公司调换：023-61520678

版权所有 侵权必究

致写作群

简，卢克，玛丽，迈克·B.，迈克·H.，罗兹，威廉
特别感谢托尼，感谢诸位带来的灵感与严酷考验。
献给卡洛琳。

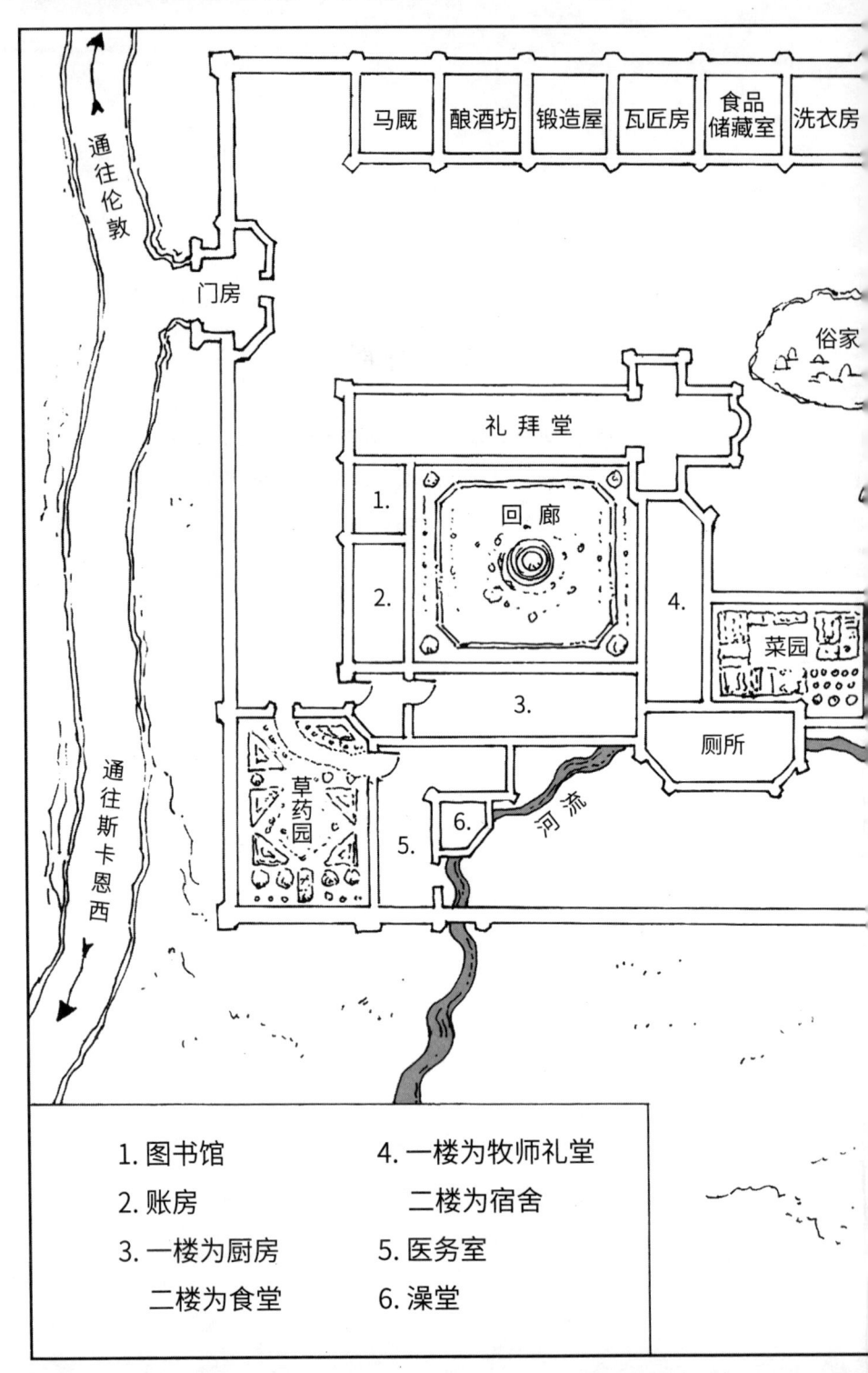

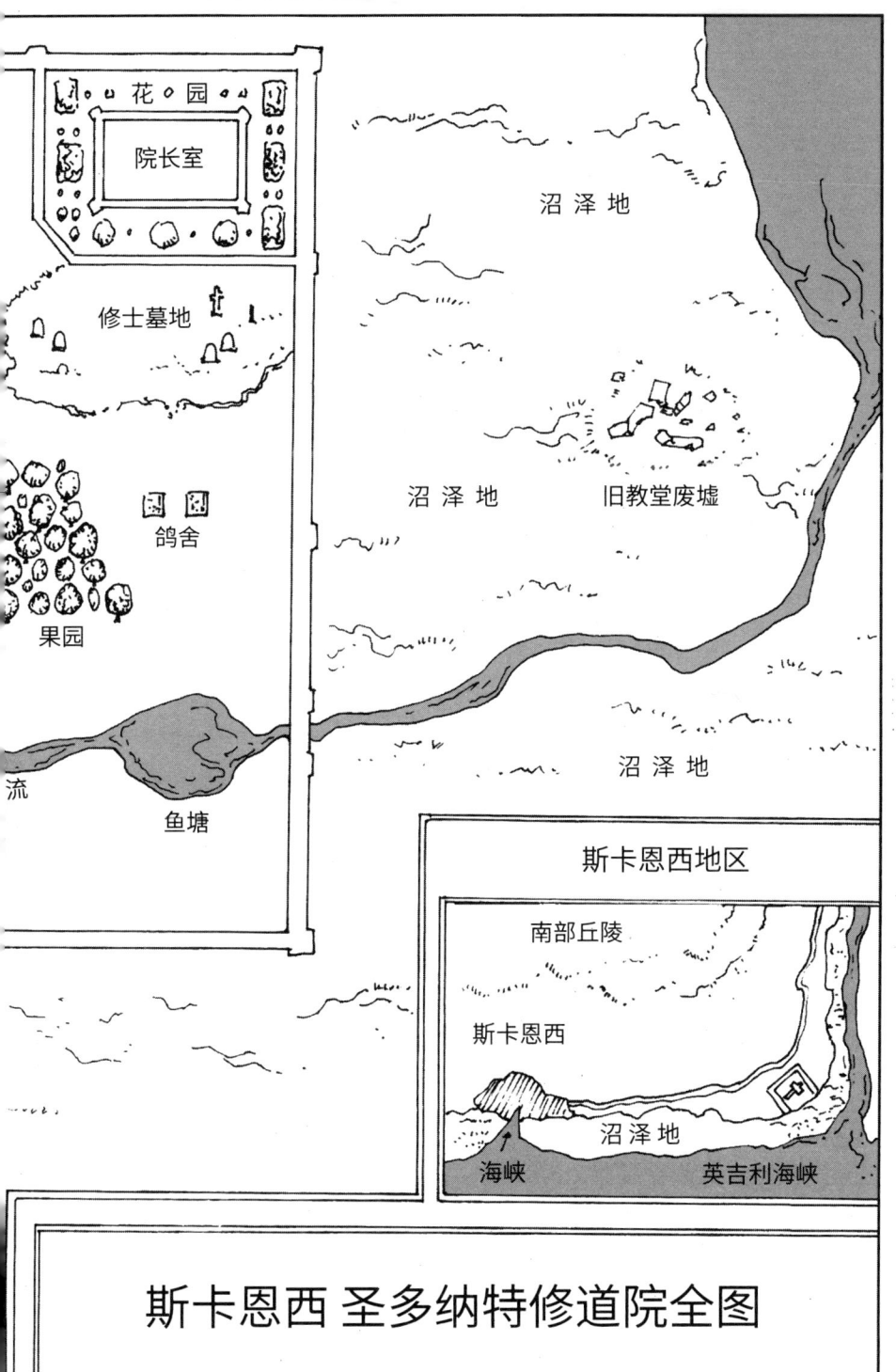

Dissolution

导　言

　　我们曾经在许多的文学影视作品中见识过，英国国王亨利八世因爱上安妮·波琳一怒与结发之妻一刀两断，随即又令新妻步上其后尘的闹剧。这类宫廷八卦无论在古今中外总会成为茶余饭后的谈资——一个疯狂而危险的国王，六名美丽而短命的王后。

　　在国内，亨利八世的轶闻为人所知，大多是因为这充满谈资的后宫之变，对于他婚姻背后的、对英国带来至为深远影响的宗教变革却不甚熟知。

　　时值1533年，英国人民将要迎来他们的国王与教皇史无前例的决裂。上溯至四世纪起，以罗马教廷为核心的天主教势力极大，将国家的税收、政治、学校、医院等均纳入管辖范围之内。受此影响，至中世纪后，王权衰微，天主教势力却发展得空前强大。十六世纪初的英国同样也是一个以天主教为主要信仰的国家，但严格来讲，此时的"英国"只是一个地理概念，而非现代意义上的"国家"。王国的外部主权因受罗马教廷的干涉而不完整，内部主权又因封建贵族拥有独立经济权、军事权、司法权而不能正常运行。教会掌握了国内大面积的土地与大量资源，甚至连国王的日常事务也可插手，包括他的婚姻。

　　此时的亨利八世与西班牙联姻，王后是西班牙公主凯瑟琳。凯瑟琳在政治上颇有才能，同时更是文艺复兴时期人文主义的支持者，但对于亨利八世而言，这位王后在长达二十余年的婚姻里先后生下了六个孩子，可除女儿玛丽公主之外全部早夭，子嗣问题令国王颇为不满。另一方面，从外部原因来说，英西舰队海上争霸，亨利八世亦急于摆脱他这位西班牙王后。

但传统天主教是不允许离婚的，西班牙更贿赂教皇，令亨利八世的离婚动议始终没有得到批准，事态一度陷入了僵局。此时在英国之外，宗教改革运动纷然兴起，不少宗教改革者著书立传，呼吁打破教会的文化垄断，倡导新教思想。

年轻的宫廷女官安妮·波琳——即亨利八世想要迎娶的下一任妻子——积极推动了这一系列运动。波琳试图借改革的势头打破保守的天主教信仰与教皇的压制，于是将威廉·廷代尔的著作《一个基督徒男子所表现的服从》交由亨利八世阅读。在威廉·廷代尔之前，罗马天主教廷不允许私自翻译《圣经》，只认拉丁文版本为正统，廷代尔则是第一位将希腊文和希伯来原文《圣经》译为英文版（未完成）的学者。

书中的宗教改革思潮给了亨利八世提供了一个新的思路。随后，他逮捕了红衣主教沃尔西并将之关押伦敦塔，沃尔西于次年病死狱中后，国会与教士们接连不断的争执开始了，由一场失败婚姻引发的改革波澜，将亨利的反对者们相继送上了断头台。

1533年，亨利八世抛弃结发之妻，与安妮·波琳举行了婚礼。同年国务大臣托马斯·克伦威尔促成国会通过法案，宣布凡是反对国王离婚的教士都会被指控犯下了藐视王权罪。次年11月，国会再次通过《至尊法案》，强调国王亨利才是英国教会领袖，拥有至高无上的权利，至此建立起了以英国国王为首脑的英国教会，推崇新教，并且在这一年开始大量拆除天主教堂和修道院，没收教会财产。厄运从此降临到了英国天主教会头上。

1536年2月，英国议会通过了《解散修道院法案》，规定凡年收入不超过200磅的修道院全部收归国王所有，由国王及其继承人按其意愿动用。

宗教改革运动在英国掀起狂澜，激进的改革引来众怒，信徒们认为国

导　言

王这一行为是异端思想，对亨利八世的不满与日俱增，由此引发了不同程度的暴动。

1539 年，议会又通过了第二个解散修道院的法案，法案将英国所有的修道院包括附属的医院、庄园等统统收归国王亨利八世及其继承者所有，此后，英国的修道院制度彻底坍塌了。

安妮·波琳借着改革之势登上了王后之位，但在那之后，这位平民王后也难逃一死，1536 年 5 月 20 日，在安妮·波琳被处死的第二天，亨利八世与前王后生前的侍从女官简·西摩订了婚。

简·西摩却是一位虔诚的天主教徒，她的上台令某些天主教徒再度看到了一线希望，他们希望她能影响亨利，将英国重新带回天主教的正途。但在《至尊法案》《解散修道院法案》的影响下，宗教改革愈演愈烈，近于一发不可收拾的地步，甚至在北部地区引发了民众叛乱，致使朝野震动。但其后多年，几经波折，新教最终仍然站稳了脚跟，成为了英国主要的信仰，更是打破了教皇对世俗国家的控制。

宗教改革为英国民族国家的诞生带来契机，对信奉宗教的西欧国家来说，亨利八世在英国这一系列的变革，至今仍是一个深深烙印在历史上的大事件。

英国当代作家 C. J. 桑森将目光聚焦于这一冲突激烈的历史时期，为读者带来驼背律师夏雷克系列探案小说《都铎疑云》。桑森本人毕业于伯明翰大学，曾有过多年律师从业经验，其笔下的主角也是一位都铎年代的律师，受皇室指派，进行一系列调查。《都铎疑云》卷一以修道院解散事件作为开端，拉开了都铎背景下一系列惊心动魄的罪案帷幕。

桑森并未描绘已被多次赘述的宫廷风云，而是把笔墨集中于伦敦社会百态，派一名其貌不扬的探案者破获层层谜题。截至目前，《都铎疑云》已在英国出版至第六卷，每一卷的案件均相对独立。作者从律师探案的角

Dissolution

度来反映都铎王朝世间百态，有意一路写到亨利八世驾崩，伊丽莎白女王继位为止。书中的历史细节精细考究，既是虚构，又显真实，被誉为英国国民级作品。

《都铎疑云》系列的每一本几乎都进入过著名推理小说奖"匕首奖"的入围名单，2005 年，桑森凭借该系列荣获"历史匕首奖"，并于 2007 年再次入围"金匕首奖"。同时连续三年进入"匕首图书馆奖"的入围，这一奖项并非专为某本书设置，而是颁发给该作者所有的作品。

该书于全球售出二十二国版权，并畅销两百万册以上，可见无数读者对本系列的喜爱。本社特引进该系列，以飨读者。

编　者

第一章

诏令到达的时候，我正身在萨里，为克伦威尔勋爵办公室出一趟公差。此处一座修道院解散后，其土地被勋爵赏赐给一名国会议员，以作拉拢之用，可是几片林地的地契却失去了踪影。我没费多少力气就查出了地契的下落，事后议员极力邀请我在他家小住几日，我欣然应允。在返回伦敦继续工作之前，能够拥有一段短暂的闲暇，欣赏最后的树叶随风飘堕，是多么惬意的事。斯蒂芬爵士新建了一座比例优美的砖砌华屋，我自告奋勇，要为屋子作画。谁知才绘出草图，信使就骑马赶到了。

这位年轻人从白厅出发，星夜兼程，黎明时分就到达了这里。我认出他是克伦威尔勋爵手下的一名私人信使，心怀忐忑地破开这位首席国务大臣的蜡封，把信拆开来。信是格雷秘书写来的，说勋爵要我立刻赶到威斯敏斯特见他。

乍一想到即将和我的靠山见面、交谈，亲眼看着他坐在那把已经归他所有的权力宝座上，我不禁有些兴奋。过去一年来，我开始感到疲惫，政治、法律、阴谋诡计、勾心斗角，这些统统让人厌倦。更让我忧心的是，克伦威尔这个名字在英格兰全境的风头比国王更甚——传言说，伦敦城里成群结队的乞丐们一听克伦威尔来了，会立马逃得一干二净。还记得当年，我们这群年轻改革者不断在彼此的家中聚会，在餐桌上，我们常常高谈阔论，设想要创造一个怎样的新世界，可如今的世界，和我们当初的构想南辕北辙。我们曾经对伊拉斯谟①深信不疑，以为单凭信心和爱心就能填补不同教派之间的鸿沟，可回应我们的却是 1536 年十月的叛乱，日益增多的死刑，还有对修道士土地的疯狂攫取。

今年秋天雨下得少，交通状况很不错。正因为这样，尽管我身有残疾，骑马不能太快，还是在午后到达了萨瑟克。在乡下生活了一月之久，乍一回来，市集的熙攘喧闹和混杂的气味让我身下这匹名叫"大法官法庭"的老马焦躁不安，我也一样。走近伦敦桥时，我错开眼神不去看那拱门，就在那个地方，众多叛国者的头颅被钉在长长的木桩上，一群海鸥在周围盘旋啄食。我这人一向性情苛刻，就连纵狗逗熊都难以取悦我。

大桥上像往常一样挤满了人，许多商人阶级一身黑衣，为两周前死于产褥热的简王后服丧。桥上有许多楼宇，商贩们忙着从一楼的店铺里搬出货物来。这些房屋就建在河上，离河面如此之近，看着好像会随时翻进水里。楼上的女人们在收衣服，一片乌云正从西面天空飘来，似乎快下雨了。耳边尽是呼朋唤友，说长道短之音，我不禁联想到大树上嘎嘎乱叫的乌鸦，体内的忧郁液②一下子升了不少。

我叹了口气，提醒自己还有职责在身。多亏了克伦威尔勋爵的提拔，我才得以在三十五岁时拥有一份体面的司法工作和一栋舒适的新房。为他办事就是为改革出力，这在上帝眼中是一种荣誉，正因如此，我一直对他信任不改。这种信任无疑很重要，因为他平日的行动指示都是通过格雷传达给我的，他担任首席国务大臣和代理主教已有两年，在这两年中，我从没见过他。我摇动缰绳，指引"大法官法庭"从游人，商贩，扒手和朝臣

---

① 德西德里乌斯·伊拉斯谟（Desiderius Erasmus，约 1466—1536），尼德兰哲学家，16 世纪初欧洲人文主义运动主要代表人物。

② 古希腊医生希波克拉底提出"四体液学说"，认为气质取决于人体内的四种液体，即血液、黏液、黄胆汁、黑胆汁的混合比例，并以何种体液占优势而把人的气质分为多血质、黏液质、胆汁质、抑郁质。

第一章

模样的人中间穿过，走进充斥着人生百态、世间万象的伦敦城。

经过路德门山街时，我留意到一个果摊，被摊子上满堆的苹果梨子勾动了饥肠，于是下马买了几个。我拿起一个苹果喂给"大法官法庭"，就在这时，一条小街上的情景引起了我的注意，大约三十个人围在一个小酒馆外面，不知在兴奋地吼咕什么。我怀疑又有某个学徒在一知半解地读完新译的《圣经》后精神错乱，变成了先知。要真是这样，他可要当心巡官找他的麻烦。

人群边上站着一两个穿戴更为体面的人，我认出其中一个是威廉·佩珀，土地没收法院的律师，和他站在一起的是个穿着花哨开衩背心的青年。在好奇心的驱使下，我牵着"大法官法庭"走进鹅卵石铺就的小街，小心地避开满是尿液的污水沟，朝那两人走去。在我走近佩珀的一瞬间，他蓦地转过头来。

"咦，夏雷克！这段日子没见你在法院跑来跑去。你上哪儿去了？"他转头看向同伴，"请允许我向你介绍乔纳森·密特林，他刚刚从律师学院毕业，幸运地被土地没收法院雇用。乔纳森，这位就是马修·夏雷克大人，英格兰法院最睿智的驼背。"

我朝年轻人欠身致意，没有理会佩珀对我身体状况的调侃。不久之前，我曾在法庭上让他吃过败仗，口若悬河、舌如利剑的律师一直在等机会复仇呢。

"这里发生什么事了？"我问。

佩珀哈哈一笑。"酒馆里有个女人，宣称有一只来自西印度群岛①的鸟，这只鸟能说一口流利的英语。她要把它带出来给大家瞧瞧。"

街面倾斜着伸向酒馆，尽管我身高欠奉，仍然能清楚地看到酒馆门前的情形。一个肥胖的老太婆出现在门口，身上穿着一条沾满油渍的裙子，手里握着一支有三条腿的铁杆。那只我从没见过的怪鸟就站在一根栖木上。它的体形比最大的乌鸦还要大，短短的鸟嘴在尾端弯成可怕的钩状，红金相间的羽毛在肮脏灰暗的街景映衬下显得格外鲜艳，简直要晃花人的眼睛。人群靠得更近了。

"往后退！"老太婆尖着嗓子大叫，"我把塔比瑟带来了，不过你们要是在她周围推来挤去，她是不会开口的！"

有人起哄道："让我们听它说话！"

"我得收辛苦费！"老太婆觍着脸嚷嚷，"如果你们每人朝塔比瑟脚底下扔一法新②，她就说话！"

"我怀疑这是个骗局。"佩珀语带嘲谑，可还是跟着大家一起用力把硬币投到铁杆底部。老太婆从泥地里捡起所有硬币，这才转身面向鸟儿。"塔比瑟，"她命令着，"说'上帝拯救亨利国王！哀悼可怜的简王后！'"

这小动物好像根本没听她说话，两只布满鳞片的脚不停地挪来挪去，玻璃似的眼珠死死盯住人群。过了一阵，它冷不防叫出声来，那音调像极了老太婆："上帝拯救亨利国王！哀悼可怜的简王后！"站在前排的人不自觉地后退了一步，人们不约而同地抬起手臂，慌慌张张画起十字。佩珀吹了个口哨。

---

① 十五世纪末至十六世纪初，意大利航海家哥伦布远航大西洋，发现南、北美洲东南海岸及加勒比海的一些岛屿，误认为是印度。后来意大利探险家亚美利哥·维斯普奇到达南美东海岸后，证明这是一块欧洲人所不知道的"新大陆"。此后，欧洲殖民者就称南、北美洲大陆间的群岛为西印度。

② 法新（farthing）为1961年前英国通用铜币，面值为1/4便士。

第一章

"这事儿你怎么看,夏雷克?"

"我不知道。说不定是骗人的把戏呢。"

"再来一次,"一个人大着胆子叫嚷,"多说一点儿!"

"塔比瑟!说,'教皇去死!罗马主教去死!'"

"教皇去死!罗马主教去死!上帝拯救亨利国王!"怪鸟张开双翅,引得人们一阵惊叫。我注意到它的翅膀被残忍地剪去了一半,也许永远不能飞翔了。鸟儿把钩子似的嘴埋在胸前,开始梳理羽毛。

"明天请到圣保罗教堂前的台阶来,"老太婆大喊,"能听更多!请你们告诉每一个人,你们知道塔比瑟,这只来自西印度群岛的会说话的鸟儿,明天十二点会到那里表演!它是从秘鲁来的,那儿的丛林里有一座巨大的鸟巢城市,成百上千只像塔比瑟一样的鸟儿都坐在城里聊天呢!"她不住地说着,间或停下来捡拾先前漏掉的硬币,说完这番话,老太婆拿起栖木走进酒馆,鸟儿拼命鼓动残破的翅膀来保持平衡。

人群吵吵嚷嚷地散开了。我牵起"大法官法庭"往回走,佩珀和他朋友跟在我旁边。

佩珀一向傲慢,这回竟谦虚起来:"我听过不少西班牙属秘鲁的奇闻轶事。我一直以为你不会相信西印度神话,除非是和圣母玛利亚有关的!"

"这是骗人的把戏!"我说,"你没看见那只鸟的眼睛吗?毫无智慧可言。还有它停止说话梳理羽毛的样子也很可疑。"

"可它说话了,先生,"密特林说,"是我们亲耳所闻。"

"说话和理解话语的意义是两回事。假设这只鸟仅仅是用把话重复一遍的方式来回应老太婆,就和狗听到主人的呼唤跑过去一样呢?我听说松鸦也有类似的本领。"

说话间,我们走到了街口。佩珀咧嘴一笑。

"啊哈,你说得也有道理,教堂牧师用拉丁语布道的时候,人们也不用听懂就能做出回应呢。"

Dissolution

我耸了耸肩。我不习惯对拉丁语弥撒做出抱怨,也不打算陷入宗教讨论中去。

我鞠了一躬。"哎呀,恐怕我必须得先走一步了。我和克伦威尔勋爵约在威斯敏斯特宫见面。"

年轻人一脸惊讶,佩珀则佯装镇定,我爬上"大法官法庭"的背,冷笑着调转马头,走入熙熙攘攘的人潮。在上帝创造的万物中,律师是最饶舌的一种,不过让佩珀传传闲话,叫整个法院知道首席国务大臣私下召见过我,也未尝不是一件好事。但我的好心情并没有持续多久,经过舰队街时,豆大的雨点开始砸落到尘土飞扬的街面上,待我走到坦普尔栅门下时,雨下得更急了,狂风夹着雨点打在我的脸上。我拉起兜帽紧紧拢住,打马冲进暴风雨中。

到达威斯敏斯特宫时,雨势已转作倾盆,雨水像洪流般扑向我。几个路过的骑马人也像我一样在外套里缩成一团,我们彼此大喊,都说自己浑身湿透了。

自从国王几年前搬到位于白厅的新宫殿,威斯敏斯特宫就被王室弃置了,如今主要用于法庭办公。佩珀所在的土地没收法院是个新增机构,主要用于处理一年前被解散的小修道院的财产。克伦威尔勋爵和他日渐庞大的随行官员队伍的办公室也设在这里,这让此地格外拥挤。

庭院里往日总是聚集着一大群身穿黑袍、为羊皮纸上的内容争辩不休的律师,政府官员们则喜欢在僻静的角落里争论或者密谋,可是今天这场大雨把所有人都赶进了屋子,庭院几乎空了。只有几个衣着寒酸的人在土地没收法院门口挤作一团,浑身都湿透了。他们从前是被解散修道院的修士,来这里恳求法院依照法案的约定,把他们转入其他修道院。当值的官员一定到别处去了——说不定就是密特林先生。一个面容高傲的老者仍然

第一章

一身西多会修士打扮,雨水从他的蒙头斗篷上不断滴落。穿着这样的衣服出现在克伦威尔勋爵办公室附近,对他绝对没有半点儿好处。

前修士们大多畏畏缩缩,可是这几个人却以一种十分惊恐的表情盯住不远处的几个搬运工:他们正从两架大马车上卸下东西,靠墙堆起来,不时因为雨水滴进眼睛和嘴巴里而骂骂咧咧。乍看之下,我还以为他们是在替各个法院运柴火,等我停住"大法官法庭"后,才看清他们运的不是柴火,而是玻璃盖匣子、木头和石膏做成的雕像,还有精雕细刻的木制大十字架。这些一定是从被解散修道院搜来的圣物和圣像,它们曾经被我们所有人笃信崇奉,如今却遭到了宗教改革的打压,被人移出圣坛,堆放在瓢泼大雨中,彻底剥落掉神圣的光环。我强压住心中的一丝怜悯,朝那几个修士冷冷点了下头,驱使"大法官法庭"穿过内拱门。

在马厩里,我用马夫给我的毛巾尽可能地擦干了身子,这才走进宫中。我向守卫亮出克伦威尔勋爵的信,他立刻领我离开公共区域,进入迷宫般的内走廊。他把擦得锃亮的长矛竖得老高。

他引我穿过一扇大门,和寻常大门不同,这扇门多出了两个守卫,进门之后,我发现自己来到了一间狭长的大厅,在高处燃烧的蜡烛照亮了整个房间。这里从前是间宴会厅,如今从头至尾摆满了成排的桌子,一身黑衣的书记员们正坐在桌前筛选堆积如山的信件。一个书记员小跑着奔向我,他身材矮胖,手指黑黑的,那是经年累月的墨迹。

"夏雷克先生?您来得真早!"他怎么会认识我?我有些奇怪,但转念一想就明白了,一定有人预先告诉他来访者是个驼背。

"天气很不错……直到刚才为止。"我低头看看腿上湿淋淋的长筒袜。

"代理主教吩咐过我,您一到就带您进去。"

他领着我穿过大厅,途经那些把信件翻得沙沙响的书记员,我们走动

Dissolution

时带起的风吹得桌上的烛火摇曳不定。我突然意识到,我的主人已然织就了一张多么庞大的控制网:国教委员和地方长官皆有各自的情报网,所有与怨愤和叛乱有关的流言,他们都依命上报;每个流言都要严格依法调查,惩罚一年比一年严酷。反抗宗教改革的叛乱已经发生过一次,下一次也许会倾覆这个王国。

书记员在大厅尽头的一扇大门前停住了。他示意我止步,敲门走进去,深深鞠了一躬。

"大人,夏雷克先生到了。"

和前厅相比,克伦威尔勋爵的房间有些昏暗,桌上只摆着一支小烛台,烛焰孤零零地映照着这个阴沉的午后。身居显位的官员们大都喜欢在墙壁上装饰最富丽的织锦,但他的办公室里例外,只有一排排直顶到天花板的壁柜,这些壁柜被分成几百个小抽屉。到处都是桌子和小柜子,上面摆满了报告和名单。宽大的壁炉里燃着一根粗大的圆木,发出噼噼啪啪的声响。

我起初根本看不见人,随后才慢慢辨认出他健壮的轮廓。他站在房间尽头的一张桌子边,托起一只匣子查看里面的东西,眉头皱起,一副轻蔑的神气,两片薄唇组成的阔嘴此刻正往下压,悬在突起的下巴上。他紧闭的嘴唇让我联想到一个巨大的陷阱,也许在某一刻,他会突然张开大嘴,轻轻松松就把某个活物囫囵下肚。他瞥见了我,脸上的表情立刻像变戏法般改了样,笑得亲切友善,还扬起一只手来打招呼。我尽力把腰弯到最低,恭恭敬敬地行了一个大礼,长时间骑马造成的僵硬感让我难受得全身抽搐。

"马修,到这边来。"低沉冷厉的声音发出了邀请,"你在克里登干得非常好,我很高兴看到布莱克·格兰奇事件画上句号。"

第一章

"多谢大人夸奖。"我走上前去,注意到他掩在毛边长袍下的衬衣是黑色的。他察觉到我的目光。

"你听说王后的死讯了吗?"

"听说了,大人。我很难过。"我知道自从安妮·波琳①被处死后,克伦威尔勋爵就投向了简·西摩一族,和他们同坐一条船。

他哼了一声。"国王伤心欲绝。"

我低头看向桌面。出乎我的意料,桌上是一大摞堆得高高的匣子,尺寸不一。这些匣子看上去都是真金白银制成,许多还镶嵌着宝石。透过污迹斑斑的旧玻璃,我能看到放置在天鹅绒垫子上的骨头和布料碎片。我抬头去看那个仍然被他拿在手里的匣子,惊见其中盛放着一个孩童的头骨。他双手高捧着它轻轻摇晃,几颗脱落的牙齿在匣中哗哗作响。伴着这诡异的声响,代理主教大人露出阴恻恻的笑容。

"你会对这些东西感兴趣的。统统都是我特地叫人运来的圣物。"他把匣子放回桌上,指着匣盖上的拉丁铭文,"看看这个。"

我读到:"圣哉芭芭拉。"我又细看匣内的头骨。几缕发丝依然附在头顶上。

"这是圣芭芭拉的头骨。"克伦威尔一边说,一边用力拍了拍匣子,"一个在古罗马时代被亲生父亲杀死的年轻处女。这头骨属于利兹的克吕尼派修道院,是圣物中的圣物。"他又俯身挑出一个银匣子,匣身镶嵌的宝石看着像猫眼石。"还有这个……也是圣芭芭拉的头骨,来自兰开夏郡的包克斯格鲁女修道院。"他粲然一笑,"据说西印度群岛有双头龙。哈哈,我们也有双头圣人。"

---

① 安妮·波琳(Anne Bolexn,1501/1507—1536),英格兰王后,亨利八世第二任妻子。1536年5月2日,安妮·波琳被捕入狱,19日以通奸罪被斩首。11天后,亨利八世迎娶了安妮·波琳生前的侍从女官简·西摩。简·西摩于1537年10月24日去世于产后并发症。

"耶稣基督保佑，"我仔细观察两个头骨，"我想知道他们是谁？"

他又发出一声大笑，啪地拍了下我的胳膊。"哈，真不愧是我的马修，总是锲而不舍地寻找每一个答案。我眼下正需要你这种勇于探索的人才。据我在约克郡的手下说金匣子的造型是古罗马式，不过它即将被扔进塔式炉融毁，其他匣子也都一样。至于这两颗头骨，会被扔到粪堆里。活人不应该崇拜枯骨。"

"这种人多的是。"我看向窗外，大雨仍然倾泻如注，不断冲刷着庭院和还在搬货的工人。克伦威尔勋爵也穿过房间，站在窗前眺望。我突然意识到一件事，尽管已经跻身贵族，有了穿猩红色衣衫的资格，他还是坚持着和我相仿的穿戴，一袭黑袍，一顶黑色平顶帽，跟司法官、书记员差不多。只是他的帽子是丝绒质地，长袍用海狸毛滚边。我留意到他棕色的长发间已然夹杂着银丝。

"我得把那些东西搬进来，"他说，"要干燥才好。下回我打算烧死一个谋逆的天主徒，想用那些木头做燃料。"他转头看着我，露出阴冷的笑容。"到时候人们就会看到，用异教徒信奉的圣像作燃料，根本不能让他少哀号几声，更别说出现上帝显灵灭火的奇迹了。"他的表情又变了，变得很阴沉，"过来坐下吧，我有事和你商议。"他坐到办公桌后面，毫不客气地示意我坐到他对面的椅子上。后背突然一阵痉挛，我疼得瑟缩了一下。

"你似乎精神不振哪，马修。"他用一双棕色大眼细细审视我。这双眼睛就像他的面孔一样，不断变换着表情，如今它们透出的，是冰一样的冷酷。

"有一点儿。路挺远的。"我朝他的办公桌上扫了一眼。桌面堆满了文件，几张纸页上的王室印章在烛光中闪亮。此外还有一对小小的金匣子，好像是做镇纸用的。

"这件事你干得漂亮。"他说，"要是没找到林地契约，这事恐怕要在

第一章

大法官法庭①拖上好几年了。"

"地契在修道院从前的财务主管手里。修道院解散的时候,他把它们收起来了。当地村民显然想趁这个机会,把林地说成是公有的。理查德先生怀疑当地一个对头从中捣鬼,可我怀疑财务主管,因为他是最后一个接触过地契的人。"

"做得好。你的推理很符合常理。"

"我尾随他去了乡村教堂,他已经被任命为村里的教区长了。他很快承认了实情,把契约交了出来。"

"他肯定是被村民买通的。你抓他送审了没有?"

"他没有接受任何好处。我觉得他只是想帮帮村民而已,他们的土地很贫瘠。我当时想,还是息事宁人的好。"

克伦威尔勋爵面色一凛,仰身靠在椅背上。"他已经承认了罪行,马修。你应该把他绳之以法,以儆效尤才对。我希望你不要有妇人之仁。现在是非常时期,我需要狠得下心的人替我办事,听着马修,是狠得下心的人。"他面上霎时怒气勃然,十年以前,当我们第一次见面的时候,我曾经在他脸上见过同样的表情,"这里不是托马斯·莫尔②的乌托邦,一国的无知野人眼巴巴盼着上帝说句好话,让他们过上快活日子。这个国度充满了暴力和混乱,罪魁祸首就是腐败堕落的教会。"

"我知道。"

"天主徒一定会千方百计地阻挠我们建立基督教共和国,我以上帝的血起誓,我会不择手段将他们打垮。"

---

① 指15世纪英国开始建立的隶属于大法官的衡平法法院,用以向当事人提供某些不能从普通法法院获得的法律救济。主角的马与他所住的街道亦与此同名。

② 托马斯·莫尔(St. Thomas More, 1478—1535),欧洲早期理想社会主义学说的创始人,《乌托邦》即为他的传世代表作。1535年7月6日,因反对亨利八世兼任教会首脑而被处死。

"如果让您觉得我徇情枉法，我深感惭愧。"

"有人说你心软，马修。"他低声说，"少了点儿狠劲，少了点儿对上帝的热情，或许还少了点儿忠心。"

克伦威尔勋爵有种特别的手段：牢牢盯着你不放，直到你承受不住这种目光的逼视，垂下眼帘。等你抬起头来，会发现那双棕色眼睛射出的厉光仍然落在你脸上。我感觉一颗心怦怦直跳，只能努力掩藏住心里的困惑和厌倦。幸好我敢肯定，我绝对没把这些想法透露给其他人。

"大人，我依然和从前一样，是坚决的反教会人士。"我口里这么说，心里不由得想起那些当忠诚受到拷问的时候，在他面前信誓旦旦地说出这句答案的人。恐惧像钢叉一样刺着我的心，我深吸一口气，好让自己平静下来，暗暗希望他没有留意。过了好一会儿，他徐徐点头。

"我有个任务交给你去做，以你的聪明才智，很适合担当此任。改革能否成功，就看你怎么做了。"

他俯身向前，挑了一个小匣子拿起来。匣中有一根雕刻精美的银质圆柱，圆柱中央放着一个小玻璃瓶，里头装有一种红色粉末。

"这个，"他低声说，"是圣潘塔莱翁的血，就是被异教徒活活剥皮的那一位。这是从德文郡得来的。据说在他的圣徒纪念日当天，血会液化。每年都有成千上万的信徒到德文郡瞻仰神迹。就为了亲眼看一看，他们不惜用手和膝盖撑地爬行，不惜花费重金求得特权。"他把匣子转了过来。"看到背后的小孔没？这匣子原本是靠墙安放的，那面墙上也有一个孔，一个修士会用吸管往玻璃瓶里挤进几滴有颜色的水。然后瞧吧……圣血，更准确的说是烧棕土，就这么液化了。"

我俯身凑过去，把手指探进小孔里："我听说过这类骗术。"

"这就是所谓的修道。装神弄鬼，偶像崇拜，贪得无厌，还秘密效忠罗马教廷。"他双手翻来覆去地摆弄着圣物，细小的红色碎片簌簌而下，"修道院就是这个王国中心的溃疡，我要把它彻底剜去。"

第一章

"您的计划已经开了一个头。国内的小修道院全都解散了。"

"这只不过是隔靴搔痒。好在从这些修道院搜集到的钱财足够刺激国王的胃口,促使他对真正的财主们开刀了。其中的两百所修道院,居然拥有全国财富的六分之一。"

"有这么多?"

他点了点头。"千真万确。可是去年冬天发生了叛乱,两万叛匪在顿河安营扎寨,要求重建他们的修道院,从那以后,我就不得不小心行事了。国王不希望再有人被迫屈服,他是对的。马修,我需要那些人心甘情愿地投降。"

"但显然他们绝对不会……"

他一脸苦笑。"条条大路通罗马。现在好好听着,这个消息非常机密。"他探过身子,压低声音郑重地说。

"两年前我就开始查修道院的底细了,我已经详细记下了一切可以对他们造成打击的罪证。"他朝四壁的抽屉点头,"全在那里面,鸡奸、私通、鼓吹叛乱,还有秘密变卖财产。我也在修道院里布下了越来越多的耳目。"他冷笑起来。"我原本能把一群修道院院长弄到泰伯恩刑场处死,可我还是按捺性子等待时机,不断施加压力,颁布他们不得不遵从的严苛新禁令。我已经成功地让他们畏惧我了。"他又笑了,突然猛地把圣物抛向空中,再伸手抓住,放回桌上的文件中间。

"我已经说服国王同意我挑选十几个修道院来试点,这样也不用担心会捅出大娄子。两周前我选出几个人去通知那些院长,他们有两条路可走,要么主动屈服,这样修道院里所有的人都能拿到一笔安置费,院长们的会更丰厚;要么就等着被告发。刘易斯修道院的人不识抬举,说了大逆不道的话;蒂奇菲尔德修道院的副院长则供出了几条与他的教友彼得伯勒修道院有关的有力情报。现在看来,一些人已经在我的高压下主动投降,其他人也早晚会明白大势已去,只能安静离去。我密切关注着协商事宜,一切也进展得很顺利。直到昨天。"他从桌上捡起一封信,"你有没有听说过斯卡恩西修道院?"

"没有,大人。"

"没听说过也不奇怪。那是一间本笃会①修道院,坐落在肯特郡和苏赛克斯郡交界处的一个古老港口,港口已经淤塞了。那儿曾经出过丧伦败德的丑事。当地的治安法官是自己人,据他说,修道院院长有贱卖土地的行为。我上周派罗宾·辛格尔顿去了那里,想看看他此行会搅起什么波澜。"

"我认识辛格尔顿,"我说,"我和他曾在法庭上辩论过。他很强势。"我犹豫了一会儿。"但也许不是最好的律师。"

"此言差矣,我要的就是他的强势。我没有这间修道院心怀不轨的确实证据,所以很想看看他此番威逼恫吓能诈出些什么。我还派了一个圣典学者从旁协助他,那位先生是个上了年纪的剑桥大学宗教改革家,名叫劳伦斯·古德汉普斯。"他在文件堆里搜寻一阵,拣出一封信递给我,"这是古德汉普斯寄来的信,昨天早上到的。"

信写在一张从账簿撕下来的账纸上,字迹潦草难辨。

大人:

我匆匆写下这封信,托镇上一个小男孩儿送出来,因为我不敢相信此地的任何一个人。我的上司辛格尔顿被残杀于修道院中,死状极其可怖。人们今天早晨在厨房里发现了他,他倒在血泊中,头被砍了下来。这件事一定是大人的几位大敌做的,可这里所有人都否认此事。修道院教堂已经被亵渎,里面的重要圣

---

① 天主教的一个隐修会,529年由意大利贵族本笃创办,又译本尼狄克派。15~16世纪,因会士到殖民地传教,该会的隐修性质逐渐消失。

第一章

物——"忏悔的盗贼"①的遗骸,连带沾有血迹的钉子都不见了。我将此事告知了柯平格尔治安官,我们命令修道院院长不要声张。事情一旦闹得满城风雨,我们担心会出大乱子。

  大人,请您对我施以援手,告诉我应该如何行事。

劳伦斯·古德汉普斯

"一个特派员被杀了?"

"事实就是如此。老人家好像被吓坏了。"

"可如果杀人凶手是位修士,这件事只会给修道院带来灭顶之灾。"

克伦威尔闻言点头:"我明白。凶手多半是一个精神错乱者,一个与世隔绝的疯子,他对我们是憎恨多于畏惧。但你能看出事件背后的含义吗?我要这些修道院向我屈服,是开了一个先例;而'先例'是英国法律和处事方法的基础。"

"而这次事件开了另一种先例。"

"对极了。国王的权威受到了打击……这点毫不夸张。老古德汉普斯让当事人保持沉默的做法是对的。如果事情张扬出去,可以想见国内各家修道院里的狂热分子和疯汉们又会想入非非,蠢蠢欲动了。"

"陛下知道这件事吗?"

他死死地盯住我:"如果我说了,陛下势必大发雷霆。他也许会派兵到修道院去,把院长吊死在塔顶上。这么一来,我的计划就完蛋了。我需要秘密地尽快解决这件事。"

我能猜出他接下来会说什么话了。我挪了挪身子,希望缓解背部的疼痛感。

---

① 耶稣被审判时,有一个名为巴拉巴的大盗与他一同接受审判。后耶稣被钉在十字架上,鲜血滴落下来,令巴拉巴悟道忏悔。

"我希望你到那儿去一趟,马修,立刻就去。我授予你代理主教特派员的身份,此事将由你全权负责。你有权下达任何命令,动用任何资源。"

"这个任务派给经验丰富的特派员去做不是更好吗,大人?我和修士们一向没有公事上的往来。"

"你受过他们的教育,很清楚他们的处事方式。我的特派员们一向只知强攻,不知智取,而这件事恰恰需要些手段。你可以信任柯平格尔治安官。我从没见过他,不过我们时常通信,据我所见,他是个强有力的改革者。但千万别让镇上其他人知道这事。幸好辛格尔顿没有家眷,我们不必为应对亲属伤脑筋。"

我深吸了一口气:"我们对这家修道院了解多少?"

他翻开一本大书。我认出这是《发现》,一份写于两年前的修道院视察报告,其修订版曾在国会当众读过。

"这是一座由诺曼底人建立的大型修道院,拥有大片的地产和豪华的房屋。修道院的修士只有三十个,佣人却多达六十个……他们真是充分发挥了本笃会修士的本色。据前去视察的人说,教堂的装饰奢华得过分,摆满了石膏圣像,里面还供奉着或者说曾经供奉着和耶稣一起被钉死在十字架上的'忏悔的盗贼'的遗骸。那是一只被钉在木块上的手——据说木块是钉死他的十字架的一部分。很多人愿意长途跋涉去那里朝圣,传说参拜这件圣物可以治愈残疾。"他不自觉地扫了我的驼背一眼,人们提起残废时总会这么做。

"这大概就是古德汉普斯提到的圣物了吧。"

"正是。我的视察者们曾在斯卡恩西发现了一个鸡奸者聚集的淫窝,这种事在这些藏污纳垢的地方发生得够多了。上了年纪的副院长是主犯,东窗事发后被逐出修道院。按照新法,鸡奸者会被判处死刑,这是个不错的施压点。我希望辛格尔顿去看看这方面的情况,同时调查一下柯平格尔告发的卖地行为是否属实。"

第一章

我思索了一会儿："情况错综复杂，有些棘手。"

克伦威尔勋爵点了点头："的确如此。我已经派人把委任状送到你家去了，一道送去的还有《发现》的相关部分。我希望你明天一早就动身。那封信已经写成三天了，你赶到那里又得花三天。这个季节的威尔德恐怕已经变成沼泽地了。"

"今天之前。今年的秋天还很干燥，雨可能两天后就停了。"

"那就好。不要带仆人，也不要对任何人提起，除了马可·普尔。他还住在你家里吗？"

"住着呢。我不在时，都是他替我处理事务。"

"我想让他陪你去。有人和我说他头脑灵活，有这样的人才做你的臂膀或许是件好事。"

"可是大人，此行也许会有危险。而且恕我直言，马可的宗教热情不高——他不会明白这一切事关重大。"

"他不需要明白。只要他忠心耿耿，照你的吩咐办事就是了。而且这说不定能帮助年轻的普尔先生重新受法院聘用——在那件丑闻之后。"

"马可是个傻子。他应该清楚，像他这种阶层的人，是不可能和爵士千金相爱的。"我叹了口气，"可他实在太年轻了。"

克伦威尔勋爵哼了一声。"要是国王知道他干了什么好事，会让他挨鞭子的。饶过他也是给你留点儿面子，毕竟举荐他到法院工作的人是你。"

"这是出于家庭责任，大人。这责任很重要。"

"如果他在这次任务中表现出色，我可以叫里奇同意他重新做回书记员——当初还是你求我给他这个职位的。"他尖刻地补充道。

"多谢您，大人。"

"我得马上赶到汉普顿宫去，我必须努力劝服陛下打理朝政。马修，你要检查从修道院寄出的每一封信，确保消息不会外泄。"

他起身绕过桌子，来到随他站起来的我面前，搂住了我的肩膀。这是大家公认的亲昵姿态。

"尽快找出罪犯，但一切要注意低调。"他笑了笑，伸手拿了一样东西递给我。这是一个小小的金盒子，里头也放着一个小玻璃瓶，圆形瓶身中装有一团黏稠的白色液体，玻璃上斑斑点点，全是黏液的痕迹。"顺便问一下，你对这东西怎么看？你或许能够窥破其中的门道。我不行。"

"这是什么？"

"这件东西在比尔斯顿女修道院放了整整四百年了。据说这是圣母玛利亚的乳汁。"

我厌恶地低呼了一声。克伦威尔哈哈大笑。

"让我惊奇的是，他们竟然能想出有人从圣母玛利亚那里取到过乳汁这种天方夜谭。不过你看看，瓶里的东西一定新近更换过，否则是不能保持液态的。我原以为能在盒子背后看到小洞，就和那个装圣血的匣子一样，不过它似乎是完全密封的。你怎么认为呢？来，用这个看看。"他递给我一只珠宝商专用的放大镜，我仔细查看盒子，搜寻小孔的痕迹，可是一无所获。我不死心地在盒子上又按又戳，想找到暗铰链，但还是白忙一场。我最终摇了摇头。

"我看不透其中的玄机。盒子看上去是完全密封的。"

"真可惜。我还打算把它呈给陛下呢，陛下看了一定会开怀的。"他陪我走到门口，一手开了门，另一条手臂仍然环住我的肩膀，这下书记员们都该看出他对我宠幸有加了。就在离开房间的一瞬间，我再次警见了那两个龇牙咧嘴的头骨，烛光在它们陈朽的眼窝中跳跃。大人的手还是没有放下，我只能生生压制住颤抖的冲动。

第二章

　　谢天谢地，雨终于在我离开威斯敏斯特宫的时候停了。暮色缓缓降临，我骑着马慢慢往家赶去。克伦威尔勋爵的话让我胆战心惊。我意识到自己已经逐渐习惯了蒙受恩宠，一想到有朝一日也许会被克伦威尔勋爵冷落疏远，就不寒而栗。可是与此相比，我更害怕的是他竟然质疑我的忠诚。看来我得在法院里管好自己的嘴。

　　那年年初，我在大法官法庭街购置了一栋宽敞的新房。这条宽阔的大街和皇家法庭，以及我的老马同名。这是一座气派的石砌房子，窗户全用玻璃，价格自然不菲。我的管家琼·沃德替我开了门。这个跟随我多年、心地善良、成日里忙忙碌碌的寡妇站在门口，热情地迎接我。她乐于像妈妈一样无微不至地照顾我，我对此并不反感，虽然她时常逾越管家的本分。

　　我有点儿饿了，不过现在还不到吩咐沃德准备晚饭的时候，因为我要先去客厅一趟。我曾经花了一笔钱，在客厅的墙板上绘出一幅古典森林图，为此自鸣得意，以这个房间为傲。我进去时，客厅的壁炉里正烧着一堆木头，马可就坐在旁边的凳子上。他此刻正在做一件奇怪的事情。他把衬衣脱了下来，露出白净结实的胸膛，专心致志地往衣领上缝扣子，这些扣子是玛瑙做的，刻着别致的浮雕图案。十几根穿着细长白线的针扎在他的科多佩斯①上，这夸张的遮挡布可是从前的流行服饰呢。我极力忍住快

---

①　一种膨胀的男式短裤，中间用一块楔形布挡住裆部，这块布就叫科多佩斯。

要冲口而出的大笑。

他像往常一样咧嘴一笑,露出两排亮白的牙齿,比起那张嘴,这些牙齿未免显得太大了。

"先生,我听说你回伦敦了。克伦威尔勋爵派信使送来一个包裹,还说你回来了。原谅我不能起身,我怕这些针会滑到地上。"他虽然在笑,眼神中却有戒备——如果我见到克伦威尔,他的耻辱很可能被再次提起。

我含糊地答应着。我留意到他的棕发被剪短了,亨利国王为了掩饰日益严重的秃顶剪短了头发,还命令法院所有人也把头发剪短,短发由此成为时尚。这种新发型很适合马可,不过我还是决定留长发,这和我消瘦的面容更相衬些。

"怎么不让琼帮你缝呢?"

"她忙着为迎接你回来做准备呢。"

我从桌上拿起一本书:"我猜你在看我的马基雅维利①。"

"你说过我闲来无事时可以看看。"

我坐到软垫扶手椅上,长叹一声:"那你喜欢他吗?"

"不太喜欢。他劝君王使用残暴和狡诈的手段。"

"他认为这些手段是维护统治的必要手段,而古典学者们往往过于理想化,忽略了现实生活。'一个被无法无天的野心家包围的君主若想施行仁政,最后的结局只能是灭亡。'"

他咬掉一段线头:"真是一句饱含痛苦的格言。"

"马基雅维利就是个痛苦的人。他在遭到美第奇家族掌门人的关押折磨后写成了《君主论》,还把此书献给了后者。你要是回到威斯敏斯特宫,最好不要告诉其他人你读过这本书,那里的人不认可它。"

----

① 纪可罗·马基雅维利(Niccolo Machiarelli,1469—1527),意大利政治思想家、文学家、剧作家,近代政治思想的主要奠基人之一。

第二章

他听出了话中的暗示，抬起头看着我："我可以回去？难道克伦威尔勋爵已经……"

"也许吧。我们吃饭时再接着谈。我有点儿累了，要休息一会儿。"我撑着椅子扶手吃力地站起来，走出了客厅。做点儿女红对马可来说不是坏事。

琼一直在忙活；我房间壁炉里的火烧得旺旺的，床上铺好了羽毛褥子。一支蜡烛被点燃放在桌上，蜡烛旁边就是我最宝贵的东西，新近发行的英文版《圣经》。在温暖的光晕中，它静静地躺在那里，成为房间中最醒目的存在，我的目光立刻被它吸引住，心也慢慢平静下来。我翻开书本，手指在这哥特式印刷物上流连，平滑的书页在烛光中闪亮。书旁放着一个装文件的大包裹，我拿出匕首割开封印，坚硬的蜡随之裂开，红色碎片簌簌地落到桌上。里面有一封克伦威尔勋爵亲手写的委任状，字迹刚劲有力，一本《发现》的合订本，还有一摞与视察斯卡恩西修道院有关的文件。

我默默地站着，透过钻石形玻璃窗格，能看到被围墙环绕的草坪，那是我家的花园，在昏暗的天光中，园中一派安谧宁静。我多希望能留在这里，留在温暖舒适的家中，等待冬天来临。我叹了口气，躺上了床，感觉到疲劳的背部肌肉在缓慢放松的过程中不断抽搐。明天早上，我又得开始一段漫长的骑行，后背的疼痛一年比一年剧烈，骑马对我来说也一年比一年艰难。

我三岁时就落下了残疾。我的背在逐渐前倾的同时又向右偏，用什么支架都不能矫正。到了五岁的时候，我成了个真正的驼背，这怪异的模样一直保持到今天。我总是嫉妒那些住在农场附近的男孩儿女孩儿们，他们可以自由地奔跑嬉戏，而我什么也做不了，只能像螃蟹一样侧着身子小跑，受他们嘲笑。我时常向上帝哭喊，控诉命运对我不公。

我父亲在利奇菲尔德附近经营一个农场，农场拥有大片耕地，还养了不少绵羊。我无法子承父业的现实给了他很大的打击，因为我是他唯一存活的孩子。他从没因为我身体残疾而责怪过我，这愈发使我察觉到他的悲伤。直到有一天，他小声告诉我，等他老得没法再干农活了，会任命一个农场管理员，在他百年之后，这个人也许能为我工作。

我十六岁那年，管理员来了。那年夏季的某一天，威廉·普尔出现在我家里，我清楚地记得自己当时是如何强压住心中汹涌的怒气。他是个身材高大的黑发男人，脸色红润，神情开朗。他生硬地握住了我的手，我觉得他的手是如此有力。我被引荐给他的妻子，一个肤色苍白的漂亮女人，接着是马可，他当时还是一个蹒跚学步的孩子，身体结实，头发乱糟糟的，紧紧抓住女人的裙子，把脏兮兮的拇指含在嘴里盯着我。

那时我去伦敦律师学院读书的事已经定下来了。如果一个人希望儿子将来能有份体面的收入，而这个儿子还算聪明的话，送他去读法律是个很有前途的选择。我父亲说，去伦敦求学不但能学得赚钱的本领，而且法律知识总有一天能帮助我监督管家对农场的管理。他以为我将来会回到利奇菲尔德，可我再也没有回去。

我在1518年到达了伦敦，就在此前一年，马丁·路德[①]在威登堡教堂大门上张贴了对教皇的质疑。我还能回忆起初到时的艰难，首都的喧嚣、拥挤，尤其是那终日弥漫的臭气，让我无所适从。但我很快在班级和宿舍中找到了好伙伴。当时连日的辩论已经在学院展开，普通律师们据理力

[①] 马丁·路德（Martin Luther，1483—1546），16世纪欧洲宗教改革倡导者，自1517年开始，他坚决抗议罗马天主教会，发起并领导的宗教改革运动席卷了整个欧洲。

第二章

争,反对教会法庭的无孔不入。我支持一部分人所说的,国王法庭独有的权力被剥夺了——有人为一份合约的含义起了争执,或者互相诋毁,干领班神父何事呢?这不过是人们为了名利你争我夺的俗欲罢了。教会渐渐变得像一条巨大的章鱼,将触须伸向国民生活的每一个角落,其所作所为都是为了利益,完全违背了《圣经》的权威。我在拜读了伊拉斯谟的著作之后,开始以一种全新的眼光来审视我少年时对教会稚弱无知的膜拜。我曾经因为个人原因对修士们怀恨在心,如今我总算明白,我的仇恨极其有理。

完成学业之后,我开始四处交际,希望谋得一个职位。我发现自己在法庭辩论上有意想不到的天赋,也借此获得了较为正直的法官们的赏识。国王为了他与阿拉贡的凯瑟琳的婚姻是否无效这个问题,和教宗争执不休,到了1520年末,此事开始在公众中引起骚动。与此同时,我经人引见,结识了托马斯·克伦威尔,他当时和我一样是个律师,后来他平步青云,成了红衣主教沃尔西的手下。

我是通过一个非正式辩论社团认识他的,这个社团的成员都是心怀理想的改革派,他们通常在伦敦一家酒馆里集会。集会自然是秘密进行的,因为我们阅读的许多书都是禁书。在那之后,他开始引荐我经办一些来自政府部门的事务,从此我踏上了一条全新的道路,开启了未来事业的起点。我鞍前马后地追随克伦威尔,见证他取代沃尔西,成为国王的秘书,接着成为理事长,代理主教,一路扶摇直上,以国王为靠山,从始至终坚持着全面的宗教激进主义。

他开始要求我去为那些受他庇护的人解决法律纠纷——他建立了一个庞大的关系网——我由此正式成为了"克伦威尔的人"。所以四年之后,当我父亲来信询问我能否在由我主人控制的日益膨胀的政府机构中替威廉·普尔的儿子谋个职位的时候,我毫不犹豫地答应了,因为我有能力办到。

Dissolution

马可把到达的时间定在了1533年春天，他想看看新王后安妮·波琳的加冕礼。他非常喜欢那场盛大的典礼，不过后来有人引导我们相信，这个典礼的女主角是个女巫和私通者。他那年十六岁，和我来到南方时一样大；个头不高，但体格强健，天使一般的光洁面庞上生着一对大大的蓝眼睛。这张面孔让我想起了他的母亲，只是他淡蓝色的眼中流露出一丝谨慎，这是他母亲所没有的。

我承认，在他刚到我家的时候，我一心盼望他尽快搬出去。我不希望做这个男孩儿的代理父母，如果他在我家长住，我一定很快会变得暴躁不安，用力摔门，把报纸扔到地上，气得面孔扭曲，身子发抖，直后悔自己为什么要和家里保持联系。我不停想象着我那可怜的父亲满心希望他的儿子是马可，而不是我这个残废。

可这个念头在不知不觉中淡去了。他并不是我想象中的乡下野孩子；相反，他文静平和，彬彬有礼，还懂得基本的礼仪。刚来这里的时候，如果他在着装或餐桌礼仪上出了错，他还会幽默地自嘲。据他的同事们报告，他在我为他争得的初级书记员岗位上兢兢业业地工作，最初在财务大臣法院是如此，后来到了土地没收法院也是如此。我准许他在我家来去自如，只是要他记住一点：即使和同事结伴去了酒馆和妓院消遣，回到家也绝不准大吵大闹地撒酒疯。

我不自觉地慢慢喜欢上他，当在法律和现实中遇到让人费解的难题时，我会让这个头脑灵活的男孩为我出出主意。如果说他有什么缺点，大概是不够勤奋，不过他这人知错就改，通常几句重话就能让他警醒。我以前想，父亲也许希望能有个像他这样的儿子，我曾为此怨恨过，可现在不恨了，我反倒希望他是我的儿子。我不确定自己将来能不能有儿子，因为可怜的凯特已经在1534年的那场瘟疫中丧生。我为她戴上了一只骷髅头图案的纪念戒指，至今没有摘下。如果她还活着，一定早已嫁做他人妇，但她死去了，这使我能够毫无避忌地怀念她。

第二章

一小时后,琼叫我下楼吃晚饭。餐桌上摆着一只肥大的阉鸡,配菜是胡萝卜和芜菁。马可安静地坐在自己的座位上,他又穿上了那件衬衣,外套一件上好的棕色羊毛夹克。我注意到夹克上装饰了更多的玛瑙纽扣。我做完饭前祷告,从阉鸡上切下一条鸡腿。

"哎,"我率先开口了,"克伦威尔勋爵有让你回土地没收法院的意向。不过在此之前,他希望你先协助我完成一件他安排的工作,事成之后,我们就能知道你回不回得去了。"

六个月前,马可和简王后的一名侍女闹出了风流事。那姑娘才十六岁,根本没有在宫廷生存的经验和智慧,完全是被她那些野心勃勃的亲戚们硬推到宫里来的。到头来,她给他们带来的不是荣耀,而是耻辱。她一向喜欢在白厅宫和威斯敏斯特宫里四处闲逛,直到有一天,她发现自己来到了威斯敏斯特大厅,置身于一群书记员和律师中间。也就是在这里,这小荡妇结识了马可,两人在一间空置的办公室里成就了鱼水之欢。事后她有些后悔,无意间把两人的私情说给了其他侍女知道。事情被层层上报给了内廷大臣,姑娘被赶回家,马可也遭到了王室高级官员的审讯。色胆包天的小子这才意识到自己陷入了水深火热之中,突如其来的变故让他又惊又怕。尽管怒其不争,我还是很可怜这个被吓坏了的孩子,他毕竟还年轻。我知道克伦威尔勋爵对这类不检点的罪行处置颇为宽容,厚着脸皮求他出了面。

"谢谢你,先生,"他说,"我真的对自己的所作所为感到抱歉。"

"你算走运了。我们这种身份的人一旦犯错,是很难得到第二次机会的。以后别再干那种事了。"

"我知道。可、可她是那么热情大胆,先生。"他勉强笑了笑,"我只是一个有七情六欲的凡人。"

"她不过是个傻姑娘。你的一时放纵可能会让她怀上孩子。"

"如果她真怀孕了，只要国王允许我们的阶层通婚，我一定会娶她为妻。先生，我不是个没有担当的人。"

我把一块鸡肉塞进嘴里，朝他挥了挥手中的餐刀。关于这个问题我们已经争论过无数次了。"这是不可能的，你的头脑未免太简单了。阶级差异意味着一切。听着，马可，你已经在政府工作了四年，应该知道其中的门道。我们是平民，必须牢牢守住自己的地位。一些出身低微的人，比如克伦威尔和里奇，能在国王手下官居要职，但不过是因为国王选择让他们坐上了那个位子。他可以抬举他们，也可以在一夕之间把他们打回原形。如果内廷大臣把你的事告诉了国王而不是克伦威尔勋爵，你早进伦敦塔了，免不了挨一顿鞭子，留一身终身不退的疤痕。我害怕这种情形发生，你是知道的。"事实上马可东窗事发之后，我经历了好几个不眠之夜，只是从来没有对他说起过。

他看上去有些沮丧。我把手伸进洗手盅里洗净。

"好啦好啦，这回事情可能会平息的。"我刻意让语气听起来更温和些，"公务处理得怎么样了？费达巷的产权转让书准备好了吗？"

"准备好了，先生。"

"吃完饭拿给我看一看。我还要读读其他文件。"我放下餐巾，严肃地看着他，"明天我们得出发到南部海岸去。"

我详细解释了我们的任务，只是丝毫没有提及它的政治意义。当我说到谋杀事件时，马可的眼睛倏地睁大，那个行事义无反顾的热血青年又回来了。

"此行可能会有危险。"我警告他，"我们根本不知道到了那里之后会发生什么，必须做好应对各种情况的准备。"

"您似乎很忧虑啊，先生。"

"这次任务责任重大呀。坦白地说，我现在更希望待在家里，而不是

第二章

千里迢迢地赶到苏塞克斯去。那里荒凉偏僻,我们得穿过威尔德地区才能到达。"我叹了口气,"可我们必须像以赛亚一样一往无前,为了耶路撒冷努力奋斗。"

"如果您成功了,克伦威尔勋爵会重赏您的。"

"对。而且我还能继续得到宠幸。"

我的话让他惊讶地抬起头,我明智地决定转换话题:"你从没去过修道院是不是?"

"是。"

"你念的是文法学校,没有怀疑大教堂学校的机会。实话告诉你,僧侣们教授拉丁文古书,可其实他们自己也看不大懂,因为他们的拉丁文水准低得可怜。幸好我脑子灵光,否则恐怕会变成和琼一样的文盲。"

"修道院真和传言中一样腐败吗?"马可问。

"你看过黑册子吧,上面全是修道院视察情况的节选。这本书到处有人兜售。"

"大半伦敦人都看过了。"

"是啊,那些不守清规的修士们的破事,大家最爱看了。"琼端着一份牛奶沙司走了过来,我立刻住了嘴。

"但是这本书写得没错,他们的确很腐败。"等她一走我就继续说,"我以前读过圣本笃的制度,制度规定修士的生命要奉献给祈祷和劳动,远离俗世纷扰,还原最本真的生活,然而大部分本笃会修士都住着华屋广厦,仆役成群,他们靠地产获得丰厚的收入,衣食无忧,无恶不作。"

"据说加尔都西会修士生活简朴,被押到泰伯恩刑场剖腹砍头的时候,他们非但不畏惧,反而一直唱着欢快的圣歌。"

"噢,一部分人的确恪守戒律。可是不要忘了,加尔都西会修士之所以会死,是因为他们拒绝承认国王是教会最高领袖。他们统统希望教皇回归。而且现在看来,他们中的某个人可能开始用谋杀手段了。"我轻叹一声,"很抱歉把你卷进来。"

"无谓的勇者不该害怕危险。"

"一个人应该随时随地对危险保持警惕。你还在上剑术课吗?"

"是的,格林老师夸我进步很大。"

"太好了。如今僻静的路段上到处都是身强力壮的懒丐。"

他沉默了一会儿,若有所思地看着我:"先生,我为自己可以重回土地没收院而感激,可我不希望这个法院成为以权谋私的温床。半数的土地都归入理查德·里奇和他的党羽名下了。"

"你太夸大其词了。这是个新机构,既然之前人们宣誓效忠,事成之后兑现承诺给点儿好处是理所当然的,你对此要有心理准备。权术就是这样,恩威并施。马可,我知道你向往理想的世界,可你要当心祸从口出。你有没有重读莫尔的《乌托邦》?克伦威尔今天还向我引用了里面的句子。"

"乌托邦给了你改善人民处境的希望。可意大利人让你绝望了。"

我指了指他的夹克:"啊哈,你要是想当乌托邦的居民,就该把这身好衣服换成普通的粗布衬衣。顺便问一句,这些纽扣上的图案是什么?"

他脱下夹克递给我,只见每颗纽扣上的微雕都一模一样:一个男人手执一把剑,搂住一个女人,两人旁边有一头雄鹿。真是纤毫毕现,栩栩如生。

"这是我在圣马丁市场淘来的,价格很便宜。不是真玛瑙。"

"我看出来了。不过这图案有什么意义?噢,我知道了,忠诚,因为有雄鹿。"我把夹克还给他,"有象征意义的图案现在成时尚了,害人冥思苦想也不得其意,真是累得慌。这世上明明有好多真正的奥秘。"

"可你也画画啊,先生。"

"要是有时间我会画一画。但如果要画,我会试着用自己的微末技艺,向人们展示更直观、清晰的东西,就像绘画大师荷尔拜因那样。艺术的使

第二章

命是剖析我们生命的奥秘,而不是将这些奥秘进一步封闭起来。"

"你年轻时没有过这种幻想吗?"

"当年可不时兴这个。也许有过一两个吧。"我突然想起《圣经》里的一段话,在引述时,心中略略有些悲伤,"'我做孩子的时候,心思像孩子;既成了人,就把孩子的事丢弃了'。好了,我得走了,还有好多东西要看呢。"我僵硬地起身,他赶紧走过来扶我。

我有些恼怒地说:"我自己能行。"后背突然一阵抽痛,我不由得瑟缩了一下。"明早天一亮就叫醒我。让琼先准备好一顿丰盛的早餐。"

我拿着一根蜡烛爬上楼梯。如今横亘在我面前的是比纽扣上的图案更复杂的难题,我需要好好研读那些可靠的英文印刷字,从中获得些有用的东西。

第三章

是日天刚破晓,我们就出发了。今天是 11 月 2 日,万灵节。昨晚夜读之后,我睡了个好觉,心情也有所好转;焦虑过后,我开始感觉到一丝兴奋。我曾经是修士的学生,后来又成了他们所有人的对头,现在我将去到他们中间,探知他们的堕落和秘密。

早餐时的马可还睡眼蒙眬,我连催带哄,好不容易让他吃完早饭,跟着我出了门。天气一夜之间就变了,干燥的寒风从东面而来,路面上的车辙泥痕被冻住了。我们裹藏在最保暖的皮裘里,戴上厚厚的手套,骑马装的风帽也拉得紧紧的,全身上下只露出一张脸,饶是这样,冷风还是吹得我们泪流不止。我在腰带上挂了一把匕首,平时带着只是为了好看,不过今天早上,我将它放在厨房的磨刀石上磨了磨。马可也佩上了他的剑,剑身有两英尺长,以伦敦钢打造,剑刃十分锋利。这把剑是他为了上剑术课,特意用私蓄买的。

他两手托着我骑上了"大法官法庭"的背,因为我发现靠自己翻上马鞍实在太难了。他骑上了他那匹强壮的杂色马"红脚鹬",之后我们就出发了。除了我俩之外,两匹马还驮着沉重的挂包,包里装着衣服和我的文件。马可看上去还是一脸困意。他拉下风帽,抓了抓乱蓬蓬的头发,狂风迎面而来,头发反而被吹得更乱了,他缩了缩身子。

"圣子啊,真是太冷了。"

"你是待惯了暖烘烘的房间,变娇气了,"我说,"需要好好锻炼锻炼。"

"你觉得会下雪吗,先生?"

第三章

"我希望不会。下雪会耽误我们好几天的路程。"

我们策马穿过刚刚从夜梦中苏醒的伦敦城区，上了伦敦桥。我朝泰晤士河下游一瞥，目光扫过令人生畏的伦敦塔，落到一艘泊在狗岛边的巨型远洋帆船上，河水是灰色，天空也是灰色，这船就在水天相接处，那笨重的船头，高耸的桅杆，在一片氤氲的灰气中显出朦胧的轮廓。

"我很想知道这船从哪里来。"

"如今的航海家们已经去到我们的父辈连做梦也想象不出的土地了。"

"还带回了奇迹。"我想起那只怪鸟，"新的奇迹，抑或新的骗局。"我们徐徐走过桥面。在桥的另一端，一个破碎的头颅孤零零地卧在码头上。它从木桩上掉了下来，表面的皮肉已被鸟儿啄食干净，只留些骸骨散落在这里，直到那些寻觅纪念品的人，或者寻找蛊物的女巫前来捡走它们。昨天是克伦威尔办公室里的圣芭芭拉，今天又是这个世俗审判的遗物，我心绪不宁地琢磨着这接连而来的凶兆，随后暗骂自己太过迷信了。

✦

在这个时节，伦敦以南的道路状况可说是相当不错了，道路两旁的田地光秃秃的，裸露着大片棕色泥土。秋天到来之前，这里还种着粮食和蔬菜，为整个首都提供口粮。天空还是混沌的乳白色，天气依旧寒冷。时至正午，我们在埃尔特姆附近停下来吃了午餐，稍事休息之后，爬上了北唐斯丘陵的最高处。横亘在我们眼前的是古老的威尔德森林，萧疏的林木夹杂零星绿意，伸向雾蒙蒙的地平线。

路夹在陡峭的斜坡中间，变得更窄了。斜坡上长满树木，坡面差点儿给落叶盖满，一条条小径在其间若隐若现，通向远方的村落。道路空寂，偶尔能碰上一辆货车。下午晚些时候，我们到达了小集镇汤布里奇，开始向南走。我们一直警惕着强盗，可是一路之上，只看见一群野鹿在一条小道上寻食；在我们转弯的当口，这些呆头呆脑的畜生爬上陡坡，消失在森林中了。

天色渐暗,教堂的钟声穿过树林传入我们耳中。转过下一个弯道后,我们发现自己来到了一条乡村街市上,这个村子看起来很贫穷,街道两旁的房屋都是茅草顶、篱笆墙,却有一座气派的诺曼底式教堂,与它毗邻的是一座旅馆。教堂所有的窗台上都摆满了蜡烛,彩绘玻璃透出蓬勃火光。钟还在敲,一下接着一下。

"他们在庆祝万灵节。"马可说道。

"对,整个村子的人都会到教堂祈祷,以减轻亲友亡灵在炼狱中的痛苦。"

我们骑着马,沿着街道慢慢往前走,几个金发孩童在门口探头探脑。附近几乎没有成年人。弥撒的咏唱声从敞开的教堂大门中传了出来。

照日历来看,万灵节是这几天最重要的节日之一。信徒们会聚集在各地的每一座教堂,聆听弥撒,虔诚祷告,以帮助死去的亲朋好友炼净灵魂,升入天堂。但这个仪式已经失去了王权的保护,很快就会被禁止。有人说,剥夺人们纪念亡者、求得安慰的权利未免太不近人情。但可以肯定的是,与其让人们相信自己的亲人在炼狱里受苦,说不定还要忍受几百年的折磨,倒不如让人们知道自己的亲人已照上帝的意愿上了天堂或下了地狱,因为比起前者,后者叫人好受多了。

我们在旅馆前浑身僵硬地下了马,把马拴到栏杆上。旅馆和村里其他房子一样简陋,只是稍大一些,墙面刷过灰浆,有好几处的泥块剥落了,露出里层的篱笆,高高的茅草屋顶倾圮下来,几乎够到了一楼的窗户。

旅馆用的老旧取暖方法:房中的地板上放着一个圆形火炉,里面生着火。浓烟顺着屋顶的圆烟囱往外钻,但是排泄不及,弄得满室烟气。几个长胡子的老头丢下手里的骰子,透过烟雾好奇地盯着我们。一个穿围裙的胖男人走了过来,那双钩子似的眼睛落在我们昂贵的皮裘上。我要了一间房,一顿饭,他开价六便士。他的口音粗重沙哑,我花费力气与他交涉一

第三章

番,把价钱杀到了四便士。问清去斯卡恩西的路后,我点了一杯温热的麦芽酒,在火炉边坐了下来。马可没和我坐在一起,他出了屋子,打算把马拴到马棚去。

他回来时我很高兴,被这些老头盯了老半天,我心里烦透了。我也朝他们点头致意过,可他们全都把头别开了。

"这群人目光不善哪。"马可小声说。

"他们没见过多少外乡人。而且他们肯定相信驼子会带来霉运。哎,其实何止他们,大多数人都这么想。人们一见我走过去就开始划十字,就算打扮得再光鲜也是一样,这事儿我见得多了。"

我们点了晚餐,端上来的是一份油腻的炖羊肉和浓浓的麦芽酒。羊肉尝起来有点儿怪,马可直抱怨这羊一定死了很久。我们正吃着饭,一队村民走了进来,个个身穿最体面的衣裳,看来万灵节仪式已经结束了。他们坐在一起聊天,话音严肃沉郁。聊着聊着,他们的眼睛不经意地扫到我们身上,这下我们要面对更多好奇的目光和不善的面孔了。

我注意到远处的一个角落里有三个人,村民好像也不搭理他们。他们的外表挺邋遢,衣衫褴褛,胡子拉碴。我看到他们在打量我们,不像村民们那样明目张胆,只是斜着眼偷偷地瞧。

"看到那个高个子家伙没?"马可压低声音说,"我敢发誓,他穿的是破破烂烂的修士长袍。"

那人是三人中块头最大的一个,身材高壮,面容丑陋,鼻子受了伤。他穿着一袭厚实的黑色羊毛外衫,我看到衣服背部有兜帽,的的确确是一件本笃会修士服。旅馆老板是这里唯一对我们彬彬有礼的人,他这时正好过来为我们添酒。

"跟我说说,"我低声问,"那三个是什么人?"

他哼了一声。"他们从前是在修道院干粗活的,修道院去年关门了,你知道这回事吧,先生。国王下令小修道院必须解散,修士们可以被安排到别的地方去，但仆人要自谋生路。这几个家伙去年一整年都在村里乞讨——他们找不到活儿干。看那个瘦子，他的耳朵已经被割掉了。您要小心他们。"

我朝三人扫了一眼，看到其中一个瘦高个儿，一头乱糟糟的金发，原本生着耳朵的地方只剩下两个洞，周围满是伤疤，这是伪币罪的惩罚。无疑，他参与过地方造假事件：打磨铸币，然后在外层镀上金子，做成假币。

"那你还允许他们到这里来？"我说。

他嘟囔一声："被赶出来又不是他们的错。他们，还有成千上万和他们一样的人，都没有错。"或许是觉得自己说得太多，老板匆匆离开了。

"我想现在是时候睡觉了。"我说着话，从桌上拿起一支蜡烛，马可点了点头，我们喝下最后一点儿麦芽酒，起身向楼梯走去。走过三个前修道院仆人身边时，我的外套不小心碰到了大块头男人的长袍。

"你要倒霉了，埃德温！"其中一人大声嚷嚷，"你得去摸个侏儒，才能让你的好运再回来。"

他们哈哈大笑。我感觉到马可扭过头，挽住了我的胳膊。

"别这样，"我小声道，"别在这里惹麻烦。上楼去吧！"我半推着他爬上了摇摇晃晃的木楼梯，朝我们的房间走去。茅草屋顶下的房间十分简陋，房中摆放着两张带脚轮的矮床，我们的包袱就搁在床上。一进屋子，就听到窸窸窣窣的声音，那是成群的耗子在逃窜。我们坐到床上，脱下了靴子。

马可怒气冲天："我们凭什么要受这些乡巴佬的气？"

"我们如今身在这里，周围的人还对我们充满敌意。威尔德地区的居民仍然是天主教徒，那座教堂的神父可能教唆过他们在每个星期日祈祷国王死去，教皇回归。"

"我之前还以为你不管这些事呢。"马可把脚伸向粗大的铁烟囱管，这东西从地板中央冒出来，笔直地伸向屋顶供暖，聊胜于无。

第三章

"小心生冻疮。我的确不管,不过自叛乱之后,克伦威尔勋爵的耳目会从各郡送回报告。我的包袱里有抄本。"

他转头看着我:"你不会觉得厌烦吗?每当有人和陌生人说话,就得打起十二分精神,唯恐漏掉蛛丝马迹,放跑一个敌人,害怕这个敌人会去谋反。从前不是这样。"

"如今是最糟糕的时期。一切都会好起来的。"

"等到大修道院全都解散的时候?"

"对。因为改革最终会趋于平稳。到了那个时候,克伦威尔勋爵会有足够的金钱来捍卫国家不受外敌侵犯,为人民做很多好事。他有不少伟大的计划。"

"那时土地没收法院的人就要失业了,可到时候还会剩下足够的钱吗,能不能为楼下那些粗汉们买件新斗篷?"

"会的,马可。"我认真地回答他,"那些大修道院富可敌国,可是除了零星的施舍义务之外,他们给了穷人什么?在利奇菲尔德,我曾经目睹一大群穷人在教堂发放赈济当天围在教堂的栅栏门外,孩子们衣衫破烂,相互推搡踢打,就为了争得从栅栏递出来的几枚铜币。那段日子我连上学都觉得耻辱。那是教会学校啊。好了,如今每个教区会有更高尚的学校了,它们的经费将来自国库。"

他什么也没说,只是疑惑地扬起眉毛。

"真该死,马可。"我突然被他的怀疑激怒了,声音一下子高起来,"让你的脚离烟囱远点儿,味道简直比那羊肉还臭。"

他爬上矮床躺下,脸朝茅草覆盖的拱顶。"我祈祷你是对的,先生。但是土地没收法院让我对人类的仁慈产生了怀疑。"

"这就好比顽固不化的肿块中存在着敬虔的酵母,它会慢慢地发挥作用。克伦威尔勋爵就是这酵母的一部分,他是那么的坚定,执着,有信念。"我柔声补充道。可是在说话的时候,我回忆起克伦威尔勋爵说到要

Dissolution

用神父的偶像来烧死他时所表现出的残忍快意,眼前又浮现出他摇晃着装有女子头骨的匣子的情景。

好一阵没说话的马修突然问我:"信念可以移山倒海吗?"

"老天爷作证,"我高声说,"我年轻的时候,青年人都是理想主义者,上了年纪的人则愤世嫉俗。我太累了,不想再说下去。晚安!"我开始脱衣服,做这件事时我有点儿犹豫,因为我不喜欢让别人看到我的残疾。不过马可很知趣,转身背对着我,我们各自脱下衣服换上睡袍。我疲惫地爬上那张软塌塌的床,掐灭了烛火。

念完祷辞后,我躺在黑暗中,久久不能成眠,耳畔闻得马可均匀的呼吸。屋顶上重新传来耗子搔东西的声音,它们慢慢爬回了屋子中央,围在烟囱周围,因为那里最暖和。

我已经和从前一样努力去忽视了,可是村民们落在我驼背上的目光,还有前修道院仆人的话,都让我的心感到熟悉的刺痛。不善的目光和嘲笑磨灭了我的勇气,碾碎了我的雄心。我用尽一生去摆脱这种侮辱,年轻的时候,我常常希望通过发怒和喊叫来回击。我见过不少同我一样的残废,旁人无休止的侮辱和嘲笑让他们的思想变得和身体一样扭曲。他们会皱起眉头,狠狠地瞪视着这个世界,然后转过身去咒骂那些跟在后面拍手笑话自己的小孩儿。与其这样,倒不如试着淡然以对,继续上帝给予的这种人生。

我想起自己曾经有一个机会,不过现在已经不可能了。那是一个特别的时刻,它定义了我的人生。当时我十五岁,还是利奇菲尔德大教堂学校的一个学生。作为高级进修生,我有义务参加周日弥撒,有时候还要去服务。漫长的一周结束之后,这件事让我感到兴奋。在过去一周里,我得跟安德鲁神父教授的希腊文和拉丁文较劲,尽管那点儿知识少得可怜。安德鲁是个胖修士,嗜酒如命。

第三章

周日的大教堂灯火通明，烛光在圣坛、圣像和金漆彩绘的圣坛屏前闪动。比起为神父服务，我更喜欢和信众坐在一起的日子。神父会站在圣坛屏前，用我正在努力理解的拉丁文咏唱弥撒，他的声音在教堂里回响，信众们则配合地做出回应。

旧式的弥撒礼仪已经远去了，今日的弥撒很难表达出其中蕴藏的神秘感：香烟袅袅，拉丁语圣歌悠扬动人，伴随着清脆的打铃声，牧师举起面包和葡萄酒，在这神圣的氛围中，所有人都坚信这些经过牧师祝圣的食物真的变成了耶稣基督的血和肉。

在大教堂学校的最后一年里，宗教热情渐渐充溢了我的头脑。看到信众们的面孔是那样平静虔诚，我开始把教会看成一个连接生与死的伟大团体，它把人们变成大牧人顺服的羊群，哪怕只有短短几小时。我感受到上帝在召唤我为这羊群服务——如果当上神父，我就能成为同胞们的导师，赢得他们的尊重。

安德鲁神父很快打消了我的痴心妄想。那天我打算到他位于教室后面的小办公室里谈一谈，一想到即将出口的话有多么重要，我甚至激动得浑身发抖。一天的教学已经结束了，他坐在书桌后面研读一份羊皮纸，双眼赤红，黑色修士服被墨水渍和食物残渣弄得脏兮兮的。我吞吞吐吐地告诉他，我相信自己有天赋的使命，希望他可以考虑让我成为一名见习神父。

我满以为他会询问我是否下定了决心，可他只是轻蔑地扬了扬短胖的手掌。

"小伙子，"他说，"你绝不可能成为一个神父。难道你没有自知之明吗？你不该拿这种事情来占用我的时间。"因为厌烦，他的白眉毛纠成一团。他没有刮脸，短短的白胡楂根根挺立，好像在他红润的胖脸上洒了一层白霜。

"我不懂您的意思，神父。为什么不能？"

他叹了口气，嘴里的酒气喷了我一脸。"夏雷克同学，你读过《创世纪》,应该知道上帝是依照他自己的形象来塑造我们人类的,是不是?"

"当然了,神父。"

"要服务于他的教会,就得符合那个形象。一个人如果有明显的残疾,就决不能成为神父,就连一条手臂或腿有问题都不行,更不用说像你这样严重的驼背了。在你的外形和他们差那么多的情况下,你要如何去做威严的上帝和有罪的凡人之间的代祷者呢?"

我瞬间如坠冰窖:"您说得不对。这太不通情理了。"

安德鲁神父的脸变成了猪肝色。"小子!"他咆哮起来,"你这是在质疑神圣教会自古以来的教义吗?你还有脸来到这里,要求被任命为神父!哪种神父,罗拉德派①的异端吗?"

我看着坐在桌后的他,那身沾了食物残渣的长袍是那么肮脏,那张胡子拉碴的赭红脸庞是那么扭曲。"所以我应该长得像你一样,是不是?"我不假思索,冲口而出。

他咆哮一声,站起来重重抽了我一耳光。"你这个驼背小乡巴佬,滚出去!"

我冲出房间,脑子里嗡嗡作响。他因为太胖而追赶不及(次年他死于严重的癫痫),我逃出了大教堂,失魂落魄地沿着渐渐昏暗的小径,一瘸一拐地往家走去。远远能看到家了,我坐在一段篱笆旁的阶梯上,凝望着沐浴在春日夕晖中的郊野,那丰饶的绿意仿佛在嘲笑我。我心中有种感觉,如果教会不再容留我,我将无处可去,孤独无依。

可是后来,当暝色笼罩独坐的我时,基督和我说话了。事实就是如此,我做不出其他解释。我听到脑中有一个声音,它来自我的体内,却不

---

① 中世纪晚期追随约翰·威克里夫的一个教派,这是一个贬称,意为"讲话含糊不清的人",在早期用来称呼被怀疑为异教徒的群体,约翰·威克里夫(John Wycliffe, 1330—1384)是英国宗教改革家,他将《圣经》从拉丁文译为英文。

第三章

是我的声音。"你不孤独。"声音如是说,突然之间,一股强大的暖流,一种爱与平静的感觉注入了我的身体里。我深深地呼叫着,浑然不知自己在那里坐了多久,可是那一刻实实在在地改变了我的人生。基督亲自安慰我,尽管教会的说辞应该出自他,可他却说那不对。我以前从来没有听过这种声音,那天晚上,还有之后的数周乃至数年里,我一直跪坐祈祷,希望能够再一次听到它,可惜再也没有了。也许一生能听到一次已经是莫大的福气,多少人连一次也没有过。

我们在天光初放时离开了,整个村子里的人还没有起床。我仍然心情郁结,几乎没有和马可说话。昨夜降下了严霜,道路和树木都蒙上了一层白色,不过幸好还是没有下雪,我们出了村子,回到被树木成荫的高坡夹逼的窄道上。

从早上开始,我们马不停蹄地赶路,直到下午早些时候,森林终于变得稀疏,出现在我们眼前的是一派田园风光,田地中央有一条小路伸向南唐斯丘陵的山坡。我们顺着小路往上爬,有毛烘烘的绵羊在坡上吃草。到了坡顶,就看到了下方的一片大海,灰色的波浪在海面缓缓起伏。我们的右面有一条潮汐河,河水穿过低矮的山丘,流过广袤的沼泽地,最终汇入大海。沼泽地边缘是一座小镇,虽然隔得老远,我们仍能清楚地望见一片由古老黄石筑成的宏大建筑群,建筑群中央是一座巨大的诺曼底教堂,规模堪比主教座堂,周围环绕着高大的围墙。

"那就是斯卡恩西的修道院。"我说。

马可开始引经据典:"耶和华指引我们平安度过了磨难。"

我不客气地朝他泼冷水:"我觉得前方有更多磨难在等着我们哩。"我们驾着疲惫的马走下山坡,这时海面上开始吹来细小的雪花。

第四章

我们小心翼翼地策马下山,走上一条进镇的路。马儿们有些紧张,一被雪花碰到脸,就不自然地往后缩。让人高兴的是,我们一到镇上,雪就停了。

"要不要先去见治安官?"马可问我。

"不,我们今天必须到达修道院,如果雪又下起来,我们就只能在这里过夜了。"

我们沿着斯卡恩西镇的鹅卵石大街往前走,两旁二三层楼的古老房屋高耸出街面,为免有人从楼上倒尿壶,我们尽力离这些屋子远一些。我们留意到许多房屋灰浆脱落,木头朽烂,商店里售卖的东西似乎相当粗劣,种类也很匮乏。附近只有寥寥几个人,眼神漠然。

我们到了镇中心的广场。广场三面伫立着更多的破屋烂宇,第四面则是一座宽敞的石码头。码头前方过去无疑是大海,如今却是一片生着芦苇、溢满泥浆的沼泽,在铅灰色的天空下,这片沼泽阴暗荒凉,散发出一股盐咸味和腐臭味相混合的气息。一条只能容纳一艘小船的运河穿过泥沼,向远处的海洋爬伸,看上去就像一根发出生铁光泽的细带子,足足绵延了一英里。我们望见沼泽外有一队被绳索系在一起的驴,一群人正从驴背上的背篓里拿出石头,加固运河堤岸。

最近镇上显然出过让全体居民看了热闹的"大事",因为广场远端有几个女人站在刑台边聊天,刑台周围散落着一片腐烂的水果和蔬菜。一个身形臃肿的中年女人坐在一张小凳上,双脚夹在枷锁里,衣服上沾满了蛋黄蛋清和烂梨渣,显得可怜巴巴。她戴着一顶三角形小帽,帽子上涂有字

第四章

母"S",意为"训斥"。此刻她正从一个女人手里接过一杯麦芽酒,模样看起来挺开心,但那青肿的面目和乌黑肿胀到几乎睁不开的眼睛还是让人心惊。远远地看到我们,她抬起酒杯,挤出笑容。一小群叽叽喳喳的孩子带着几棵腐烂严重的白菜跑进了广场,但是其中一个女人挥手驱赶他们。

"到别处去吧,"她说话的口音粗重沙哑,就和那些村里人一样,"托马斯太太已经得到教训了,今后会好好对待她丈夫的。一个小时后就会有人来放她走。够了!"

孩子们争先恐后地往回跑,跑到女人追不上的地方,大声朝这边骂着脏话。

"这里的人处理此类事情的方式似乎相当温和。"马克评论道。我点头表示赞同。在伦敦,对待犯人的普遍方式是朝他扔尖利的石头,拔出他的牙齿,挖出他的眼睛。

我们骑马出了镇子,朝修道院赶去。路旁就是沼泽地,里面芦苇丛生,大大小小的水潭污浊发臭。让我惊讶的是,一片臭成这样的泥地里居然还有几条小径,但这是必要的,否则我们先前看到的人和驴就没路可走了。

"斯卡恩西曾经是繁荣的港口,"我悠悠说道,"大约一百年前,泥沙淤积,才慢慢形成了沼泽地。这个小镇如今穷成这样也不奇怪,那条运河只能容一条渔船通过。"

"他们靠什么维生呢?"

"捕鱼和种地。也从法国走私货品回英国,我猜的。他们仍然得交租,因为修道院要养活那群饱食终日的修道士。斯卡恩西港曾被赏给征服者威廉手下的一名骑士,他把这片土地出让给本笃会,由此建起了修道院。当然了,建造费用来自英国税收。"

当当的钟声从修道院方向传来,在寂静中显得格外响亮。

"他们看到我们来了。"马可哈哈一笑。

041

"那得有千里眼才行。除非他们有这种神力，否则怎么可能呢。哎呀，这钟声太吵了。"

我们走到围墙下时，钟声还没有停，那哐哐当当的噪音在我脑中翻来覆去地震荡。我疲惫不堪，随着时间的流逝，后背越来越痛，只能弯下腰跨坐在"大法官法庭"的阔背上。现在我努力伸直腰，在修道院众人心中留下良好的第一印象是很有必要的。直到这一刻，我才真正感受到修道院占地的广阔。这几堵用燧石筑成、表面刷着灰浆的墙垣足足有十二英尺高。从这条路开始，一直到远处的沼泽边缘，都在围墙的范围之内。一条小路通向一座巨大的诺曼底式门房，两匹高大的夏尔马正拉着一辆载满木桶的货车出了修道院，行至大路。我们赶紧勒住马缰，货车辘辘地经过身侧，朝镇上驶去，马车夫朝我们碰了碰帽子，算是行礼。

"那是啤酒。"我说。

马可问："是空酒桶吗？"

"不，是满的。修道院的酿酒坊垄断了全镇的啤酒供应，他们拥有定价权。修道院的创始宪章里有这个规定。"

"那就算有人喝醉了，喝的也是神圣的啤酒喽？"

"这种事很常见。建立教堂的诺曼底人就是依靠这类制度，使修士们能够永远凭着为信众的灵魂祈祷的权力来换取优越的生活。人人都很满意，除了那些为此付出一切的人。感谢上帝，钟声总算停了。"我深吸了一口气，"好了，我们进去吧。什么话也别说，走到我前面去。"

我们骑马走向门房。这座房子坚固美观，表面刻有形态各异的纹章兽。大门紧闭着，我抬起头，恰好瞥见一楼守卫房间的窗户里有一张脸在向外窥望，很快就消失不见了。我下了马，重重敲了敲开在墙上的一扇小侧门。过了好一会儿，门开了，一个高大健壮的男人出现在门口，脑袋上寸草不生，好像一枚鸡蛋，身上的皮围裙油腻腻的。他没好气地瞪着我们。

第四章

"什么事?"

"我是国王的特派员。劳烦你带我们去见院长。"我冷冷地说。

他一脸狐疑:"我们没想到会有人来。这座修道院不对外开放。你带证件了吗?"

我把手伸进长袍里,掏出证件丢给他。"圣多纳特修道院,斯卡恩西的支配者,是座本笃会修道院。这里没有不对外开放的规定,只要院长允许,人们可以自由进出。又或许我们是到错了地方吧。"我挖苦地加了一句,正在看证件的乡巴佬狠狠瞪了我一眼。他显然不认识字,装模作样地看了几眼后,把证件还给了我。

"伙计,你多弄了点儿污迹上去。你叫什么名字?"

"巴格。"他含糊地说,"我会带你们去见院长大人,先生。"他让到一边,我们牵着马进了小门。门内很宽敞,几根大柱子支撑着门房的天花板。

"稍等片刻。"

我点了点头,他踩着脚走开了。

我绕过柱子,朝外院看去。矗立在最前头的是修道院教堂,古老的石头建筑宏伟坚固,因为年深日久,白色石头已经开始泛黄。和修道院其他建筑一样,教堂的主体是由法国石灰石建造,宽大的窗户是诺曼底式,与同时期的窄高型窗户以及高至天花板的拱门相比,风格截然不同。整座教堂足有三百英尺长,两侧的姐妹塔高达一百英尺,深深扎根在这片土地上,给人一种岿然不动,稳如磐石的印象。

教堂左侧靠远处围墙的地方,修有常见的附属建筑——马厩、泥瓦匠的工棚、酿酒坊。外院里的人形形色色,虽然已经离开利奇菲尔德多年,眼前的一切还是给我一种熟悉感:一大群手艺人和仆佣来来往往,同头顶剃得溜光、身穿本笃会黑色长袍的修士们交易;我留意到那些长袍都是优质的羊毛料,衣摆处露出了上等的皮鞋。地面由夯土筑成,散落着稻草。

几只身形硕大的猎犬四处奔窜，不时吠叫几声，在墙根撒一泡尿。但凡这种地方，外院都更像生意场，而不像与外界隔绝的遁世之所。

教堂右侧是一堵内墙，把修道院主建筑和外院隔绝开来，修士们平时就是在那些屋子里居住和祈祷。远处的围墙边立着一栋单独的平房，房前有一个打理得极精细的草药园，其中植物以木桩为界，各不相扰，还被细心地系上了标签。那座房子，我猜是医务室。

"喂，马可，"我压低声音问，"你对修道院怎么看？"

他一脚踢向一只大狗，这畜生正朝我们靠过来，脖子上的毛全都竖起来了。经马克一吓，它向后退了一点儿，站定之后，开始愤怒地狂吠。马可惊叹道："没想到世上竟有这么大的狗！它看上去能喂饱两百个被围困的人。"

"踢得好。以这座修道院的规模，可以养活一百个修士和一百个仆人。如今这里的一切，包括房屋、土地、垄断买卖，只供养着不超过三十个修士和六十个仆人，根据《发现》上的记录，他们的生活相当优裕。"

"他们注意到我们了，先生。"他小声说。他说得没错，那条恶狗接连不断的吠叫引得院子里的人全看向了这边。人们的眼中透着敌意，目光闪烁不定，不时交头接耳，不知在说些什么。一个身材颀长，形容清瘦的修士拄着一根拐杖，站在教堂的石墙边目不转睛地看着我们。他穿着白色长袍，外搭一件长肩衣，和清一色的本笃会黑色长袍形成了鲜明的反差。

"如果我判断得没错，他应该是个加尔都西会教士。"我说。

"加尔都西会修道院不是全部关闭了吗，半数修士都因为谋逆罪被处死了吧？"

"没错。他在这儿干什么呢？"

有人在我身边咳嗽了一声。那个守门人去而复返，身旁还多了一个身材高大的修士，年纪约四十上下。他的顶发被剃光了，余下的棕发夹杂着银丝，相貌冷峻刚硬，面色泛红。多年的养尊处优使他发福不少，松垂的

第四章

肌肉和眼袋让脸部线条变得柔和。在他长袍前胸的位置，绣有一枚钥匙形状的徽章。他身后站着一个红发男孩儿，穿着灰色见习修士袍，一副局促不安的样子。

"好了，巴格。"来人用清晰刺耳的苏格兰口音说，"去干你自己的事吧。"守门人不情不愿地离开了。

"我是修道院副院长，大家都叫我凯尔索的莫提马斯。"

"院长在哪儿呢？"

"恐怕他现在出去了。我是这里的二把手，负责圣多纳特的日常管理。"他看了我们一眼，目光颇为锐利，"你们是因为古德汉普斯博士的信来的吧？没人知会我们二位要来，只怕没有现成的房间供二位下榻。"他身上飘来一股馊味儿，我不由得后退了一步。我曾经受过修士的教育，很清楚他们对陈规陋习的执着，在他们看来，洗澡是不健康的，一年里难得洗上几次。

"克伦威尔勋爵一得到消息就派我们来了。我是马修·夏雷克，勋爵委任我为特派员，前来调查古德汉普斯博士信上所说的事件。"

他弯腰鞠了一躬："欢迎二位来到圣多纳特修道院。我为守门人的无礼致歉，他无心冒犯二位，是会规要求我们尽量和尘世保持距离。"

"我们的任务很紧急。"我开门见山地说，"麻烦你告诉我们，罗宾·辛格尔顿真的死了吗？"

副院长的脸一下子僵了，慌慌张张地画了个十字。"他真的死了。是被一个不知名的凶徒残忍杀害的。这件事太可怕了。"

"那我们必须马上面见院长。"

"我会带你们去他的房间等着，他应该很快就回来了。恳请两位查清楚事情的真相。神圣之地竟然出了流血事件，现场非常凄惨。"他摇了摇头，随后转过身去，用一种截然不同的态度高声吩咐正睁大眼睛看着我们的男孩儿："维尔普雷，这两匹马！把他们牵到马厩里！"

他似乎还是个孩子，外表单薄孱弱。见习修士要年满十八岁才能担当，但他看上去顶多十六。我把装着文件的驮篮拿下来递给马可，让男孩儿牵走了马。没走几步，他回过头来看我们，一不留神踩上了狗屎，脚下一滑，顿时四脚朝天，重重摔到了地上。马受了惊吓，显得焦躁不安，院子里人发出阵阵笑声。莫提马斯副院长的脸气得通红。他走到刚刚爬起来的男孩儿面前，又把他推倒在狗屎堆上，周围的人笑得更欢了。

"妈的，维尔普雷，你简直是个白痴！"副院长咆哮着，"你是存心让国王特派员的马在院子里乱跑吗？"

"不是的，副院长大人。"男孩儿用颤抖的声音回答，"请您原谅我。"

我走上前去，一手拉住"大法官法庭"的缰绳，一手扶起男孩儿。做这个动作时我很小心，以免沾上他长袍上的狗屎。

"马受不得这种惊扰，"我和颜悦色地说，"不用自责了，小伙子，谁都会有不小心的时候。"我把缰绳递给他，顺便瞟了副院长一眼，他的脸因为气恼，变得更红了。男孩儿牵着马离开了，我转身面向副院长："好啦，先生，请您为我们带路吧。"

苏格兰人睁大眼睛瞪着我，他的脸现在是猪肝色。"先生，恕我直言，这座修道院的纪律由我负责。国王之前下了命令，对我们的生活做了诸多调整，我们年轻的兄弟尤其要学会服从。"

"你在要求教士们遵守克伦威尔勋爵的新命令方面有困难吗？"

"不是的，先生，没什么困难。我受命管理纪律很久了。"

"被一堆狗屎滑倒也归你管？"我不紧不慢地说，"那还不如去管管那几只狗呢，把它们赶到院子外面不是更好？"

副院长一副想要争辩的样子，憋了半晌，突然发出一声刺耳的大笑。

"您说得有理，先生，不过院长是不会把狗关在外面的。他希望它们保持健康的体魄，好随时跟他出去打猎。"在他说话的当口，我眼见他的脸色从紫色褪回了原先的红色，看来他的胆汁一定比寻常人多得多。

第四章

"打猎。真想知道圣本笃知道这事会怎么说?"

"院长有他自己的原则。"副院长意味深长地说。

他领着我们走过一排附属建筑。我远远看到前方有一栋二层楼房,房子坐落在一片玫瑰园中,构建精巧,一看就知是上流人士的住宅,在大法官法庭街是绝对看不到的。不知不觉到了马厩,穿过几道敞开的门后,我看到先前的那个男孩儿正牵着"大法官法庭"走进一间马棚。他转过头来看了我一眼,目光奇异而热切。接下来走过的是酿酒坊和锻造厂,锻铁炉中的红光在这严寒的季节里显得十分动人。一座巨大的外屋紧挨着锻造厂,透过打开的门,可以看到屋子里堆放着许多雕刻精美的石板。屋外支起一张搁板桌,桌上摊着几张草图,一个胡子灰白的男人穿着泥瓦匠围裙,抱着手臂站在桌边,两个修士在旁边聊得火热。

"决不能……能这么干,兄弟。"年长的修士斩钉截铁地说。他是个四十岁上下的中年人,身形矮胖,秃顶边围着一圈卷曲的黑发,一张圆脸没什么血色,黑色的眼睛虽然不大,眼神却很锐利。他短胖的手指在草图上挥舞。"如果用卡昂石材,今后三年的全部预算都要……要耗光了。"

泥瓦匠开口了:"这件事要的不是便宜,而是合适。"

"一定要办得合适。"另一个修士用浑厚动听的嗓音决然说道,"否则会破坏教堂整体的协调,让人一眼就能看出新镶面和旧的不一样。财务主管阁下,如果你坚决不同意,我不得不把方案呈报给院长。"

"那赶快去吧,别以为能捞上什么好处。"他一看到我们,生生把接下来要说的话给咽了回去,一双黑色绿豆眼将我们死死盯住。另一个修士也在打量我们。他生得高大健壮,年纪大约三十出头,一张脸轮廓分明,英俊不凡。光头下方的黄色余发乱蓬蓬的,一根根往外冲,就像一堆纠缠的稻草。他的眼睛很大,眼珠是纯净的浅蓝色。他的目光一直停在马可身上,马可也冷冷地回看他。我们经过时,他朝副院长鞠了一躬,后者生硬地点了下头,算是回应。

"真有趣,"我小声对马可嘀咕,"看到此情此景,你会以为这个地方没有受到任何威胁。他们还在谈修缮教堂的事,仿佛这里会永远存在下去。"

"你有没有注意到高个子修士看我的眼神?"

"注意到了。那也很有趣。"

我们从教堂侧面走过,眼看就快到二层小楼了,一个身穿白袍的人从拱壁后面绕了出来,走到我们所在的小路上。这人正是我们先前在院子里看到的加尔都西会修士。副院长抢上几步,走到他面前。

"杰罗姆修士,"他厉声喝道,"现在别惹麻烦!自己回去祷告吧!"

加尔都西会修士无视了副院长的警告,只是轻蔑地瞟了他一眼,径直从他跟前绕了过去。我看到他把拐杖牢牢地夹在右腋下,拖着右腿,一点点向前挪——原来他的右腿已经废了。左臂则软绵绵地搭在身侧,看上去明显畸形,左掌折成一个奇怪的角度。他是个六十多岁的精瘦老人,秃顶下方的那圈头发乱糟糟的,比那身脏污破旧的长袍还要白几分。他的面容清瘦暗淡,一双眼睛里灼烧着一种狂热的感情,似乎一心要穿透灵魂。他一步一步走向我,副院长伸手想要拦阻,他却展现出不可思议的敏捷,一下子躲开了。

"你是克伦威尔勋爵的手下?"他的声音嘶哑而颤抖。

"我是,先生。"

"你应该知道,凡动刀的,心死在刀下。。"

"这是《马太福音》二十六章,五十二节里的话,"我回道,"您说这话是什么意思?"我联想到这里发生的谋杀事件。"这算是招供吗?"

他轻蔑地笑起来:"不,驼子,这是上帝所说的话,也是世间的真理。"他刚把话说完,莫提马斯副院长一把抓住了他那条健全的胳膊,动作一点儿也不轻柔。他甩开副院长的手,一瘸一拐地走了。

"请见谅。"副院长的脸这回变白了,脸颊上暴起一根根破裂的紫色血管。"他精神不太正常。"他补上一句,紧紧抿住嘴唇。

"他是什么人?一个加尔都西会修士在这里做什么?"

"他已经退休了。他有个堂兄是附近的地主,托我们收留了他。我们也是看他可怜,一时心软。"

"他是从哪家修道院来的?"

副院长犹豫了一下:"伦敦修道院。人人都叫他伦敦的杰罗姆。"

我闻言呆住了。"就是院长约翰·霍顿和半数修士拒绝宣誓效忠,最后统统被处死的那家修道院?"

"杰罗姆修士最终发了誓,在克伦威尔大人施加了一定的压力之后。"他深深地看了我一眼,"您应该懂的。"

"他被折磨了?"

"经受了最残酷的刑法,最后被折腾得疯疯癫癫。这也是活该,谁让他自己不忠呢,您说是不是?您看到他刚才的样子了,我们一片好意,他就是这么报答的。他忘不掉所受的折磨,不会善罢甘休。"

"他刚才那话是什么意思?"

"天晓得。我早就告诉过您,那人是个疯子。"他扭身就走,我们跟着他穿过一扇木门,来到院长的花园,园中一朵朵青紫色的玫瑰在生满尖刺的秃枝上绽放。我朝后一看,那个跛脚修士已经不见了。想起他那灼热的眼神,我突突打个冷战。

第五章

副院长伸手在门上敲了几下,一个身穿蓝色仆人长袍的胖男人应声开了门。他忧心忡忡地打量着我们。

"这两位先生奉代理主教之命,有急事求见院长。他在里面吗?"

仆人深深鞠了一躬。"两位是为可怕的杀人事件来的吧。"他热切地在胸前画了个十字,"先生们,事先没有人告诉我们二位要来的消息。费比尔院长还在外头,不过随时可能回来。几位先请进吧。"

他把我们引进了一间开阔的大厅,大厅的墙板上绘有色彩鲜艳的狩猎图。

"二位可以到会客室等等。"副院长建议说。

"古德汉普斯博士在哪儿?"

"他的房间就在楼上,他在房里待着呢。"

"那我们先看看他去。"

副院长朝仆人点了下头,后者带着我们爬上宽阔的楼梯,来到二楼。在紧闭的门前,副院长迟疑了一会儿,这才用力敲了敲门。门内传来一声尖叫,紧接着我们听到钥匙转动的声音,门开了一条缝。顶着一头凌乱白发的瘦老头忐忑地朝外窥望。

"莫提马斯副院长!"老头尖声说,"你干吗这样敲门?吓死我了。"

莫提马斯的唇边闪过一丝讥笑:"是吗?原谅我吧。好博士,你现在安全了,克伦威尔勋爵派来了特使,一个新的特派员。"

"您就是古德汉普斯博士?"我问,"我是特派员马修·夏雷克。克伦威尔勋爵看了您的信,特意派我来这里看看。"

第五章

老头盯了我们好一阵,这才开了门,让我们进入这间卧室。房间的布置颇为精致,房中摆放着一张挂有帷帐的四柱床,还铺着厚厚的地毯,站在窗前就能看到热闹的外院。地板上摞着一堆书,托盘上放了一个酒壶,上头还稳稳地搁着几个锡酒杯。壁炉里燃着一段木头,我和马可进屋前都快冻僵了,此刻一下子暖和起来。我扭头去看副院长,却见他站在门口,警惕地注视着我们。

我对他说:"谢谢你,修士。如果院长回来,劳烦你通知我一声。"他鞠了个躬,替我关上了门。

"看在耶稣基督的分上,把门锁上吧!"老头尖声催促,一双手不住绞动。他一头白发乱得跟稻草一样,黑色牧师长袍皱巴巴,脏兮兮,看着一副可怜相。从呼出的气息判断,他先前一定喝过酒。

"信送到了?感谢上帝!我还担心被截住呢。你们来了几个人?"

"只有两个。我可以坐下吗?"我问了一句,慢慢矮下身子,小心地坐到椅垫上。椅垫承载了我的体重,后背一下子轻松不少。古德汉普斯这才注意到我的残疾,他看了看我的驼背,又去看马可,后者正忙着解下他那把沉甸甸的剑。

"那个小伙子是剑客吗?他能不能保护我们?"

"有必要的话当然能啦。不过会到那个地步吗?"

"先生,在这个地方,在那可怕的事件发生之后——我们已经被敌人包围了,夏雷克先生……"

我看他惊恐万状,忙堆起笑容好言相劝。一个不安的目击者就和一匹不安的马一样,需要有人陪在身边抚慰。

"先生,冷静一下。我俩现在累得要死,如果你能有口酒喝,就再好不过了。你大可在我们喝酒的时候,把这里发生的事原原本本地说一遍。"

"噢先生,圣母玛利亚作证,那血……"

我抬手制止了他:"从开头说起,就从你来到这儿开始说。"

他给我们倒了酒，坐到床上，手指来来回回地捋着短短的白发。

"我起初并不想来这里。"他叹了口气，"我一直在剑桥大学的宗教领域辛勤耕耘，从一开始就为改革出力。我年纪大了，胜任不了这个工作，但罗宾·辛格尔顿是我以前的学生，他请我帮助他招降这个邪恶的修道院。他需要一个圣典学者，这你是知道的。我没法拒绝代理主教的召唤。"他絮絮叨叨，言语中颇有怨意。

"的确很难。"我深表赞同，"所以你就到这儿来了，什么时候来的，一星期前？"

"对。我骑了很久的马，好不容易才到。"

"那和修道院之间的谈判进行得如何？"

"很糟糕，先生，我早知道事情会搞砸。辛格尔顿一开始就气势汹汹，口口声声说这个修道院腐朽堕落，罪孽深重，要他们识相一点儿，乖乖拿着他开出的养老金，向朝廷投降。但是费比尔院长对他的提议没有兴趣，他太热爱这里的生活了——当个自由自在的土皇帝，对当地大大小小的官吏们发号施令，这种日子不好吗？再告诉你一件事，他原来只是本地一个船具商的儿子。"古德汉普斯喝干了杯里的酒，又把杯子满上。我无法责怪这个无助的老人，他孤身一人留在这里，只能通过酒精来寻找一点儿慰藉。

"费比尔院长是个聪明人。他明白北方的叛乱一天不平息，上头就一天不会强行关闭修道院。特派员吩咐我在法律书籍上找些可以威胁他的资料。我告诉他这么做只是白费力气，但是罗宾·辛格尔顿这个人从来不知道什么叫晓之以情，动之以理，只会咄咄逼人。"说罢他悠悠叹道："愿上帝让他安息。"身为优秀的改革者，他没有画十字。

"你说的都是实情，"我很同意他的话，"除非能查出他们触犯法律的实证。我听说这里出过鸡奸的丑事，还发生过盗窃事件。两样都是死罪。"

古德汉普斯发出一声叹息。"克伦威尔勋爵这回想错了。本地的治安官是一个出色的改革者,但他告发院长贱卖土地一事有诬蔑的嫌疑。账目看不出一点儿问题。"

"那他们有没有说过大逆不道的话?"

"没有。院长坚称他们从视察过后就改过自新了。上一任副院长曾经鼓励过这类无耻行径,但他已经和几个罪大恶极之人一起离开了修道院。那个苏格兰蛮子接替了他。"

杯子里没酒了,但我极力忍住了再要一杯的冲动。我累得骨头都快散架了,炉火暖烘烘的,加上几杯酒下肚,我真想立刻躺到床上,美美地睡一觉。但我尚且需要保持几个小时的清醒。

"你觉得这里的修士如何?"

他耸了下肩膀。"跟天底下所有的修士一样,好吃懒做,安于现状。他们喜欢玩牌和打猎——想必你也看见那些到处乱跑的狗了——而且还克扣工钱,但他们遵守戒令,传道时全说英文,也不允许妓女在修道院里四处走动。那个红脸副院长掌管这里的戒律,对克伦威尔勋爵的戒令十分拥护,可我不相信他,也不相信这里的任何一个人。那些高级修士们表面上平和睿智,实际上满脑子陈腐的异端邪说,只是一个个闷在心里,不说罢了。唯独那个加尔都西会的跛子例外,这也难怪,他和这里的人不是一伙的。"

"啊,对了,杰罗姆修士。我们遇到过他。"

"你不知道他是谁吗?"

"不知道。"

"他是简王后的亲戚,上帝啊,愿她安息。他拒绝发誓,但是碍于已故王后的情面,朝廷不好像其他加尔都西会修士一样处死他。他们折磨他逼他发誓,再把他送到这里藏了起来,对外假称他退休了——王后的另一位亲戚是这附近的大地主。我还以为勋爵的办公室早就知道他在这儿了呢。"

我偏了偏脑袋："谁都不可能掌控一切，就连克伦威尔勋爵办公室也不例外。"

"其他修士都不喜欢他，因为他常常骂他们，说他们是懒鬼和懦夫。他被禁止离开修道院。"

"辛格尔顿特派员肯定和这里的很多修士谈过话，鼓励他们揭发罪行。这里还有当初卷入过丑闻的人吗？"

马可插嘴道："会不会就是那个金头发的高个儿呢？"

古德汉普斯耸了耸肩。"喔，你说他呀。他是加布里埃尔修士，教堂圣器室的管理人。对，他是其中一个。他看上去很正常，不是吗？个子又高，身材又壮。可有时候又表现得很狂野。辛格尔顿特派员审过他们，但他们一个个都说自己现在纯洁得像天使一样。他还让我找他们谈话，盘问其中一些人的生活细节——我是个学者，没人训练过我去干这种事情。"

"我猜辛格尔顿特派员很不得人心吧？在这方面我挺了解他。他是个急性子。"

"对，他粗率的处事方式不可能给他带来好人缘，不过他从不在意。"

"跟我说说他是怎么死的。"

老人拱起肩膀，似乎想要缩成一团。

"他后来放弃了逼问。他让我列出修道院可能触犯圣典的所有方式……这也是山穷水尽，只能出此下策了。他大多数时候都在翻查账本和档案，变得越来越焦虑，他必须找到点儿什么，否则没法向勋爵交代。最后几天我很少看到他，他那时正忙着查看财务主管的账本。"

"他在找什么？"

"找能给修道院带来麻烦的东西，什么都行。就像我说的，他已经饥不择食了。不过他能看懂那些新式的意大利账本，就是每笔钱记两遍那种。"

"我知道，那是复式记账法。他看得懂账本，然后呢，发现有不合法

第五章

的地方？"

"应该是的。"他叹了口气，"最后那晚，我们和平时一样单独吃了晚饭。辛格尔顿露面的时候比往常高兴，他说他吃完饭要回房去看刚从财务主管那儿搜出来的新账簿。那晚财务主管不在修道院。就在同一天晚上，辛格尔顿死了。"

"那个财务主管是不是身材矮胖，眼睛是黑色的？我们在院子里看到过这么一个人，他当时正在和人争论钱的问题。"

"就是他。埃德温修士。八成是在和教堂圣器室管理人讨论建造方案吧。我蛮喜欢埃德温修士，他为人很实在，不喜欢胡乱花钱。我们学院就需要这样的人。在修道院日常管理方面，莫提马斯副院长和埃德温修士可以说是齐心协力，这个修道院被他们打理得井然有序。"他又喝了一口酒。

"接着发生了什么？"

"我工作了一个小时，然后开始做晚祷，做完就上床睡觉了。"

"睡着了吗？"

"睡着了。我在凌晨五点惊醒了。外面一阵骚动，接着就是震耳欲聋的敲门声——就像副院长刚才那样。"他瑟瑟发抖，"门外站着院长和十几个修士。院长看上去很震惊，完全没有了平日的冷静。他告诉我特派员死了，有人杀了他，让我马上赶过去。"

"我穿好衣服，和他们一起出去了。情况很混乱，人人七嘴八舌，说的都是'血迹'和'上了锁的门'，我还隐约听到有人说'这是上帝的报复'。几个人找来了火把，我们穿过修士们的住所，向厨房走去。一路上冷极了，黑暗的通道一条接着一条，就像没有尽头似的，修士和仆人三三两两地挤在一起，个个一脸惊恐。最后他们终于推开了厨房大门。亲爱的上帝啊。"让我惊讶的是，他居然飞快地画了个十字。

"里面有一股……"他惨笑一声，声音完全变了调，"肉铺的味道。房间里摆满了蜡烛，长条桌上有，橱柜里有，各个角落都有。我不知踩上了什么东西,副院长赶紧把我拉到一边。我抬脚的时候,感觉脚下黏乎乎的。地板上有一大摊深色液体,我不知道那是什么。"

"然后我看到罗宾·辛格尔顿趴在液体中央,长袍沾满了那种脏东西。我明知有什么地方不对劲,但一开始根本看不出来。过了好一阵我才意识到他的头不见了。我四下张望,突然看到他的脑袋躺在奶油搅拌器下面,两眼失神地瞪着我。直到这个时候,我才明白地上那摊液体是血。"他闭上双眼,"亲爱的上帝,我吓坏了。"他睁开眼睛,举起酒杯一饮而尽,又伸手想拿酒壶,这一次我按住了他的手。

"你喝得够多了,古德汉普斯博士。"我柔声劝道,"继续说吧。"

他的眼睛蒙上一层泪雾。"我以为是他们杀了他。我以为他们处死了辛格尔顿,下一个就轮到我了。我审视他们的脸,想看看谁手里拿着斧头。他们的神情都很严肃。那个加尔都西会修士也在场,他笑得阴森极了,狂喊'主说,复仇在我!'。"

"他真说了这句话?"

"没错。院长朝他吼了一声'安静',然后朝我走过来。'古德汉普斯大人,'他说,'你得告诉我们该怎么做,'我这才意识到,原来他们全都和我一样害怕。"

"能让我说一句吗?"马克在一旁插话道。我点了点头。

"加尔都西会修士不可能砍下一个人的脑袋。砍头需要力量和平衡。"

"是的,的确需要。"我点了点头,"你说得很对。"我又问老人:"你对院长说了什么?"

"他说我们应该向世俗力量求助,可我知道要先通知克伦威尔大人才对。据我的愚见,此事会引发政治风波。院长还说那个守门人老巴格向他报告,说不到一个小时前,他在巡夜途中碰上了辛格尔顿。辛格尔顿对他说,他要去见修道院里的一个修士。"

"就在事发那晚?他说要去见谁了吗?"

第五章

"没有。巴格说辛格尔顿把他轰走了。"

"我明白了。然后呢?"

"我命令所有修士不得走漏风声。如果没有我的允许,一封信也不准从这里寄出去,然后我通过村里的邮差寄出了求救信。"

"做得好,古德汉普斯大人,你考虑得非常周到。"

"多谢夸奖。"他抬起袖管擦了擦眼睛,"我怕得厉害,先生。之后我回到这里,一步也没出去过。很抱歉,夏雷克大人,我表现得太怯懦了。我原本应该展开调查,可是,可是我只是个学者。"

"好啦,现在我们来了。告诉我,是谁发现尸体的?"

"是医务室主治医师盖伊修士。一个肤色黝黑的男人。"他又开始发抖了,"他说那晚医务室来了个生病的老修士,他就去厨房取牛奶给病人喝。他有厨房钥匙,开了外门的锁后,穿过一个小厅能到厨房,谁知一推开门,就踩进一大摊血里。他吓坏了,立刻通知了其他人。"

"这么说来,厨房夜间一般是锁上的喽?"

他点点头。"是的,以免修士和仆人擅自偷食。除了填肚子,这些修士们什么也不想,等见到他们,你就知道他们大部分人有多胖了。"

"看来凶手有钥匙。如果守门人说的是实话,那凶手应该是修道院里的人。但你还在信上说过,教堂被亵渎了,有件圣物被偷了?"

"没错。当我们所有人还站在厨房的时候,一个修士带来了这个消息……"他咽了口唾沫,"说教堂的圣坛上有一只死鸡。后来他们发现'忏悔的盗贼'的遗物也被偷了。修士们都说是外人闯进来亵渎了教堂,偷走了圣物,结果在作案途中碰上了深夜在外溜达的特派员,就把他杀了灭口。"

"可一个外人怎么进得了厨房?"

他耸了耸肩。"也许是收买下人,复制了一把钥匙吧?院长是这么想的,不过唯一有钥匙的下人就是厨师了。"

Dissolution

"那件圣物是怎么回事？很重要吗？"

"那东西很可怕！是一只钉在木块上的手。手连同木块装在一个大金匣子里，匣子上镶着宝石，据我看是货真价实的祖母绿。人们相信它可以治愈断裂和扭曲的骨头，但它只不过又是一件骗傻子的假货罢了。"他的声音在这一刻猛地抬高，充满了改革者的热情，"比起辛格尔顿被杀，这件圣物的丢失让那群修士更难过。"

"你有什么看法？"我问，"你觉得这件事有可能是谁做的？"

"我也不知道。修士们都说是恶魔崇拜者闯进教堂偷走了圣物。但他们讨厌我们，你甚至能从这里的气氛中感受到这种憎恶。先生，既然你们来了，我可以回家了吗？"

"暂时还不行。快了，也许吧。"

"那至少有你和这个小伙子在这儿陪我。"

有人在门上敲了一下，仆人的脑袋探了进来。

"院长回来了，先生。"

"太好了。马可，过来扶我一把。我的身子僵了。"他扶我站了起来，我掸了掸衣服上的灰尘。

"谢谢你，古德汉普斯博士，我们下次再谈吧。顺便问一句，特派员查看的那些账簿上哪儿去了？"

"财务主管拿回去了。"老人摇了摇洒满白霜的头颅，"事情怎么会演变成这样？我希望看到的只是教会的改革，可这个世界怎么就变成了这个样子？叛乱，谋逆，凶杀。有时候我甚至怀疑，我们有能力改变这一切吗？"

"至少我们可以抓住这个神秘的罪犯。"我坚定地说，"我从不怀疑这一点。来吧，马可，我们去会会那个好院长。"

第六章

仆人又带着我们走下楼梯，把我们引入一个轩敞的房间，房间四壁悬挂着鲜艳的佛兰德斯挂毯，东西虽然有了年头，但仍旧精美异常。从窗户望出去，能看到一大片墓地，墓地里树木丛生，几个仆人正在耙走最后的落叶。

"院长大人正在脱骑马装。他很快就会来见二位了。"一席话说毕，他弯腰退了出去，留下我们站在房中。壁炉的火很快烤暖了我们的后背。

房中的主要摆设是一张大书桌，其上堆满了乱七八糟的纸卷和羊皮纸，桌后有一把铺软垫的椅子，桌前摆着几张凳子。除了纸卷和羊皮纸，桌面还有一个黄铜托盘，盘里有一大块封蜡，上面搁着修道院的大印章。铜盘旁边有一个酒壶，几只银杯。成排的书架紧靠书桌后面的墙壁摆放着。

"原来院长的住处这么奢华，我以前还不知道呢。"马可感叹了一句。

"的确是这样，他们都有独立的住所。起初院长是和修士们住在一起，但是几百年前，朝廷开始向这些人征收房产税，他们灵机一动，想出让院长拥有合法的个人收入，与其他人的区分开来。如今他们一个个养尊处优，大部分日常事务都留给副院长打理。"

"国王为什么不修改法律呢，那样不就能向院长征税了？"

我耸了耸肩。"过去王朝的维系需要院长们的支持，国王不能得罪他们。至于现在嘛……呵呵，要不了多久，这个问题就不再是问题了。"

"这么说此地的实际管理人是那个苏格兰蛮子？"

我绕到书桌后面检查书架，一套印刷版英国律例引起了我的注意。

"他不就是个欺软怕硬的家伙吗？他好像很喜欢虐待那个见习修士。"

"那孩子看上去病恹恹的。"

"是啊。其实我很好奇，一个见习修士为什么会被安排做下人的工作呢？"

"我还以为修士们都有干体力活的义务呢。"

"圣本笃的确做过这样的规定。只是这几百年来，本笃会已经没有老老实实做苦工的修士了。脏活累活都有仆人打理，煮饭养马，生火铺床，有时候还得帮他们穿衣服，谁知道还要干些什么。"

我拿起印章，借着火光仔细端详。印章是用回火钢铸成的。我让马可看上面的圣多纳特刻像，他穿着古罗马式衣衫，朝一个躺在驮篮里的男人弯下腰，男人的一条手臂直直地伸向他，姿态充满吁求。整个画面惟妙惟肖，就连衣服褶皱都刻得精细入微。

"圣多纳特正在让这个死去的男人复活。出发之前，我特意在家里那本《圣人传》上查过。"

"他可以让死人活过来？就像耶稣复活拉撒路那样？"

"故事是这样的：多纳特遇到了一个正要送去下葬的死人。另一个人在叱骂死者的遗孀，说死者欠他的钱。神圣的多纳特对死人说话，让他起来解决债务问题。死人果然坐了起来，说服所有人相信他已经还清了欠款。然后他重新倒下，再次死去了。钱，钱，世人总是迈不过这道坎。"

一连串脚步声由远及近，门开了，进来一个五十多岁的高壮男子。他身穿黑色本笃会长袍，长袍下露出羊毛丝绒长筒袜和镶银搭扣的鞋。方正的面膛气色红润，生着罗马式鹰钩鼻。棕色头发又密又长，把光光的脑顶围成一个小圆圈，直白地表现出对教规的妥协。他带着微笑走上前来。

"我是费比尔院长。"他贵族式的礼仪无懈可击，贵族式的口音高雅动听，但我还是从中捕捉到一丝焦虑。"欢迎来到斯卡恩西。"他又用拉丁语说："万安。"

第六章

"我是马修·夏雷克,代理主教的特派员。"按照规矩,我应该回答"您也一样",但我不想被拖进一场装模作样的拉丁语表演中。

院长缓缓点头,深邃的蓝眼睛将我佝偻的身形飞快地扫视了一遍,当看到我手中的印章时,这双眼睛微微睁大。

"先生,行行好,千万小心。所有法律文件都得用这枚印章盖印。它决不能离开这个房间。严格说来,有资格使用它的人只有鄙人。"

"身为国王陛下的特派员,我有权力接触这里的任何一样东西,阁下。"

"当然了,先生,当然。"他一直盯着我的手,直到我把印章放回桌上,"二位赶了那么久的路,一定饿了,要不要我叫点儿吃的来?"

"等一会儿吧,谢谢你。"

"抱歉让你们久等了。我刚才和我们赖伊奥威尔庄园的管家谈了点儿公事。今年秋天的收成账目没有弄好,还有好多事情要忙。要不要喝点儿酒?"

"一点点就够了。"

他为我倒了一杯酒,又转头看着马可:"我能不能问问这位是谁?"

"马可·普尔,我的书记员和助手。"

他扬起眉毛:"夏雷克大人,我们要谈论的事情是很严肃的,我建议最好私密一点儿,不知你意下如何?这个小伙子可以到我准备的房间去休息一下。"

"我觉得没有必要,阁下。带上普尔长官是代理主教本人的要求。除非我要他离开,否则他哪儿也不会去。你想不想看看我的委任状?"

马可朝院长咧嘴一笑。他涨红了脸,低下头说:"你想怎样就怎样吧。"

我把文件递到他戴着戒指的手中。"我已经和古德汉普斯博士谈过了。"我说话时,他正在破开封蜡,闻言表情一下子变得很不自然,鼻尖似乎微微上扬,仿佛克伦威尔的气息正从纸上散发出来。我看着窗外的墓地,仆人们正把一堆落叶点燃,一缕白烟自火中腾起,飘向铅灰色的天空。天色开始变暗了。

院长思索了一会儿,把委任状放到桌上。他倾身向前,双手紧扣在一起。

"这次凶案是此地有史以来发生过的最恐怖的事件。而且我们的教堂也在同一时间被亵渎,这让我……非常震惊。"

我点点头。"克伦威尔勋爵也很震惊。他不希望这件事传扬出去。你确定没有泄露半句?"

"绝对没有,先生。我警告过所有修士和仆人,如果有一个字传到墙外去,就等着代理主教办公室来找他们算账吧。"

"很好。请务必把寄到这里的所有信件都拿给我过目;没有我的允许,任何信件都不能从这里送出去。现在开始说正事吧,我猜你并不欢迎辛格尔顿特派员的到访。"

他叹了口气。"我哪有资格说什么?两个星期前,我收到一封来自克伦威尔勋爵办公室的信,信上说勋爵派了一名特使来商讨一些不便明说的事宜。辛格尔顿特派员一来到这里,就说出了让我震惊的话。他说他希望我率领整个修道院向国王投降。"他定定地看着我,眼中既有不服,也有担忧,"他强调说要寻找一个主动投降的人,看样子他似乎很急迫,威逼利诱轮番上阵,一会儿许诺说要给我们一大笔钱,一会儿又威胁说已经抓住了我们的把柄——我必须补充一句,所谓的'把柄'是毫无根据的。他希望我在投降书上签字,但是投降书的内容实在太过分;上面说我们承认我们在这里敬奉的是虚假的宗教构成,遵循的是愚蠢的古罗马仪式。"他的声音带了一点儿委屈。"我们的仪式是完全按照代理主教的命令进行的,每个修士都发誓不再承认教皇的权威。"

"这我相信,"我说,"否则你们早就大祸临头了。"我注意到他的长

第六章

袍上别着一枚朝圣徽章,看来他去沃尔辛厄姆朝拜过圣母玛利亚。不过国王这几天也去过那里。

他深吸了一口气。"我和辛格尔顿特派员谈过几次,焦点集中在代理主教没有合法权利来要求我的修士们和我本人把修道院移交给他。这是事实,就连圣典学者古德汉普斯博士也提不出异议。"

我没有回答他,因为他说得对。"也许我们可以把话题转回凶杀案上。"我说,"这件事更紧迫。"

他肃然点头。"四天前的下午,辛格尔顿特派员又和我长谈了一次,这次恐怕不太成功。那天我没有再看见他。他就住在这栋房子里,不过三餐都和古德汉普斯博士单独吃。我像往常一样上床睡觉了。凌晨五点的时候,盖伊修士,我的医务室主治医师,闯进房里叫醒了我。他对我说,他去厨房拿东西,结果发现了辛格尔顿特派员躺在血泊里的尸体。他被砍掉了脑袋。"因为恶心,院长的脸都扭曲了,他摇了摇头,"神圣之地染血是很晦气的,先生。之后修士们去教堂做晨祷的时候,发现了圣坛边上的脏东西。"他没有继续说下去,眉间现出了一道深深的皱纹,我看得出他的难过是发自内心的。

"到底是什么?"

"更多的血。一只黑鸡躺在圣坛前面,头也没了,血流了一地。我担心这件事和巫术有关,夏雷克大人。"

"而且你们还丢失了一件圣物,我没说错吧?"

院长咬着嘴唇。"是斯卡恩西的伟大圣物。这件东西稀有而神圣,是一只钉在十字架残片上的手掌,手掌的主人就是和耶稣一起受难的'悔改的强盗'。那天早上看到死鸡后不久,加布里埃尔修士就发现它不见了。"

"我能理解它的价值。它装在一个镶着祖母绿的金匣子里头?"

"没错。但我更关心盛在里面的东西。一想到这种拥有神圣力量的东西落入某个女巫手里……"

"国王特使的脑袋可不是被巫术砍下来的。"

"个别修士很怀疑这一点。厨房里没有任何可以砍下人头的工具。这件事太不容易做到了。"

我身体前倾,一只手放在膝盖上。这种姿势可以放松背部,但看上去很像质问。"你和辛格尔顿特派员的关系并不融洽。你说他平时都在自己房里吃晚饭?"

费比尔院长双手一摊。"身为代理主教的使者,我们对他礼遇有加。他既然不想和我一桌吃饭,那也随他。"他的声音微微抬高,"容我重申一遍,我觉得他的死很晦气。说句老实话,我很想为可怜的遗体举行基督教葬礼。尸体一直放在这里让我的修士们很不安,他们害怕他的鬼魂。但是古德汉普斯博士坚持要保留遗体,等待查验。"

"他的想法很明智:查验尸体是我的首要任务。"

他小心翼翼地看着我。"你打算独自调查这个案子,不让世俗力量参与进来?"

"是的,调查会很快开始,但我希望你能全力协助我。"

他把两只手掌大大张开。"这是自然。不过坦白地说,我不知道你们要从哪里着手。这项任务似乎不是一个人能完成的,尤其是凶犯如果来自镇上的话——我个人确信如此。"

"你为什么这么说?我听说守门人那天晚上碰到过辛格尔顿特派员。他说他要去见一个人。而且厨房门也要用钥匙才打得开。"

他探过身子,认真地说:"先生,这里是上帝的圣所,就连一砖一石,一草一木,都完全忠于我主基督。"在提到主的名字时,他垂下脑袋。"这座修道院有四百年历史,其间还从没发生过这种事。但在修道院之外的罪恶世界……某个疯子,或者比这更坏,某个修习巫术的人,很有可能带着满脑子邪见闯进这里。对教堂的破坏就是明证。我想辛格尔顿特派员一定是发现了一个,或者几个图谋不轨的闯入者,然后招来了杀身之祸。至于

第六章

钥匙,特派员就有一把,是他那天下午向莫提马斯副院长要去的。"

"我明白了。你知道他可能想见谁吗?"

"我也希望我知道,但是这个秘密已经随他一起死去了。先生,我不清楚镇上近来是否出现过有暴力倾向的疯子,但流氓恶棍肯定不少,镇上的人有一半在干走私羊毛到法国的勾当。"

"明天去镇上见治安官柯平格尔大人的时候,我会提一提这件事。"

"他要参与进来?"院长眯起眼睛。他显然不太高兴。

"除他之外不会有别人了。跟我说说,你在这儿当了多久的院长了?"

"十四年。这十四年平静无波,直到现在。"

"可是两年前出过问题,不是吗?那次视察?"

他的脸唰地红了:"是。以前的确出过一些……堕落的事情。上一任副院长……有营私舞弊的行为,最神圣的地方居然会发生这种肮脏事。"

"贪赃,枉法。"

"上任副院长被解除圣职,开除出院了。自我之下,所有修士的福利和纪律都由副院长负责,权力之大,是不消说的。这个狡猾的罪人一边干坏事,一边装出道貌岸然的样子,竟让人看不出破绽。但现在我们已经在莫提马斯副院长的领导下恢复了虔诚的纪律,辛格尔顿特派员并不否认这一点。"

我点了点头。"这里如今有六十个仆人吧?"

"我们有庞大繁复的建筑群要维护。"

"还有……多少……三十个修士?"

"先生,我不相信我的仆人中有谁会做出这种事情,更别说一心侍奉上帝的修士了。"

"一开始所有人都脱不了嫌疑,阁下。不管怎么说,辛格尔顿特派员是来这儿协商修道院投诚事宜。虽然国王陛下鸿恩浩荡,赐下了丰厚的补偿金,我想也难免有人因为不能继续生活在这里而心存怨怼。"

"我并没有把他来这里的意图告诉其他修士,他们只知道他是代理主教的使者。我让莫提马斯副院长放出话去,说特派员是因为修道院名下一所庄园的所有权问题来这儿的。这是出于辛格尔顿特派员的特别要求,至于他的真实目的,只有修道院的几个高层官员知道。"

"包括哪些人?"

"除了莫提马斯副院长,还有圣器室管理人加布里埃尔修士、财务主管埃德温修士、医务室主治医师盖伊修士。他们都在这里待了不少年,资格最老,只有盖伊修士是去年来的。自从凶案发生之后,修道院里流言四起,对特派员来这儿的目的妄加猜测,可我还是坚持说他是为了解决所有权纠纷来的。"

"很好。我们眼下不要改口。不过关于投降问题,我也许会继续跟进。"

院长即将出口的话被我堵了回去,他闭起嘴巴,小心斟酌着下一句该说什么。

"先生,就算现在情势不妙,我也势必要坚持我的权利。《解散小型修道院法案》里说得清清楚楚,大型修道院运作情况良好,要我们投降是没有法律根据的,除非我们严重违反了朝廷的命令,可我们没有。我不知道代理主教凭什么想要这座修道院的财产。我听到传言说其他人被要求投降,但我必须把对辛格尔顿特派员说过的话再对你说一遍:我要求捍卫法律赋予我的权利。"他靠在椅背上,脸色绯红,嘴唇紧抿,一副被逼入绝境却誓不妥协的模样。

"我看到你有一套英国律例。"我转移了话题。

"我多年前在剑桥大学读过法律。你是个律师,先生,你应该知道遵纪守法是我们这个社会的基础。"

"话是没错,但法律是不断变化的。新的法令一旦实施,其他人就要遵守。"

第六章

他面无表情地看着我。我们俩都很清楚，如果国势一直动荡不安，强制解散修道院的法案就不会再出现。

我率先打破了沉默："现在言归正传，阁下，如果你能安排我查验可怜的辛格尔顿的遗体，我将感激不尽，你也说过，他的遗体早就该下葬了。我还想找个人带我看一看修道院，但最好安排在明天吧。现在天色已晚。"

"没问题。尸体停放在一个既安全又合适的地方，我想你也不会有意见的，这几天都由医务室主治医师看管着。我会安排他护送你去。我要对你说清楚，虽然觉得你会徒劳无功，但我会竭尽所能提供帮助。"

"不胜感激。"

"现在去休息一下吧，我在楼上为你们准备好了客房。"

"多谢了，但我想住在距案发现场更近的地方。医务室里有没有客房？"

"有倒是有……可是国王的代表不和院长一起住，不会显得我们怠慢吗？"

"住医务室会更好。"我直截了当地说，"我还需要修道院里所有建筑的钥匙。"

他笑了起来，一脸的难以置信："可是……你知不知道这里到底有多少把钥匙，多少扇门？"

"啊，我猜肯定很多。想来一定有一套完整的钥匙。"

"我手里有一套，副院长和守门人也各有一套。不过这些钥匙都是随时要用的。"

"我无论如何得要一套，阁下。请为我准备吧。"我站起身来，背部的痉挛疼得我差点儿大叫，但我拼命忍住了。马可也跟着站起来。最后起身的是费比尔院长，他一脸挫败地抚平了长袍。"我派人送你们到主治医师那儿去。"

我们跟着他进了大厅，他鞠了一躬后就匆匆走掉了。我鼓起腮帮。

"他会把钥匙给你吗？"马可问。

"噢，我觉得会。他害怕克伦威尔。真是见鬼，他对法律太精通了。如果他的出身真像古德汉普斯说的那么微贱，能在这么好的地方当院长，对他来说一定意味着一切。"

"听口音倒像个有教养的人。"

"口音是可以后天训练的，很多人为此投入了大量的心力。克伦威尔勋爵说话就不带帕特尼口音。再说说你吧，你的口音也没有乡土气呀。"

"我们不住这里让他不高兴了。"

"是的，而且老古德汉普斯会很失望。可我顾不了那么多，我不想待在院长的眼皮底下，和其他人隔绝开来，我需要接近这个地方的真实面。"

几分钟后，莫提马斯副院长出现了，还带来了一大串钥匙，全数穿在一个钥匙圈上，大大小小总共有三十多把，其中有几把装饰精美的巨型钥匙，应该是上百年的老物件了。他挤出一丝笑容，把钥匙递给了我。

"求你别弄丢了，先生。修道院里只剩这一套备用的了。"

我把钥匙交给马可："拿好了，没问题吧？这么说有一套备用钥匙？"

他没有直接回答我：　"院长要我带你们去医务室。盖伊修士在等你们。"

他带我们出了房子，又从那排工房前走过，天已经黑了，这些屋子全都掩上了门，关好了窗。今夜没有月光，天气比平时更冷。眼下我疲惫不堪，这股冷意仿佛要穿透我的骨头。路过教堂时，我听到里面有歌声——精妙的多声部重唱，伴着悠扬的风琴声，听来婉转动人。比起我在利奇菲尔德听过的荒腔走板的咏唱，这里的歌声大不一样。

我问："领唱的是谁？"

第六章

"加布里埃尔修士,担任圣器室管理人,对音律也很精通。他是个多才多艺的人。"我从副院长的话音里听出了一丝嘲讽。

"现在做晚祷未免迟了一点儿吧?"

"只迟了一点儿。昨天是圣灵节,修士们在教堂里站了整整一天。"

我听了直摇头。"各地的修道院都有自己的时间表,每一种都比圣本笃规定的要轻松。"

他严肃地点点头。"克伦威尔勋爵说过,修士们的一言一行都应该严格遵循标准,他说得很对。我为此竭尽所能,到目前为止,我看他们都是这么做的。"

我们沿着隔开修士住所的高墙往前走,进入了我白天看到过的大草药园。站在近处看时,才发现医务室比我想象的还要大。大门很结实,门上有一个铁环。副院长一拧铁环,门就开了,我们跟在他身后走了进去。

长条形的大厅在我们面前延伸,两侧摆放着成排的床铺,床与床之间相隔很远,而且大部分是空的。这景象提醒了我,让我记起本笃会成员的数量已经锐减到了何种程度;只有在大瘟疫前的鼎盛时期,修道院才需要一座这么大的医务室。被占用的床只有三张,病人都是穿着睡衣的老头。第一个是面颊红润的胖子,此刻正坐在床上吃水果干,我们一进屋子,他就好奇地看了过来;躺在他旁边那张床上的人没有看我们,我瞧出他是个瞎子,眼睛里有乳白色浊物,应该是患了白内障;第三张床上的病人是个年纪很大的老头,干瘦的脸庞沟壑纵横。他躺在床上喃喃自语,处在半昏半醒之中。一个裹白色头巾、穿蓝色仆人服的人背对着我们站在他的床边,俯身用布帕擦拭他的额头,动作温柔极了。我惊奇地发现那竟然是个女人。

大厅尽头有个小圣坛,圣坛边摆着一张桌子,几个修士正围着打牌,胳膊上都缠着绷带,血迹斑斑。他们远远地看着我们,眼神里带着警惕。这时女人转身了,原来是个年轻姑娘,大约二十岁出头,身材高挑,体态

Dissolution

丰盈优美，生着一张轮廓刚硬的四方脸，颧骨高耸。这样的容貌称不上美丽，却让人过目难忘。她走了过来，用灵活的深蓝色眼睛上下打量我们，最后顺从地垂下眼帘。

"这位是新任国王特派员，是来找盖伊修士的。"副院长盛气凌人地说，"他们两位要住在这里，去准备一间房吧。"在这短短一瞬间，他和姑娘嫌恶地互瞪了一眼。她点了点头，行了个屈膝礼："遵命，修士大人。"

她移步走开了，身影消失在圣坛边的一扇门里。这姑娘举手投足间流露出十足的沉着自信，完全不像寻常的年轻女仆那样毛手毛脚。

"修道院里居然有女人，"我说，"这和禁令不合呀。"

"法律特许我们雇用女人在医务室做助手，很多修道院都是这么做的。女人动作轻柔，很适合护理工作。不过我不觉得那个放肆的家伙有多温柔。她行事出格，不守本分，医师对她未免太宽纵了。"

"你是说盖伊修士？"

"是莫尔顿的盖伊修士……属于莫尔顿，但不是来自莫尔顿，你将来就会明白了。"

姑娘回来了。"先生，我来带你们去药房。"她操一口本地口音。音色轻柔而沙哑。

"那我告辞了。"副院长弯腰行了个礼，转身离开了。

姑娘仔细打量着马可的衣裳。为了出这趟远门，他把最好的衣服都穿上了：最外头是一件毛边外套，里穿一件蓝色夹克，夹克下面有一件黄色束腰上衣，科多佩斯从上衣下摆处俏皮地凸出来。她的目光又转到他的脸上，许多女人都爱看马可的脸，但这一位表现得与众不同，我从她的眼中捕捉到一种意想不到的悲伤。马可朝她一笑，笑容有种少年人的潇洒飞扬，她的脸一下子红了。

我挥了挥手。"请带路吧。"

我们随她走进一条阴暗狭窄的走廊，走廊两旁各有几扇门。有一扇门

第六章

刚好开着,我朝里瞥了一眼,又看见一个老修士坐在床上。

"爱丽丝,是你吗?"我们走过的时候,他嗔怨地问了一句。

"是我,保罗修士。"她柔声说,"我过一会儿就来看你。"

"我又开始发抖了。"

"我会给你带点儿热酒来。"

他笑了起来,一副很安心的样子。姑娘继续带着我们往前走,在另一扇门前停了下来。"先生们,盖伊修士的药房到了。"

我的长筒袜碰到了门口的一个石头水罐。真奇怪,这东西竟然是温热的。我弯下腰,想看得更清楚些。类似的石罐还有好几个,里面装满了浓稠的暗色液体。我略微嗅了嗅,如遭雷击般跳了起来,惊骇地看着年轻姑娘。

"这是什么东西?"

"血,先生。全都是血。冬天快到了,医师正在给修士们做放血治疗[①]。我们把放出来的血存了起来,用血浇灌的药草能长得更好。"

"我从没听说过这种事。我还以为修士是不允许通过任何方式流血的呢,就算是医师也没有这个权利。放血治病难道不是庸医才干的事吗?"

"身为一个合格的医生,盖伊修士是有豁免权的。他说在他之前待过的地方,放血是再平常不过的事。他问两位能不能稍等几分钟,他刚刚开始给蒂莫西修士放血,在这期间不能走开。"

"太好了,谢谢你。你的名字是爱丽丝?"

"爱丽丝·菲特尔,先生。"

"爱丽丝,去告诉你的主人一声,就说我们等着他。我们不会让他的

[①] 放血疗法的理论基础源于"四体液学说",古希腊人认为血在四种体液中占主导地位,古希腊医生伽林认为血是人体产生的,经常"过剩",因而提出将动静脉血管与脏器相联系过来的理论,如放右臂静脉血治疗肝病,放左臂静脉血治脾脏的病。直至中世纪,放血的实施者都是僧侣。

病人流血而死的。"

她弯腰退了出去，木头鞋跟撞在石罐上，发出"啪"的一声脆响。

马可赞叹着："这姑娘可真优雅。"

"的确是啊。一个这么优雅的女人，却干着这么一份工作，蛮奇怪的。我想你的科多佩斯把她逗乐了，这东西是挺滑稽。"

"我不喜欢放血。"他急急忙忙转变了话题，"我只放过一次血，结果害得我好几天有气无力，弱得像只猫崽。不过据说这有助于体液的平衡。"

"呵呵，我忧郁的性情是上帝赋予的，难道放点儿血就能改变吗，我不信。我们到里面看看去。"我从腰间解下巨大的钥匙串，借着壁灯的微光细看，终于找出了刻有"医务室"字样的钥匙。我把钥匙插进锁孔一试，门一下子开了。

"不用等一等吗，先生？"马可问。

"没空管细节了。"我从墙上取下灯盏，"眼下正是我们了解这个尸体发现者的好机会。"

房间很小，四壁皆刷成白色，收拾得整洁异常，空气里充溢着一种浓烈的刺鼻气味。房间里摆着一张供病人躺卧的诊疗椅，上面覆盖着干净的白布。墙壁的铁钩上挂着成捆的药草和大大小小的手术刀。有一面墙上贴了一张繁复的占星图，对面墙上则挂着一个西班牙式大十字架，漆黑的木头衬着雪白的基督像，殷红的血正从基督的五处伤口中淌落。一扇高高的窗户下方摆着医生的办公桌，一叠叠纸片在桌上摆放得整整齐齐，每叠纸片上都压有一颗漂亮的石头。我粗粗扫了一眼，看出这些文件都是用英文和拉丁文写成的处方和诊断书。

我沿着一排排架子往前走，浏览上面的瓶瓶罐罐，只见所有的瓶罐都被细心贴上了拉丁文标签。我揭开一个大碗的盖子，发现里面养着水蛭，在突如其来的灯光照耀下，这些黏糊糊、黑黢黢的生物不安地蠕动起来。架子上的东西都不稀奇，无非是治疗发烧的千金盏花，治疗深度伤口的

第六章

醋，治疗耳痛的老鼠粉。

走到尽头时，我在架子顶层发现了三本书。一本是印刷版的盖伦[①]著作，另一本是帕拉塞尔苏斯[②]的著作，字迹都是法文。第三本书用精美的皮封包裹着，里面是手写的陌生文字，字体尖长卷曲。

"看看这些字，马可。"

他站在我背后盯着这本书："是医学密码吗？"

"我不知道。"

我一直竖着耳朵留意脚步声，谁知在什么也没听到的情形下，突然有人在我和马可身后礼貌地咳嗽了一声，惊得我们跳了起来。

"请你别把那本书给丢了，先生。"这人用奇怪的口音说，"在别人看来它或许没用，但对我来说很有价值。它是本阿拉伯文医书，不在国王的禁书单上。"

我们急忙转过身。一位脸孔瘦削严肃的高个子修士站在我们面前，用深邃的眼睛静静地看着我们。让我惊讶的是，他的脸竟然是橡木板一样的棕色。在伦敦的码头上，我偶尔也见过几个棕色皮肤的人，但被这样一个人近距离直视的经历还是头一回。

"如果阁下能把书还给我，我将感激不尽。"他恭恭敬敬地温言恳求，虽然口齿不太清楚，但我还是可以从他的语调中听出不容拒绝的坚定，"这是格拉纳达的末代酋长赠给我父亲的。"

我把书递给他，他行了个优雅的鞠躬礼。

"二位是夏雷克大人和普尔大人吧？"

"正是。你就是莫尔顿的盖伊修士？"

"我就是。你有我房间的钥匙？平常这里是不许旁人进的，我的助手

[①] 古罗马医学大师。
[②] 欧洲著名医师，炼金术师。

爱丽丝也只在我在场的时候进来，以免有人弄乱药草和药剂。你也知道，有些药用错了剂量是会死人的。"他的目光在药架上来回扫了一遍。我觉得自己的脸有些烫。

"我非常小心，什么东西也没碰，先生。"

他微微欠身。"的确是这样。不知国王陛下的特使需要我提供什么帮助？"

"我们想在这里住下。你这儿有客房吗？"

"当然有，爱丽丝正在准备。不过大部分房间都被上了年纪的修士给占了。他们夜里常常唤人，可能会扰了两位的清梦。大部分客人都爱住院长的屋子。"

"我们更喜欢留在这里。"

"那就照两位的意思办。还需要我帮什么忙吗？"他的口气恭敬十足，但不知为什么，他提问的方式总让我觉得自己像个求医问诊的病人。虽然他样貌奇特，却不失为一个有风度的人。

"听说上一任特派员的尸体由你看管？"

"没错。尸体如今安置在修道院俗家墓地的一处地穴中。"

"我们想去看看。"

"当然可以了。你们大老远赶来一定累了，现在可能想洗漱休息了吧。等会儿要不要和院长一起吃饭？"

"不必了，我想还是到餐厅和修士们一起吃吧。不过吃饭之前我希望休息一小时。那本书，"我追问了一句，"你是不是有摩尔人血统？"

"我来自马拉加，这个地方如今属于卡斯蒂利亚，不过在我出生的时候，它还是格拉纳达酋长国的一部分。1492年，格拉纳达被西班牙攻陷，我的父母皈依了天主教，但是生活并不容易。我们找到机会去了法国，发现在卢万生活更容易些。那座城市聚集了五湖四海的人，阿拉伯话自然也是他们的语言之一。"他的脸上浮现出温和的笑意，但乌黑的眼睛仍然射

第六章

出锐利的光。

"你在卢万大学学过医?"我吃了一惊,卢万大学可是享誉整个欧洲的名校,"那你应该在侯门公府,王宫内院供职才对,不该待在这穷乡僻壤的修道院里。"

"确实如此。但身为西班牙的摩尔人,我的短处太明显了。我在法国和英国漂泊多年,从一个岗位跳到另一个岗位,好比你们亨利国王的一个网球。"他又笑了,"我在约克郡的莫尔顿修道院待了五年,两年前来到这里的时候,我保留了这个名字。如果传言是真的,也许我不久之后又要离开了。"

我记起他是知道辛格尔顿真正意图的修道院高层官员之一。见我沉默不语,他若有所思地点点头。

"就这样吧。我先带你们到房间去休息,一小时后我会来找你们,带你们去检查辛格尔顿特派员的尸体。该给这个可怜人举行基督教葬礼。"他画了个十字,发出一声叹息,"一个被杀者的灵魂很难得到安息,因为他临终之前既没有忏悔,也没有涂油。祈求上帝,保佑我们不再遭逢这样的命运。"

第七章

我们的房间小而舒适,四壁是木头墙板,地上新撒的灯芯草散发出阵阵甜香。壁炉里生着火,前面早摆好了几把椅子,一室温暖如春。盖伊修士引我们进来的时候,爱丽丝姑娘正把几条手巾放在一罐热水边。火光映照下,她光洁的脸庞和赤裸的手臂泛出健康的红晕。

"先生,我觉得你们可能想要洗洗脸。"她恭顺地说。

我朝她笑了笑:"你想得太周到了。"

"我想要点儿能让我暖和起来的东西。"马可朝她咧嘴一笑。她垂下了头,盖伊修士狠狠地瞪了马可一眼。

"谢谢你,爱丽丝,"他说,"这就够了。"姑娘弯腰退了出去。

"希望两位对这个房间满意。我已经给院长送去了口信,说你们会在餐厅吃饭。"

"相信这个房间会很舒适。多谢你费心了。"

"如果两位有任何需要,都可以叫爱丽丝去办。"他说完又瞪了马可一眼,"不过请两位记住,她还要忙着照顾那些生病的老修士。除了几个上了年纪的厨娘,她是这里唯一的女人。她现在受我保护,就是这样。"

马可面红耳赤。我朝这位医师鞠了一躬:"我们会记住的,先生。"

"谢谢你,夏雷克大人。那我先走了。"

"老不死的黑皮卫道士,"等门一关,马可就开始嘀嘀咕咕地抱怨,"只不过是看一眼而已……而且她也乐意让我看。"

我直截了当地说:"他是在对她的幸福负责。"

马可看了看床。房间里有一张供主人睡的高脚床,床下的狭小空间里

第七章

藏着一张木板床，床脚安着轮子，可以推进推出，是给仆人睡的。他把矮床拉出来，沮丧地看着铺了薄草垫的硬床板，好一会儿才脱下衣服坐上去。

我凑近大口水罐，掬起一捧热水朝脸上泼去，任凭水珠沿着脖子往下淌。我感觉疲惫异常，过去几个小时的片段在脑中一一浮现，许多面孔和场景万花筒般不断回旋。我呻吟了一声。"感谢上帝，我们终于可以独处一会儿了。"我坐到椅子上，"天哪，我疼得厉害。"

马可一脸关切地看着我："你的背又疼了？"

我叹了口气。"休息一晚就没事了。"

"你确定吗，先生？"他迟疑不决，"那里有布，我们可以来做个热敷……我可以帮你敷。"

"不用！"我厉声拒绝，"你没听到吗，我休息一下就没事了！"我讨厌任何人看我的驼背，能这么做的只有我的医生，但也只限于疼得特别厉害的时候。一想到马可的目光停在那上面，我就起了一身的鸡皮疙瘩。他的目光里一定有怜悯，或许还有厌恶，想想也是，像他这样高大英俊的人怎么会不觉得恶心呢？我起身踱到窗前，眺望黑暗空阔的四方院子。过了好一会儿我才转过身，马可静静地看着我，脸上既有怨恨，也有担忧。我抬起一只手，向他表达我的歉意。

"对不起，我不该吼你。"

"我没有恶意。"

"我知道。我太累了，心里又烦，这才发了脾气。"

"烦？"

"克伦威尔勋爵希望尽快了结此事，可我怀疑自己根本做不到。我起初希望在被关押的修士中找出几个狂热分子，说不定能得到一点儿关于罪犯的线索，但我也不知道行不行得通。古德汉普斯是指望不上了，他已经被吓得杯弓蛇影，草木皆兵。几个修道院高层官员似乎也不是那么容易被镇住的人。除了这些,还有一个喜欢给我们惹麻烦的加尔都西会疯子,传言又说闯进修道院的是镇上某些修习黑魔法的人。耶稣啊,真是一团乱麻。而且那个院长又精通法律,我算明白辛格尔顿为什么觉得他难对付了。"

"你只能尽力而为了,先生。"

"克伦威尔勋爵可不会这么想。"我躺到床上,凝视着天花板。以往处理新案件的时候,我常常会有一种愉悦的兴奋感,但是此时此地,我竟然无法找出一丝一毫的线索来指引我通过这个看似庞大的迷宫。

"这个地方阴森森的,"马可说,"到处都是黑漆漆的石头走廊,石头拱门。每一处都能藏个刺客。"

"说得是啊,记得当年在学校,每次被派出去跑腿的时候都会经过那些走廊,长得好像永远走不完似的,幽暗可怖,每走一步都会有回声。走廊两旁的门都是不允许打开的。"我试着给自己打气,"但现在不一样了,我是国王特派员,有权进入任何地方。这里和其他地方没什么不同,我们很快就能找出线索来。"马可没有回答,那深长的呼吸声告诉我,他已经睡着了。我自嘲地笑了笑,也闭上了眼睛,不知过了多久,忽然有人在门上重重敲了一下,马可啊的一声惊醒过来。我一下子跳下床,刚才竟然不知不觉睡着了,原本疲惫的身体现在奇迹般恢复了活力,头脑又清醒过来。我上前开了门。门外站着盖伊修士,他手持一根蜡烛,烛火在黝黑的脸上投下极其怪异的阴影。他直视着我,眼神很严肃。

"做好去察看尸体的准备了吗,先生?"

"啊,我们一直准备着呢。"我伸手取过了外套。

※

在医务室大厅里,爱丽丝给盖伊修士送来了一盏油灯。他在黑袍外披上一件厚罩衣,带我们走进一条阴暗的走廊,走廊的天花板很高,呈匀称

第七章

的拱形。

"要穿过修道院的外院,走这条路最快。"他说着推开一扇门,走进冰凉的夜色中。

门外是个院子,三面被修士们居住的房屋包围,第四面则伫立着教堂,构成了一幅意想不到的美丽画面。许多窗户里有灯光闪烁。

院子四周环绕着修道院的回廊,精美的拱门支撑着廊棚。很久以前,一个个小阅读间在长廊上次第排开,既不遮风也不避寒,修士们就在里面读书、学习。后来时代变了,修士们养尊处优,这里变成了散步聊天的场所。一个洗涤间紧靠在一根廊柱边,说是间,其实不过是一个用来洗手的精巧石钵,石钵中央有一股小喷泉,水声叮咚,轻柔悦耳。淡淡的烛光透过绘制精美的彩色玻璃,在地上投射出彩色的图案。我注意到有奇怪的小点儿在光线中飞舞,片刻之后才看出那是雪花,原来开始下雪了。院子里的旗帜已经沾上了许多白点儿。盖伊修士带着我们从院子横穿而过。

"尸体是你发现的,我没说错吧?"我问。

"是的。那晚爱丽丝和我在照顾奥古斯特修士,他发着烧,觉得非常难受。我想给他喂点儿热牛奶,就去厨房拿了。"

"那扇门平常是锁着的。"

"没错。否则仆人们会随心所欲地去拿吃的,不怕你笑话,很多修士也这么干。我有钥匙是因为我经常需要拿食物应急。"

"当时是凌晨五点钟?"

"五点的钟声刚敲过不久。"

"晨祷已经开始了吗?"

"还没有,这里的晨祷开始得比较晚,通常要到将近六点钟。"

"圣本笃的教规指定要在午夜。"

他温和地笑起来:"先生,圣本笃的教规是为意大利人写的,不是为要在英国过冬的人写的。只要我们唱歌,上帝就会听见,何必计较时辰呢。我们现在从礼拜堂抄近路过去。"

他推开另一扇门,我们发现自己来到了一个大房间,房间的墙壁上绘满了圣经中的场景。祈祷凳和带软垫的椅子放得到处都是,一座熊熊燃烧的火炉前摆着一张长条桌。房间里暖洋洋的,弥漫着一股难闻的体味。大约二十个修士闲坐各处,一些人在聊天,一些人在读书,还有几个坐在桌边打牌。每个修士的手边都放有一个精致小巧的水晶玻璃杯,里面是绿色的法国利口酒,盛酒的瓶子就搁在牌桌上,看起来蛮大的。我环顾四周,想看看加尔都西会修士在不在,可是并没有从一片黑衣中发现白袍;那个头发乱糟糟的同性恋加布里埃尔修士,副院长莫提马斯,还有那个眼神锐利的财务主管也不在这里。

一个面目消瘦,胡子稀稀拉拉的年轻修士刚刚输掉了牌局,这从他恼怒的神情就能看得出来。

"修士,你欠我们一先令!"一个形容枯槁的高个子修士欢声说。

"先等一等吧。我得向管家借点儿钱。"

"不能再预支了,阿特尔斯坦修士!"一个坐在附近的老修士说。他身形肥胖,半边脸颊上生着一个大粉瘤,使他的面孔有点儿变形。他竖起一根手指,朝阿尔特斯坦摇了摇。"埃德温修士说你已经预支过太多次了,钱还没赚到手就先花出去了……"他没有再往下说,一屋子修士匆匆站起来向我鞠躬。其中有个长得极胖的青年,就连光头上都是层层叠叠的肥肉。他起身时一不小心,把玻璃杯打翻在地。

"塞普蒂默斯,你真是个笨蛋!"旁边的修士用手肘狠狠撞了他一下,他呆呆地抬起头,茫然四顾。那个面孔变形的修士走上前来,又谄媚地鞠了一躬。

"先生,鄙人名叫裘德,是这里的管家。"

"我是马修·夏雷克,国王陛下的特派员。我看你们晚上过得蛮逍遥自在的。"

第七章

"只是在晚祷前稍稍放松一下罢了。长官,这是上好的利口酒,您要不要来一点儿?这酒来自法国的一家本笃会修道院。"

我摇头拒绝了他。"我还有事情要做,"我严肃地说,"你们早期的教规可说得明明白白,一天结束之后,所有的教徒都要遁入'大宁静'。"

裘德修士支支吾吾地解释道:"在大瘟疫之前的确是这样,先生,但那是很久以前的事了。从那以后,这个世界就离末日更近了一步。"

"我相信如今的英格兰社会在亨利国王的统治下欣欣向荣。"

"不,不……"他慌忙说,"我不是那个意思……"

那个高高瘦瘦的修士离开牌桌凑了过来。"先生,请不要和裘德修士一般见识,他是个直肠子,说话从来不经大脑。我是休修士,是这里的津贴发放人。我们知道自己的行为需要纠正,特派员大人,我们非常欢迎您的指导。"说完这番话,他瞪了他的同僚一眼。

"很好。这样我的事情就更容易办了。走吧,盖伊修士,我们先去检查尸体。"

那个年轻的胖修士犹犹豫豫地走上前:"尊敬的大人,请原谅我刚才的失手。我腿上长了溃疡,疼得厉害。"他显出一副愁眉苦脸的样子。盖伊修士拍了拍他的肩膀。

"塞普蒂默斯,如果你严格按照我的食谱进餐,你可怜的双腿就不用承受这么重的负担。你的体重下不去,也难怪它们要抗议。"

"修士,我这是虚胖,不吃肉不行啊。"

"有时候我觉得拉特兰会议解除禁肉令是件挺遗憾的事。失陪了,塞普蒂默斯,我们要到墓穴去。告诉你一个好消息,辛格尔顿特派员也许很快就能下葬了。"

"真是感谢上帝。我现在很怕到墓地附近去。一具没下葬的尸体,一个临终前没有忏悔的人……"

"对,对。好啦,差不多该做晚祷了。"盖伊修士把他轻轻推到一边,带我们从另一扇门穿了出去，重新回到夜色中。门外是一大片平地，一座座墓碑林立其间。夜幕下的白色碑石好像幽灵一般，我认出都是些家族墓葬。雪花飘得更密了，盖伊修士不得不拉起兜帽。

"你一定要原谅塞普蒂默斯修士，"他说，"他这人傻呆呆的，挺可怜。"

"他的腿肯定出了问题，"马可插嘴说，"毕竟要承受那么重的身体。"

"马可大人，修士们天天都得在冷冰冰的教堂里站着，一站就是几个小时，所以脂肪丰厚也算不得不健康。但是长时间站立会导致静脉曲张性溃疡，得了这种病，生活会很不方便。可惜可怜的塞普蒂默斯下不了决心改掉饮食无度的毛病。"

我打了个寒战。"这种天气可不适合站在户外聊天。"

盖伊修士高高举起油灯，带着我们从墓碑间穿过。我问他那天清晨去厨房的时候，大门有没有上锁。

"有。"他回答，"我是从外院那儿进的门，门在夜间一向是锁上的，然后我就沿着一条直通厨房的短通道往前走。厨房的门没有上锁，因为要进厨房，就只能走那条通道。一推开门，我立刻踩到了什么东西，差点儿滑了一跤。我放下油灯一照，就看到了那具无头尸体。"

"古德汉普斯博士说他也踩滑了。这么说当时的血还是液态？"

主治医师想了想："对，血还没有开始凝固。"

"看来凶案当时还没有发生多久喽？"

"对，不可能发生太久的。"

"而你在去厨房的路上没有看到任何人？"

"没有。"

我欣喜地发现自己的思维又活跃起来，头脑运转如飞："杀死辛格尔顿的人自己也免不了沾上一身的血。他的衣服上肯定有血，还会留下带血的脚印。"

第七章

"我什么也没看见。但我承认自己根本没有想到要去看,我吓坏了。之后修道院里的人都被吵醒了,进出厨房的人自然把血脚印踩得到处都是。"

我思索了一会儿。"凶手很可能接着去了教堂,玷污了圣坛,偷走了圣物。你和其他人有没有注意到外院里通向教堂的路上,或者教堂内有血迹?"

盖伊修士一脸阴沉:"教堂里鲜血四溅,我们都以为这血来自那只被宰杀的公鸡。至于外院嘛,那天天没亮就开始下雨了,整整一天都没有停过,就算有血迹也被冲走了。"

"你发现尸体后做了什么?"

"当然是直接去找院长。好啦,我们到了。"

他领着我们来到最大的墓穴前,这是一座用常见的黄色石灰石砌成的平层建筑,建在一个小坡上。木头大门厚重结实,宽度足够容一口棺材抬过。

一片雪花沾在我的睫毛上,我眨了眨眼睛。"我们快去做完这事儿吧。"他掏出一把钥匙,我深吸了一口气,暗暗祈祷上帝保佑我脆弱的脾胃待会儿变得坚强一点儿。

※

我们必须弯下腰才能进入这间粉刷成白色的低矮墓室。室内极其阴冷,风从一扇装着铁条的小窗灌进来。空气中留存着一股淡淡的腐臭,这是所有坟墓共有的味道。借着盖伊修士手中油灯发出的微弱光亮,我看到墙边放着一排排精美的石棺,亡者的雕像躺卧在棺盖上,双手交握成祈祷的姿势。大多数雕像都穿着几百年前的全副盔甲。

盖伊修士放下油灯,环抱双臂,把手伸进长袖管里取暖。"这里是菲茨休家族的墓穴,"他说,"这个家族是修道院最初的创立者,族中人死后全都葬在这里，直到最后一代人在上世纪的内战中死去。"

"叮叮叮！……"一阵突如其来的金属撞击声打破了墓穴的宁静。我情不自禁跳了起来，盖伊也和我一样，他那黝黑面膛上的眼睛倏地睁大了。我转身查看，只见马可正弯下腰，从地板上捡起院长的钥匙串。

"不好意思，先生，"他小声说，"我还以为这钥匙拴得很牢呢。"

"真是见鬼了！"我高声叫骂，"白痴！"我的双腿还在发抖。

墓室中央有一尊巨大的金属烛台，上面插着粗大的蜡烛。盖伊修士用油灯将蜡烛一一点燃，橘黄色的光线顿时照亮了整个墓室。他带着我们穿过墓室，朝一具石棺走去，石棺的棺盖光秃秃的，没有一句铭文。

"在这里所有的棺材中，唯有这一具没有永久的主人，以后也不会再有了。这个家族最后的男性继承人已经在博斯沃思战役中随理查德三世死去了。"他露出悲凉的笑容，用拉丁语说道，"世间的荣耀就此消失。"

"辛格尔顿的遗体就放在那里面？"我问。

他点了点头。"已经放了四天了，不过现在天气寒冷，尸体应该还比较新鲜。"

我又深吸了一口气。"那我们移开棺盖吧。马可，帮他一把。"

马可和盖伊修士用力把沉重的石头棺盖推到旁边的棺材上。起初棺盖纹丝不动，接着一下子滑开了，一股令人作呕的气味立刻弥漫开来。马可后退一步，嫌恶地皱起鼻子。"哪有多新鲜。"他小声嘀咕着。

盖伊修士凝视着棺内，抬手在胸前画了个十字。我走上前，抓着石棺边沿朝里看去。

尸体包裹在白色毛毯里，只有小腿到脚的部分露在外面，皮肤惨白，脚趾甲又长又黄。在毛毯的另一端，一点儿血水从断颈处流出来，被砍下的头颅直立在尸身边，下方有一摊颜色更深的血。我看着罗宾·辛格尔顿的脸，记起自己曾经隔着法庭，凛然地瞪视着这张面孔。

他生前是个三十多岁的消瘦男子，黑头发，长鼻梁。我看到他苍白的

第七章

面颊上有一片黑色的胡楂,这曾经鲜活的头颅原该生在脖子上,如今却放在一块血淋淋的石头上,一想到这里,我的胃就忍不住抽动。他的嘴张开一条缝,唇瓣间露出半边牙齿。深蓝色的眼睛圆睁着,瞳孔完全放大了。我看到一条黑色小虫从眼皮下钻出来,爬过眼球,钻进下眼睑中,胃里一阵翻江倒海,连忙转身走到装了铁条的小窗前,深吸一口冰凉的夜气。我一边压下快要涌出口的胆汁,一边强迫自己分出心思去整理刚才看到的一切。我听见马可来到我身边。

"你没事吧,先生?"

"没事。"一转过身,我看见盖伊修士叉着手臂站在远处,一副镇定自若的模样,看我的神情若有所思。马可自己的脸色也有点儿发白,但他还是回到石棺旁边,又去看那颗可怕的头颅。

"喂,马可,你觉得这人是怎么死的?"我朝他喊道。

他摇了摇头。"如我们所见,他的脑袋被人从脖子上砍了下来。"

"我也知道他不是得疟疾死的。但我们能不能从他的死状上看出更多的线索呢?首先我可以大胆猜测,攻击者的个头至少中等。"

盖伊修士一脸惊奇地看着我:"你凭什么这么说?"

"第一,辛格尔顿的个头非常高。"

"少了脑袋是很难看出个头来的。"马可说。

"我从前在法庭上见过他。我记得我的身高和他相比完全处于劣势,不得不扭着脖子仰视他。"我又走回去观察那颗头,"再看看尸体的断颈,切口是水平的,完全垂直于石板。我们可以假设他遇袭的时候,他和攻击者都是站着的,这似乎是最有可能的情况。这样一来,一个个头矮过辛格尔顿的人只能拿着凶器往斜上方砍,那断颈的切口就不可能呈水平状态。"

盖伊修士连连点头:"一点儿不错。圣母玛利亚作证,先生,你有一双医师的眼睛。"

"你过奖了。我本人并不想花时间看这种东西。但我从前看过一颗被割下来的头，记得……"我想挑选一个合适的词语，"记得其中的力学原理。"我迎上医师好奇的目光，指甲深深刺进掌心里。我多想忘记那一天，可如今又不得不记起。"我当时就和人讨论过这类问题。看到这切口有多平整干净了吗，这说明死者的脑袋是被一次砍下的。就算一个人躺在地上，把脖子放上断头台，也未必能做到这一点。"

马可又看了看那颗安放在断颈边的脑袋，再次点头。"对啊。斧头是很难操纵的。我听说托马斯·莫尔被砍头的时候，刽子手不得不拿着斧头朝他的脖子乱砍一通。但如果辛格尔顿弯下腰从地上捡东西呢？或者有可能是被迫弯腰？"

我思索片刻。"对。问得好。但如果他死时弯着腰，那尸体被发现时也应该曲着。关于这一点盖伊修士肯定记得。"我用质询的眼神看着盖伊。

"他当时平躺着，"医师努力回想，"我们大家都知道，要像这样砍下一个人的脑袋是很难的，用厨具是不可能做到的，就连最大的刀子也不行。这就是某些修士担心此事和巫术有关的原因。"

"那哪种武器可以在一个人直立的状态下砍下他的脑袋？"我问，"我猜不是斧头，因为斧刃太厚了。这种武器的刃口必须非常锋利，比如一把剑。事实上除了剑，我想不出有哪种武器能一下子砍掉人头。你有什么要说的，马可？这里只有你是剑客。"

"我认为你说得对。"他露出一个紧张兮兮的笑容，"只有王族和贵族才有被宝剑斩首的权利。"

"确切说来是因为锋利的剑刃可以保证受刑人死得痛快。"

"就像安妮·波琳。"马可说。

盖伊修士画了个十字，轻叹一声："那个巫女王后。"

"我刚刚就是想起了她的死，"我柔声说道，"想起了她被砍头的情形。辛格尔顿的死法就和安妮·波琳一样。"

第八章

盖伊修士忙着锁上墓穴大门，我们站在外面等候。雪下得更大了，鹅毛般的雪花从空中飞旋而下。地面已经变白了。

"幸好来这儿的路上没有下雪。"马可说。

"如果雪一直下，到时候回去就困难了。可能要走海路才行。"

盖伊修士来到我们身边，一脸严肃地看着我："先生，我们想在明天安葬可怜的辛格尔顿特派员，这能让修道院里的人安心一点儿，也能让他的灵魂得到安息。"

"你们打算把他葬在哪里？他没有家人。"

"就在这片墓地里，不知你意下如何？"

我点点头："非常好。该看的都看完了，尸体的情形已经清清楚楚地刻在我脑子里了。"

"你还推断出了不少东西呢，先生。"

"只是凭经验臆测罢了。"也许是站得太过靠近的关系，我嗅出盖伊修士身上有股若有似无的香气，似乎是檀香。比起其他修士，他显然好闻多了。

"我去请院长安排葬礼。"他看上去松了一口气。

教堂的大钟敲响了，这让我忽然有了谈兴："我还从没听到过这么洪亮的钟声。先前我就注意到这两口钟了。"

"这两口钟的确太大了，和钟楼不相称。不过它们有段有趣的历史。这钟原来悬挂在古代的图卢兹大教堂。"

"为什么把它们搬到这儿来呢？"

"说来话长。大教堂八百年前毁于阿拉伯人的袭击,大钟也被他们当做战利品运走。西班牙的萨拉曼卡城被基督教光复之后,人们在城中发现了大钟,在斯卡恩西修道院建立时,将大钟作为贺礼送了过来。"

"我还是觉得你们应该用个小一点儿的钟。"

"我们已经习惯了。"

"恐怕我习惯不了。"

他笑了,一闪而逝的笑容里带着悲伤:"你一定在怨怪我的阿拉伯祖先吧。"

我们到达外院时,修士们正排着队离开教堂。这一幕给我留下了极其深刻的印象,直到多年以后,一切仍然历历在目:大约三十个一身黑袍的本笃会修士分作两列穿过石板铺就的古老庭院,他们统统拉起兜帽,双臂交叉着伸进宽大的袍袖中,以此抵御飘落的雪花。漫天飞雪悄无声息,密如帘幕,将这群行人笼罩起来,从教堂窗户透出的火光将整个场景染上了橘色的光辉。这情景如此美丽,使我心中升起一种不可自抑的感动。

盖伊修士带我们回到了卧房,保证过一会儿就来接我们去餐厅。我和马可各自抖落了外套上的雪花,之后他拉出那张小床,一屁股坐了上去。

"你觉得一个剑客能用什么方式杀死辛格尔顿,先生?躲在厨房等他,然后从背后袭击他?"

我开始打开自己的包袱,把文件和书籍一一分类。"有这个可能。但是辛格尔顿凌晨四点到厨房做什么呢?"

"也许他和某个修士约好了在那里见面,就是他跟守门人提起的那一个?"

"对,这是目前最合理的解释。有人和辛格尔顿约定在厨房见面,也许是答应了要给他提供某种情报,然后借机杀了他。更确切地说,是处死

第八章

了他。这整个过程有行刑的意味,比起砍头,从背后捅他一刀肯定容易多了。"

"他看上去很冷酷。"马可说,"不过这也很难确认,他的脑袋已经和棺板粘在一起了。"他哈哈大笑起来,声音有点儿尖利,我意识到墓穴里的可怖景象也让他感到不安。

"我很讨厌罗宾·辛格尔顿这种律师。他对法律知识一知半解,常常断章取义,往上爬靠的不是才华,而是恃强凌弱,讹诈恐吓,而且一有机会就大捞特捞。但是即便如此,他也不应该被人用这么残忍的手段杀害。"

"我不记得你去年到过安妮·波琳王后的行刑现场,先生。"马可说。

"我也希望我没到过。"

"至少这件事给你带来了启发。"

我悲伤地点点头,朝他苦笑了一下:"记得刚到律师学院的时候,我遇到了一个叫萨金特·汉普顿的老师,他教过我们如何搜集证据。他有一句名言——'在任何调查当中,哪种细节与事件最有关联?'问完这句话,他会大声回答:'没有!所有细节都有关联,要从各个角度仔细检查一遍!'"

"别再说这个了,先生。我们要在这里待很久呢。"他伸手摊脚地躺到床上,发出一声呻吟,"就算躺在这张旧木板上,我也能睡上十二个小时。"

"我们现在还不能睡。我想趁吃晚饭的时候见见修道院里的人。不论去到任何地方,都有必要了解那里的人。起来吧,为克伦威尔勋爵办事的人可没时间休息。"我朝轮床踹了一脚,把它踢回到我的床下,床上的马可尖叫了一声。

❖

盖伊修士带着我们穿过一条接一条的阴暗走廊,又爬上一段楼梯,终于来到了餐厅。这个房间相当气派，有宽阔的拱门，粗大的石柱和高高的天花板。除了空间轩敞，四壁悬挂的绚烂织锦和地板上铺就的厚实草垫还营造出一种舒适的氛围。一处角落里放着一座漂亮的刻花大诵经台。插满烛台的粗蜡烛发出温暖的光芒，照亮了两张摆放着上等餐盘餐刀的桌子。其中一张只有几个座位，安放在火炉前面，另一张要长得多，摆得离火炉远一些。厨房的佣人们往来穿梭，忙着往桌上摆酒壶和银汤盘，浓郁的香气从盖子下面溢出来。我细细端详着火炉前面那张小桌上的餐刀。

"刀子是银制的，"我对盖伊修士说，"那些盘子也是。"

"那张是修道院高层官员的专座，只有实权人物能坐。普通修士的餐具是锡制的。"

"平民百姓只能用木头。"我正说着话，费比尔院长匆匆走了进来，仆人们纷纷停下手中的工作向他鞠躬，他也和蔼地点头作答。我小声对马可说："院长吃饭一定用金盘子。"

院长朝我们走了过来，脸上的笑容不太自然。

"没人通知我两位想在餐厅用膳，我已经吩咐我的小厨房准备好烤牛肉了。"

"多谢你的盛情，不过我们要在这里吃晚饭。"

"就依你们吧。"院长叹了口气，"我劝过古德汉普斯博士来这儿和你们一起吃饭，不过他说什么也不肯离开我的房子。"

"盖伊修士有没有跟你说，我已经同意安葬辛格尔顿特派员了？"

"他说过了，我会在吃饭之前把这个消息告诉大家。今天轮到我读《圣经》。"他又郑重地补充了一句，"严格按照法令的要求，用英语读。"

"好极了。"

只听门外人声杂沓，修士们鱼贯进场了。为首的两位是我们之前见过的修道院高层官员，金发的圣器室管理人加布里埃尔和黑发的财务主管埃德温。他们并排走到火炉旁的专座前，其间一句话也没有说。这两人组合

第八章

在一起有种微妙感,金发的高个子走路时微微低着头,另一个则昂首挺胸,迈着大步。除了他们,副院长莫提马斯,我在礼拜堂见过的两个管理人员,还有盖伊修士也是专座成员。其他修士都站在长桌边。我看到那个老加尔都西会修士也在他们中间,此刻正恶狠狠地瞪着我。院长靠了过来。

"听说杰罗姆修士先前冒犯了二位,我替他赔个不是。不过他发誓说吃饭的时候一定安安静静,不惹麻烦。"

"我听说你们是应一个西摩家族成员的要求把他安顿在这里的。"

"那人是我们的邻居爱德华·温特沃斯男爵。不过最先提出这种要求的不是他,而是克伦威尔勋爵办公室。"他瞟了我一眼,"勋爵希望杰罗姆乖乖待在某个地方,别再碍手碍脚。身为简王后的远亲,他是个很尴尬的存在。"

我点了点头:"他在这里多久了?"

院长看了看杰罗姆眉头紧锁的脸:"整整十八个月。"

我把目光投向聚在长桌边的修士,他们看我的眼神惊惶不安,仿佛我是一头置身于其中的怪兽。我留意到他们大都是中年人和老人,年轻的面孔非常少,穿见习修士服的人只有三个。一个老修士大概是中了风,脑袋哆嗦个不停,他一面打量我,一面飞快地画十字。

一个站在门口犹豫不前的人影吸引了我的目光,我认出他就是之前为我们牵马的见习修士。他把某件东西藏在背后,把重心一会儿移到左脚,一会儿又移到右脚,一副局促不安的模样。坐在桌边的莫提马斯副院长抬起头来。

"西蒙·维尔普雷!"他厉声呵斥,"你的忏悔还没有结束,今天晚上不许吃饭。到角落里呆着去!"

男孩儿低下头,走到离火炉最远的房间角落。他把背在背后的手移到身前,我这才看清他拿着一个尖尖的小丑帽,上面印着字母"M"。他红着脸戴上了帽子。其他修士压根没有看他。

我问："M 是什么意思?"

"意为'恶业',"院长解释道,"他恐怕是触犯了规矩。请坐下吧。"

马可和我坐到盖伊修士身边,院长则去了诵经台。我看到诵经台上放着一本《圣经》,惊喜地发现它是英文本,而不是存在错译问题,且有伪造福音书嫌疑的拉丁文武加大译本①。

"弟兄们!"费比尔院长声如洪钟地宣布,"最近发生的事让我们所有人非常震惊。我在此愉快地欢迎代理主教的代表,夏雷克特派员,亲临这里进行调查。他会找你们中的很多人谈话,你们要尽己所能向他提供配得上克伦威尔勋爵代表身份的帮助。"我警觉地看着他,这番话实际上一语双关。

"夏雷克大人已经同意安葬辛格尔顿大人的遗体了,葬礼安排在后天晨祷结束后。"餐桌边响起一阵如释重负的低语声。"好了,今天的朗读从《启示录》第七章开始:'此后我看见四位天使站在地的四角……'"

我讶异于他居然选择朗读《启示录》,要知道狂热的清教徒们把这段文字奉为至宝,热衷于向世人宣告他们已经破解了其中的奥秘和暴力符号。这段经文意在告诉大家,如何在最后审判日来临之时得到上帝的救赎。他似乎在借此告诉我,他们这群人善良而正直——这是一种隐晦的挑衅。

"'他就对我说,这些人都是从大患难中出来的,他们用羔羊的血洗净了自己的袍子,使它们洁白了'。"

---

① 《圣经》"武加大译本"为拉丁教会的圣经学者耶柔米所译版本,"武加大"为拉丁文"通俗"之意。从五世纪开始,武加大译本开始被西方教会使用,到八世纪后已得到普遍承认,但正是因为这一译本的出类拔萃,最后被西方教会过于神话化、偶像化,并令拉丁文成为了宗教官方语言,无形中剥夺了普通百姓阅读《圣经》的权利。

第八章

"阿门。"他用洪亮的声音结束了朗读,然后合上圣经,步态庄严地走出了餐厅。他的烤牛肉一定在餐室里等着他。院长的离去意味着叽叽喳喳的喧哗声又回来,几个仆人走进餐厅,开始分汤。汤是浓浓的蔬菜汤,喷香美味。自打早饭后我就没有进过食,汤一入碗,我立刻全神贯注地吃起来。一分钟后,我扫了维尔普雷一眼,他仍然站在阴影里一动不动,就像一尊雕像。透过他身旁的窗户,能看到雪还在下。我转头看向坐在我对面的副院长。

"这汤这么鲜美,那个见习修士就不喝一口吗?"

"别说今天,接下来四天都不行。站在那儿看别人吃饭是他的忏悔内容之一,他必须明白自己的错误。先生,你是不是觉得我过于严厉了?"

"他多大了?看上去不像十八岁。"

"他快二十岁了,光看那副面黄肌瘦的样子是想不到的。他的见习期延长了,因为他的拉丁语学得不太好,不过他懂音乐,常帮加布里埃尔修士的忙。西蒙·维尔普雷需要学会顺从。他被罚还有其他原因,比如不愿意用英语诵经。我每次罚人忏悔,都会好好给他们上一课,让他们牢牢记住这个教训,以后不要再犯。"

"说得太、太对了,副院长。"财务主管张口应和,还用力点着头。他朝我笑了笑,那是一种阴冷的笑容,在他圆圆胖胖的脸上一闪而逝。"特派员,我是埃德温修士,这里的财务主管。"他把银汤勺放到盘子上,盘里的汤早就被他喝光了。

"这么说你是负责修道院资金分配的喽?"

"还有存、存、存钱,确保开支不超过收入。"他补充道。他有点儿口吃,但这掩盖不了他话音中的洋洋自得。

"相信之前在外院里,我曾经从你身边经过,你那时正在讨论一些……建筑工程,是不是?和你的一个兄弟一起。"我瞟了曾和马可眉目传情的高个子金发修士一眼。他现在正坐在马可对面悄悄打量他,但又不敢和他对视。他察觉到我在看他，立刻探过身来介绍自己。

"特派员，我是阿什福德的加布里埃尔。我担任圣器室管理人，同时也是领唱人；负责教堂和图书馆，当然还包括音乐。我们不得不身兼数职，毕竟我们现在的人数比以前少多了。"

"说得也是。一百年前你们的人数好像是……是现在的两倍吧？对了，那座教堂需要维修吗？"

"确实需要，先生。"加布里埃尔修士热情地靠向我，害得盖伊修士差点儿弄洒了汤，"你去看过我们的教堂没有？"

"还没有，我打算明天去看看。"

"我们拥有南海岸最气派的诺曼底教堂，这座教堂有四百多年的历史，可以和诺曼底本土最好的本笃会教堂媲美。但是屋顶最近出现了一条严重的裂缝，我们需要进行修补，修补的话得用卡昂石材，这样才能和内部装饰相称……"

"加布里埃尔修士！"副院长尖声打断了他，"比起欣赏建筑物，夏雷克大人还有更正经的事情要做。它太奢华了，不合他的品味。"他这话意味深长。

"但相信美丽的建筑不会让崇尚新学的人不悦吧？"

"那得等到宗教团体懂得崇拜建筑物本身，而不是上帝才行。"我说，"后者有偶像崇拜的嫌疑。"

"我说的不是这个意思。"圣器室管理人认真地回答，"只是置身于伟大的建筑中，我们无疑会大饱眼福，那精确的比例，统一的线条……"

埃德温修士做了一个挖苦的表情："修士的意思是为了满足他的审美观，修道院应该冒着破产的风险，大块大块地从法国进口卡昂石材。我很有兴趣知道他打、打、打算用什么方法把它们运过沼泽地。"

"修道院难道没有充足的储备金？"我问，"我读过相关资料，你们每年的田地收入已经达到八百英镑了。而且地租连年上涨，使得穷人的负担

第八章

越来越重。"

正说话间，刚才退出去的仆人们又回来了，把一盘盘热气腾腾的大鲤鱼和一碗碗蔬菜放到我们面前。我留意到他们中间有一个女人，干瘦苍老，生着鹰钩鼻。我心中一动，想到了爱丽丝，如果爱丽丝终日只能和这样的女人做伴，那她一定很孤独。我转头去看财务主管，见他飞快地皱了下眉头。

"土地最近得卖掉一些，因为、因为、因为多种原因。加布里埃尔修士要求的金额比整整五年的维修预算还多。吃口鱼吧，先生，这些鱼可是上品，今早刚从我们自己的鱼塘里捞起来。"

"但是你们每年肯定有盈余，就不能先挪借一下吗？"

"谢谢你，先生。这正是我想说的话。"加布里埃尔修士说。财务主管的眉头皱得更深了，他放下汤勺，摇晃着他那圆圆胖胖的小短手。

"先生，会计核算的原则之一就是谨慎，我不能允许未来几年的经济收益出现大缺口，否则债务利、利息会像硕、硕鼠一样把收入一点点消耗掉。院长的方针是平、平衡、平，"他的脸涨得通红，因为兴奋，口吃越发严重。

"预算，"笑得一脸尖刻的副院长替他接完了话。他分给我一条鱼，然后把餐刀扎进自己那条里，兴致勃勃地切起来。加布里埃尔修士瞪了他一眼，呷了一小口上好的白葡萄酒。

我耸了耸肩："当然了，这是你们的私事。"

埃德温修士放下手里的杯子："不知道我刚才的言辞是不是太激烈了，如果是，我向你道、道歉。我和圣器室管理人已经为这个问题争论很久了。"他的脸上又浮现出那种一闪而逝的笑容，甚至露出了白色的牙齿。我肃然点头，算是回应了他，接着把视线投向了窗户。窗外仍然白雪纷飞，雪现在下得很大。一股寒风从窗户灌进来，我面向火炉的前胸虽然很温暖，后背却很凉。站在窗户边上的小修士咳了一声，他藏在阴影中，那

Dissolution

戴着尖帽子的脑袋低垂着,但我还是能看出他那双掩在长袍下的腿在微微发抖。

突如其来的刺耳喝骂划破了静谧的空气。

"一群傻瓜!再也不会有什么新建筑了。你们难道不知道,这个世界已经走到了毁灭的边缘?反基督者就在这里!"加尔都西会修士从长凳上半站起身,"一千年来,基督的信徒在这些神圣之地日夜祈祷,全心全意地献身于上帝,可这样的日子已经终结了!圣地即将不复存在,只留下空荡荡的房屋和一片死寂,一片只等魔鬼的咆哮来填满的死寂!"他的声音猛地拔高,引得所有人一脸厌恶地转过头,移开目光。杰罗姆修士转了个身,一下子失去平衡,翻过长凳摔到地上,疼得面孔扭曲。

莫提马斯副院长腾地站起来,狠狠拍了下桌子。"该死的!杰罗姆修士,马上离开这张桌子,回你自己的房间好好待着,等候院长的处置。把他带出去!"

坐在加尔都西会修士身边的人应声而起,架住他的胳膊,将他连推带搡地送出了餐厅。大门在他们身后关上的一瞬间,如释重负般的呼气声在房间内此起彼伏。莫提马斯副院长转身看着我。

"我代表修道院全体成员,再次向你道歉。"在场众人也嘟嘟囔囔地应和着。"我恳请你原谅那个人,毕竟他是个疯子。"

"我想知道他觉得谁是反基督者?我吗?不,更有可能是克伦威尔勋爵,或者兴许是国王陛下?"

"不是的,先生,不是的。"专座上的人焦虑不安地交头接耳。莫提马斯抿了抿薄薄的嘴唇。

"依我的性子,明天就把杰罗姆赶出这里,让他到大街上去说那些疯话,直到他被关进伦敦塔为止,或者更有可能是去贝德兰姆①,疯子本来

---

① 旧时伦敦一家疯人院。

第八章

就该住在那种地方。院长之所以收留他,只是因为想要巴结他的堂兄爱德华男爵。你知道杰罗姆和已故王后有亲戚关系吗?"我点了点头,"可是他今天做得太过分了。他必须离开这里。"

我抬起一只手,摇了摇头。"上头这次派我来,并不是让我处理一个疯子的胡言乱语。"此话一出,我明显感觉到桌上的人全都松了一口气。我再次压低声音,只让专座上的人听见:"我会让杰罗姆修士继续留在这里,之后可能会问他几个问题。告诉我,他在辛格尔顿大人面前是不是也说过这种胡话?"

"说过,"副院长直言不讳,"辛格尔顿大人一到这里,杰罗姆就在院子里主动和他搭讪,直呼他是伪誓者和骗子。辛格尔顿特派员以牙还牙,叫他罗马人的私生子。"

"伪誓者和骗子。他栽在我头上的恶名挺笼统的,这两个就具体多了。他说这话是什么意思?"

"疯子的话只有上帝才明白。"

盖伊修士俯身凑了过来。"他可能是疯了,特派员大人,但他绝对没本事杀死辛格尔顿特派员。我给他治过病,因为受过刑的关系,他的左臂关节从关节窝脱出,韧带完全碎了。他的右腿也好不到哪儿去,所以他行动时无法保持平衡,这你也看到了。他连走路都困难,更不要说挥着武器去割人的脑袋了。我从前医治过受了酷刑的病人,在法国,"他用更低沉的声音补充道,"但在英国还从来没有过。有人告诉我,这在英国还是新鲜事。"

"在国家遭受重大威胁的情况下,法律是允许这种行为的。"我说这话时心里有些难受。我看到马可的目光落在我身上,眼中流露出失望和悲伤。"不过英国多少年来都是这样,我也感到很遗憾。"我叹了一口气,"我们还是把话题转回可怜的辛格尔顿身上吧。杰罗姆修士也许年老体衰没法杀人,但他很可能有同党。"

"不，先生，绝不可能。"专桌上的人异口同声地说。我一一扫过他们的脸，看到的只有恐惧和忧虑，他们害怕和谋杀、叛国扯上关系，更害怕担上这些罪名后会遭受的残酷惩罚。但是深思熟虑之后，我又想到人是一种善于隐藏内心真实想法的生物。加布里埃尔修士再一次靠了过来，瘦削的脸因为担忧而微微皱起。

"先生，我们这儿没有人赞同杰罗姆修士的想法，他就是个祸害。我们只求能安安静静地继续修行祈祷的生活，尽忠国王陛下，完全按照他要求的方式来进行礼拜。"

"我兄弟说出了我的心里话！"财务主管大声嚷嚷，"我要为此说一声'阿门'。"桌上的人也跟着齐声说起"阿门"来。

我点了点头，表示认可了他们的话。"但是辛格尔顿特派员的死不能就这么算了。财务主管，副院长，你们觉得是谁杀了他？"

"凶手一定是从外面来的、的人。"埃德温修士说，"辛格尔顿大人当时走在去见某个人的路上，无意中惊扰了那些女巫和恶魔崇拜者。他们闯进修道院来玷污教堂，偷盗圣物，结果碰到了可怜的辛格尔顿，就残忍地杀死了他。我不知道他要去见谁，但无论是谁，一定被后来的动静吓跑了。"

"夏雷克大人推测凶器有可能是一把剑，"盖伊修士插嘴道，"女巫和恶魔崇拜者不大可能携带这种武器，否则很容易被发现。"

我转头看向加布里埃尔修士。他深深叹了口气，手指不住捋动光头下方纠缠的发丝。"'忏悔的盗贼'之手如今不见踪影，这是一个悲剧，要知道它是我主受难后留下的最宝贵的圣物……一想到小偷们可能正在用这件宝贝做邪恶的事情，我就禁不住全身发抖。"他紧绷着脸，一副痛心疾首的模样。我想起克伦威尔勋爵房中的骷髅头，再次认识到这些圣物的力量。

"你们知不知道附近有谁在修习巫术？"我问。

第八章

副院长摇了摇头。"镇上倒是有一对女巫,但都是老太婆了,整天只会对着她们兜售的草药念咒语。"

"谁知道魔鬼是如何在这罪孽深重的世界作恶的?"加布里埃尔修士低声说,"我们在这个神圣的地方修行,受上帝庇护而远离了恶魔的侵扰,这已经是人类所能得到的最大恩赐,可外面的人……"他发起抖来。

"那还有仆人呢?"我说,"整整六十个。"

"住在这里的只有十几个。"副院长说,"而且工房的门入夜后都会锁好,由巴格师傅和他的助手巡查一遍,这一切都在我的监督之下。"

"住在这里的仆人大都上了年纪,而且忠实可靠。"加布里埃尔修士加了一句,"他们干吗要杀一个重要的客人?"

"那修士或村民又有什么理由作案呢?好吧,我们总有一天会查清楚。我想明天找你们中的一些人谈话。"我扫过一张张面露尴尬的脸。

仆人们进来收走了盘子,端上一碗碗布丁。在他们进入到离开的整个过程中,房中鸦雀无声。财务主管朝碗里舀了一勺甜蜜的糖糕。"啊,这湿润的甜点,"他赞叹着,"在这么寒冷的夜晚,真是让人觉得温暖又舒心。"

角落里忽然传来"扑通"一声巨响,所有人都吓了一跳,转头看向发出声音的地方。只见小修士倒在地上瘫作一团,盖伊修士"啊"的一声站了起来,快步跑向还躺在灯芯草垫上一动不动的西蒙·维尔普雷,连带衣袂都翻飞起来。我起身跟在他身后,加布里埃尔修士和一脸怒气的副院长也凑过来。男孩儿的脸色苍白如纸,盖伊修士轻轻托起他的头,他呻吟了几声,缓缓睁开眼睛。

"没事了,"盖伊修士柔声说,"你只是太虚弱了。有没有伤到哪里?"

"我的头。我刚刚撞到了头。真对不起……"他的眼角忽然泪光闪烁,单薄的胸腔剧烈起伏,开始凄凄切切地啼哭起来。莫提马斯副院长哼了一声。我惊讶地发现盖伊修士的黑眼睛里浮出一丝愤怒。

"难怪这孩子会哭,副院长大人!他上一次吃饱饭是什么时候?他瘦得只剩下皮包骨头了。"

"他吃过面包,喝过水。主治医师,我想你也很清楚,这是圣本笃规定的忏悔方式……"

盖伊修士怒气冲冲地看着他:"圣人没想过要把上帝的仆人活活饿死!你之前让西蒙在马厩里像条狗一样干活,接着又罚他在寒风里站了几个小时。"小修士的哭声变成了剧烈的咳嗽,他边咳边喘,原本苍白的脸一下涨成了猪肝色。盖伊竖起耳朵去听他胸腔里的喘息声。

"他的肺部充满了胆汁。我得马上送他去医务室!"

副院长又哼了一声。"他弱不禁风是我的错?我让他工作是为了磨砺他,这是他必须承受的……"

加布里埃尔修士的声音响彻了整个餐厅:"不知道盖伊你有没有权利带西蒙去医务室?要不要我去和费比尔院长说一说?"

"把这个小贱种带走!"副院长大吼一声,大步走回桌子,"真是软弱!既软弱又虚弱!我们修道院将来一定会断送在他们这代人手上!"他用挑衅的眼神把在场的人都瞪了一遍,与此同时,加布里埃尔和盖伊把边哭边咳的小修士扶出了房间。埃德温修士清了清喉咙。

"副院长大人,我想我们做完饭后祷、祷告就可以走了。差不多该去做晚祷了。"

莫提马斯草草说完了祷辞,众人纷纷起身,下级修士没有马上离开,而是站在长桌边等高层负责人先走。走出大门的时候,埃德温修士凑了过来,口气殷勤得让人讨厌。

"夏雷克大人,我为你吃饭时两、两次受到打扰而抱歉。真是对、对、对不起。我必须恳求你原谅我们。"

"没有关系,修士。这次用餐让我对斯卡恩西的生活有了更多了解,也让我的调查有了更多头绪。说到这个,我想问问你明天有没有时间,如

第八章

果有，请你带着近期的账簿来一趟，我会非常感激你的。辛格尔顿特派员先前调查的时候发现了一些问题，我想就此和你谈一谈。"财务主管一时间惊慌失措，我承认他此刻的表情让我感到痛快。我点了点头，越过他走向站在一扇窗户前朝外眺望的马可。雪还在下，房屋、庭院、树木全都蒙上了一层白色，四周格外寂静，景色一片朦胧。我看见一群蒙上斗篷、拱肩缩背的人开始穿过庭院走向教堂，他们要去进行晚祷，完成今天最后的仪式。钟声再一次敲响了。

第九章

我们重新回到房间,马可迫不及待地躺回他那张小床上。虽然和他一样疲惫,但我必须把吃饭时发生的事情好好梳理一遍。我从水罐中掬起水用力朝脸上泼,如是几次之后,我走到火炉边坐了下来。浑身虚软得要命,透过窗户,教堂的咏唱声悠悠地传了进来。

"你听,"我说,"修士们正在做晚祷,祈求上帝在一天结束的时候看顾他们的灵魂。对了,你对斯卡恩西的这群修士怎么看?"

他嘟囔了一声:"我累得没力气想了。"

"振作点儿,今天可是你在修道院的第一天。你觉得这里怎么样?"

他不情不愿地用手肘支起身子,脸上浮现出思索的表情。因着这样的表情,那张光滑的脸上现出浅浅的纹路,烛光投射下的阴影加深了它的存在。我想总有一天,这些纹路会真正印刻在皮肤上,然后变成皱纹,就和我脸上的一样。

"这里是一个充满矛盾的地方。一方面他们的生活似乎与世隔绝,人人裹着黑色长袍,整天祈祷。加布里埃尔修士说他们不同于外面罪恶的世界,然而你也看到他是怎么一次又一次地盯着我了,不像条公狗吗?而且他们的生活是如此舒适,取暖是用温热的火炉,墙上挂有富丽的织锦,吃的是我这辈子吃过的最好的食物。不只这样,他们还像酒馆里的人一样玩纸牌。"

"没错。如果圣本笃再生,一定也会憎恶他们这种奢侈的生活,就和克伦威尔勋爵一样。费比尔院长成日像领主一样享乐——他也的确是个领主,和大多数院长一样坐在自己的豪宅里。"

第九章

"我觉得那个副院长不喜欢他。"

"莫提马斯副院长把自己塑造成宗教改革的支持者和安逸生活的反对者,他显然坚信让手下的人过苦日子是应该的。依我看,他是乐在其中。"

"他让我想起我的一两个老师。"

"老师可不会把自己的学生逼到晕倒。如果他像副院长对小修士那样对学生,大多数家长肯定会有意见。这里显然没有专门管理见习修士的人,职务分工不够细致,见习修士们直接处于副院长的掌控之下。"

"医师试图帮那个孩子的忙,他似乎是个好人,虽然看上去像被叉在铁叉上烤煳了一样。"

我点了点头:"而且加布里埃尔修士也帮了忙,他拿院长来威胁副院长。我不觉得费比尔院长是一个把见习修士的死活放在心上的人,不过那个以虐人为乐的副院长一旦做得太过,他为了避免丑闻,一定会出面阻止。好了,我们已经见过这五个知道辛格尔顿为何而来的人了,费比尔院长、莫提马斯副院长、加布里埃尔修士、盖伊修士,当然,还有财务主管……"

"埃德温修、修、修士。"马可模仿着他的口吃。

我被逗乐了:"你别小看他,他说话虽不利索,却是这里的实权人物。"

"在我看来,他就是个谄媚的小人。"

"你说得没错,不得不说,我也不太喜欢他。可是人一定不能被表象蒙蔽,我见过最大的骗子就是一个极其有绅士风度的人。而且你别忘了,辛格尔顿被杀当晚,这个财务主管刚好离开了修道院。"

"可是他们这些人有什么理由杀死辛格尔顿?这样一来克伦威尔勋爵不就更有理由关闭修道院了吗?"

"如果凶手的作案动机更私人化呢?辛格尔顿是不是发现了什么秘密?他毕竟在这里待了好几天。我们可不可以假设他是因为想要揭发某个人的

Dissolution

严重罪行而遇害的？"

"古德汉普斯博士说他被杀那天正在查看账簿。"

我点了点头。"对，这就是我想看账簿的原因。但是回想一下他的死法，我还是觉得有些蹊跷。如果凶手想让他住嘴，拿刀捅死他岂不是更容易？还有，这个人又为什么要玷污教堂呢？"

马可摇了摇头。"如果凶器真是把剑的话，我很想知道凶手把剑藏到哪里去了。还有那件圣物和沾有血迹的衣服。"

"这座修道院那么大，可以藏东西的地方一定有上千处。"我思考了一会儿，"但另一方面，这里的大部分建筑日常都有人使用。"

"你是说我们看到的那些附属建筑？石匠的工场，酿酒房等等？"

"主要是这些地方。我们要睁大眼睛了解这座修道院，寻找可能的藏匿地点。"

马可叹了一口气。"凶手很可能把衣服和剑埋起来了。但如果雪一直不停，我们没办法找到新土堆。"

"的确没办法。好了，明天我会开始审问圣器室管理人和财务主管，他们两个名为兄弟，实际上针锋相对。我希望你去和爱丽丝姑娘谈一谈。"

"盖伊修士警告过我，让我离她远点儿。"

"我说的是和她谈谈。除了谈话不要做其他事情，我不希望给盖伊修士造成困扰。你一向善于和女人打交道，我觉得她是个聪明人，说不定知道这里很多秘密。"

他有些手足无措："我不想让她以为我……喜欢她……如果只是为了从她那儿套取情报的话。"

"取得情报是我们来这儿的职责。你不需要让她误会你的意思。如果她透露了对我们有帮助的信息，我可以考虑奖赏她，说不定会安排她到其他地方去。一个像她这样的姑娘不该在这群修士中间虚耗青春。"

马可笑眯眯地看着我："我觉得你也喜欢她，先生。你有没有注意到

第九章

她那双明亮的眼睛?"

"她是个非同一般的女人。"我含糊其辞地说。

"但是从她嘴里套情报还是挺卑鄙的。"

"马可,如果你想在法院和政府工作,就一定要习惯从别人那里套到有价值的东西。"

"你说得对,先生。"他的口气还是有点儿不服,"只不过……我不想让她身陷险境。"

"我也不想。但现在我们所有人都有可能处于危险中。"

他沉默了一会儿。"也许院长说得对,这件事可能和巫术有关?只有这样才能解释教堂被玷污的事。"

我摇了摇头。"我越想越觉得这次凶案是有预谋的,玷污教堂很可能只是为了扰乱调查者的视线。站在院长的立场,自然很希望这件事是外人所为。"

"没有基督徒会用这种方式玷污教堂,不论是天主教徒还是宗教改革者。"

"不错,整件事情相当恶劣。"我叹着气合上眼睛,觉得脸部的皮肤因为疲劳而变得松弛。我今天没力气再想下去了。当我重新睁开眼睛的时候,发现马可正目光炯炯地看着我。

"你说辛格尔顿特派员的尸体让你想起了安妮·波琳王后被砍头的情形。"

我点点头。"一想到这些,我至今还会有恶心的感觉。"

"人人都在诧异她去年为何会突然倒台。虽然她是个很不得人心的王后。"

"是啊,大家都叫她半夜啼叫的乌鸦。"

"据说她的头在和身体分离后还试图说话。"

我抬起一只手:"我不能和你说这个,马可。我当时是以政府职员的身份到场的。行了,你说得对。我们应该睡觉了。"

他一脸失望,不过没有再说什么,只是默默地往火炉里添了几根木头,封好了火。我们各自爬上了床。从我躺卧的位置,可以看到窗外仍然雪花飘飞,远处一扇亮着烛光的窗户映衬出雪花细碎的轮廓。一些修士到现在还没有睡下,那些冬天天没黑就上床休息,半夜又起床祈祷的日子,已经离他们很遥远了。

尽管疲惫不堪,我仍然辗转反侧,脑海中思绪如飞。我想得最多的就是爱丽丝。这里的每个人都有遭遇危险的可能,但是比起其他人,一个独身女子的安全更难得到保障。我喜欢她展现出来的独特个性,这让我想起凯特。

尽管很困,我疲惫的头脑却不由自主地回想起三年前的旧事。凯特·温德姆是伦敦一个绸缎商的女儿。这个商人被合伙人控告做假账,由于合约等同于在上帝面前立下的誓言,案件被呈送到了教会法庭。事实上情况对他相当不利,他的合伙人和某位副主教沾亲带故,这位大人物因此出面影响了判决,而我成功将此案移交到王座法庭,案子最后被驳回了。这个丧妻的商人感激涕零,邀请我到他家吃饭,就在那里,我见到了他的独生女儿。

凯特很幸运。她父亲深信女人除了算菜钱之外,还应该学习其他的知识,而且她本身头脑灵活,聪慧过人。她还有张甜美的心形脸蛋,浓密的棕色长发披散在圆润的肩头。她是我有生以来遇到过的第一个能和我平等交流的女人。她最爱谈论法律,法院,甚至教会——因为她父亲的经历,他们父女俩都变成了热心的改革者。我常到他们家里和他们秉烛夜谈,凯特还会在下午与我结伴到郊外远足,那段日子堪称我一生中最美好的时光。

第九章

我知道她只视我为朋友——我和她聊天的时候，就像和男人聊天一样自然，我们常常拿这件事来打趣。然而随着了解的加深，我渐渐想知道我们之间的关系有没有进一步发展的可能。我曾经爱过，但又生生地忍住了，因为我担心佝偻的身形会让自己遭到无情的拒绝。我宁愿等待，直到攒下一笔钱财，我认为只有这样才能稍稍扭转外貌上的劣势。但我能给凯特不一样的东西，也是她想要的东西：愉快的交谈，亲密的友谊，还有志趣相投的朋友圈。

我一直在想，如果我能早一点儿说出自己的真实感受，我们之间会发生什么。可我说得太晚了。一天晚上，我在没有提前通报的情况下去了她家，发现她和她父亲一个生意伙伴的儿子皮尔斯·斯塔克维尔坐在一起。我起初并不担心，因为皮尔斯虽然是个规规矩矩的小伙子，而且长得像撒旦一样英俊，但是才智平平。可我看到她一边听着他粗俗不文的话，一边满脸飞霞，痴痴微笑；我的凯特变成了一个傻姑娘。从那之后，她的思想和行为完全被皮尔斯的一举一动所牵引，所有的笑容和叹息都是为了他，这让我心如刀割。

我终于把我的内心感受告诉了她。我当时表现得非常笨拙，一席话说得小心翼翼，磕磕绊绊。但这并不是最糟糕的，最糟糕的是她无比惊讶。

"马修，我一直以为你只想和我做朋友，我从没听你说起过一个和爱有关的字眼。你似乎在心里藏了太多的事。"

我问她，一切是不是太迟了？

"哪怕你提前六个月……也许我……"她悲伤地说。

"我知道我的外表不像一般小伙子那样讨人喜欢。"

"你这是在作践你自己！"她的愤怒出乎我的意料，"你的长相很有男子气概，而且举止有礼，谈吐得宜，你把自己的驼背问题看得过于严重了，但这世上的驼背不止你一个。马修，你太自怨自艾，太害怕自尊心受到伤害。"

"那么……"

她摇了摇头,眼中盈满了泪水。"已经太晚了。我爱上了皮尔斯。他打算向我爸爸提亲。"

我顿时失去理智,直率地说他不够好,他的浅薄无知将来会让她吃苦头。可她怒气冲冲地反问我,她很快就会就住进一栋漂亮的房子,在里面照料可爱的宝宝,这难道不是上帝赋予女人的最好生活吗?我哑口无言,失魂落魄地离开了。

我从此再也没有见过她。一周之后,汗热病像暴风雨一样席卷了这座城市。成千上万的人开始发抖出汗,卧床不起,两天后就死去了。疾病面前没有高低贵贱,凯特父女在这场瘟疫中双双失去了生命。我以老人遗嘱执行人的身份安排了葬礼,两口木棺缓缓放入土坑里的情景让我至今难忘。我看到皮尔斯·斯塔克维尔站在棺材上方,那憔悴的面容告诉我,他对凯特的爱不比我少。他默默地向我点头致意,我也点头回应,露出一丝悲凉的微笑。感谢上帝,至少我已经不再相信那虚假的死后涤罪说,在我心里,凯特不用再忍受炼狱的痛苦。我知道她纯洁的灵魂一定会得到救赎,长眠于基督身边。

提笔写下这些文字的时候,温热的泪水涌上了我的眼眶。在斯卡恩西度过第一个夜晚时,我的眼中也有泪水。我默默地把眼泪忍了回去,尽量不让自己哭出声来,以免吵醒马可,让自己尴尬。泪水洗尽了我的灵魂,让我进入了梦乡。

----✦----

可我当晚又做了噩梦。我已经好几个月没梦到安妮王后被杀时的情景了,但是目睹辛格尔顿的尸体后,这一梦境回到了我的脑海中。梦里的我重新站在了绿塔前面,春日上午的阳光格外明媚,铺满稻草的断头台周围挤满了人。我站在人群的最前面,在克伦威尔勋爵的命令下,他手下的人

第九章

全都来到现场，准备见证王后的垮台。勋爵本人就站在附近，也在人群的前头。他是靠着安妮·波琳崛起的，如今却有预谋地控告她通奸，把她推下深渊。他严肃地皱起眉头，活脱脱是一个愤怒的法官。

断头台的砧板周围铺着厚厚的稻草，来自法国的刽子手穿着他那身煞气满满的黑色斗篷，抱着胳膊站在断头台上。据说王后请求让刽子手从法国带来一把锋利的剑，好让她死得干脆利落，我用目光四处搜寻了一遍，并没有看到这把剑。这时有几个大人物到场了，他们是钱塞勒·奥德利勋爵、理查德·里奇男爵和萨福克伯爵。我恭敬地低下了头。

我们全都像雕像一样站着，前排没有一个人说话，只有后方的人群里响起嗡嗡的谈话声。绿塔旁生着一棵苹果树，树上繁花满枝，一只画眉鸟停在高高的枝头婉转啼叫，丝毫不在意树下密集的人群。我看着这小生灵欢快的样子，不由得羡慕起它的自由自在来。

人群一阵骚动，王后出现了。侍女、身穿白色法袍的牧师和红衣卫兵把她夹在中间。她看上去消瘦憔悴，嶙峋的肩胛在白色斗篷下高高耸起，头发束在头巾里。走近断头台的时候，她回过头看了一眼，仿佛在期望一个信使会突然赶到，带来国王的缓刑令。在度过了九年呼风唤雨的宫廷生涯后，她应该比在场所有人都明白：这个精心策划的盛大场面是不可能中止的。她越走越近，一双挂着黑眼圈的棕色大眼焦急地扫视着断头台。我想她是在寻找那把剑，就像我一样。

我的梦境省略了那些冗长的前奏：没有长时间的祷告，也缺少安妮王后在断头台上发表演讲、请求在场所有人为国王的健康祈祷的情节。在我的梦中，她一下子跪下来，面向人群，开始祷告。我重新听到了她用尖细的声音一遍又一遍地说："耶稣啊，请接纳我的灵魂！上帝啊，请怜悯我的灵魂！"刽子手弯下腰，拔出了藏在稻草堆里的剑。"原来它在那里。"我正这样想着，剑一下子从半空划过，我还没来得及看清楚，王后的脑袋已经伴着一大片血花飞了起来，我不禁退后一步，惊叫出声。一阵强烈的恶心感又涌上心头，我闭上眼睛，这时人群的窃窃私语声被几声古怪的"好哇"打断。听到这事先规定好的台词，我再次睁开了眼。"国王的敌人统统会被消灭。"刽子手说，他的法国口音让人很难听懂。鲜血仍然从尸体的断颈处喷涌而出，稻草和他的衣服上溅满了血点，他举起王后滴血的头颅。

牧师们说多佛尔教堂的蜡烛在王后死去的那一刻自动点燃，除了这个，全国各地还流传着其他的荒诞传说，但我能以目击者的身份证明，王后断头上的眼睛并没有朝围观人群滴溜溜地转动，嘴唇也没有一张一合，仿佛想说话那般。我身后有人吓得尖叫，随之而来的是一阵沙沙声，那些穿着最好的灯笼袖衣服来到现场的人纷纷画起十字。事实上被砍头后，王后的眼睛只动了不到三十秒，而不是人们后来说的半小时。但在这个噩梦中，当我把这三十秒一一重温一遍，不断祈祷这双可怕的眼睛静止下来的时候，才觉得时间是多么漫长。之后刽子手把头扔进了一个箭盒，那就是王后的棺材了。头落进盒子里，发出"咚"的一声，我大叫一声惊醒过来，发现果真有人在敲门。

我躺在床上喘着粗气，淋漓的汗水在寒冷的空气中凝结成冰凉的液体。敲门声又响了，接着传来爱丽丝焦急的呼喊声："夏雷克大人！特派员！"

现在是深夜，炉火快燃尽了，房间里很冷。马可呻吟一声，在床上翻了个身。

"什么事？"我朝门口喊。刚从噩梦里醒来，我的心仍然怦怦直跳，声音也有点儿发抖。

"先生，盖伊修士请你去一趟。"

"等一会儿！"我翻身而起，用余火点燃了一支蜡烛，马可也坐了起来，迷迷糊糊地眨巴着眼睛，头发乱蓬蓬的。

"发生什么事了？"

第九章

"我不知道。你留在这里。"我套上长筒袜,打开了门。姑娘就站在门外,长裙外穿着一件白色围裙。

"请你原谅,先生,但是西蒙·维尔普雷现在病得很严重,他一定要和你说话。盖伊修士说我应该来叫醒你。"

"那好吧。"我跟着她走进冰冷的走廊,没走多远就来到一扇敞开的门前。我听到里面有人声:其中一个是盖伊修士,另一个则在痛苦地抽泣,我听不出是谁。我朝里面一望,看到小修士躺在一张带脚轮的矮床上。因为满是汗水的缘故,他的脸在烛光中发亮,嘴里嘀嘀咕咕地说着胡话,呼吸粗重沙哑。盖伊修士坐在床边,把一块手巾放在盆里浸了浸,去擦他的额头。

"他得的是什么病?"我无法控制住话音里的紧张,因为汗热病也会让人痛苦地翻滚和喘息。

主治医师一脸严肃地看着我:"是肺部充血。在寒风里站了这么久,又没有吃东西,难怪会得这种病。他烧得很厉害,但他坚持要和你说话,如果见不到你,他就不休息。"

我走到床边,但又不愿意靠得太近,唯恐他把发烧液呼到我身上。男孩儿睁大眼睛盯着我,眼圈红红的。"特派员先生,"他嘶声说,"你是来这里主持正义的吗?"

"是的,我来这儿是为了调查辛格尔顿特派员的死因。"

"他不是第一个被杀的人,"他喘着粗气,"不是第一个。我知道。"

"你说这话是什么意思?还有谁死了?"

他发出一连串剧烈的咳嗽,单薄的身体不断颤抖,胸腔里痰声辘辘。他精疲力尽地躺了回去,目光落在爱丽丝身上。

"真可怜哪,好姑娘。我警告过她这里很危险……"他开始哭泣,干呕般的抽噎声最后变成了撕心裂肺的咳嗽,仿佛要把他瘦弱的身子分成两半。我转头看向爱丽丝。

"他是什么意思？"我径直逼问，"他警告过你什么？"

她一脸迷惑："我也不知道，先生。他从来没有警告过我什么。今天之前，我很少和他说话。"

我又把目光投向盖伊修士，他似乎也和爱丽丝一样迷惑。他忧虑地查看着男孩儿。

"他病得很厉害，特派员。他现在需要好好休息一下。"

"不行，修士，我必须要从他嘴里问出更多的信息。你明白他刚刚是什么意思吗？"

"不明白，先生。我知道的不比爱丽丝多。"

我朝床边挪近了一点儿，弯下腰看着男孩儿。

"维尔普雷先生，告诉我你刚才是什么意思。爱丽丝说你没给过她任何警告……"

"爱丽丝是个好姑娘，"他哑着嗓子说，"体贴又温柔。我一定要警告她……"他又开始咳嗽，盖伊修士上前几步，坚定地挡在我们中间。

"我不得不要求你马上离开他，特派员大人。我起初以为他和你说过话就能放松下来，但他现在神志不清。我必须给他喂安神药，让他好好睡一觉。"

"请吧，先生。"爱丽丝在一旁帮腔，"求你发发慈悲。你也看到他病得有多厉害了。"

男孩儿瘫倒在床上，似乎已经耗尽了全身的力气，陷入了不省人事的昏睡中。我和他拉开一段距离，这才问："他的病怎么样了？"

医师抿了抿嘴唇。"如果高烧不在短时间内退下来，他会没命的。他不应该遭受这样的对待。"他气冲冲地说，"我已经向院长告了状，他明天一早就会来看望这个小伙子。莫提马斯副院长这次做得实在太过分了。"

"我必须弄清楚他话里的意思。我明天会再来，要是他的病情继续恶化下去，也许就永远开不了口了，所以我想立刻知道答案。"

第九章

"你想得有道理。容我失陪一下,我得去准备一些草药……"

我点了点头,算是同意了。他走了之后,我朝爱丽丝笑了笑,想让她安心一点儿。

"这件事挺奇怪的,"我说,"你真不知道他是什么意思?他起初说他已经警告过你了,后来又说他一定要这么做。"

"他什么也没对我说过,先生。我们把他带回来之后,他睡了一小会儿,然后就发起了高烧,开始嚷嚷着要见你。"

"他说辛格尔顿不是第一个被杀的人,到底想表达什么意思?"

"先生,我可以对天发誓,我真的不知道。"她的话音里有几分焦急。我转头看着她,柔声说道:"爱丽丝,你觉不觉得自己有可能遇到危险,无论这危险来自哪里?"

"不觉得,先生。"她的脸唰地红了,脸上浮现出极度的愤怒和轻蔑,我完全没料到她会有这么大的反应,"我的确时常和一些修士打交道,但我懂得怎么和他们周旋,而且盖伊修士也会保护我。这些只是麻烦,不是危险。"

我点了点头,内心再一次被她强悍的个性触动。

我低声问:"你在这里过得不开心?"

她耸了耸肩。"只是一份工作罢了。而且我有个很好的雇主。"

"爱丽丝,如果有事需要我帮忙,或者有话要对我说,请尽管来找我。我不希望你遇到危险。"

"谢谢你,先生,我非常感激。"她的口气充满了戒备。这也难怪,在她看来,我和那些修士有什么区别?她没有理由给予我更多的信任,但马可说不定能让她放松防线。她回过身去看床上的病人,烧得神志不清的男孩儿开始乱抓乱滚,差点儿把被子褥子给扔下床。

"那么晚安,爱丽丝。"

她忙着应付小修士,没有抬头看我:"晚安,先生。"

Dissolution

  我沿着冷冰冰的长廊往回走。走到一扇窗户前，我顿住脚步往外一看，发现雪终于停了。雪积得很深，还没有被人和动物踩踏过，在一轮满月的照耀下泛着白光。远处是一片白色的荒野，古建筑黑色的轮廓将它切割得支离破碎。我觉得自己被困在了斯卡恩西，无助而孤独，仿佛我此刻不是站在修道院的土地上，而是站在月球的空洞里。

第十章

清晨醒来的第一刻,我竟不知自己身在何处。刺目的天光投进屋子,将这个陌生的房间照得白灿灿,亮堂堂。我呆呆地躺了一会儿,渐渐记起了所有的事情,这才慢慢坐起来。昨晚我结束和小修士的谈话回到房间的时候,马可又睡着了;这会儿他已经起了床,封好了炉火,穿上了长筒袜,站在一个冒着热气的水罐边刮脸。屋里的光线原来是经过雪地反射的阳光,窗外到处是厚厚的积雪,其上随处可见小鸟的脚印。

"早上好啊,先生。"他拿着一面旧铜镜,边说边眯着眼睛端详镜子里的自己。

"现在几点了?"

"九点多了。医师说早饭放在他的厨房里。他知道我们一定很累,特意让我们多睡了一会儿。"

我飞快地脱下睡衣。"我们不能把时间浪费在睡觉上!快点儿,照完镜子就赶快穿衬衣吧。"我开始穿衣服。

"你要不要刮脸?"

"我不刮脸也能见人。"我满脑子都是亟待完成的工作,"快一点儿。我想好好看一看这个地方,还要和几个修道院高层官员谈话。你一定要找机会和爱丽丝小姐谈一谈,然后在修道院里四处转一转,寻找有可能藏剑的地方。这些事情我们要尽快干完,因为现在又有新问题了。"我套上长筒袜,把昨晚去见维尔普雷的事一五一十地告诉了他。

"还有其他人被杀?耶稣啊。这件事一眨眼就变得更复杂了。"

"我知道。现在我们没多少时间来解开谜团了。走吧。"

Dissolution

我们走过长廊,来到盖伊修士的医务室。他正坐在桌前,聚精会神地看那本阿拉伯医书。

"呀,你们醒了。"他用温软的口音说。他恋恋不舍地合上了书本,带我们来到一个小房间,房间的钩子上挂着更多的草药。他请我们在桌子边坐下,把面包、奶酪和一罐淡啤酒摆在我们面前。

我边吃边问:"你的病人怎么样了?"

"感谢上帝,今天早上好一点儿了。烧已经退了,他现在睡得很沉。院长过一会儿就来看他。"

"告诉我,这个见习修士维尔普尔是什么来历?"

"他是汤布里奇附近一个小农场主的儿子。"盖伊修士笑容悲伤,"这个世界很残酷,可他生性太温驯,太软弱,太容易受到伤害。这样的灵魂常常被这里吸引,我想这个地方就是上帝为他们安排的归宿。"

"那他是一个软弱的避世者喽?"

"修道院里有很多和西蒙修士一样的人,他们用祈祷来侍奉上帝,造福世人。比起在外面受人轻视和虐待,这样的生活不是更好吗?在那样的情形下,他们这种人是很难在俗世凡尘中找到容身之处的。"

我严肃地看着他:"不,他在这里得到的同样是轻视和虐待。盖伊修士,等我们吃完了饭,希望你带我们去你发现尸体的厨房看一看。现在着手调查恐怕已经迟了,我们更应该抓紧时间。"

"没问题。但我不能离开我的病人太久……"

"半个小时应该足够了。"我咽下最后一口啤酒,站起身来,用斗篷把自己裹得严严实实,"普尔大人今天上午会留在医务室里,我答应了放他一上午的假。你在前面带路吧,修士。"

穿过大厅的时候,我看到爱丽丝又在照料那个老修士。就像我见过的所有风烛残年的老人一样,他僵卧床榻,呼吸缓慢又艰难。和他相比,邻床的胖病友要精神得多,此刻正坐在床上玩儿扑克牌。那个瞎眼病人则坐

第十章

在一张椅子里睡觉。

医师一打开前门,门前一英尺多高的积雪就漫过门槛落进屋里,他忙不迭地后退了几步。

"我们应该穿上罩靴,"他说,"如果穿着普通鞋子在这么深的雪里走路,脚会烂掉的。"他动身取罩靴去了,留下我站在门口向外眺望,每呼出一口气,我眼前就腾起一片白雾。天空蔚蓝,四下里没有一丝风,气温和昨天一样低。积雪轻软蓬松,这是在最寒冷的天气里才会出现的状况,是行路人的大敌。我的平衡能力很差,为了能走得轻松点儿,我特意带上了手杖。盖伊修士拿着两双皮质大罩靴回来了。

"这罩靴是我向在户外工作的修士借来的。"他说。我们套上罩靴,踩进深及小腿的积雪里,盖伊修士的脸被皑皑白雪一衬,显得更黑了。通往厨房的门和医务室大门相隔不远,我看到厨房主建筑和医务室共用一堵墙,便问两座房子之间有没有一扇相通的门。

"有一条通道。"他说,"只不过在黑死病爆发期间关闭了,为了控制疾病传播,此后再也没有重新开放过。这是个明智之举。"

"昨天夜里看到那个男孩儿的时候,我生怕他得的是汗热病。我亲眼见过这种病,知道它有多可怕。不过这种病肯定是被城镇污浊的空气引发的。"

"谢天谢地,我很少遇上感染瘟疫的人。我的大多数病人都是因为在冰冷的教堂里站着祈祷太久而得的病,而且大都是老年人。"

"你那儿有个病人看上去病得挺严重的,就是年纪很大的那一位。"

"对。他是弗朗西斯修士,已经九十四岁了。人老了就会变得像个孩子,而且他现在又得了疟疾。我想他也许很快就要走到人生旅途的尽头了。"

"那个胖伙计得的是什么病?"

"和塞普蒂默斯修士一样得了静脉曲张性溃疡,不过更严重。我把溃疮的脓水都吸出来了，他现在觉得很舒服。"他露出温和的笑意，"我以后会想办法让他重新站起来。人们进了医务室就会有些依赖性，安德鲁修士算是个老住户了，他上了年纪后两眼看不见了，这些年很怕到外面去。他已经失去了信心。"

"你照顾着很多老修士？"

"十几个吧。这些修士大都很长寿，我手里有四个超过八十岁的病人。"

"毕竟他们不需要像大部分人那样承受生活的压力和艰辛。"

"又或许是信仰和虔诚让他们的身体更健康，灵魂更坚强。我们到了。"

他带着我穿过一扇结实的橡木门。就如他昨晚描述的那样，厨房和橡木门之间有一条短短的通道。厨房的小门开着，我听到门内有杯盘碗盏的碰撞声。我们沿着通道往前走，一股浓浓的烤面包味儿飘了出来，几个仆人正在里面准备餐点。厨房很大，看上去非常干净，一切都井井有条。

"修士，你那天晚上来到这里的时候，尸体躺在哪里？"

医师开始踱着步子测量距离，仆人们好奇地看着他。

"就在这里，在这张大桌子旁边。尸体躺在桌子前面，双腿朝向门的方向。头在那里。"他指了指一个写着"奶油"字样的铁桶。我和仆人们顺着他的目光看过去。其中一个人画了个十字。

"这么说他一进门就被袭击了。"我若有所思。尸体倒卧的地方有一个大碗橱，凶手很可能藏在碗橱边，等辛格尔顿经过的时候把他击杀。我一边迈着步子测距离，一边挥舞手中的手杖，把一个仆人吓得向后一跳。"没错，这里有足够的空间让一个人大幅度地舞动凶器。我大概猜到凶手是如何作案的了。"

"一把锋利的尖刀加上一只有力的手，足以杀死一个人。"盖伊修士幽幽地说。

第十章

"如果一个人久经训练，善于挥舞巨剑的话，瞬间砍掉一个人的脑袋不是难事。"我扫视着仆人们，"谁是这里的主厨？"

一个长着胡子、系一条脏围裙的男人走了出来，朝我鞠了一躬。"先生，是小人。小人名叫拉尔夫·斯彭利。"

"这么说你是这里的负责人了，斯彭利先生，听说你有厨房钥匙？"

"是有一把，特派员大人。"

"这里唯一的进出通道就只有外院那扇门？"

"是的。"

"厨房平时上锁吗？"

"没这个必要。外院那扇门是唯一的入口。"

"钥匙还有谁有？"

"先生，有主治医师院长和副院长。看守人巴格也有一把，因为他要巡夜嘛。没有别人了。我就住在修道院里，每天早上我会来开门，晚上就锁上，如果谁想拿钥匙就来找我。你也知道，如果晚上不关门，会有人进来偷吃的，我们首先得保障修士们的餐桌供应。有几个早上我看到加布里埃尔修士在外面的通道里晃荡，一副想等我们一转过身就偷东西的样子，不知道在干什么。他是一个高层负责人……"

"如果你生了病或者不在这里，有人想要进来怎么办？"

"他们会去找巴格先生或者副院长大人。"他笑了笑，"不过，若非必要，人们不太愿意给他们添麻烦。"

"谢谢你，斯彭利先生，你提供的情况对我很有帮助。"我伸手在一个碗里沾了一点儿奶油冻，厨师看上去不太高兴。

"味道真好。盖伊修士，我就不劳烦你了，我接下来要去见财务主管，请你给我指指去账房的路。"

Dissolution

沿着盖伊指给我的方向，我在雪地里深一脚浅一脚地往前走，冰雪在我的罩靴底下吱嘎作响。今天的修道院比昨天安静得多，人和狗都待在屋子里。我越琢磨这件事，越觉得只有一个使剑的行家才有把握走到辛格尔顿背后，在一瞬间砍下他的脑袋。这两天见过的人在脑海中依次闪过，但我完全想不出谁有这样的本事。院长身材高大，加布里埃尔修士也是，但是剑术是绅士的技艺，修士是不学的。想到加布里埃尔，我记起了厨师的话。那一席话让我迷惑不解，在我看来，这位圣器室管理人并不是一个会在厨房周围闲逛，想伺机偷东西的人。

我环顾着被白雪覆盖的外院。回伦敦的道路现在很可能无法通行了，一想到和马可差不多算是困在了这里，而且身边还藏着一个杀人犯，我心里就不太舒服。等回过神来的时候，我发现自己已经在不知不觉间走到了外院中央，尽可能远离了那些被阴影笼罩的门廊。我打了个寒战。白色的雪地静悄悄的，四周高墙环绕，独自走在这种地方，让我觉得怪异和不安。这种感觉在我看到巴格的一瞬间得到了缓解，他正在大门边挥舞着铁锹，和另一个仆人在雪地里铲出一条路。

我朝他们走去，守门人抬头看了我一眼，劳动后的脸庞红通通的。他的同伴是个结实的年轻人，脸上的疣子让他看起来有点儿丑陋。年轻人朝我不自然地笑了笑，弯腰行了个礼。两人都干得很卖力，发出一股难闻的臭气。

"早上好，先生。"巴格向我打招呼。他的口气很殷勤，肯定有人命令过他待我恭敬一点儿。

"天气很糟糕啊。"

"确实挺糟的，先生。今年的冬天又来早了。"

"既然碰上了，我想问问你晚上的工作安排，可以告诉我吗？"

第十章

他点了点头，斜靠在铲子上。"整个修道院每晚要巡查两次，九点一次，三点半一次。我和这个叫戴维的小伙子会轮流完整地巡查一次，检查每一扇门有没有关好。"

"那大门呢？大门晚上上锁吗？"

"每晚九点上锁。第二天晨祷结束后再打开，时间是早上九点。大门一旦关上，别说人，连条狗都进不来。"

小伙子插口说："猫也不行。"他的眼睛亮极了。这人也许长得很难看，但绝对不傻。

"但是猫可以爬墙，"我说，"人也一样。"

守门人的脸上显出一丝自信："不管是人是猫，都爬不过十二英尺高的墙。先生你看，这墙是垂直的，没人能爬得上去。"

"这墙有没有把修道院完全围起来？"

"只有背后没有。那里的围墙塌了几处，但是围墙外就是沼泽地，没人会从沼泽地穿过来，尤其是晚上。人只要踏错一步，泥浆就会埋过他的头顶……"他举起一只手，做出往下压的姿势，"咕嘟咕嘟。"

"既然没有人进得来，那你还巡什么？"

他凑了过来，身上的臭气熏得我直往后退，可他好像并不在意。"先生，人是有罪的，就算在这里也一样。"他突然间变得神神秘秘，"以前那个副院长在任的时候，这里的纪律非常松懈。后来莫提马斯副院长来了，他规定夜间要巡逻，任何人下床外出都要直接向他报告。我就是这样干上巡逻工作的。既不是为了怕人闯进来，也不是为了讨好上司。"他开心地笑起来。

"辛格尔顿特派员被杀那晚情况如何？你有没有发现有人闯进来的迹象？"

他摇了摇头。"没有，先生，我可以发誓，那晚三点半到四点半之间，一切都很正常，那次是我亲自巡查的。我像往常一样推了推通向厨房的外院门，确定门是锁上的。不过我看到过特派员。"他自命不凡地点了点头。

"对，我听人说起过。在哪儿看到的？"

"在我巡逻的路上。穿过外院的时候，我看到有个东西在动，立刻喊了一声。原来是特派员，穿得衣冠整齐，不像是匆匆出来的。"

"他那个时候在干什么？"

"他说他要去见一个人，先生。"他又笑了，被关注的感觉让他十分享受，"他还吩咐我，如果我遇到某个说要去见他的修士，就放他过去。"

"这么说他是在赴约的路上？"

"我也是这么想。而且我就是在厨房附近遇到他的。"

"当时是几点钟？"

"我想大概是四点一刻吧。我那时候快巡完了。"

我朝我们身后那座庞大的建筑物点了下头。"教堂晚上会锁上吗？"

"不，先生，从来不锁。不过那天我像平时一样检查了外院，没发现任何异常。之后我在四点半回到了自己的屋子。莫提马斯副院长给了我一个小钟，"他骄傲地说，"我天天核对时间。我回去后就睡了一小会儿，留下戴维值班，五点的时候，外面的大喊大叫声把我吵醒了。"

"照你的话看，辛格尔顿特派员死前要去见一个修士。那一周前在这里犯下惊天罪案的人很有可能是个修士。"

他犹豫起来："我只是说没有人闯进来，我就知道这么多。您说作案的人是个修士，这怎么可能呢。"

"不是不可能，但我同意你的看法，这个假设的可能性不高。"我点点头，"谢谢你，巴格先生，你给了我极大的帮助。"我把手杖竖在身前，扭头离开了。他俩留在原地继续干活。

我朝着账房那扇醒目的绿色大门折返回去。来到门前，我没有敲门就

第十章

走了进去。一迈过门口，就发现自己置身于一个似曾相识的房间，房间里的一切都让我想起在伦敦的生活：墙壁刷得雪白，一排排放着账本的架子紧贴墙壁，没被挡住的墙面上贴满了各种单据。两个修士正坐在桌前工作。数硬币的那个糊着眼屎，已经上了年纪。皱着眉头看账本的那个岁数不算大，颌下生着胡子，赫然就是昨晚输掉牌局的那位修士。他们身后立着一个柜子，柜子上的那把锁奇大无比，是我平生仅见。里面装的肯定是院长的专款。

看到我进来，两个修士一下子站了起来。"早上好。"我说。房间没有生火，我呼出的气在空中形成了白雾。"我是来找埃德温修士的。"

年轻修士看了看房间深处的一扇门："埃德温修士正和院长在一起……"

"在那里面？我去找他们。"我径直走向那扇门，他微微抬手阻止，但我没有理会。一拉开门，我才发现里面不是房间，而是一道楼梯。楼梯尽头有一个小平台，透过平台上的一扇窗户，可以看到白雪皑皑的风景。窗户对面是一扇门，门后隐隐有人声。我在门外停下来听了一会儿，却听不清他们到底在说什么。我推开门走了进去。

费比尔院长正在用气冲冲的口气和埃德温修士说话："我们应该抬高价格。如果以少于三百的价格成交，我们就亏了。"

"院长大人，我现在急需把钱填进金库。如果他可以付、付现金买下这块地，我们就该接、接受！"虽然有点儿口吃，财务主管的话音里还是透出一丝强硬的味道。费比尔院长环顾四周，突然间惊慌失措。

"噢，夏雷克大人……"

"先生，这是私人谈话！"财务主管脸上怒气冲冲。

"恐怕这不是我该关心的事情。如果我在每一扇门外乖乖敲门等着，谁知道会错过什么？"

埃德温修士努力控制住情绪，摆了摆手，又变回了那个唠唠叨叨的修

Dissolution

道院官僚。"我当然不、不是这个意思，请你原谅我。我们正、正在讨论修道院的财务问题，我们必须卖掉几块地来支付教堂的修、修缮费用，这件事、事……"他努力想要说下去，却怎么也说不清楚，一张脸憋得通红。

"这件事和你的调查没有关系。"院长笑着替他说完。

"财务主管，我想和你讨论一个相关的问题。"我在一张有很多抽屉的橡木桌前坐下，除开那些放账本的架子，它算是这个小房间里唯一的家具了。

"先生，我愿意为你效劳。"

"古德汉普斯博士对我说，案发那天辛格尔顿特派员正在查看从你办公室拿到的账本。他被杀之后，那些账簿就不见了。"

"不是不见了，先生。我只是把它们拿回账房了。"

"不知你能不能告诉我，那些到底是什么账本？"

他思索了一会儿。"我记不起来了。我猜是医、医务室的账本。我们这里的每个部门都要记账，比如圣器室，医务室等等，然后汇成修道院的总账目。"

"如果辛格尔顿特派员从你这儿取走账本，你应该会做记录吧。"

"我当、当然会了。"他有些烦躁地皱起眉头，"可他不止一次在没和我或我的助手打招呼的情况下拿走账本，我们不得不花一整天的时间来查清楚他到底拿走了什么。"

"这么说你没记下他拿走的所有东西喽？"

财务主管展开双臂："当、当他不告而取的时候，我怎、怎么记得下来？我很抱、抱歉……"

我点了点头："现在账房里所有的东西都井然有序了。"

"感谢上帝。"

我站了起来。"那好吧。请你把过去十二个月的账本送到我在医务室

第十章

的房间去。对了,各个部门的分账也要。"

"所有的账本?"财务主管的表情极其惊骇,好像我刚刚是在命令他脱掉衣服,赤身裸体地到雪地里游行示众一样。"这会把所有的事情搞得一团糟,账房的工作没法再做下去……"

"我只看一个晚上,或者两晚。"

他似乎还想争辩,但费比尔院长发话了。

"埃德温,我们必须和大人合作。特派员大人,我们会尽快把账本送到你那儿去的。"

"多谢两位。对了,院长大人,昨天晚上我去看过那个不幸的见习修士,年轻的维尔普雷。"

院长严肃地点点头:"对,过一会儿埃德温修士和我会去探望他。"

"我要审核一、一个月的救济金账目。"财务主管小声嘀咕。

"你是职位仅次于莫提马斯副院长的高级官员,就算再忙也得陪我走这一趟。"他叹了口气,"毕竟盖伊修士专门向我投诉了这件事……"

"这件事很严重,"我说,"那个小伙子很可能死掉——"

费比尔院长抬起一只手,示意我别太激动:"你放心,这件事我会彻查到底。"

"院长,我能不能问问,那孩子到底是做了什么事才被这样惩罚?"

院长双肩一紧。"夏雷克大人,恕我直言……"

"但说无妨。"

"那孩子不喜欢新的祈祷方式,不喜欢用英语布道。他对拉丁语弥撒和赞美诗很有热情,一直担心赞美诗会被改成用英文咏唱。"

"他还年轻,有这种担心也是难免的。"

"这个小伙子很喜欢音乐,常常帮加布里埃尔修士准备祈祷书。他是个有才华的人,但是不时有越矩的想法。前几天他还对《圣经》里的章节评头论足,一个见习修士可不应该……"

"他没像杰罗姆修士一样说些大逆不道的话吧？我希望没有。"

"先生，绝无此事，我的修士们没有一个会说那种话。"院长恳切地说，"杰罗姆修士不是我们修道院的人。"

"很好。原来西蒙·维尔普雷就是为了这些事被罚到马厩干活儿，只能用面包和水填肚子。这似乎太严厉了。"

院长脸色微红："他犯的错不止这些。"

我想了一会儿。"你说他帮加布里埃尔修士做事。我听说加布里埃尔修士有段不光彩的过去，不知是不是真的？"

院长不安地摆弄着长袍的衣袖："西蒙·维尔普雷的确坦白了他对加布里埃尔修士有……不正当的渴望。先生，我承认他这种想法很邪恶，但也仅仅是想法而已。加布里埃尔修士根本不知情。自从两年前东窗事发之后……他就洁身自好了。莫提马斯副院长一直密切地关注着这类事情，非常密切地关注着。"

"你没有专门任命管理见习修士的人，是不是？你们这儿的职务太少了。"

"大瘟疫过后，每家修道院的人数都是一代少过一代。"院长的语气有种理所当然的平静，"但是在国王陛下的领导下，宗教生活又恢复了生机，也许修道院将在这个时代走向复兴，越来越多的人会选择修道院的生活……"

他竟然对山雨欲来的种种征兆无视到这种程度，我不得不怀疑只是随口一说。但他语调里的恳切让我意识到他刚才的话有可能出自真心，他真的认为修道院会继续存在下去。我瞟了财务主管一眼，此人正从桌上拿起一份文件细看，好像这场谈话和他完全没有关系。

"谁知道将来会发生什么？"我转身走向门口，"先生们，我很感激你们的帮助。我要继续去查案了。我想先到教堂看一看，再去找加布里埃尔修士。"院长一脸担忧地目送我离开，财务主管埋头检查账本上的复式账

第十章

目,没有看我。

穿过庭院的时候,我的肚子突然一阵胀痛,看来非得去一趟厕所不可了。加布里埃尔修士昨天晚上给我指过一条捷径,穿过医务室背后的一个院子就能到达厕所。

我重新穿过医务室大厅,来到院子里。院子三面被建筑物包围,我看到地上有一条排水沟,一股细细的水在流淌,先是从一座和医务室相连的小澡堂下方流过,又流向厕所下方,这样一来,两处的污水都能被排走。我不得不佩服修道院建造者的奇思妙想,就算在伦敦,也很少有房屋拥有这样的设计。我常常会想,如果我花园里那个二十英尺深的粪坑最终填满了,会发生什么事情?

院子里的雪差不多扫净了,一群鸡满院子飞跑,咯咯地叫。几堵矮墙被当成了临时猪圈,两头猪站在里面朝外张望。爱丽丝正在喂食,她站在矮墙外,把一桶泔水倒进猪食槽中。我朝她走过去。如厕的事只好先搁一搁了。

"我看到你有很多事情要做。猪也和病人一样需要照顾。"

她和气地笑了笑:"是啊,先生。一个女仆的活儿是永远干不完的。"

我低下头去看猪圈,猜测稻草和泥浆中会不会藏着什么东西,但如果有,一定早被这些毛乎乎的棕色畜牲拱出来了。他们也许会吃掉血衣,但不可能吃掉剑或者圣物。我把院子扫视了一遍:"我只看到了母鸡。你没养公鸡吗?"

她摇了摇头。"没有,先生。可怜的乔纳斯已经不在了,被杀死在圣坛边的就是它。它是只很可爱的鸡,那趾高气扬的滑稽样子常常让我发笑。"

"是啊,公鸡是很滑稽的动物,走路时高视阔步,就像在巡视臣民的小国王。"

她笑了。"它就是这样。我一靠近它,它就用那双调皮的小眼睛挑衅似的看着我。它还会气冲冲地拍着翅膀尖叫,但都不过是虚张声势罢了。一旦我走得太近,它就会立刻转身跑掉。"我惊讶地发现她蓝色的大眼睛里蓄满了泪水,也许是察觉到自己的失态,她低下了头。她的心是勇敢坚强的,也是柔软温情的。

"总之那次亵渎事件非常邪恶。"我说。

"可怜的乔纳斯。"她浑身颤抖,深吸了一口气。

"告诉我,爱丽丝,你是什么时候发现它不见的?"

"就是凶杀案被发现的那个早上。"

我环顾着院子:"这里好像没有路,除了医务室和厕所之外,还有可供进出的通道吗?"

"没有,先生。"

我点了点头。这件事再次证明凶手很可能来自修道院内部,对修道院的布局很熟悉。肠子突然抽搐了一下,提醒我不能再逗留了。我颇不情愿地告别了她,匆匆向厕所赶去。

------✦------

我从没去过修士们的厕所。从前利奇菲尔德的教会学校流传着许多与修士们如厕有关的笑话,但是斯卡恩西的厕所非常普通。厕所内部呈长条形,石头墙面光秃秃的,只在高处开着几扇窗户,室内的光线非常昏暗。一堵石墙边安放着一条长凳,上面有一排圆洞,房间尽头则有三个专供高层负责人使用的小隔间。我朝隔间走去,经过几个坐在公共坑位上的修士。账房的那个年轻修士也在。他旁边的修士尴尬地站起身来,一边整理衣袍,一边向我鞠躬,然后转身朝向邻座的年轻修士。

"你打算在这儿蹲一上午吗,阿特尔斯坦?"

第十章

"离我远点儿。我肚子疼得很。"

我走进隔间,闩好了门,蹲到圆洞上,觉得整个人都放松下来。完事之后,我继续坐着聆听从远处的墙根下传来的叮咚水声。我又想起了爱丽丝。如果修道院关闭,她将失去容身之所。我想知道自己能为她做点儿什么,也许可以帮她在镇上找一份工作。我为像她这样的姑娘居然要在这种地方虚度年华而难过,这多半是因为她家境贫寒。那只小公鸡的死让她多么伤心哪,我真想握住她的手安慰她。然后我摇了摇头,觉得自己未免太心软。我曾经告诫过马可不要心软意活,但我自己又何尝不是这样?

门外的一丝响动打断了思绪,我猛地抬起头屏住呼吸。隔间外面有人,虽然他走动时极力不发出声响,但我还是能听到轻悄的脚步声,那是皮鞋踩在石板上的声音。我的心怦怦直跳,不由得庆幸对危险的警觉让我远离了那些幽暗的门廊。我绑好长筒袜,无声无息地站了起来,伸手摸到了匕首。我靠在门上,把耳朵贴在门板上倾听,门板的另一边有呼吸声,那个人就站在门的正对面。

我咬紧嘴唇。年轻修士很可能已经走了,除了外面的人,厕所里的人就只剩下我一个了。我承认,想到杀死辛格尔顿的人此刻也许就站在门外等着我,就像他那天等待辛格尔顿一样,我非常不安。

隔间门是朝外开的。我极其小心地抽回门闩,然后退后两步,用尽全身的力气把门踢开。门荡开的一瞬间,门外响起一声惊叫,随即冒出阿特尔斯坦修士的脸。他向后跳开,摇摇晃晃地跌向地上,胡乱挥动着双臂好让自己不要摔倒。我看到他手里没拿任何东西,这才松了一口气,高举着匕首向他直逼过去,他的眼睛睁得有茶碟那么大。

"你刚才在干什么?"我厉声喝问,"我听到你站在外面!"

他不断咽着唾沫,凸起的喉结上下滚动。

"我没有恶意,先生!我刚刚是打算敲门的,我发誓!"

他的脸白得像纸一样。我放下匕首:"为什么?你想干什么?"

他一脸忧虑地看了看通向宿舍的那道门。"我想私下和你谈一谈，先生。看到你进来之后我就一直等着，直到厕所里只剩下我们两个。"

"你要谈什么？"

"最好别在这里谈。"他急切地说，"可能会有人打搅我们。求你了先生，你待会儿可以到酿酒坊来找我吗？就在马厩旁边。今天上午那里没人。"

我细细审视着他，他看上去就快崩溃了。

"好吧，但我要带上我的助手。"

"当然没问题，先生……"休修士高瘦的身影从宿舍走了出来，阿特尔斯坦立刻住了嘴，急急忙忙跑掉了。这位津贴发放人来这儿之前一定在计划修士们应该吃哪些丰盛的膳食，他奇怪地看了我一眼，弯腰行了个礼，走进一个隔间中，我听到里面传来拉上门闩的闷响。我站在原地，意识到自己开始发抖。我从头到脚，抖得像风中的一片白杨树叶。

第十一章

我深吸了几口气,终于让自己镇定下来,然后快步赶回医务室。马可还在早餐室里,爱丽丝已经回来了,正一边洗碗,一边和坐在桌边的他说话。她的样子愉快又放松,完全没有在我面前的戒备,我心头不禁涌上一股强烈的妒意。

他问她:"你平时放假吗?"

"每周休息半天。如果医务室不忙,盖伊修士有时候会让我休息一整天。"

我匆匆走进屋子,两人被惊得转过头来。我开口说:"马可,我必须和你谈谈。"

他跟着我回到我们的房间,我把阿特尔斯坦在厕所截住我的事原原本本地说了一遍。

"和我一起去吧,带上你的剑。他看上去并不危险,只是有些狡猾,但还是小心为上。"

我们返回外院,巴格和他的助手还在雪地里劳作。经过马厩的时候,我朝敞开的门里看了一眼,一个马夫正在堆干草,一群马站在旁边看着他,鼻孔喷出的热气在冰冷的空气里凝结成浓重的白雾。像维尔普雷那样病弱的孩子是不该来干这种活儿的。

我推开了酿酒坊的门。屋子里很温暖,透过墙上的一扇门,可以看到微弱的火焰。一架楼梯通向楼上的干燥室。主室里摆满了酒桶和水缸,空无一人。不知有什么东西在我头顶鼓翅,我吓了一跳,抬头看时,才发现木椽间栖息着几只母鸡。

Dissolution

"阿特尔斯坦修士。"我低声呼唤。身后某处传来一声巨响,马可连忙把手放在剑柄上,这时阿特尔斯坦瘦小的身影从一个酒桶后面闪了出来。他鞠了一躬。

"特派员大人,谢谢你来见我。"

"希望你是为了一件重要的事情才在厕所里打搅我的。这里只有我们三个吗?"

"是的,先生。酿酒师不在这里,他去等啤酒花晾干了。"

"那些母鸡不会把啤酒弄脏吗?这里到处都是它们的粪便。"

他不安地笑了笑,拨弄着短短的胡须:"酿酒师说鸡粪可以让啤酒更有风味。"

马可接话说:"我觉得镇上的人不会这么想。"

阿特尔斯坦走近几步,目光炯炯地看着我。"先生,你知不知道克伦威尔勋爵的禁令里有这么一段:修士如果有什么不满,可以越过院长直接向代理主教手下的官员投诉?"

"我知道。你有不满吗?"

"我没有不满,但我有情报。"他深吸了一口气,"我知道克伦威尔勋爵正在寻找各个修道院的把柄。先生,我听说告密者能得到奖赏。"

"情报如果有价值就可以。"我细细打量着他。从业以来,我常常需要和告密者打交道,但是往年两面三刀的小人绝没有这些年多。辛格尔顿那天晚上去见的人会是阿特尔斯坦吗?不过我猜这个年轻人之前并没有告过密。他渴望奖赏,但又心怀怯意。

"我想起……我想起一些发生在这里的作奸犯科的勾当,一定会对你查出杀害辛格尔顿特派员的人有帮助。"

"你要告诉我什么?"

"先生,那些高级修士,也就是修道院的老爷们,不喜欢克伦威尔勋爵的新禁令。他们对用英语布道,以及一系列更加严格的生活规定非常反

第十一章

感。我曾经听到他们聚在一起密谈,先生,就在礼拜堂里。他们经常趁其他人没到之前坐在一起嘀嘀咕咕。"

"你都听到些什么?"

"我听他们说禁令是那些对修道院生活不了解也不关心的人强行颁布的。院长、盖伊修士、加布里埃尔修士和我的上司埃德温修士都是这么想的。"

"还有莫提马斯副院长吧。"

阿特尔斯坦耸了耸肩。"他是个随波逐流的人。"

"这种人不止他一个。阿特尔斯坦修士,你有没有听过高层负责人说出诸如教皇应该回到英国之类的话,或者对国王离婚事件和克伦威尔勋爵本人有微词?"

他沉吟了一会儿。"没有。但是只要能帮到你,我会尽力去打听。"

我哈哈大笑:"一看你拖着步子不敢正眼看人的样子,谁都会怀疑你心里有鬼。如果我是他们,一定会防着你。"

他重新拨弄起胡子。"先生,不知道我还能为你做些什么,"他小声说,"或者为克伦威尔勋爵效劳,我很愿意投入他老人家麾下。"

"阿尔特斯坦修士,你何出此言?难道你很憎恨这个地方?"

他一下子黑了脸,神情变得疲弱无力,郁郁寡欢。

"我在账房里为埃德温修士做事。他是个非常严厉的上司。"

"为什么这么说?他做了什么事?"

"他平时爱像使唤一条狗一样使唤人。只要算错了一个便士,他就会让你把所有的账目重新核查一遍,把你整治得痛不欲生。我先前犯了个小错误,结果现在被他强行留在账房里没日没夜地干活。他今天出去了,否则我绝对没胆子在外面逗留这么久。"

"原来如此。"我说,"就因为犯错被上司罚了,你就把加布里埃尔修士和其他人也牵扯进来向克伦威尔勋爵邀功,希望他让你的日子好过一点儿?"

他一脸迷惑:"可他不就是希望修士们告密吗,先生?我这么做只是为了帮他。"

我叹了口气。"修士,我来这儿是为了调查辛格尔顿特派员被杀一事。如果你知道与这件事情有关的信息,我很愿意听你说一说。否则你就是在浪费我的时间。"

"真对不起。"

"你可以走了。"他似乎还有话要说,但想了想还是不说的好,于是依言匆匆离开了小屋。我朝一个酒桶踢了一脚,怒极反笑。

"上帝啊,那家伙真卑鄙!而且他的话对我们毫无用处。"

"告密者惹出的麻烦往往高过他们带来的价值。"马可正说着话,一坨鸡粪从天而降,落在他的束腰外衣上,他赶紧跳开,恨恨地骂了一句。

"是啊,他们就像这些母鸡一样,完全不在意自己把屎拉在了哪里。"我在酿酒坊里来回踱步,"上帝啊,听到那个恶棍走到我隔间门外的时候,我简直吓坏了。我还以为是那个凶手尾随来了。"

他一脸严肃地看着我:"我承认我不喜欢一个人待在这里的任何地方,每一处阴影里都有可能跳出一个人。先生,也许我们应该待在一起。"

我摇了摇头。"不行,要做的事情太多了,我们现在回医务室去吧。你和爱丽丝似乎相处得很愉快。"

他笑得一脸嘚瑟:"她把自己的生活情况都告诉我了。"

"太好了。我现在要去见加布里埃尔修士,说不定他也会把他的生活情况告诉我。我猜你还没来得及查探这个地方吧?"

"还没呢,先生。"

"就看你的了。去盖伊修士那里取两双罩靴来。"我严肃地看了他一眼,"不过一定要小心。"

第十一章

我在教堂外停住脚步。一个厨役迈着沉重的步子在雪地里艰难行进，廉价的羊毛长筒袜被雪水浸透了。我暗暗庆幸有盖伊修士的罩靴可穿。不过仆人们是没有罩靴穿的，这种东西太贵了，如果人手一双，埃德温修士一定会气得发狂。

我打量着教堂的正面。几扇二十英尺高的大木门有规律地排列着，周围刻有形貌怪异的神人和恶兽，以此来吓退邪灵。这些雕刻繁复细腻，经过四百年的风霜侵蚀，表面有些磨损，但依然鲜活如新。和那些大教堂一样，这座修道院教堂为了震撼俗人，建造得美轮美奂，好让人们相信这里就是天堂的幻影。每当修士们许下祈祷可以将所爱之人救出炼狱的承诺，每当一件圣物神奇地治愈了顽疾，相信这个说法的人数就会增加一百倍。我用力推开大门，朝教堂深处窥望。

中殿巨大的拱顶离地差不多有一百英尺，支撑拱顶的圆柱被刷上鲜亮的红色和黑色。地面铺着蓝黄相间的地砖。我的目光很快被一架摆在中殿中央的石质圣坛屏吸引，屏面上绘满了圣人图像，描画细致，色彩浓丽。在烛光的映照下，我看到圣坛屏顶部立着施洗者约翰、圣母玛利亚和我主耶稣的雕像。教堂尽头有一扇大玻璃窗，是为了让东方的晨光透进来而专门修建的，窗上绘有黄色和橘色的几何图案，中殿因而洒满了柔和的茶色光线，显得宁静又神圣，连殿中万花筒一样的色彩都变得柔和了。显然，建造者很清楚如何营造氛围。

我缓步走向中殿。墙边排列着彩绘圣人塑像和小圣物箱，圣物箱上覆盖着绸缎，下面隐约露出一些奇奇怪怪的东西，蜡烛在塑像和箱子前面燃烧。一个仆人慢悠悠地四处走动，把已经烧尽的蜡烛换掉。走到一半，我停下来看了看两侧的小礼拜堂，里面有不少塑像和布满烛光的小圣坛。我脑中灵光一闪，想到这些被围着栏杆的圣坛、塑像和棺架塞满的小礼拜

Dissolution

堂，也许是藏东西的最佳地点。

其中几个小礼拜堂里有站着吟诵私人弥撒的修士。地方土豪士绅因为害怕死后的炼狱之苦，常常会把本来要留给妻子儿女的财产分出一部分给修士做弥撒，直到最后审判来临。我猜炼狱的天数减得越多，这样一场弥撒就越值钱；修士们往往承诺能减一百天，更有甚者许诺能减一千天。那些没钱的人当然只能承受上帝指定的天数了。就因为这样，我们改革者称之为"可以讨价还价的炼狱"。拉丁语咏唱声让我心中腾起一丝不耐烦的怒意。

我在圣坛屏前驻足仰望。教堂内部并不比外面暖和多少，我呼出的气还是形成了一股白雾，消失在被黄光晕染的空气中。教堂两侧各有一段嵌在墙上的楼梯，沿梯而上，可以到达圣坛屏顶部。一段窄窄的走道与圣坛顶部齐平，横贯整个教堂。走道上方的墙面逐渐向内拱，最终和阔大的穹顶相接。我注意到左侧的墙面裂了一条大口子，裂口从穹顶向下蔓延，几乎到了地面，周围水渍斑斑。我想起诺曼底教堂和大教堂其实并不像外表看上去那样坚固，教堂的墙也许厚达二十英尺，但是昂贵的石材只会用在内外两侧的墙面，中间充塞的多半是碎石头。

裂口处的石材和灰浆都变色了，下方的地板上积着一小堆灰浆粉末。走道上方有一排壁龛，每个壁龛里都有圣多纳特俯身朝向一个死人的雕塑，和修道院印章上的场景一模一样。

裂口从一个壁龛中间穿过，里面的塑像离开原位横卧在走道上，表面色彩剥落。那里有一大堆滑轮和绳索，绳索一头系在走道后面的墙上，而后向上方的虚空伸展，最后消失在黑黢黢的钟楼里，想必另一头就系在那里面。

绳索上悬着一个木头篮子，大得足够容下两个人。我猜这个篮子可以吊在绳子上里里外外地移动，塑像也是因此才搬开的。这个安排虽然巧妙，但风险很高，正确的维修需要搭建脚手架。财务主管说得对，如果要把这处裂口彻底修好，耗资一定相当庞大；但如果不加修缮或者草草了事，日子一长，裂口只会在风霜雨雪的侵蚀下越变越大，最终威胁到整个

第十一章

建筑的安全。我的思绪越飘越远,甚至想到有一天教堂要是突然倒塌,一定会砸死不少人。

除去小礼拜堂里喃喃的祷告声,教堂非常安静。我随即捕捉到微弱的说话声,循声望去,看到一扇半掩着的门,里面烛光闪烁。我认出其中一个浑厚的声音属于加布里埃尔修士。

"我绝对有权利探望他!"他气冲冲地说。

"如果你老是在医务室周围转悠,其他人又该说闲话了。"副院长用他刺耳的声音回答。不一会儿他出现在门口,红通通的脸上蒙着一层寒霜。他刚抬脚走了一步,就看到了不远处的我。

"我是来找圣器室管理人的,我想让他带我看看教堂。"

副院长朝敞开的门点点头:"早上好,先生。加布里埃尔修士就在里面,天这么冷,他会很乐意离开办公桌走动一下的。"他飞快地鞠了一躬,绕过我离开了,脚步声在空阔的教堂里"踏踏"地回响。

门里是一间放满书籍的小办公室,圣器室管理人就坐在一张桌子后面,桌上铺满了乐单。一尊断了鼻子的圣母像歪靠在墙边,给这个冰冷无窗的房间增添了一丝阴郁。加布里埃尔修士默默地坐着,黑袍外披着一件厚斗篷。他轮廓分明的脸异常焦虑。从某种程度上说,这张瘦长的面孔堪称刚毅,但向下紧绷的嘴角和深深的眼袋又让他显得憔悴。看到我进来,他立刻起身相迎,勉强挤出一个笑容。

"原来是特派员大驾光临。夏雷克大人,有什么需要我效劳的?"

"圣器室管理人,我想请你带我看一看教堂,包括发生亵渎事件的地方。"

"谨遵你的吩咐,先生。"他的口气有些勉强,但还是领着我走回了教堂大厅。

"修士,据说你负责音乐,同时监管教堂的维护工作?"

"是,而且图书馆也归我管。如果你想去看看,我也可以带你去。"

Dissolution

"多谢了。听说见习修士维尔普雷常常在音乐方面帮你的忙?"

"那是在他被赶到马厩里受冻之前的事了。"加布里埃尔修士冷冷地说。他调整了一下情绪,用稍稍温和一些的口吻继续道"请恕我无礼,但你就住在医务室,知道得应该比我多。你清楚他现在的情况吗?"

"盖伊修士相信他会康复的。"

"感谢上帝。可怜的傻孩子。"他画了个十字。

他带我绕着教堂参观。一路上他变得快活了一点儿,兴致勃勃地谈论着这尊塑像或者那尊塑像的历史,建筑的设计风格和那些彩绘的玻璃窗的制造工艺。他似乎想通过说话来逃避内心的焦虑。虽然我是个宗教改革者,很可能对他展示的这些东西持不赞成的态度,但他似乎不以为意。我愈发觉得他是个天真率直,不谙世故的人,但越是这种人,越有可能变成狂热分子。我再次注意到他身材高大,体格强健,手指细长优美,手腕却很粗壮,可以轻松地挥舞一把剑。

"你一直都是修士吗?"我问他。

"我十九岁就蒙神召唤了。我完全不了解修道院之外的生活,也不想了解。"

他在一个大壁龛前停了下来,壁龛里只有一个空荡荡的石头基座,上面盖着一块黑布。基座对面放了一大堆棍子、拐杖和跛子用的其他支撑物,我看到其中还有一个沉重的颈圈,是驼背小孩穿着矫正残疾的工具。我自己也穿过这样的东西,虽然完全没有用处。

加布里埃尔修士叹了口气。"'忏悔的盗贼'的手原先就放在这个地方。这件圣物的丢失实在太可怕了,它曾经治愈过很多不幸的人。"他说话时无可避免地扫了我的驼背一眼,又偏过头指了指那堆东西。

"这些东西是多年来被'忏悔的盗贼'的神力治好的人留下的。他们不再需要它们了,就怀着感激的心情把它们留在了这里。"

"这件圣物在这里放了多久了?"

第十一章

"1087年,是由创建圣多纳特修道院的修士从法国带来的。它在法国待过几百年,之前在罗马也待过几百年。"

"我想放圣物的盒子肯定很值钱,据说是个镶着祖母绿的金盒子。"

"你要知道,人们通常很乐意花钱来触摸它。当政府颁布禁止展出圣物敛财的命令时,他们非常失望。"

"这件圣物很大吧,我猜?"

他点了点头。"图书馆里有图画,你要是有兴趣可以去看看。"

"我会的,谢谢你。能不能跟我说一说,第一个发现圣物失踪的人是谁?"

"是我。我还发现圣坛被玷污了。"

"请你把当时的情况详详细细地告诉我。"我坐到一处凸出的扶壁上。我的背比前两天好多了,但我不希望站得太久。

"我像平常一样在快到五点的时候起了床,去教堂做晨祷的准备。夜间圣像前只会点几支蜡烛,所以当我和我的助手安德鲁修士走进教堂时,一开始都没有发现任何异常。我们走到唱诗班席位处,安德鲁开始去点前排的蜡烛,我则负责把晨祷书一一翻开。安德鲁修士点着点着,突然发现地板上有一道血迹,吓得大喊一声。那道血迹伸向……"他发出一声颤抖的叹息,"伸向内殿。就在那里,一只黑公鸡躺在祭坛前的桌子上,喉咙被割断了。祭坛上放着几根带血的黑羽毛,两边各点着一支蜡烛,那是撒旦的嘲笑。请上帝垂怜我们!"他又画起十字。

"你能带我去看看吗,修士?"

他犹豫了:"教堂已经除过秽了,但我还是觉得在圣坛前重温这些事件不太妥当。"

"话虽如此,但我必须去。"

他不情不愿地带着我穿过圣坛屏上的一道门,来到唱诗厅。我记得古德汉普斯说过,比起辛格尔顿的死,亵渎教堂事件更让这些修士难过。

唱诗厅里有两排木头座位，雕花精美，前后两排座位每张都正好对齐。因为年深日久，木头已变成了黑色。加布里埃尔修士指了指铺着瓷砖的地面："当时血迹就在这里，血线一直通向那里面。"我跟着他来到内殿，殿中的祭坛上盖了一块白布，后方的墙壁上雕饰着美丽的金树叶，空气中充斥着乳香的气味，两尊华丽的银烛台一左一右摆放在祭坛桌上，烛台之间是做弥撒时放祭碟和圣餐杯的地方。他指了指那里。

"死鸡就放在那儿。"

我一向坚信弥撒应该用标准的英语来进行，而且仪式也要尽量简化，我认为只有这样，才能向上帝展现他们的虔诚之心，而不是让纷华靡丽的排场和华而不实的拉丁语喧宾夺主。也许是因为这种心理，又或许是因为这里发生的事情，当我看到这座伫立在昏暗烛光中，装饰得富丽堂皇的祭坛时，突然感应到一种邪恶的气息，这种感觉是如此强烈，以至于我发起抖来。我觉得这个事件不是普普通通的罪案，更不是故弄玄虚的恶作剧，而是真真正正的邪恶。站在我旁边的圣器室管理人一脸阴郁悲伤。"我当了整整二十年修士。"他说，"在冬天最黑暗、最寒冷的日子里，我仍然会站在圣坛前做晨祷。无论我的内心有多沉重，多痛苦，当第一缕晨光从东面的窗户射进来的时候，我都会重新振奋起来。光明的到来就如同上帝的承诺，填补了我空虚疲惫的灵魂。可如今一站在圣坛前，我的眼前就浮现出那血腥的一幕，再也无法静下心来冥想。这都是魔鬼造成的。"

"好了，修士。"我轻声说，"犯案的不是魔鬼，是人，我一定不会让他逍遥法外的。"我回到唱诗班席位，坐到其中一个座位上，示意加布里埃尔修士坐在旁边。

"圣器室管理人，你在目睹这项恶行之后作何反应？"

"我当时提议去找副院长。但是就在那个时候，通往暗梯的门一下子开了，一个修士跑进来告诉我们辛格尔顿特派员被杀了。我们一起离开了教堂。"

第十一章

"然后就看到圣物不见了?"

"不,那是后来的事了。大约十一点的时候,我经过神龛,发现它不见了。但是这次失窃肯定和亵渎事件发生在同一时间。"

"有这个可能。这么说来通过和修士宿舍相连的暗梯也可以进这里,那扇门晚上会不会上锁?"

"当然会,上锁和开锁都由我亲自负责。"

"如果不能走暗梯,亵渎教堂的罪犯就必须从大门进来,大门平时不上锁吗?"

"对。无论仆人、信众还是修士,只要愿意,随时都可以进入教堂,这是我们这里的原则。"

"你凌晨五点就到了。你确定?"

"过去八年里,我每天都在重复同样的日程,又怎么会记错?"

"要真是五点,那闯入者就是在昏暗中杀了公鸡,再把鸡血洒得到处都是,还……还有可能……偷走了圣物。巴格是在四点一刻遇到特派员的,而你进入教堂的时间是五点,这说明亵渎事件和辛格尔顿被杀都发生在四点一刻到五点之间。案犯的动作非常快,这也意味着他们对修道院布局非常熟悉。"

他目光锐利地看着我:"说得对。的确是这样。"

"修道院教堂的弥撒是不让镇上的居民参加的。外来人如果来参加特殊庆典或者向圣物祈祷,是不允许到圣坛屏里面去的吧?"

"不允许,只有修士可以到唱诗班席位上和祭坛前面去。"

"这么说,只有修士才能知道修道院的日常安排和教堂的布局。不过除了修士,在这里工作的仆人也极有可能……比如那个在教堂里走来走去点蜡烛的人。"

他一脸严肃地看着我:"杰弗里·沃尔特斯是个七十岁的老头,而且耳朵听不见。教堂所有的仆役都是在这里工作多年的老人,我很了解他们，他们中绝对没有人会做出这种事情。"

"既然仆人不可能，那么嫌犯多半是个修士。费比尔院长和你朋友财务主管都信誓旦旦地说嫌犯是外面的人，我不敢苟同。"

"我觉得有可能是外人干的。"他支支吾吾地说。

"说下去。"

"从我的宿舍房间可以俯瞰沼泽地。今年秋天，我早上起床的时候好几次看见沼泽地里有灯光，我当时以为走私者又活跃起来了。"

"费比尔院长也提到过走私，不过我觉得沼泽地是个很危险的地方。"

"是很危险。不过走私者们可以通过沼泽地里的一个小岛进出，岛上有建镇之初修造的教堂废墟，一直延伸到河边。小船上可以载满走私到法国的羊毛。院长不时向镇上的官员们投诉，但他们置之不理。一些官员肯定从走私贸易中分到了好处。"

"这么说知道这条路的人可以在夜间进出修道院喽？"

"有可能，面向沼泽地的墙塌得很严重。"

"你有没有跟院长提过看到灯光的事？"

"没有。因为投诉长期无效，后来他干脆放弃了。我当时太过气恼，没有想清楚，不过现在……"他的脸上显出一种热切的表情，"也许这就是答案。那些人本来就是罪犯，一种罪行会引发另一种罪行，就算发展到亵渎神明也不奇怪……"

"为了逃避责任，修道院里的人当然要把过错推给别人了。"

他转头看着我，脸色铁青："夏雷克大人，也许你觉得我们的祈祷、我们对圣物的虔诚，都是生活安逸的人表演的无聊把戏，而修道院外的人正在遭受痛苦，发出呻吟。"

我点了下头，不置可否。

他突然激动起来："我们日复一日地过着祈祷和礼拜的生活，不是为了贪图安逸，而是为了靠近上帝，离他的光辉更近一些，离这个罪恶的世

第十一章

界更远一些。每一次祷告,每一场弥撒,都是我们为了靠近他而做出的努力,这里的每一尊塑像,每一种仪式,哪怕是每一片彩绘玻璃,都让我们想起他的荣耀,从而忘记这个世界的污浊。"

"我理解你的信仰,修士。"

"我也知道我们如今的生活超越了本分,舒适的衣衫,可口的食物都和圣本笃的规定不相符。但我们的目标没有变。"

"你们的目标就是和上帝相通?"

他转过头来,认真地看着我:"这并不容易。有人说这一目标根本是错误的。罪恶的人类脑中充满了魔鬼植入的邪恶冲动,不要以为修士们就能幸免,先生。我认为我们越渴望接近上帝,魔鬼就越想把我们的灵魂拉进堕落的深渊,而我们就越应该和他抗争。"

"那你觉得谁会有杀人的念头?"我小声问,"你要记住,我是代表代理主教说这句话的,而代理主教之上就是教会的最高领袖国王陛下。"

他直视着我的眼睛:"我想不出我们之中有谁会做这种事。如果我能想出来,早就报告院长了。我刚刚告诉过你,我认为罪犯是外面的人。"

我点了点头。"不过我听说这里还发生过其他的严重罪行,是不是?前一个副院长在任的时候出过丑闻。小恶很有可能演变成大恶。"

他的脸唰地红了。"从这些事情……到上个星期发生的事……跨度未免太大了。而且这些事过去很久了。"他猛地站了起来,向后退了几步。

我起身站到他身边。他脸色阴沉,尽管室内非常寒冷,额头上却有点点汗光。

"并没有完全过去,修士。院长告诉我,西蒙·维尔普雷之所以受罚,部分原因在于他对另一个修士抱有某种特别的感觉——这个修士就是你。"

他转过身来,勃然大怒道:"他只是个孩子!就算他生出什么下流的想法,也不该把责任推到我头上。要不是他向莫提马斯副院长坦白,我至今还蒙在鼓里,如果早就知道,我一定会加以阻止的。不错,我是和其他

Dissolution

男人睡过觉,但我已经忏悔了,之后也没有再犯过。好啊,特派员大人,你现在翻我的旧账,我知道代理主教办公室最喜欢这种故事。"

"我只是想查出真相。我无意为了一件早已过去的事情伤害你。"

他似乎还想说些什么,但却没有说出口。他深吸了一口气:"你想不想去图书馆看一看?"

"行啊,请带路吧。"

我们回到中殿。"顺便问一句,"在默默地走了一段路之后,我开口说,"我看到了教堂一侧的大裂口。要彻底修复绝对是个大工程,副院长会不会不肯批准这项支出?"

"他倒是肯,可埃德温修士说任何维修费用都不得高于修道院的年收入,我们只能修修补补,尽力让裂口不再扩大。"

"我明白了。"我心里非常疑惑,既然这样,埃德温修士和院长为什么谈及需要卖地拿现金?

"那些管财务的人总认为最便宜的东西才是最好的。"我以哲学家的口吻继续说,"然后不断粉饰补救,直到完全毁坏为止。"

"埃德温修士觉得省钱是一项神圣的职责。"他语带讥诮。

"他和副院长似乎都不太喜欢施舍。"

他眼中精光一闪,但是没有再说什么,只是默默地带我离开了教堂。

一到外面,我的眼睛就被寒冷的白光刺得泪水涟涟。太阳已经升得很高了,户外非常明亮,却一点儿也不温暖。更多道路上的积雪被清扫干净,人们重新出来干活了,许多黑色长袍在白色的庭院里穿梭往来。

图书馆就在教堂旁边,整座建筑出乎意料的大。光线透过高高的窗户流泻进来,照亮了摆满书籍的书架。除了一个正对着一本厚重的大册子挠头的见习修士,一个在角落里勤奋地抄写一份手稿的老修士,桌子边就再

第十一章

也没有人了。

"没有多少人学习呀。"我感叹了一句。

"图书馆常常空着。"加布里埃尔修士遗憾地说,"如果一个人到了非看书不可的地步,他通常会把这本书带回自己的房间去。"他朝老修士走去。"进展得怎么样了,斯蒂芬?"

老人抬头看着我们:"进展很慢,加布里埃尔修士。"我扫了他正在抄写的东西一眼,那份原件是一部早期《圣经》,整部书写在厚厚的羊皮纸上,字形优美,正文旁边的人像栩栩如生,每个细节都精致入微,色彩极为鲜艳,虽然经过几百年的岁月,也只是稍稍褪色而已。相比之下修士的抄本就非常糟糕了,字迹潦草,参差不齐,图画的颜色也很俗艳。加布里埃尔修士拍了拍他的肩膀,用拉丁语说:"要在困难面前无所畏惧,修士。"他说完把脸转向我。"我现在带你去看大盗巴拉巴之手的插图。"

圣器室管理人领着我爬上盘旋的楼梯,来到二楼。这里的书比楼下更多,数不清的书架上放满了古老的卷册。到处都积着厚厚的灰尘。

"这些都是我们的藏书。其中一些是希腊和罗马古书的抄本,全都是在抄写还是一门艺术的时代完成的。即便是在五十年前,楼下的书桌边也坐满了抄书的修士。但是自从印刷术出现之后,就没人想看带插图的书了,他们更喜欢看那些廉价书,字体是方形的,非常难看,字母全都挤在一起。"

"印刷品也许在美观程度上要差一些,但胜在能把上帝的教诲传播给所有人。"

"可是这样的书能让所有人读懂吗?"他气冲冲地反问我,"没有插图,没有能让人生出敬畏崇拜之心的艺术美感,人们要如何去读懂它、敬仰它?"他从书架上取下一本旧书,乍一翻开就扬起一大片灰尘,呛得他不住咳嗽。书页上的文字是希腊文,一排排文字中间画满了活蹦乱跳的小动物。

"这本书据说是亚里士多德已经失传的作品《论喜剧》的抄本，"他说，"这当然是本伪书，是十三世纪的意大利人编造的，除了美观一无是处。"他合上书本，把注意力转向一套数量庞大的卷册，这些卷册其实是一份份卷起来的图纸，占了整整一个书架。他伸手去抽图纸，我也帮他抽了一份。让我吃惊的是，他竟然一把将图纸抓了回去。

"不！不要碰！"

我扬起眉毛。他面红耳赤。

"我很抱歉……我……我是不希望你的衣服沾上灰尘，先生。"

"这些是什么？"

"修道院的旧图纸。泥瓦匠偶尔会看一看。"他捧着一堆图纸回到楼下。图纸又大又重，他举到桌上时颇费了一番力气。他小心翼翼地翻开纸页。

"这是修道院珍宝的写真，绘于两百年前。"我看到里面有我在教堂里看到过的塑像的彩绘，还有诸如餐厅里的诵经台之类的东西，每张图都标注着尺寸，配有拉丁文注释。中间的纸页被一张彩色插图占满了，那张图画的是一只镶有珠宝的方形大匣子。透过玻璃板，可以看到紫色的垫子上放着一块黑色的木头，一颗大头钉穿过一只人类的手掌，将之固定在木头上。手掌已经萎缩了，皮肉发黑，每一块肌肉，每一根肌腱都清晰可见。一旁的尺寸标明这个匣子有两平方英尺大，一英尺深。

"这些宝石就是祖母绿吧，"我说，"个头都蛮大的。这匣子有没有可能是因为黄金匣身和上面的珍贵宝石而被偷的？"

"有这个可能。但是一个偷窃圣物的基督徒会失去他们不灭的灵魂。"

"我一直以为那两个和耶稣一起受难的盗贼是双手绑在十字架上，而不是被钉在上面，这样他们的受苦时间才会延长。很多宗教绘画也是这么画的。"

他叹了口气。"没有人知道真相。福音书上说我主耶稣最先死去，但

第十一章

他被钉上十字架前就已经受过折磨。"

"绘画和雕塑具有误导性。"我说,"不过这件事有一处自相矛盾的地方,不是吗?"

"你何出此言呢,先生?"

"这只手掌属于一个盗贼,人们争相花钱一睹他的遗骸,直到这项习俗被当做盘剥行为禁止。如今这只盗贼的手掌却被偷了。"

"也许是有点儿自相矛盾。"加布里埃尔修士小声说,"但对我们来说,这是一出悲剧。"

"这东西一个人搬得动吗?"

"复活节游行的时候,这个匣子需要两个男人来抬。一个身强力壮的人可能搬得动,但是多半走不远。"

"窃贼有没有可能通过沼泽地离开?"

他点了点头。"有可能。"

"我想是时候去那里看看了,不知你愿不愿意为我指路。"

"当然愿意。修道院的后墙上有一道门。"

"谢谢你,加布里埃尔修士。你的图书馆非常迷人。"

他带着我走出图书馆,指了指墓地的方向:"沿着小路穿过那里,再经过果园和鱼塘,你就能看到那道门了。路上小心一点儿,雪会很厚。"

"我穿着罩靴。好啦,吃晚饭的时候我们会再见面的,到时候你又能见到我的年轻助手了。"我狡黠地笑了笑。圣器室管理人红着脸低下了头。

"啊……是啊,当然了……"

"修士,我非常感谢你的热心和坦率。日安。"我点头致谢后离开了他。当我回过头时,看到他仍然低垂着脑袋,慢慢走回教堂。

第十二章

我走过工房，穿过一扇小门进了俗家墓地。白天的墓地似乎小了一些。一块块墓碑半埋在雪里，墓碑的主人大都是付钱买下墓地的当地人，或者是死在修道院里的来访者。除了我们昨晚到过的菲茨休家族墓穴，这里还有三座类似的石头坟墓。墓地远端种着一排果树，光秃秃的枝丫伸向天空。

我突然意识到这些墓穴是藏东西的好地方。我踏着积雪走向离得最近的一座墓穴，从腰带上解下院长的钥匙环，用冻得发麻的手指在钥匙中间摸索着，终于找到了尺寸合适的那一把。

我依次到三座墓穴里查看了一番，但是这些白色大理石坟墓中并没有藏匿东西的痕迹。石头地板上积了厚厚的一层灰，一看就知道好多年没有人来过了。其中一座墓穴属于著名的黑斯廷斯家族，我记得这个古老的家族也在内战中覆灭了。但是埋葬在这里的人是不会被忘记的——在我生出这个念头的时候，修士们朗读私人弥撒的场景又浮现在我的脑海。修士们会日日夜夜对着虚空呼喊他们的名字，他们也将以这样的方式长存人间。我摇了摇头，转身向果园走去，几只饥饿的乌鸦在光秃秃的树上嘎嘎鸣叫。多亏了手上的手杖，使我得以稳稳当当地从墓石间走过。

穿过一道边门就进入了果园，我绕过白雪压枝的果树向前走。四周万籁俱寂。此时此地，我觉得自己终于有机会好好整理一下思绪了。

时隔多年重回修道院的感觉是很奇特的。当年在利奇菲尔德做学生时，我不过是个无足轻重的残疾少年，如今却以克伦威尔勋爵特派员的身份来到这里，在所有到过修道院的世俗人中，算是权力最大的一个。但我

第十二章

还是和当年一样,感到孤立无援,不受欢迎,唯一的不同之处就是这里的人都怕我。可越是如此,我越要小心地运用自己的权力,因为人们感到恐惧的时候,通常会像蛤蚌一样把自己封闭起来。

和加布里埃尔修士的谈话让我有些沮丧。他生活在过去,沉浸在一个由带插图的书籍、古老的圣歌、彩绘石膏像构成的世界里。我猜他是想在这个世界里求得心灵上的平静,以逃避外界持续不断的诱惑。我想起当我提起他的过去时他那种愤怒的表情。在多年的职业生涯中,我见过许多信口雌黄的骗子和诡计多端的盗贼,我承认审讯这类人对我来说是一种乐趣,尤其是当面戳穿他们的谎言,看着他们面如死灰眼珠乱转的时候。但是利用从前见不得人的丑事来攻击一个像加布里埃尔修士这样的人是没有乐趣可言的,他脆弱的自尊太容易受到伤害。毕竟我是个外人,一个外人如果知道得太多,只会让人讨厌。

我记得当初在大教堂学校,其他孩子常常因为我不能和他们一起玩游戏而嘲笑我,受到伤害的我去求父亲带我离开学校,让我在家里接受教育。可他回应我说,如果他允许我从这个世界退出,那我将来就再也无法融入它了。他是个严厉的男人,对人不够关心也不够体贴,自从母亲在我十岁时过世后,我从他那里得到的关怀就更少了。也许他说得对,然而如今的我却在怀疑:我已经取得了世俗的成功,拥有了今天的地位,但我变得更幸福了吗?我心里突然有些难过。看来这番思考不但毫无用处,反而让我回忆起一些伤心事。

我走过一排鸽舍,鸽舍外面有一个大水塘,水塘里里外外长满了芦苇。那是一个鱼塘,专门挖来养鱼的。一条小河汇入鱼塘,又顺着不远处一堵后墙下的排水沟流走了。一扇沉重的木门就在附近。我记起修道院通常建在河边,以便让河水带走垃圾,早年的修士们是很有天赋的管道工,也许他们做了某种特别的设计来移走垃圾,以免污染鱼塘。我拄着手杖眺望四周的景色,暗暗责备自己太过悲观。我是来这里调查杀人案的,不是来缅怀过去。

我已经取得了一些进展，不过远不能算多。在我看来，这个案子是外来人犯下的可能性很小。可虽然五个高层负责人都知道辛格尔顿来这里的真正意图，我却看不出他们中的任何一个有被疯狂的仇恨泯灭理智，最后奋起杀人的嫌疑。他们这么做只会把圣多纳特的未来置于更加危险的境地，关于这一点，他们都是很清楚的。但他们同时又显得高深莫测，让我很难摸清他们的真实想法，只有加布里埃尔表现出了一点儿痛苦绝望的情绪。

我翻来覆去地琢磨着辛格尔顿被杀是不是因为他查出了某个修士的秘密。比起外人作案，这个假设的可能性更高，但即使是某个修士杀人灭口，他为什么要用这么戏剧化的谋杀手法？这根本解释不通。我怀疑自己最后要靠审问修道院的每一个修士、每一个仆人来结案，但是一想到这样做会耗费漫长的时间，我的心就往下沉。越早离开这个阴气森森、危机暗藏的地方，我就越开心，但是克伦威尔勋爵需要一个明确的结果。就像马可所说的，我只能尽我所能，身为一个法律工作者，我必须不辞艰辛地向前迈进。接下来我得去查一查外人是否有可能通过沼泽地进入修道院来。"所有细节，"我一边步履沉重地踩着积雪往前走，一边小声念叨，"所有细节。"

我走到鱼塘边朝里张望。水面覆盖着一层薄冰，不过太阳此刻差不多升到了中天，我能辨认出大鲤鱼淡淡的轮廓在芦苇丛生的水塘中忽隐忽现。

直起身来的一瞬间，水底有微弱的黄光一闪。我怀着满腹疑惑，重新弯下腰细看。起初我不能确定那道黄光到底在芦苇丛中的哪一处，怀疑自己刚才是被阳光晃花了眼，但我很快又看到它了。我跪下来，两手撑在雪地上朝塘底窥望，冰冷的雪把手上的皮肤刺得生疼。失窃的匣子是黄金做的，许多昂贵的宝剑剑柄也会镀上一层黄金……水底的东西很值得调查，

第十二章

我激动得发起抖来。不过我并不妄想能靠一己之力来对付这结了冰的塘水,我打算过一会儿带着马可一起来。我起身拍净衣服上的雪,裹紧外套,抬脚朝木门走去。

我看到墙上有几处破损的痕迹,虽然经过了修补,但修补的地方明显粗糙不平。我从腰间取下钥匙串,找出和门上那把古老沉重的大锁相合的钥匙。门吱呀一声开了,我走到门外,踏上了一条狭窄的小路。小路沿着墙向前延伸,地面逐渐向下倾斜,只延伸了几英寸就没入了沼泽地。我没料到沼泽地竟然距离修道院如此之近,小路有几处完全中断了,泥浆漫过路面,直接爬到了墙根下。墙面被泥浆日夜侵蚀,损坏到了需要修补的地步。外侧的墙面比内侧毁坏得更严重,坑坑洼洼的补丁更多,有几处地方粗糙不平,一个身手敏捷的人完全可以徒手攀爬。"该死的。"我低声咒骂,照这样看来,我根本不能排除外人作案的可能性。

我眺望着沼泽地。一层积雪覆盖其上,不过丛生的芦苇和结了冰的死水潭破坏了这片洁白。从修道院边沿至远处宽阔的河岸,这片沼泽绵延了整整半英里,其中有一些尚未结冰的水潭,水面倒映着蔚蓝的天空。河对岸的地势缓缓升高,伸向林木密布的地平线。一切都是静止的,河上的一对海鸟是唯一的生命迹象,我目送它们飞向空中,朝着寒冷的天幕发出凄凉的啼叫。

在河岸与我驻足处之间耸起一座大土丘,那是沼泽地里的一座岛屿,顶上有一片低矮的废墟。那一定就是加布里埃尔修士提到过的地方,一座早年修建的教堂。我怀着几分好奇,小心翼翼地握住手杖,一脚踏进沼泽地。让我吃惊的是,积雪下的地面竟然是硬的。我另一只脚也踏了进去,还往前走了一步,这回感觉到的依然是坚实的地面。但所谓的坚实地面实际上只是一层冻得硬邦邦的干草,只听"咔嚓"一声,我的脚突然踏穿了干草层,踩进柔软的泥巴里。我惊呼一声,不由自主地丢开了手杖,右腿正慢慢陷进感觉起来像黏稠泥浆的东西里,烂泥和冰水灌进我的罩靴,顺着小腿向下流。

我拼命扑腾手臂保持平衡，生怕自己会不慎摔倒，脸朝下栽进泥沼里。幸好左脚还踩在坚硬的地面上，我一边用尽全身力气想把右腿拔出来，一边担心那只左脚也会踩破硬壳踏入无可名状的深渊，幸好那片地面并没有破。因为用力加上紧张，我很快汗流浃背，但好在终于一点点将右腿给拔了出来，黑乎乎的烂泥糊了半条腿。泥沼里传来咕嘟咕嘟的声音，飘出一股腐臭味。我退后两步，一屁股坐到小路上，一颗心怦怦直跳。手杖落在了不远处的泥沼里，但我根本不想把它拿回来。我低头看了看裹满臭泥的腿，暗骂自己是个蠢货，克伦威尔勋爵要是知道他精心挑选的特派员在勇敢地直面了斯卡恩西的神秘和危险之后，竟然掉进一片泥沼里淹死，脸上的表情一定会很精彩。

我大声对自己说："你是一个大傻瓜！"

我听到背后有声音，猛地回过头去。墙上的木门开了，门口站着披了厚外套的埃德温修士，他一脸惊诧地盯着我。

"夏、夏雷克大人，你没事吧？"他环顾着光秃秃的沼泽地，我意识到刚才的自言自语已经被他听入了耳中。

"我没事，埃德温修士。"我若无其事地站起来，但转念一想，我现在满腿烂泥的样子是不可能装作没事的。于是我坦白地说："我刚才出了个小意外，差点儿掉进去了。"

他连连摇头："你不该到沼泽地里去，先生。那里非常危险。"

"这回我算知道厉害了。不过你出来干什么，修士？账房里的事都做完了？"

"我刚刚陪院长去探、探、探望了生病的见习修士，想要清、清醒一下头脑。我经常到这里来散步。"

我好奇地看着他。我很难想象他会是一个甘愿费力穿过积雪的果园来这里散心的人。

第十二章

"我喜欢到这里来眺、眺望那条、条河。这让我感到平、平静。"

"只要小心别掉下去?"

"嗯、是的。要、要不要我送你回去,先生?你身上都、都是泥。"

我开始发抖。"无妨。不过你说得对,我是该回去了。"

我们穿过木门,拖着沉重的步子走回修道院。我以最快的速度往前赶,那条湿透了的腿冷得像一块冰。

"那个见习修士怎么样了?"

他摇了摇头。"他看上去正在好转,但是疟疾这种病谁也说不准。我去年冬天得过一次,害我整整两星期都没能进账房。"他说完又摇头。

"你对副院长处置西蒙·维尔普雷的事怎么看?"

他又开始摇头了,这回显得有些不耐烦:"这不好、好说。没有规矩不成方圆。"

"可是人不是应该对弱者更温柔更宽容些吗?"

"人、人们必须要清清楚楚地知道,如果他、他们犯了错,就会受到惩、惩罚。"他看着我。"难道你觉得这样不对,先生?"

"一些人的悟性本来就要差一些。好比有人告诉过我不要踏进那片沼泽,但我还是进了。"

"先生,你这只能算是失误,说不上过错。如果一个人觉得自己悟性差,就更有理由受到深刻的教训。而且那个孩子的身体本来就弱,随时随地都有可能染上疟疾。"他的语气非常严厉。

我扬起眉毛:"似乎在你眼里,世上的事非黑即白呀,修士。"

他一脸莫名其妙的表情:"当然了先生。非黑即白,非善即恶,非神即鬼。规则全都定好了,我们必须遵守。"

"现在的规矩是国王定下的,不是教皇。"

他严肃地看着我:"是啊先生,我们一定会遵守这些规矩。"

这番话说得冠冕堂皇,但是据阿特尔斯坦修士说,他和其他人私底下可不是这样说的，不过我不想戳穿他。"我明白，财务主管。对了，听说辛格尔顿特派员被杀当晚你不在修道院？"

"是、是的。我们在温切尔西有几处产业。我对管理人做的账不太满意，所以骑马赶去抽查了一下。三个晚上都不在这里。"

"你查出什么问题了？"

"我起初以为他做了假账，但最后证明只不过是几个数据错误而已。不过我还是把他解雇了，一个人要是连账都记不好，在我看来就没必要再干下去了。"

"你是一个人去的吗？"

"我还带上了一个助手，他叫威廉，就是你在账房里看到的那个老修士。"他一脸精明地看着我，"辛、辛格尔顿特派员被杀那晚，我住在管理人的房子里。"他说完又假惺惺地补充了一句："愿上、上帝让他安息。"

"这么说你要做的事情不少。"我说，"不过你至少还有助手帮忙，就是那个老头和那个小伙子。"

他眼中精光一闪："话虽如此，但那个小伙子帮的忙还不如他闯的祸多。"

"是吗？"

"他没有算术方面的天分，完、完全没有。我已经派、派他去找你要的账本了，应该很快就能送到你手上。"他脚下一滑，我赶紧抓住他的胳膊。

"谢谢你，先生。圣母作证，这雪太滑了！"

❄

在之后的路途中，他一直全神贯注地斟酌着该往哪里下脚，直到返回修道院里，我们也没能再说上什么话。我们在外院里分了手，埃德温修士回了他的账房，我转身朝医务室走去。折腾了一早上，我必须吃点儿东

第十二章

西。我细细琢磨着这个财务主管,从表面上看,他是个自命不凡的小官,整天沉迷于财务工作,也许对其他事情全不在意,但他同样全心全意地热爱着这座修道院。他是不是已经做好了用谎言来保护这里的准备?但这不就意味着必须跨越黑白之间的界限吗?他是个冷漠无情的人,但正如我昨晚对马可说的那样,即使他的个性不招人喜欢,也不能证明他就是凶手,同样的,我虽然对加布里埃尔修士抱有好感,也不能就此断言他清白无辜。我叹了口气。身处这些人中间,要保持客观的态度实在很难。

我推开了医务室的大门,里面的一切似乎都很安静。大厅没有人气,病老头无声无息地躺在床上,瞎眼修士蜷在椅子里睡觉,那个胖修士的床空无一人,想必盖伊修士已经成功地把他劝了回去。壁炉里的火燃得噼里啪啦,好像是在欢迎我。我走到壁炉前,想烤一会儿火。

水汽渐渐从我湿漉漉的长筒袜上蒸发出来,这时我听到屋里传来声响。东西折断的声响,哭声,喊声,陶器破裂声混杂在一起,让人不明所以。声音越来越近。通往病房的门砰地被撞开,几个扭在一起的人从里面冲了出来,我吃惊地睁大了眼睛,他们竟然是爱丽丝、马可和盖伊修士,三人把一个身穿白睡衣的瘦小身影夹在中间,后者拼命甩开其他人的手,跌跌撞撞地往前走。我认出那是西蒙·维尔普雷,但是比起昨晚半死不活的模样,现在的他简直变成了另外一个人。他脸色潮红,一双瞪得大大的眼睛直勾勾地盯着前方,嘴角有很多白沫。他似乎想要开口说话,但发出的只是喘息声和干呕声。

"天哪,出什么事了?"我朝马可大喊。

"他完全疯了,先生!"

"大家赶紧把手臂张开!抓住他!"盖伊修士大喊。他冷着脸朝爱丽丝点了下头,后者马上闪到一边,张开双臂。马可和盖伊修士也学着她的样子,三人将见习修士团团围住。小伙子在他们的阻拦下停住了脚步,站在原地急切地四处张望。瞎眼修士被惊醒了,他坐起身来,焦急地扭转着脑袋，嘴张得大大的。"出什么事了？"他抖着声音问，"盖伊修士？"

可怕的事情发生了。维尔普雷好像看到了我，立刻向前弯着身子，模仿我佝偻的步态。不只是这样，他还前伸双臂，开始来回挥舞，手指似乎也在滑稽地摆动。这是我兴奋时的习惯性动作，在法庭上见过我的人都这么说，但是维尔普雷是如何知道这种事的？他的这番举动重新把我的思绪带回了校园岁月，那时的顽童们常常模仿我的动作来取乐。我承认，当我看到见习修士弯着腰、挥着手，摇摇晃晃地走来走去的样子时，不禁寒毛直竖。

马可的喊声把我拉回了现实中："快来帮忙，先生！求求你了，赶快抓住他，否则他就要跑出去了！"我的心狂跳不止，也张开双臂朝见习修士靠过去。走到他跟前时，我抬头看了看他的眼睛，天哪，这双眼睛太可怕了，瞳孔整整放大了两倍，眼神极其疯狂，虽然还在模仿我蹒跚的步子，却完全没有认出我。"我们越渴望接近上帝，魔鬼就越想把我们的灵魂拉进堕落的深渊"，加布里埃尔修士的这句话浮现在脑海，我突然感到一阵恐惧：难道这个小伙子着了魔？

我们四个人慢慢靠近他，不料他突然冲向旁边，闪进一扇半掩的门里不见了。

"他到澡堂去了！"盖伊修士喊道，"澡堂里没有其他出口。小心一点儿，地板很滑。"他带头冲进去，爱丽丝紧随其后。马可和我对视了一眼，也跟着他们进了澡堂。

澡堂内非常昏暗，里面仅有一扇位置很高的窗户，此刻被积雪堵了一半，只能透进一点儿淡淡的白光。这是一个方形的小房间，地上铺着瓷砖，房间中央有一个凹陷的浴池，大概有四英尺深。有个角落里放着刷子和刮刀，发出一股不洁净的体臭味儿。我听到哗哗的水声，低头一看，才发现浴池底部的排水沟里真有一股水在流动。西蒙·维尔普雷站在远处的角落里，仍然保持着弯腰的姿势，裹着白睡衣的身子瑟瑟发抖。我在门口

第十二章

站定,盖伊修士从左侧走近他,马可和爱丽丝则从右侧。爱丽丝朝他伸出一只手。

"过来,西蒙,我是爱丽丝。我们不会伤害你。"我不得不佩服她的勇敢,很少有女人能像她这样镇定自若地靠近一个吓人的疯子。

见习修士转过身来,面孔痛苦地扭曲着,几乎不成人形。他用失焦的目光看了她一会儿,又去看站在她身边的马可。他伸出一根嶙峋的手指指着马可,用完全不同于他本人音色的刺耳声音吼道:"走开!你这个衣着光鲜的魔鬼的手下!我现在能看到魔鬼,他们就像尘埃一样散布在空气中,无处不在,就连这里也是一样!"他抬手捂住眼睛,接着摇晃了一下,突然朝前一扑,栽进浴池里。他的手臂撞在瓷砖上,发出"咔"的一声,似乎是断了。他摊开四肢,一动不动地俯卧在排水沟上,放任冰冷的水流冲刷他的身体。

盖伊修士跳下浴池,我们站在边上,看着他把见习修士翻转过来。可怜的小伙子眼球上翻,雪一样的眼白和他仍然铁青的面色形成了可怕的对比。医师摸了摸他的脖子,发出一声叹息。他抬头看着我们:"他已经死了。"

他起身画了个十字。爱丽丝悲叹一声,扑到马可怀里,抽抽噎噎地哭起来。

第十三章

马可和盖伊修士小心翼翼地把西蒙的尸体扛出浴池，抬回了医务室大厅。盖伊修士抬肩膀，脸色煞白的马可抬脚，那两只脚没有穿鞋，白惨惨的皮肤让人心里发憷。我和爱丽丝跟在他们后面，她哭了一阵子，接着又恢复了平日的沉着。

"发生什么事了？"瞎眼修士从椅子上站起来，两手在胸前乱晃，一张脸骇得发青，看上去怪可怜的，"盖伊修士，爱丽丝？"

"不要担心，修士。"爱丽丝安慰他说，"刚才出了点儿意外，但现在已经没事了。"她的自制力再次让我震惊。

尸体被放置在盖伊修士的药房里，就在那个西班牙式大十字架的正下方。他给尸体盖上一张白布，脸色凝重。

我深吸了一口气。脑子仍然晕乎乎的，这不仅仅是因为见习修士的死给我带来的冲击。刚才发生的一切让我脊骨透寒，孩提时代的阴影具有强大的力量，即使不以这种诡异骇人的方式回想起来，也依然让我痛苦。

"盖伊修士，"我说，"昨天之前，我从没见过这个小伙子，然而他刚刚看到我的时候，竟然开始……开始取笑我，他不仅模仿我弯腰的姿势，还……还模仿我常常在法庭上做的一些手势，比如摆动两只手。我觉得这件事似……似乎有点儿邪门。"我暗骂自己没用，居然像财务主管一样结巴起来。

他用探究的眼神看了我很长时间："我想到了一个可以解释这件事的理由，但愿是我想错了。"

"你这是什么意思？请直说吧。"我听到自己的声音因为急躁而变得

第十三章

尖利。

"我要好好想一想。"他断然回答,"不过特派员大人,我们应该先向费比尔院长报告才对。"

"赶紧去吧。"我紧紧抓住办公桌的一角,两条腿开始不由自主地发起抖来,"我们在你的厨房里等你。"

爱丽丝领着马可和我回到我们吃早饭的小房间。

"你没事吧,先生?"马可关切地问,"你在发抖。"

"没事,没事。"

"我有宁神的药水,"爱丽丝说,"是用缬草根和乌头熬成的。你要是想喝我就去热一点儿。"

我说:"谢谢你。"她的举止还是很沉着,但是脸颊却泛着一种奇怪的青光。我勉强挤出一点笑容。"我看得出来,刚才把你也吓坏了。我理解,谁都会害怕那个可怜孩子身上附着魔鬼。"

她闻言一脸怒容,倒让我吃了一惊。"我不怕魔鬼,先生,我怕的是那些让那可怜孩子受尽折磨的禽兽。他的人生还没有来得及开始就被生生毁灭了,我们应该为他哭泣。"她突然意识自己的话已经大大超越了一个仆人的本分,赶紧住了口。"我去拿药水。"她飞快地说完这句话,匆匆走开了。

我朝马可扬了扬眉毛:"真是心直口快。"

"她过得不容易。"

我摸了摸手上的纪念戒指。"这世上有许许多多这样的人。"我说着瞟了他一眼。看来他已经神魂颠倒,不可自拔了。

"我照你的要求和她谈了话。"

"跟我说一说吧。"我鼓励道。我需要有人来分散我的注意力,让我从刚刚发生的惨剧里解脱出来。

"她是一年半前到这里来的。本来是斯卡恩西镇上的人,父亲早逝,是母亲把她抚养长大的。她母亲是个女巫，擅长调配草药。"

"这么说她的医药知识是从她母亲那儿学来的。"

"她原本打算结婚，但她的恋人却意外坠树而死。镇上的工作机会很少，她后来谋到了一份给药剂师做助手的工作，那个药剂师住在伊瑟，是她母亲的熟人。"

"这样一来她就要背井离乡了，怪不得我觉得她不像一般乡下姑娘那样胆小。"

"她对这附近的情况了如指掌。我跟她说起过那片沼泽地，她说有几条小路可以穿过沼泽，只是对外人来说不太好找。我问她能不能带我们去看看，她答应了。"

"太好了，这对我们的调查大有帮助。"我把加布里埃尔修士如何对我提起走私者，我如何亲自去那里查看，又如何陷进泥沼的事一股脑说了出来。我向他展示我糊满泥巴的腿。"如果沼泽地里真有路，找个向导是很必要的。哎呀，今天真是惊吓连连。"我那只搁在桌上的手开始无法自控地抖了起来，马可也好不了多少，那张脸到现在还是煞白一片。我俩谁都没有再说话，无言对坐了好一会儿之后，我突然急不可耐地想要填补这份沉默。

"你好像和爱丽丝谈了很久。她是怎么来到这里的？"

"药剂师是个上了年纪的老人，没过几年就死了。之后她回到斯卡恩西，不料母亲也突然过世了。她的小屋在一片租来的土地上，土地所有人很快就把土地连同小屋一起收回了。她孤零零地离开家，不知道将来该怎么办，后来有人告诉她主治医师正在找一个助手。镇上的人都不愿意到他手下工作，他们私下里叫他黑鬼，但她别无选择。"

"我觉得她不太待见这里的修士。"

"她说他们其中一些人轻薄好色，因为她是这个地方唯一的年轻女人，所以他们总是故意接近她，想占她便宜。这些人中，尤以副院长为最。"

第十三章

我扬了扬眉毛:"哎呀,她还真是什么都敢说啊。"

"她非常愤怒,先生。从来这里的第一天起她就非常讨厌副院长。"

"是啊,我也看出她不喜欢他。呸,这人真是个伪君子,道貌岸然地惩罚其他人,自己却调戏女仆。院长知道这件事吗?"

"她告诉了盖伊修士,他出面制止了副院长的行为。院长本人很少插手这些事,他支持副院长实行严格的戒律,放任他滥用私刑。这里的修士们显然都很怕他,那些从前犯过鸡奸罪的人更是提心吊胆,生怕他旧事重提。"

"现在我们都看到这种戒律的后果了。"

马可以手扶额。"是啊,我们都看到了。"他沮丧地说。

我思索了一会儿。"爱丽丝身为这里的女仆,却对你这个特派员助手说这些话,站在修道院的立场来看就是背叛。她有没有改革思想?"

"我觉得没有。不过说句实在话,她没理由为那些骚扰她的人保守秘密。先生,她个性很强,但绝对是个好人,不是无耻之徒。她对盖伊修士的评价就很高。她说他教会她很多东西,还保护她远离了那些人的纠缠。她也很喜欢她照顾的那些老人,因为他们对她没有恶意。"

我思虑重重地看着他。"不要对那个女孩儿投入太多感情,"我低声说,"克伦威尔勋爵希望这座修道院向他投降。让她离开这里重新回到家里去,也许就是我们此行的最终结果。"

他皱起眉头:"这样太残忍了。而且她不是女孩儿,她已经二十一岁,是个女人了。我们难道就不能为她做点儿什么吗?"

"我会尽力一试。"我沉思片刻,又说:"既然医师保护了她,那她会不会反过来保护医师?"

"你的意思是说盖伊修士可能有秘密?"

"我不知道。"我起身走到窗边,"我的头有点儿晕。"

"你先前说见习修士在模仿你。"马可犹犹豫豫地问。

"莫非你看着不像?"

"我实在想不通,他怎么可能知道……"

我咽了口唾沫。"你好好想一想,我在法庭上讲话的时候是如何摆动两条胳膊的?西蒙·维尔普雷做的是不是这个动作?天哪,我也想不通。"我站在窗前向外张望,心神不宁地咬着大拇指的指甲。这时盖伊修士重新出现了,他迈着大步走过来,身边跟着院长和副院长。三人飞快地从我窗前经过,所经之处扬起一团团雪沫。片刻之后,有声音从安放尸体的房间里传出来。接下来我听到一连串脚步声。脚步声越来越近,三个修士进入了小厨房。盖伊修士棕色的面孔毫无表情;莫提马斯副院长的脸涨得通红,我从他脸上既看到了愤怒,也看到了恐惧;院长看上去缩成一团,原本高大的身形似乎变得矮小了一些,脸色也比先前憔悴。

"特派员大人,"他小声说,"刚才让你受惊了,我深感歉疚。"

我深吸了一口气。比起在这些可怜人面前施威,我更愿意静静地蜷在角落里,可是我没有选择的权利。

"可不是吗,"我说,"我之所以住到医务室来,就是因为这里清清静静,让我在查案之余可以好好休息一下。谁知却遇到一个小修士在挨饿受冻,起初他发起高烧,差点儿没命,后来又彻底发了疯,掉进浴池里摔死了。"

"他被魔鬼附体了!"副院长的话音里没有了那种惯有的嘲讽,取而代之的是冷硬和急促,"要不是他自甘堕落,魔鬼又怎会在他最虚弱的时候控制住他?之前问出他的罪行后我就罚他苦修,想让他克制住自己的欲望,谁知还是太迟了。魔鬼的力量实在太强大。"他抿紧嘴唇瞪着我。"魔鬼无处不在,如何才能远离他,是每个基督徒关心的问题!"

"那孩子临死前说看到空中散布着像尘埃一样密集的魔鬼,"我说,"你觉得他真的看到了吗?"

"先生,这个世界到处都是魔鬼的代言人,就连最热心的改革者也不

第十三章

会否认这一点,不是说马丁·路德本人曾在自己的房间里用《圣经》砸过魔鬼吗?"

"但有时候也可能是高烧引起的幻觉。"我看着盖伊修士,后者点了点头。

"这的确有可能。"院长表示赞同,"教会几百年前就了解了这个情况。我们必须针对这次死亡事件展开彻底的调查。"

"喊,根本没什么可查的!"副院长气冲冲地大吼,"西蒙·维尔普雷向魔鬼敞开了他的灵魂,一个魔鬼借机附在他身上,让他自己摔进浴池里送了命,就像加大拉的猪群①,掉下悬崖淹死在海里一样。虽然我努力拯救过他,可他的灵魂如今还是落入了地狱。"

"我觉得他不是摔死的。"盖伊修士突然说。

所有人都惊讶地看着他,副院长轻蔑地问:"你凭什么这么说?"

医师低声回答:"因为他的头部并没有遭到撞击。"

"那他怎么……"

"我也不知道。"

我看着副院长的脸,毫不留情地说:"不管致死的原因是什么,但他死前遭受过常人难以忍受的惩罚,身体极度虚弱,谁也不能否认。"

副院长大胆地直视着我:"先生,代理主教希望各个修道院能回复纪律严明的状态。他是对的,之前的放纵让修道者的灵魂陷入了险境。是,我是没能挽救西蒙·维尔普雷,要么是我还不够严厉,要么就是他的心灵已经腐坏到无可救药的地步了。就算你认为他的死是我造成的,我还是要对你,也对克伦威尔勋爵说,只有依靠严格的纪律才能重整纲纪。我并不后悔我所做的一切。"

---

① 《马太福音》中有一个"加大拉的猪群"(Gadarene swine)的故事,耶稣赶鬼入猪群,结果猪群闯下山崖落海而死。

"你有什么看法呢，院长阁下？"

"你这回也许严厉过头了，莫提马斯。盖伊修士，你过一会儿来和我，还有莫提马斯副院长一起开个会讨论一下，我们要成立一个调查委员会。对，一个委员会。""委员会"这个词似乎让他很安心。

盖伊修士长叹一声。"我应该先检查一下可怜的遗体。"

"没错，"院长说，"就这么办。"在他转身看向我的一瞬间，他的自信好像又回来了。"夏雷克大人，我必须告诉你一件事。加布里埃尔修士刚刚来找过我，他记起在辛格尔顿特派员遇害前的几天里看到沼泽地里有光。依我看，那些本地的走私者多半和谋杀案脱不了干系，他们都是不信神的人，如果一个人破坏了法律的规则，接下来就会破坏上帝的规则。"

"是，我已经去看过那片沼泽地了。我明天会向治安官提一提这件事，这是一条很重要的线索。"

"我认为这不是线索，是答案。"

我没有回答。院长继续说："照目前来看，我们最好对兄弟们说西蒙是病死的，不知大人你意下如何？"

我考虑了一会儿。身为代理主教的特使，我也不希望向外散布更多的恐慌。"那好吧。"

"我必须给他的家人写封信，对他们说同样的话……"

"好啊，总比告诉他们副院长确定他们的儿子在地狱里受罪要强。"我突然觉得这两个人都讨厌极了，言语也不由自主地尖刻起来。莫提马斯副院长张着嘴想要争论，却被院长拦住了。

"行了莫提马斯，我们该走了。眼下得安排人再挖一个坟坑。"他鞠了一躬就走了，莫提马斯只能跟在后头，临走时还不忘送给我一个挑衅的眼神。

"盖伊修士，"马可说，"你觉得那个孩子是怎么死的？"

"我正打算去查。要想找出真正的死因，就必须解剖他的遗体。"他摇

第十三章

了摇头,"对一个熟悉的人动刀绝对不容易。但是此事刻不容缓,否则尸体就要腐烂了。"他低头合眼,默默地祈祷了一会儿,然后深吸了一口气。"容我告退一下。"

医师在我点头应允后离开了,啪嗒啪嗒的脚步声慢慢朝药房而去。马可和我静静地坐了一会儿。他的脸颊开始恢复血色,但还是比以往要苍白。我仍然晕乎乎的,不过至少不再发抖了。这时爱丽丝走了进来,手里端着一杯热气腾腾的液体。

"先生,你的药热好了。"

"有劳了。"

"账房的两个办事员现在在大厅里,还带来了一大摞账本。"

"什么?啊,我想起来了。马可,你能不能把他们带到我们的房间去?"

"没问题,先生。"他起身打开了门,我立刻听到从药房方向传来一阵锯东西的声音。门一关上就消失了,我闭上眼睛,觉得心里好受了一些,便端起爱丽丝送来的杯子喝了一小口。这药水尝起来有股浓烈的麝香味。

"这种药宁神效果很好,先生,它可以让体液稳定下来。"

"我觉得好多了。谢谢你。"

她恭恭敬敬地站着,两手交握在身前。"先生,我为我先前所说的话向你道歉。我一时激动,说错了话。"

"没有关系。当时我们每个人心里都很乱。"

她语带迟疑:"先生,你一定觉得我很奇怪,在目睹了先前的一幕之后,我竟然还说自己不怕魔鬼。"

"我没这么想。有些人一看到自己无法解释的病症就说是魔鬼干的,不瞒你说,我看到西蒙发疯的第一反应也是这样,但我认为盖伊修士已经想到了其他解释。他正在……查验那具尸体。"

她抬手画了个十字。

我继续说："虽然西蒙的死可能和魔鬼无关,但我们不能对撒旦在这世间的恶行视而不见。"

"我觉得……"她欲言又止。

"说吧。在我面前你可以畅所欲言。请坐下说。"

"谢谢你。"她坐下来,用那双灵动的蓝眼睛注视着我,瞳孔中闪烁着警惕的光。我注意到她的肌肤非常洁净健康。

"我觉得魔鬼并不是靠附身,把人彻底变疯来害人的,他们靠的是利用人内心的邪恶,比如贪婪,残忍和野心。"

我点了点头。"我也是这么想,爱丽丝。你刚刚提到的劣根性,我在法庭上见过太多了。不只是被告,许多原告甚至律师都是这样。而且拥有这些品性的人全都精明得叫人害怕。"克伦威尔勋爵的脸突然浮现在眼前,清晰得让我吃惊。我眨了眨眼睛。

爱丽丝悲伤地点点头。"这样的邪恶无处不在。有时候我的所见所闻告诉我,对金钱和权力的渴望能让人变成咆哮的狮子,疯狂地寻找可以吞噬的东西。"

"说得好。不过一个年轻女人能在哪里遇到这样的恶呢?"我柔声反问,"难道是在这里?"

"我喜欢观察世界,探究人生。"她耸了耸肩,"也许一个女人不该想这么多。"

"不,不。在思考方面,男人和女人是平等的,这是上帝的安排。"

她露出一丝苦笑:"这里没有人会赞同你的,先生。"

我又喝了一大口药水。热乎乎的药水流入腹中,整个人顿时变得温暖起来,疲劳的肌肉也渐渐放松了。"这药还真管用。普尔对我说过你医术高明,看来所言非虚。"

"大人谬赞了。我当时告诉他,我妈妈是个女巫。"她的脸色瞬间变得阴沉,"镇上有些人把这个职业和黑魔法联系起来,其实她只是擅长配药而已。她的药理知识得自我外婆，我外婆又得自她的妈妈。我妈妈医术很好，药剂师常常向她求教。"

"所以你成了一个药剂师的助手。"

"是啊，他教给我很多东西。后来他过世了，我只好回了家。"

"接下来你失去了房子。"

她咬了咬嘴唇。"对，我妈妈一死，土地的租期就结束了。土地所有人拆毁了房子，把我们家那块地圈起来养羊。"

"我为你感到难过。圈地使乡村遭到了破坏，克伦威尔勋爵非常关心这个问题。"

她好奇地看着我："你认识克伦威尔勋爵吗？"

我点了点头。"认识。我为他效力多年，以各种各样的方式。"

她用非常好奇的眼神看了我很长时间，这才垂下眼眸，两手放在膝头，默默端坐。她的手因为劳作而变得粗糙，但依然很美。

我问她："你妈妈去世后，你就到这里来了？"

她闻言抬起头。"不错，先生。盖伊修士是个好人，我……我希望你不要因为他奇怪的外表而对他心存偏见，先生。别和其他人一样，好吗？"

我摇了摇头。"如果我想成为一个优秀的调查员，就必须深入了解一个人，而不是单凭外表来判断他是好是坏。不过我承认，第一次看到他时，我吓了一跳。"

她突然哈哈一笑，洁白的牙齿闪闪发光。"我也一样，先生，我当时还以为一个木头雕的人形活过来了呢。过了好几个星期，我才开始对他一视同仁。他教了我很多知识。"

"说不定有一天你能独立运用这些知识。我知道伦敦有女性药剂师，她们大都是寡妇，但我相信你一定会结婚。"

她耸了耸肩："也许吧。"

"马可说你曾经有个恋人，可惜意外过世了。我真心替你难过。"

"是啊。"她慢悠悠地说,眼中又有了戒备之色,"普尔大人似乎把很多和我有关的事情都告诉了你。"

"这……这个嘛,我们需要尽可能了解住在这里的所有人,请你理解。"我对她笑了笑,希望可以打消她心中的疑虑。

她重新站起来,慢慢走到窗边。当她转过身来的时候,肩膀绷得紧紧的,似乎已经在心里做出了一个决定。

"先生,如果我告诉你一些事,你会不会保密?我不能失去这份工作……"

"没问题,爱丽丝,我向你保证。"

"埃德温修士的助手说他们已经应你的要求,把近期所有的账本都带来了。"

"我是提过这个要求。"

"但他们并没有带来所有的账本,先生。辛格尔顿特派员在遇害当天查看的那份账本他们就没带。"

"你怎么知道?"

"他们带来的所有账本都是棕色封皮,但是特派员看的那份是蓝色封皮。"

"这是真的?你是怎么知道的?"

她犹豫再三,又问:"你不会把我跟你说的话泄露出去吧?"

"绝对不会,我保证。爱丽丝,我希望你能信任我。"

她深吸了一口气。"辛格尔顿特派员遇害的前一天下午,我去镇上买东西,在回来的路上,我和财务主管的年轻助手擦肩而过,当时特派员就站在账房门外。"

"阿特尔斯坦修士?"

"对。辛格尔顿特派员手里拿着一本蓝皮大书,正朝阿特尔斯坦大声嚷嚷。就算我从他身边走过,他也没有压低声音。"她露出一丝冷笑,"毕

第十三章

竟我只是个女仆。"

"他说了些什么?"

"我记得他说:'他以为把这本账册藏到抽屉里我就找不到了?'阿特尔斯坦修士结结巴巴地说他无权在财务主管不在的时候搜索他的私人房间,可是特派员大人说自己有权去任何地方,而且这本账册和今年的其他账册有出入。"

"阿特尔斯坦修士是怎么回答的?"

"他什么也没说。他看上去慌乱极了,就像一条被扔出窗户的狗。辛格尔顿特派员说他要去好好研究一下这本账,就昂首阔步地走了。我到现在还记得他脸上那种胜利的表情。阿特尔斯坦修士在原地呆立了好一会儿,这才看到我。他瞪了我一眼,接着就走进账房,嘭的一声把门关上了。"

"你后来没有听说这件事情的后续情况?"

"没有,先生。这件事过了没多久天就黑了,之后我听到特派员的死讯。"

"谢谢你,爱丽丝。"我说,"你提供的情况能帮我很大的忙。"说到这里,我将她的脸庞细细打量了一遍。"顺便问一句,听普尔说,副院长大人从前找过你的麻烦。"

大胆无畏的表情又回到她的脸上。"我刚来这里的时候,他曾经想要占我的便宜。不过现在没事了。"

我点了点头。"你说话很直,爱丽丝,我很欣赏你这点。如果你以后想到可能会对调查有帮助的事,可以直接来找我。如果需要保护也请直说,我会保证你的安全。那本失踪的账册我会追查,不过你放心,我不会跟别人说是你告诉我的。"

"谢谢你,先生。我现在要去帮盖伊修士的忙,先告退了。"

"那种工作对一位年轻的女士来说太可怕了。"

她耸了耸肩。"这是我工作的一部分，而且死人我见得多了。我妈妈在世时常给镇上过世的人处理后事。"

"你的可比我坚强多了，爱丽丝。"

"是啊，生活已经把我的温柔品性消磨得差不多了。"她幽幽说道，言语中突然掺进一丝苦涩。

我抬手反驳道："我不是这个意思。"谁知一个不小心，手臂碰到了杯子，差点儿把它打翻。说时迟那时快，就站在我对面的爱丽丝已经走回桌边，迅速伸手抓住了杯子，把它重新放正。

"多谢了。天哪，你出手真快。"

"盖伊修士老是在医务室里掉东西。对不起先生，我真的得走了。"

"你走吧。谢谢你把财务主管的事告诉我。"我微微一笑，"我知道国王特使是令人生畏的角色。"

"不，先生，你不一样。"她认真地看着我，过了好一会儿才飞快地转身离开了。

❖

我喝完杯中的药水，五脏六腑逐渐暖和起来。一想到爱丽丝开始信任我，温热和甜蜜就如阳光般照亮了我的心。如果我是在另一种情形下见到她，如果她不是个女仆……

我反复回味着她最后那句话。什么叫做我"不一样"？我猜这是因为辛格尔顿的所作所为给了她一种所有特派员都是仗势欺人的恶霸的印象，但是除此之外，这句话有没有其他含义？我意识到自己已经被她吸引，但是她呢？她会被我吸引吗？我不敢想，也想不出。我还意识到自己刚刚泄露了一件事：马可把她对他说过的事情全都告诉了我。也许这样一来，她就不会再相信他了——当我升起这个念头的时候，惊讶地发现自己感觉到

第十三章

一种突如其来的兴奋。嫉妒可是七大罪①之一，我皱了皱眉头，努力将思绪转到她说的账册上。那本账册听上去是一条很值得探究的线索。

马可在不久之后回来了。在他把门推开的一瞬间，我发现锯齿声已经停了，心中暗暗松了一口气。

"先生，我签收了那些账册。总共有十八本，每本都很厚。财务主管的两个手下嘀嘀咕咕了好一阵，抱怨说找出这些账册扰乱了他们的工作。"

"什么狗屁工作，让他们忙死算了。你出房间的时候有没有锁门？"

"锁了，先生。"

"你有没有看到一本有蓝色封皮的账册？"

"没有，账册全都是棕色的。"

我点了点头。"我想出埃德温修士为难阿特尔斯坦的原因了。他向我们隐瞒了一些事。我们要再去和这个财务主管谈一谈，这可能非常重要……"盖伊修士突然推开了门，我立刻住了口。他沉着脸走进房间，把腋下夹着的脏围裙扔进屋角的筐子里。我注意到他的脸色很难看。

"特派员大人，我们可不可以私下谈一谈？"

"当然可以。"

我起身跟着他出门。我生怕他会带我去看可怜的维尔普雷的尸体，但他直接把我带到了户外，这让我松了一口气。太阳开始西坠，给洁白的草药园洒上了一层粉红色的光。盖伊修士绕过各种各样的草木，最后在一丛被白雪覆盖的高大灌木前停了下来。

"我知道可怜的西蒙是怎么死的了，真正的死因并不是魔鬼附体。我也注意到了他弯腰挥手的样子，但这和你没有一点儿关系，这些动作都是痉挛的表现。同时他还失去了说话和视物的能力。"

---

① 13世纪道明会神父圣多玛斯·阿奎纳列举出各种恶行的表现，分别是傲慢、妒忌、暴怒、懒惰、贪婪、暴食及色欲。

"因为什么才会这样?"

"他中了毒,而毒源就是这种灌木的浆果。"他摇了摇灌木枝,枝上尚有几片黑色的枯叶,"这种植物叫颠茄。这里的乡下人都叫它夺命颠茄。"

"他中了毒?"

"颠茄的气味很淡,但是非常特别。我和它打了多年的交道,当然闻得出来。我在西蒙的肠子里发现了它。我还查验了放在他的床头的一杯蜂蜜酒,杯中的沉淀物里也有这种物质。"

"他是如何中的毒?什么时候中的?"

"肯定是今天早上。这种毒发作得很快。我真恨我自己,要是我或者爱丽丝一直陪着他……"他抬手扶住额头。

"你也没料到会发生这种事。除了你和爱丽丝,还有谁和他单独待过?"

"昨晚你休息之后,加布里埃尔修士来看了他,今天早上又来了一次。西蒙生病后他表现得最难过,所以我特许他来为那孩子祈祷。院长和财务主管之后也来过。"

"是的。我知道他们来过。"

"还是在今天早上,当我去病房为他做检查的时候,发现莫提马斯副院长也在那里。"

"副院长?"

"他当时站在床边俯视他,脸上的表情很忧虑。我还以为他是担心西蒙如果有个三长两短,他会脱不了干系。"他抿了抿嘴唇,"颠茄汁尝起来是甜的,而且气味很淡,混在蜂蜜酒里很难察觉。"

"颠茄有时候会被用来治疗一些疾病,是不是?"

"少量服用可以缓解便秘,当然还有其他功效。医务室里就有一些,我经常开给病人吃。很多修士都会服用这种东西,它非常常见。"

我沉吟了一会儿。"昨天晚上西蒙开始对我说了一些事。他说辛格尔

第十三章

顿特派员不是第一个被杀的人。我原本打算今天等他醒了之后再好好问问他。"我用犀利的目光扫了他一眼,"你和爱丽丝有没有把他说的话透露给其他人?"

"我没有,爱丽丝也不会。不过他很有可能在迷迷糊糊的情况下对着其他来访者说了那些话。"

"然后其中一个人决心让他永远闭上嘴。"

他咬住嘴唇,重重地点了下头。

"可怜的孩子!"我悲叹一声,"我根本没想到他中了毒,还以为他是在模仿我。"

"世事往往和它的表象天差地远。"

"尤其是这件事。修士,请你坦白地对我说,为什么你要把这件事告诉我,而不是直接向院长报告?"

他冷冷地看了我一眼:"因为院长也是来访者之一。夏雷克大人,你是代理主教的特使,就连院长的权力也不及你大。虽然我们俩在宗教问题上可能会有分歧,但我相信你能找出真相。"

我点点头。"现在我命令你不要对任何人提起西蒙死亡真正的原因。我必须好好想一想下一步该怎么做。"我盯住盖伊修士的脸,想看看他会以何种方式接受我的命令,但他什么都没有做,只是疲惫地点了点头。他低头看着我裹满泥巴的腿。

"你出了意外?"他问。

"我掉进了沼泽地,费了不少力气,总算脱了身。"

"修道院外面的那片区域非常危险。"

"身处这个地方,我觉得脚下的每一寸土地都不安全。我们进屋去吧,再站下去恐怕会得疟疾。"我带头朝大门走去,"西蒙的动作让我虚惊了一场。奇怪,我早该想到是这个原因。"

"至少莫提马斯副院长再也不能说西蒙一定是在地狱里了。"

Dissolution

"是啊,我想他也许会很失望。"他只在一种情况下不会失望,那就是他早已知道了西蒙的真正死因,杀死西蒙的凶手正是他。如果昨天晚上我没有听从爱丽丝和盖伊修士的劝阻中断和西蒙的谈话,那我也许会知道所有的故事,也许会掌握凶手的线索,更重要的是他不会死,他仍然会好好地活着。现在我要调查的凶手又多了一个。如果可怜的见习修士在神志昏沉时所说的"辛格尔顿不是第一个被杀的人"属实,那我将要面对三个凶手。

第十四章

  我原想下午去斯卡恩西镇一趟，但现在已经太晚了。太阳就要落山，我踏着最后的余晖穿过外院，经过工场，向院长的宅子走去，想和古德汉普斯谈一谈。这个老教士又在房里喝闷酒。我没告诉他见习修士维尔普雷被人杀了，只说他死前病得很重。古德汉普斯对这个凶信漠然置之。我问他知不知道辛格尔顿遇害之前看过的那本账册，他说辛格尔顿只是说自己从账房翻出了一本新账册，希望能派上用场。老人恨恨地抱怨辛格尔顿小看他，有很多事都不同他商量，只会让他翻书。我见问不出什么，就找了个借口离开了，让他一个人继续喝酒。

  在返回医务室的路上，一股寒风吹了过来，像刀子一样切割着我的肌肤。晚祷的钟声又响了，一下接着一下。在震耳欲聋的钟声里，我不由自主地意识到一件事：每个有可能掌握情报的人都处于危险之中，比如老古德汉普斯，比如马可，又比如我。一只冷酷无情的手实施了针对维尔普雷的谋杀，如果我没有提起他奇怪的姿态和手势，从而让盖伊修士想到颠茄中毒的可能，说不定这个凶手已经成功地瞒过了所有人，我们也许会把维尔普雷的死看作魔鬼作祟，而不是某人精心策划的暗杀。要是他打算在我的餐盘里下毒呢？要是他打算像结果辛格尔顿一样让我身首分离呢？我打了个寒战，用力拢了拢斗篷，把脖子围得严严实实。

❖

  账册一摞摞堆放在房间地板上。马可坐在壁炉前，盯着火焰发呆。天已经黑了，他还没有点蜡烛，只有火光在他布满愁容的脸上投下摇曳的红晕。我坐在他对面，为有机会在暖烘烘的炉火边放松疲惫的身体而高兴。

"马可，"我说。"一个新的谜团出现了。"我把盖伊修士的话原原本本地告诉了他。"自从入行以来，我成功破解了无数的秘密，但是这里的秘密似乎越来越多，也越来越可怕。"我用手扶住额头。"那个男孩儿的死让我自责。要是昨天晚上我坚持逼问他，也许他就不会死。当他在医务室里痛苦地弯腰挥手的时候，我满脑子想的都是他有可能在模仿我，我怎么就那么笨。"我忧郁地凝视着前方，努力克制住内心的负罪感。

马可犹豫了一下，开口劝道："你也想不到会发生这种事，先生。"

"我昨天太累了，就听别人的劝告离开了他。离开伦敦之前，克伦威尔勋爵特意嘱咐说时间紧迫，必须争分夺秒。可是从接到任务到现在已经过去了四天，辛格尔顿的案子还没着落，修道院里又死了一个人。"

马可站起身来，用炉火点燃了蜡烛。我突然很生自己的气，我原本应该鼓励他，而不是让他感到悲观绝望，但是见习修士的死在这一刻扰乱了我的心。我希望他的灵魂已经在上帝的怀抱中安息。要不是不相信祷告可以有益于亡人，我一定会为他祷告的。

"不要放弃，先生。"马可把蜡烛放到桌上，笨拙地安慰我，"我们现在有了财务主管这条新线索。只要继续查下去，事情一定会有进展。"

"凶案发生的时候他不在这里。不过你想错了，"我挤出一丝笑容，"我是不会放弃的。而且我也不敢放弃，这个任务可是克伦威尔勋爵派给我的。"

"趁你去教堂的时候，我抽空去工房看了看。你说得对，那几处地方非常热闹，马棚、锻造厂和酿酒坊天天都有人出入，我看不出有什么地方能藏那么大的东西。"

"教堂里的那些小礼拜堂很值得一查，而且我在去沼泽地的路上看到了一件有趣的东西。"我把发现鱼塘底部有黄光的事说了一遍，"罪犯很有可能利用鱼塘来销毁证据。"

第十四章

"那我们应该马上去查啊,先生。你看,我们已经掌握了这么多线索,真理一定会获得胜利。"

我强笑了两声。"哎,马可,如果在国王的法庭里干上一辈子,你就不会这么说了。但我还是要谢谢你对我的鼓励。"我从椅垫上捻起一根脱出的线,"我的情绪变得很低落。这几个月来我的精神压力非常大,到这儿之后就更严重了。我的体液一定失去了平衡,五脏六腑的黑胆汁太多。也许我该让盖伊修士替我看一看。"

"这个地方原本就很难让人开心起来。"

"是啊。而且我承认我也害怕危险。刚刚在院子里我一直思考着这个问题,想象有脚步声在我背后响起,一把剑嗖的一声划破空气……"我抬头一看,发现他不知何时已经站在我面前。那张孩子气的脸上写满了担忧,我意识到这项任务也给了他很大压力。

"我明白你的感受。这个地方有些诡异,尤其是当钟声突然打破静谧的时候,人会感觉非常不安。"

"警惕性高是件好事,我为你能承认自己的恐惧而高兴,这才是男子汉的作为,比逞能强多了。我也不该再颓废下去了,今晚我一定会向上帝祈求百折不挠的勇气。"我突然升起了强烈的好奇心,看着他问:"你会祈求什么?"

他耸了耸肩:"我早就没有晚祷的习惯了。"

"这不该只是个习惯,马可。不过别那么担心,我不打算对你进行说教。"我强撑着站了起来。后背僵硬得很,现在又开始隐隐作痛了。"走吧,我们该打起精神去看看那堆账册了。等吃过晚饭我们就去会会埃德温修士。"

我点燃了更多的蜡烛,和马可一起把账册放到桌上。翻开第一本账册的封皮,露出了写满一行行数字和潦草文字的纸页。坐在桌子对面的马可一脸严肃地看着我。

Dissolution

"先生，爱丽丝会不会因为向你提供情报而遇到危险？如果西蒙·维尔普雷被杀是因为他有可能泄露秘密，那同样的事情或许也会发生在她身上。"

"我也考虑到这一点了，所以我们要尽快找财务主管询问那本失踪账簿的下落，越快越好。我向爱丽丝做出过承诺，答应不把她向我提供过情报的事说出去。"

"她是个勇敢的女人。"

"还是个迷人的女人，是吗？"

他的脸一下子红了，立刻转移了话题："盖伊修士说有四个人去看过见习修士？"

"对，而且这四个人都是知道辛格尔顿为何来此的高层负责人，当然了，盖伊修士也是。"

"但是西蒙的死因就是盖伊修士告诉你的。"

"就算是这样，我也要保持警惕，不能完完全全地信任他。"我抬起一只手，"先别管其他的，把这堆账册处理完再说。你在土地没收法院的时候看了不少修道院账册吧？"

"当然了，上头经常安排我审核这种账册。"

"太好了。那你看看这些账册，要是发现有什么不对劲的地方就告诉我，比如某项开支太高，或者前后数据不一致。等等，先把门锁上。天哪，我就快变得和老古德汉普斯一样神经质了。"

我们开始核查账册，这是一项沉闷的工作。这些账册都采用复式记账法，余额数据没完没了，除了交易图表还算简单明了，其他账目比传统表格难理解得多，不过到目前为止，我还没有在这些账册中发现异常之处。这家修道院从地产和啤酒垄断贸易中获取了相当丰厚的收益，用在慈善与薪金上的钱只占这些收益的一小部分，余下大部分用在了修道院众人的吃穿上，其中尤以院长大宅的开销为最。账目显示今年有大约五百英镑的结

第十四章

余。五百英镑听上去相当可观,但实际上并不稀奇,这其中包括了近期卖地的款项。

直到洪亮的钟声穿透凛冽的空气,我们才惊觉已经到了吃晚饭的时间了。我起身在房中来回走动,揉搓酸涩的眼睛。马可舒展双臂,发出一声呻吟。

"这些账册看起来没什么出奇之处。这座修道院非常富裕,不论收入还是开销都远远超过了我从前处理过的小修道院。"

"不错。这些账目余额数字巨大。辛格尔顿看的那本账册里到底有什么呢?这十几本账册上的数据未免太合理了,说不定是专门造来应付查账人的,而真正的数据全在另一本账册上。如果财务主管真的伪造账目欺骗财政部,那可是犯了重罪。"我重重地合上手里的账册。"走吧,我们应该去和修士们吃饭了。"我严肃地看了他一眼,"要确定我们吃的是大锅饭。"

我们穿过内院向餐厅走去,一路上遇到不少修士。这些人无一例外地停下脚步,恭恭敬敬地向我们弯腰行礼,其中一个人在弯腰时不小心滑倒了,因为院子里的雪被无数只脚来回踩过,早已变成了滑溜溜的坚冰。经过喷泉的时候,我看到那股水流已经冻在了半空,又尖又长的冰柱从喷嘴里伸出来,像一根钟乳石。

※

晚餐时的气氛很阴沉。杰罗姆修士不在,想必是被副院长下令关在某个地方了。费比尔院长登上诵经台郑重宣布了见习修士维尔普雷因疟疾丧命的消息,台下响起一片惊叹声和祈求上帝仁慈的声音。我留意到有几道恨恨的目光投在副院长身上,其中以三个坐在长桌最尽头的见习修士的眼神最为怨毒。一个神情阴郁悲伤的胖伙计喃喃地咒骂着没有慈悲心的人,两眼却一直瞪着莫提马斯,已成为众矢之的的副院长坐在桌边看着前方,眼神冷峻而倔强。

Dissolution

院长为维尔普雷逝去的灵魂吟诵了一篇冗长的拉丁文祷词，修士们在台下热烈地回应着。今晚他没回自己的宅子，而是留在高层专座吃饭，桌上的主菜是一整块牛腿肉配豌豆。席间众人刻意制造着轻松的话题，院长也凑趣说他从没见过十一月下这么大的雪。津贴发放人休修士和我之前在礼拜堂里见过一面的身材矮胖、脸上生着粉瘤的裘德修士坐在一处，两人从落座起就开始交头接耳，似乎在讨论着什么，现在又为斯卡恩西镇有没有义务将通往修道院路上的雪清扫干净而争执，不过不算激烈。埃德温修士是座中唯一兴致高涨的人，他忧心忡忡地大谈起厕所水管被冻住，等天气一暖就会裂开，到时候要花不少钱来修的事。我心里想，等着瞧吧，我很快就会让你更头痛了。这种强烈的憎恶感让我心中一惊，暗暗责怪自己意气用事，对嫌疑人的判断应该是绝对理性的，假使被个人好恶影响，则很有可能铸下大错。

今晚还有一个人被更加强烈的情感所左右，这个人就是加布里埃尔修士。他几乎没吃什么东西，西蒙的死讯似乎完全击垮了他，让他迷失在自己的世界里。更让我震惊的是，他后来突然抬起头看着马可，目光中的渴望是那样强烈，情感是那样炽热，使我禁不住有些发抖。幸好马可正把全副精力投入到餐盘上，没有看到他的眼神。

终于挨到做完饭后祷告，所有人列队而出，我总算松了一口气。风刮得更猛了，细小的雪沫被风裹挟着扑向我们的脸。我示意马可在门口等我，修士们则纷纷拉起兜帽，匆匆走入夜色中。

"我们现在去找财务主管，你有没有把剑带上？"

他点了点头。

"那就好。待会儿我和他说话的时候，你一定要把手放在剑柄上，提醒他不要忘了我们的身份。他现在在哪儿？"

我们又等了一会儿，还是不见埃德温修士出来，只好返回餐厅找他。我能听到他的声音，但就是看不见他的人，最后终于发现他趴在普通修士

第十四章

的餐桌上，神情恼怒地朝一张纸指指点点。阿特尔斯坦修士诚惶诚恐地坐在他对面。

"那项余额不、不对，"财务主管说，"你改动了买啤酒花的款项。"他气冲冲地挥舞着一张收据，不过在看到我们之后，他立刻弯下腰鞠了一躬，脸上的怒气也被假惺惺的笑容所代替。

"特派员大人，晚上好。我的账册想必没有问题吧？"

"我们拿到的那些的确没有。我想和你谈一谈。"

"当然可以，请你稍等一会儿。"他转头对他的助手说，"阿特尔斯坦，我白天看得清清楚楚，你把左边那栏的一项数据给改了，好掩盖收支不平衡的事实。"我发现他一生起气来，口吃的毛病似乎就好了。

"主管大人，只是差了一点点而已。"

"差一点点也是差。我命令你去把这两百条数据轮流检查一遍，直到找出错误为止。别想着糊弄我，我看得出是不是真平衡。赶紧去吧。"他挥着手臂做出驱赶的姿势，年轻修士飞也似的跑掉了。

"不好意思，特、特派员大人，我不得不先打发掉这个笨、笨蛋。"

我示意马可在门口把守。他站到门边，一只手如约按在剑上，财务主管不安地看了他一眼。

"埃德温修士！"我厉声说，"我必须指控你向国王特派员隐瞒了一本账册，这本账册是蓝色封皮，你曾经试图把它藏起来不让辛格尔顿特派员发现。辛格尔顿被杀之后，你不仅擅自把它取回，还想继续瞒天过海。你有什么要说的？"

他哈哈大笑起来。不过据我多年来的经验，即使控罪是真的，许多被告也会利用笑声来迷惑原告。

"够了，先生！"我咆哮起来，"你是在嘲笑我吗？"

他举起双手，表示他不是这个意思。"不，先生，请原谅我，但是……你想错了，这件事是个误、误会。这事是那个叫菲特尔的姑娘告诉你的吧？一定是的，阿特尔斯坦对我提过，那个野丫头曾经看到他和辛格尔顿特派员发生争执。"

我暗暗骂了一句。"我是怎么知道的不用你操心，我只要你回答我的问题。"

"没问、问、问题。"

"说话利索一点儿，别想靠吞吞吐吐来拖延时间，好编谎话。"

他叹了口气，两手交握在一起。"辛格尔顿特派员对我有误、误会，希望上帝让他安息。他找我要账、账……"

"账册，不错。"

"你也要过，先生，就像对你一样，我把他要的账册全都交给他了。可我之前不是告诉过你吗，他常常在账房已经关门的情形下随心所欲地闯进去翻东西。我不是否定他的权利，先生，只是他这么做会引发混乱。遇害前一天他去找过阿特尔斯坦，还曾经站在门口奚落他，拿着一本册子朝他挥舞，这些情况那姑娘肯定都告诉你了。他是从我的里间办公室拿走那个册子的。"他两手一摊，"但……但是先生，它并不是账册。上面只有一些笔记，是我从前估算收入时随手作的笔记，他只要细看一下就能发现这个事实。你如果想看我就拿给你。"

"可是他去世之后，你从院长的宅子里取走了这本册子，没有告诉任何人。"

"不，先生，我没有这么做。是院长的仆人在打扫他房间的时候发现了册子，他们认出了我的笔迹，就把它还给我了。"

"但我之前找你谈话的时候，你说你不确定辛格尔顿特派员带走的是哪本册子。"

"我、我当时的确不记得了，那本册子不太重要。先生，我可以把它送、送给你，你大可亲自看一看。"

"不必了。我们马上和你一起去拿。"

第十四章

他犹豫起来。

"怎么样?"

"当然可以。"

我示意马可站到他旁边,手持一盏油灯照明,我俩随着他穿过庭院来到账房前。埃德温修士打开门锁,我们三人爬上楼梯到了他的私人办公室。他办公桌的抽屉也上了锁,把锁打开之后,他从抽屉里取出一本薄薄的蓝册子。

"就是这个册子,先生。你自己看吧。"

我翻开册子,里面确实没有整齐排列的文字和数字,只有一些潦草的笔记和估算的数字。

"我现在要拿走这个本子。"

"尽、尽管拿去。不、不过斗胆提个建议,这毕竟是我的私人办公室,如果你还想拿别的册子,可以先跟我打个招呼吗?为了避免造成混乱?"

我没有理会他的问题。"我从你其他的账册看出修道院今年有一大笔盈余资金,比往年要多得多。这笔资金当然包括了最近的卖地钱。既然如此,你为什么要拒绝加布里埃尔修士维修教堂的要求?"

他严肃地看着我:"加布里埃尔修士是那种宁可让其他事情一塌糊涂,也要把所有的钱都花到维修上的人。院长会把维修费用批给他的,但是在此之前,我们一定要挫挫他的锐气,不能让他独断专行。这不是拒绝,只是协商。"

他把一切都解释得非常合理。"那好吧,"我说,"这件事暂时告一段落。我要对你说另外一件事。你刚刚提到了爱丽丝·菲特尔。那姑娘现在在我的特殊保护之下,如果她受到任何伤害,我会立刻逮捕你,将你押往伦敦受审。"我傲然转身,大步走出了房间。

"我可以说是用到了各种各样的谈判方式。"我一边和马可走向医务室，一边对他说起刚才的情形，"他和先前一样狡猾。"

"但他不可能杀死辛格尔顿。他那晚不在。而且他胖得像猪，怎么砍得下辛格尔顿那种壮汉的脑袋？"

"可杀死西蒙·维尔普雷的人有可能是他。不错，凭他一个人的确杀不了辛格尔顿，但说不定是他们几个人合伙杀的呢。"

回房之后，我们立刻研究起这本册子。财务主管似乎没有说谎，册子上果真只有一些随意写下的数字和笔记。这些东西全都出自他那只干净圆胖的手，从前面部分的墨迹褪色程度来看，最早的字迹大概写于好几年前。我把册子扔到一边，揉了揉酸涩的眼睛。

"也许辛格尔顿特派员以为他发现了什么东西，其实并没有？"

"不对。我觉得这不可能。从爱丽丝的话来看，他的指控是非常具体的，他说这本账册和今年的其他账册有所不同。"我惊呼一声，一拳击在掌心，"我怎么那么笨？如果他手里的蓝封皮册子不止一本呢？这一本也许并不是辛格尔顿拿走的那一本！"

"我们可以马上回去，把账房翻个底朝天。"

"不，我已经很累了，明天再说吧。我们得好好睡一觉，明天还有得忙呢。首先要参加辛格尔顿的葬礼，然后必须去斯卡恩西镇见见柯平格尔治安官。我还想找杰罗姆谈一谈。还有，别忘了那口鱼塘，我们应该去那儿查一查。"

马可呻吟了一声。"克伦威尔勋爵的使者果真是没时间休息。这样也好，至少一忙起来，我们可能就顾不上害怕了。"

"但愿如此。我现在要上床休息了。祈祷我们明天能有进展吧！"

第十四章

第二天天刚破晓我们就醒了。我起身走到窗前,伸手在窗玻璃上刮下一点儿白霜。初升的太阳投下一道道粉色的光,把雪地映照成粉色。这景象美丽却荒凉。

"完全没有融化的迹象。"我说完转过身,看到马可打着赤膊站在火炉边,手里拿着一只鞋子,一脸困惑地环顾着房间。他举起一只手。

"那是什么?我听到有声音。"

"我什么也没听到。"

"像是脚步声。我真的听到了。"马可皱起眉头,一把拉开了门。门外没有人。

我重新坐回床上。背部有点儿发僵,而且隐隐作痛。"刚才的声音只是你想象出来的,这地方弄得你神经紧张。别光着上身站在那里,你的肚子也许是很平坦,但是没人想看。"

"先生,我真的听到了声音,我还以为是从门外传来的。"他思索了一会儿,抬脚朝一个放在房里做衣橱的柜子走去。他猛地拉开柜门,但里面除了灰尘和老鼠屎外空无一物。他此刻背对着我,平滑匀称的背部肌肉随着动作起伏伏,看得我嫉妒不已。

"只是老鼠罢了,"我说,"别找了。"

我们正吃着早饭,不想院长匆匆赶来了。为了御寒,他穿上了厚厚的皮草,但双颊还是冻得通红。和他一起来的还有古德汉普斯博士。老人的鼻尖凝着一滴水珠,一进门就用那双糊着眼屎的眼睛紧张地扫视着整个房间。

"我有个坏消息要告诉二位。"费比尔院长用他一贯的浮夸方式说起了开场白,"我们不得不推迟上一任特派员的葬礼。"

"为什么这么做?"

"下人们来不及挖足够深的坑。地面硬得像铁一样,而且他们眼下还要在修士墓地为可怜的西蒙挖坑。今天之内这两个坑应该可以挖完,我们可以在明天举行两个葬礼。"

"这也是没办法的事。葬礼要一起举行吗?"

他犹豫起来:"西蒙是教会的人,仪式一定要单独举办,禁令是允许的……"

"我没有意见。"

"先生,我想知道你的调查进行得怎么样了。财务主管确实需要尽快拿回他的账册,我担心——"

"恐怕他必须等一等了,我还没有看完。今天上午我打算去镇上见见治安官。"

他自负地点了点头。"太好了。特派员大人,我敢肯定杀死辛格尔顿特派员的凶手就在镇上,那些走私者和为非作歹的人是逃不了干系的。"

"回来之后我想和杰罗姆修士谈一谈。他在哪里?我好久没看到他笑眯眯的脸了。"

"为了惩罚他的无礼,我让他闭门思过去了。我必须提醒你,特派员大人,和他谈话只会再一次招来羞辱。他已经失去控制了。"

"放心吧,我不会和一个疯子计较。从斯卡恩西回来之后,我要见见他。"

"你们的马恐怕很难走到那里。昨晚的大风把积雪吹成了高高的雪堆,我们的一辆货车走到一半就被迫折返了,马实在走不过去。"

"那我们自己走过去。"

"那太困难了。我刚才正努力劝古德汉普斯博士……"

老人开口了:"先生,我来是想问一问,明天葬礼结束后我可不可以回去?我想我现在已经帮不上什么忙了吧?只要到了镇上,我就可以租一

第十四章

辆马车回伦敦去,如果暂时走不了,我不介意住在旅馆里,直到雪化为止。"

我点了点头。"那好吧,古德汉普斯大人。不过看目前的天气,你恐怕要在斯卡恩西镇等一等了。"

"我不介意,先生,谢谢你!"老人一脸喜色,忙不迭地点头,那滴水珠随即落到了下巴上。

"回到剑桥之后,千万不要提起这里发生的事情。"

"我只想忘得干干净净。"

"就说到这里吧,马可,我们得出发了。院长阁下,趁我们去镇上的工夫,我希望你为我找一些其他的文件。我要最近五年的土地转让书。"

"全部都要?这可不好找……"

"对,全部都要。希望你能保证把每一笔交易的文书都交给我。"

"我会马上安排,一定把每份文书都交到你手上。"

"那就好。"我站起身来,"我们必须上路了。"

院长识趣地鞠了一躬,转身离开了,老古德汉普斯也急急忙忙跟着他跑了。

"这下他可要愁坏了。"我说。

"你指的是土地买卖?"

"没错。我突然想到,如果这些人真的在账目上做了手脚,那这笔被隐匿起来的收入最有可能来自于土地交易,这也是他们筹集巨额资金的唯一方法。让我们看看他接下来会耍什么花样。"

我们走出了厨房。经过盖伊修士的药房时,我们朝里面看了一眼,马可突然抓住我的胳膊。

"看!他在干什么?"

盖伊修士对着大十字架脸朝下趴在地板上,两条手臂伸向前方,剃得光光的棕色脑顶在阳光中闪闪发亮。我惊得呆立在原地,过了好一会儿才

Dissolution

听到他在念诵拉丁文祷词，声音非常轻微，但一字一句都饱含虔诚。我们继续往前走，不能太过相信这个西班牙摩尔人的念头重新在我脑海中盘旋。他曾经对我推心置腹，在我接触过的几个修道院成员里，数他和我最投契。但当我亲眼目睹他匍匐在地，对着一块木头热切恳求的时候，终于意识到这个人的思想原来也和其他人一样，被禁锢在陈旧的邪说和迷信中。他其实不是我的朋友，而是我毕生事业的敌人。

第十五章

清晨的天空碧蓝如洗,空气依然冷冽。昨晚的大风把积雪刮到墙边,形成一个个大雪堆,庭院中央几乎没有雪了,看上去相当怪异。我们再一次穿过大门,偶一回头,我注意到守门人巴格正站在守卫室窗前窥视我们,一发现我在看他,他立刻把头缩了回去。我鼓了鼓腮帮。

"天哪,能躲开这些人的视线真是一种解脱。"我转头看了看道路,那里的情况和庭院差不多,路面上满是一眼望不到头的雪堆。大地白茫茫一片,就连沼泽也是白的,不白的只有黑色的枯树,沼泽里的芦苇丛,还有远处灰色的海。我把向盖伊修士讨来的新手杖牢牢握在手里。

"幸亏有这两双罩靴。"马可一面艰难地往前迈步,一面发出感叹。

"是啊。等到冰雪融化的时候,整个乡下都会变成泥淖。"

"如果真是这样,可就有得受了。"

我们在雪地里跋涉了很久,一路所见的都是阴郁的风景,一个小时之后,终于到达了斯卡恩西镇的街道。谁都没有说话,因为我俩的情绪仍然很低落。街上几乎看不到什么人,在明亮的阳光中,我再一次注意到镇上的大部分建筑破旧不堪。

我们又来到了广场,我对马可说:"我们要到西门街去。"一艘小船被拉上了码头,一个穿着黑外套的官员正在检查成捆的布匹,几个镇民站在一边,不停地跺着脚御寒。一条运河从沼泽地穿过,河口外的海面上停泊着一艘大船。

"那人是海关官员。"马可说。

"这些布一定是准备运往法国的。"

·189·

我们拐进一条街道，这条街上的房子都是新建的，外观非常漂亮。接着来到一栋大宅前，这栋宅子的门是所有门中最大的，上面刻有斯卡恩西镇的徽章。我伸手敲了敲门，一个衣着得体的仆人应声而出，向我证实了这里就是柯平格尔治安官的家。我们被引进一间布置豪华的客厅，房里摆着铺有软垫的木椅，橱柜里展示着好几个华贵的金盘。

马可叹了一句："他可真会过日子。"

"的确如此。"我走到一幅挂在墙上的画像前，画中的男人神情严肃，有一头短发和铲形的胡子。"画得真不错。而且画面背景就是这个房间。"

"他真是个有钱人……"马可正要往下说，门突然开了，一个体格高大健壮，四十岁上下的人走了进来，他的容貌和画中人一模一样，无疑就是画像的原型，身披一件镶有貂毛的棕色长袍，神态沉稳严肃。他用力握住我的手。

"夏雷克大人，见到你是我的荣幸。我是吉伯特·柯平格尔，担任镇上的治安官一职，同时也是克伦威尔勋爵最忠诚的仆人。我已经知道辛格尔顿大人的事了，很为他感到惋惜；万幸勋爵把你派到了这里。那座修道院就是个藏污纳垢之所，里面充斥着腐败堕落和异端邪说。"

"这件事情并不简单，想必你也清楚。"我指了指马可，"这位是我的助手。"

他微微点了下头。"请到我的书房详谈。两位要不要吃些点心？我想这鬼天气一定是魔鬼招来的。两位在修道院里暖和吗，有没有受冻？"

"修士在每个房间里都生了火。"

"噢，我不怀疑这个，先生。这一点是毋庸置疑的。"

他带着我们穿过客厅来到一个舒适的房间，透过窗户可以看到街景。壁炉前摆着几张凳子，上面放满了文件。他手忙脚乱地清走文件，抱歉地说："我马上给两位倒酒。请原谅这里的杂乱，但伦敦方面给我送来的文件实在太多了……拿着最少的工资，承受着严苛的法律……"他叹了口

第十五章

气。"上头还要求我一发现叛国言论就立刻上报。幸好这里没什么人说这种话,不过我的线人有时候也会胡编乱造,逼着我不得不去调查那些子虚乌有的事。但至少人们会借此明白祸从口出的道理。"

"就因为知道全国各郡有许多像你一样忠心耿耿的人,克伦威尔勋爵才能睡上踏实觉。"听了我的恭维话,柯平格尔郑重地点了点头。我呷了一口酒。"这酒很棒,先生,谢谢你的款待。现在时间紧迫。如果你有关于这个案子的消息,请如实告诉我。"

"我义不容辞。辛格尔顿大人的死是对国王的侮辱,是复仇的叫嚣。"

照理来说,有个志同道合的改革者作伴是件让人安心的事,但我承认对柯平格尔没有好感。虽然他说的是实情,各地的治安官除了担负审判义务,还要应付伦敦派下的工作,而且工作量比其本职工作要大得多,但他们也从中牟得了好处。治安官从工作中获取利益已经成了惯例,职责越多,利益就越大,就算在一个贫穷小镇也是如此,柯平格尔的财富就是明证。在我看来,他自吹自擂的说话方式和一本正经、道貌岸然的外表形成了强烈的反差。他是英格兰社会孕育出的怪胎,而且像他这样的人如今是越来越多了。

"跟我说说,"我问,"镇上的人是如何看待那些修士的?"

"人们都把他们视作讨厌的吸血鬼。他们没有为斯卡恩西做出过一点儿贡献,除非迫不得已,否则他们决不到镇上来,而且一个个像魔鬼一样傲慢自大。他们在施舍方面非常吝啬,穷苦人只好在发放赈济的日子步行到修道院去拿一点儿吊命钱,这样一来,接济穷人的担子就全落到纳税人肩上了。"

"我听说他们垄断了啤酒贸易。"

"他们的啤酒卖得太贵了。他们的啤酒很脏,一群母鸡直接在修道院的酿酒坊里做窝,还朝酒里拉屎。"

"对,我也看见了。确实非常脏。"

"可是除了他们，没人有卖啤酒的权利。"他张开双臂，"他们还压榨佃农，千方百计中饱私囊。千万别说修士是和善的地主，自从埃德温修士当上财务主管，这些人更是变本加厉了，埃德温是那种从跳蚤身上也想刮下一层油来的人。"

"对，我相信他是这种人。说到修道院的财务，我记得你曾经向克伦威尔勋爵报告说他们贱卖土地。"

他看上去垂头丧气："其实我没有掌握这件事的细节。我之前听到的只是传言，但是空穴来风未必无因，我就着手去查了，弄得那些大地主们现在无论干什么都瞒着我。"

我点了点头。"你说的大地主是谁？"

"爱德华·温特沃斯男爵是这一带最大的地主。他虽然和西摩家族沾亲，但平时和修道院院长走得很近。他们常常一起打猎。佃农们私下传言院长把修道院土地秘密卖给了他，院长的土地管理人如今为他收租，但是我无法找到确凿的证据，毕竟我只是个治安官。"他故作为难地皱起眉头，"而且修道院拥有的土地遍布各处，有的甚至出了郡界。我很抱歉，特派员大人。如果我有更大的权力……"

我思考了一会儿。"这么做很可能延长我的调查时间，不过我既然有权调查包括修道院在内的所有事务，那扩大一下工作范围，查查他们的土地交易也是可行的。我想让你以克伦威尔勋爵的名义重新调查这件事，不知你意下如何？"

他面露笑容："有了勋爵这个靠山，他们哪敢不听命。下官愿效犬马之劳。"

"谢谢你。这件事可能非常重要。对了，听说爱德华男爵是修道院里那个名叫杰罗姆的加尔都西会老修士的堂兄？"

"不错，温特沃斯是个老天主教徒。我听闻那个加尔都西会修士公开说过大逆不道的话。我真想把他吊在纺织交易厅的尖顶上。"

第十五章

我沉思片刻，又问："告诉我，如果你真的把杰罗姆修士吊在尖顶上，镇民们会作何反应？"

"他们会像过节一样欢天喜地。就如我刚才所说，他们非常讨厌那些修士。这个镇子本来就穷，加上修士们不断盘剥，自然更加艰难。港口淤塞得相当严重，就连一艘小船都很难通过。"

"这个我也看到了，我听说一些人转行做了走私。据修士们说，这些人会通过修道院背后的沼泽地到河边去。费比尔院长对我说他投诉过很多次，但是镇上的官员们置之不理。"

柯平格尔的神情立刻变得戒备起来："为了给我找麻烦，这个院长可是什么话都说得出口。先生，我们不是置之不理，而是人手不够，镇上管走私的人只有一个，他不可能夜夜盯着沼泽地里所有的路。"

"据一个修士说，沼泽地里最近有人活动，院长说有可能是走私者闯进修道院杀死了辛格尔顿。"

"他这么说是为了转移注意力，先生。这里的走私活动从多年前就开始了，人们先把成品布运过沼泽，再用渔船运往法国，但是这些人有什么理由要杀国王特使？他来这儿又不是为了调查走私，不是吗？"我留意到他的眼中闪过一丝忧色。

"的确不是。而且我也不是，除非这些活动和辛格尔顿大人的死有关。我觉得杀人凶手应该来自修道院内部。"

他看上去如释重负。"如果政府允许地主们圈更多的地来养羊，这个镇子一定会得到更多的利益，人们也就不会再去走私了。而且这样一来，小农民也会成倍地变成织工。"

"除了一些走私分子，镇上的人是不是全都遵纪守法？这里有没有极端的宗教分子，比如说女巫？你知不知道修道院被玷污的事？"

他摇了摇头。"这里没有这种人。我有五个领薪水的线人，要是有我一定会知道。对朝廷的改革有意见的人不少，不过他们都夹着尾巴做人。

Dissolution

人们抱怨最多的是各种圣徒节被取消,但那只是因为这些日子可以放假。我从没听说过这附近有从事黑魔法的人。"

"就没有狂热的教徒?没有谁读过《圣经》后看到一些只有他才能实现的神秘预言?"

"就像那些杀死富人、把所有财物据为公有的德国再洗礼派①?他们应该被处以火刑。不过这里没有那种人。去年有一个冶铁铺的学徒发了疯,到处跟人说最后审判日就要来了,我们给他套上了枷锁,之后把他赶出去了。他现在在监狱里,那才是他该待的地方。用英语布道是件好事,但是那些愚蠢的仆役和农民是不能读《圣经》的,让这些人读《圣经》只会让英格兰遍地都是惹是生非的家伙。"

我扬起眉毛:"你也认为有房有地的人才有资格读《圣经》?"

"理应如此,先生。"

"好啦,天主教徒理应对人一视同仁,即使是无名小卒也有接触《圣经》的权利。我们还是把话题转回到修道院上来吧,我在资料上读到那里发生过一些丑闻,修士们之间有一些邪恶的行为。"

柯平格尔嫌恶地哼了一声。"我敢肯定他们还在干这种勾当。那个圣器室管理人加布里埃尔就是其中之一,而且他现在仍然留在那里。"

"镇上的人有没有参与这件事?"

"没有。不过那里的修士不只互相淫乱,还和女人通奸。来自斯卡恩西镇的女仆全都没有逃脱他们的魔爪。自从一个年轻姑娘失踪之后,三十岁以下的女人就不再去那儿工作了。"

"哦?"

---

① 16世纪欧洲宗教改革时期新教中一些主张成人洗礼的激进派别的总称。该派反对婴儿受洗,主张人要心智成熟才能选择受浸成信徒。再洗礼派最初出现并流行于瑞士和德国,从一开始就受到世俗当局和教会权威的双重迫害,并一直被视为异端。

第十五章

"那姑娘是在救济院里长大的孤女,两年前去为修道院里的医师工作。她曾经回过镇上几趟,之后突然不再回来了。我们去调查过,莫提马斯副院长说她偷了几个金杯逃走了。救济院管理人琼·斯顿普夫人坚信她一定是出了事,不过这个老太太一向喜欢搬弄是非,而且我们也没有证据。"

"她为医师工作?"马可高声问,我听出他的声音里有一丝焦虑。

"对。我们都叫他黑鬼。没想到那种人也能找到工作,不知道的人还以为英格兰人个个都有工作呢。"

我沉吟了一会儿。"我可不可以跟这个斯顿普夫人谈一谈?"

"你一定得先了解这个人,再决定要不要相信她的话。她现在应该在救济院里。明天是修道院发放赈济的日子,她多半在为这件事做准备。"

"那我们就抓紧时间吧。"我说着站起身来。柯平格尔让一个仆人去取我们的外套。

"先生,"在等待外套的时候,马可对治安官说,"眼下一个年轻姑娘正在为医师工作,她叫爱丽丝·菲特尔。"

"啊,是的,我想起来了。"

"我听说她是因为家里的地被圈走养羊,走投无路之下才去那里工作的。我也明白治安官们一向拥护圈地法令,我只是想知道,圈走爱丽丝家土地的所有过程合不合法?我们可不可以为她做出一点儿补偿?"

柯平格尔扬了扬眉毛。"据我所知一切都是合法的,年轻人,因为那块土地是我的,圈地的人也是我。那户人家租下了这块地,而契约在她母亲死后到期了。如果我想用这块地赚钱,就必须拆掉房子,把地用来养羊。"

我给了马可一个警告的眼神,出言安抚柯平格尔:"阁下,我确定你做的每一件事情都很合理。"

"圈地养羊会为这个镇的老百姓带来实惠。"柯平格尔一边说话,一边冷冷地看着马可,"要是能关闭修道院,把那些修士统统赶出去,再拆掉那些放满神像的房子，一切就更圆满了。如果到时候大批失业的雇工真的加重了斯卡恩西镇的救济负担，我们大可把修道院的部分土地分给一些杰出人士，我相信克伦威尔大人也会赞同。"

"说到克伦威尔勋爵，我不得不对你提一句话。我离开伦敦之前，他一再向我强调眼下不能把修道院发生的事泄露出去。"

"我没对任何人说过这件事，先生，也没有修士到镇上来过。"

"那就好。我也吩咐过院长不要向其他人提起，可是修道院里的一些仆人总免不了和镇上的人接触。"

他摇了摇头。"这种人寥寥无几。修道院的仆人很少和外界来往，镇上的老百姓讨厌修士，也不喜欢他们。"

"消息终究会泄露出去，纸包不住火。"

"我相信就算真有这一天，你也会迅速想出对策的。"他说完笑了起来，脸一下子红了，"我真是三生有幸，能亲眼见到一个和克伦威尔勋爵面对面谈过话的人。告诉我，先生，他长什么样子？听说他虽然出身低微，却是一个铁腕人物。"

"治安官，他的确是个铁腕人物，是个无论言谈行事都异常强势的男人。啊，你的仆人把我们的外套送来了。"我借机打断了他，他那点头哈腰的样子实在让我厌倦。

救济院坐落在小镇边缘，是一座低矮的长条形房屋，外观破破烂烂。在救济院前，我们遇到一小群人在扫街上的雪，一旁站着个监工。他们身穿缝有斯卡恩西镇徽章的灰色罩袍，罩袍看上去异常单薄，根本无法抵御严寒。我们经过的时候，他们纷纷停下手里的工作，朝柯平格尔鞠躬。

"他们都是有乞食证的乞丐，"治安官说，"救济院的工头很善于安排他们投入清白的劳动。"

第十五章

我们走进屋子。大厅里没有生火,因为太过潮湿,墙上好几处地方的灰浆都剥落了。一群女人三三两两地坐着,有的在缝纫,有的在纺线。房间一角有一个模样富态的老妇人正在整理一大堆臭烘烘的破布,一群骨瘦如柴的孩子在一旁帮忙。柯平格尔走过去对她说了几句话,她立刻把我们引入一个整洁的小房间,自我介绍说她就是琼·斯顿普,是孩子们的监护人。

"先生们,不知有什么需要我效劳的?"这张布满皱纹的脸非常和善,一双棕眼睛却透出锐利的光。

"夏雷克大人最近奉命来调查修道院里的一些事,"柯平格尔对她说,"他对孤儿·斯通加登的命运很感兴趣。"

她叹了口气。"可怜的孤儿。"

"你认识她?"我问。

"她是我养大的。十九年前,她被人丢弃在救济院的院子里,那时她还是个刚出生不久的婴儿。"她说完又念叨着,"可怜的孤儿。"

"她叫什么名字?"

"孤儿就是她的名字,先生。这是弃儿的通用名。我们一直没有查出她的父母是谁,因为她是在院子里被人发现的,所以工头后来给了她斯通加登这个姓氏,意思是石头花园。"

"我明白了。她是在你的照顾下长大的?"

"我是救济院监护人,所有孩子都归我照顾。许多孩子很小就夭折了,可孤儿身体强壮,无病无灾地长大了。她帮我打理这个地方,总是一副热情开朗的样子,无论叫她做什么她都很乐意……"她突然别过脸去。

"别停啊,太太。"柯平格尔不耐烦地说,"我早就告诉过你,你对这些孩子未免太温和了。"

"他们在人世停留的时间常常很短,"她情绪激动地回应他,"为什么不能让他们享受享受这世间的快乐?"

"早早去天堂总好过不人不鬼地活着，"柯平格尔粗暴地说，"活下来的孤儿大部分会变成小偷和乞丐。接着往下说啊。"

"孤儿年满十六岁后，监工们说她必须出去工作。说件不怕你笑话的事情，她那时候和一个磨坊主的儿子相恋了，如果这段恋情顺利发展下去，她现在说不定已经嫁人了。"

"这么说她很漂亮喽？"

"是的，先生。她身材娇小，满头金发，又温柔又美丽，是我见过的最漂亮的人之一。可是工头有个兄弟在修道院里做工，他说医师想找一个助手，所以她就被送过去了。"

"这是什么时候的事，斯顿普夫人？"

"两年之前。她一有空就会回来看我，每个星期五都不失约。她很喜欢我，我也一样。先生，她一点儿也不喜欢修道院的生活。"

"为什么不喜欢？"

"她没有说。我一向教育孩子们绝不要批评那些比他们强的人，否则一定没好果子吃。但我看得出她很害怕。"

"害怕什么？"

"我不知道。我试着问过，但是她不肯说。她起初为亚历山大老修士工作，后来他去世了，盖伊修士到修道院接替了他。她很怕盖伊，因为他长得很奇怪。有一件事有点儿反常，那就是她不再见磨坊主的儿子亚当了。他来救济院找过她，但她让我把他打发走了。"她目光炯炯地看着我，"这种情况通常意味着女人受到了虐待。"

"那你有没有在她身上看到伤痕？"

"没有，但我每次见到她，都发觉她的情绪很低落。之后的一个星期五，那时她大概已经在修道院里工作六个月了吧，她没有像往常一样回来看我，再下一个星期五也没有。"

"你一定很担心。"

第十五章

"我的确很担心。所以我决定去修道院一趟,看看她到底出了什么事。"我点了点头。我能想象得出她风风火火地走到修道院前,把巴格的门敲得砰砰响。

"他们一开始不让我进去,但我不会就这么算了,我站在门外大吵大闹,直闹到他们把莫提马斯副院长给请了出来。那个野蛮的苏格兰人站在门口对我说,孤儿某天晚上从教堂里偷走了两个金子做的圣餐杯,然后就失去踪影了。"

柯平格尔偏了偏脑袋。"这也不是不可能,这些孩子不是经常偷鸡摸狗吗?"

"先生,孤儿不会的,她是个虔诚的基督徒。"斯顿普夫人转头看着我,"我问副院长为什么不通知我,他说他不知道孤儿和镇上的什么人有联系。他威胁说我要是不走,他就控告她偷窃。我向柯平格尔大人告过状,可是他说如果没有证据证明是修道院下的手,他也无能为力。"

治安官耸了耸肩:"我确实无能为力。何况她如果真被修道院指控为窃贼,那群修士不就能找到理由来攻讦斯卡恩西镇了吗?"

"斯顿普夫人,你觉得这个姑娘出了什么事?"

她直直地看着我:"我不知道,先生,我也不敢去想。"

我慢慢点头。"但是柯平格尔治安官说得很对,他不能在没有证据的情况下贸然行动。"

"我明白这个道理,但我非常了解孤儿,她干不出偷窃潜逃的事情。"

"但假使她当时非常绝望……"

"那她大可以回我这里来,何必冒险去偷东西呢?可这十八个月来,没有人见过她,也没有听到她的任何消息。完全没有。"

"我明白了。夫人,谢谢你花时间为我们提供这些情况。"我叹了一口气。我着手调查的每一个疑团如今都不明朗,我无法掌握任何与辛格尔顿被杀有关联的线索。

她带着我们回到大厅,正在埋头拣布的孩子们纷纷抬起苍白消瘦的小脸看着我们几个。整个大厅都飘散着一股旧衣服的臭气,简直令人作呕。

我问她:"这些孩子在干什么?"

"翻翻别人捐来的旧衣服,找几件明天穿。明天是修道院发放赈济的日子。现在天寒地冻,要走到修道院可不容易。"

我点了点头。"对,步行会很困难。谢谢你,斯顿普夫人。"我转身朝大门走去,马可和柯平格尔紧跟在我身后;斯顿普夫人回到孩子们身边,继续帮他们翻拣那堆臭烘烘的旧衣服。

❀

柯平格尔治安官要我们留在他家吃午饭,但我以必须赶快返回修道院为理由拒绝了他。我们离开了柯平格尔的宅子,罩靴踩过雪地,发出嘎吱嘎吱的声响。

走出一段路之后,马可说:"等走回去就错过饭点了。"

"没错。我们找家饭馆吃点儿东西吧。"

我们在广场后面找到一家干净体面的旅店,老板把我们领到一张可以眺望码头的餐桌前。透过窗户,我见到先前看过的那艘船正载着一捆捆货物,缓缓穿过运河,朝停泊在河口的大船驶去。

"天哪,"马可说,"我饿坏了。"

"我也饿坏了,但啤酒是绝对不能碰的。你知道吗,按照圣本笃最初的规定,入冬以后,本笃会修士每天只能吃一顿饭,还说什么午餐?连想都别想。他是依照意大利的气候来制定规则的,但在本笃会刚进入英国的时候,这项规定并没有变。想象一下在寒冷的冬天,每天站着祈祷好几个小时,还只能吃一顿饭!当然啦,随着时间的流逝,修道院变得越来越富裕,一天一顿饭逐渐变成了两顿,然后是三顿饭,而且有酒有肉……"

"至少他们仍然在祈祷,我觉得这已经不错了。"

第十五章

"对。而且他们相信通过祈祷可以为死去的人向上帝求情。"我想到加布里埃尔修士和他眼中那种强烈的痛苦,"但他们错了。"

"先生,这些神学理论完全把我弄糊涂了。"

"你不该这样,马可。上帝既然给了你头脑,就要好好利用它。"

他没有接我的话,而是问道:"你的背今天还好吗?"我发现他转移话题的本领越来越娴熟了。

"还撑得住,比刚来那天好多了。"

店老板端来两盘兔肉馅饼,我们默默地吃起来。

马可终于忍不住问:"你觉得那个女孩儿现在怎么样了?"

我摇了摇头。"只有天知道。现在我们有了很多条线索,可它们之间似乎完全没有联系,我原本还指望柯平格尔能帮上我的忙呢。啊哈,我们现在知道了修道院里的女人会被骚扰,被谁呢?骚扰爱丽丝的除了莫提马斯,还有谁?至于那个叫孤儿的姑娘,柯平格尔说得有道理,我们没证据证明她没有逃跑,而且那个老女人非常喜欢她,很可能对她有所偏袒。这件事根本无从查起。"我伸手抓了一把空气。

"你觉得柯平格尔治安官怎么样?"

"他是个改革者,应该会尽力帮助我们。"

"他在提到修道院生活如何糜烂、修士如何压榨穷人时也是义愤填膺,但他同样过得很奢侈,而且还把穷人赶离他们的土地。"

"我也不喜欢他,但你不该拿爱丽丝母亲的事来质问他,这件事和你没有关系。我们在这里没有多少朋友,唯一能信任的人就是他,唯一可以给我们提供更多情报的人也是他。我希望得到土地买卖的更多信息,好和财务主管的账册联系起来。"

"我觉得治安官没把他掌握的走私情况全部说出来。"

"当然没有了,他一定收了走私者的贿赂,但我们来这儿并不是为了调查他。我和他在一件事上看法一致:杀人凶手来自修道院内部,而不是

Dissolution

斯卡恩西镇。那五个修道院高层负责人嫌疑最大。"我掰着手指头一一数过去,"费比尔院长,莫提马斯副院长,埃德温,加布里埃尔和盖伊。他们中的任何一个都是身材高大、体格强健的壮年人,足以杀死辛格尔顿——埃德温修士除外,而且他那晚不在。还有,他们每个人都有可能杀死见习修士。当然了,这一推论的前提是盖伊修士所说的致命颠茄一事是真的。"

"可他有什么理由说谎?"

西蒙死去的那一幕再次浮现在我的脑海中,我用一双并不真实存在的眼睛重新看到我们把他抬出浴池,他那张惨青的脸已经完全没有了生命的迹象。"他是因为我才被毒死的。"这个念头在我脑中不断循环,突如其来的愧疚感让我五内俱焚。

"我不知道。"我回答他,"但我绝不会轻易相信他。修道院一旦倒闭,他们五个人都会损失惨重。盖伊修士的样貌这么奇怪,如果离开了这家修道院,还有哪个地方会雇他当医师?至于院长,我想他一定舍不下自己的权势地位。剩下三人多半也有无法启齿的秘密,埃德温修士到底有没有做假账?为防修道院倒闭后大家生计无着,他很有可能把一笔钱藏了起来,不过如果进行土地买卖,院长的印章是必不可少的。"

"那莫提马斯副院长呢?"

"我暂时还没抓到他的破绽。至于加布里埃尔修士,我敢肯定伊甸园里的那条古蛇[①]又来诱惑他了。自从你进了修道院,他的眼睛就没从你身上移开过,可想而知,就算他真的没有勾引可怜的维尔普雷,和其他修士的关系也一定不清白。后来你出现了,穿着漂亮的紧身上衣和长筒袜,露出线条漂亮的小腿,他就开始对你想入非非,把其他人给疏远了。"

马可一把推开他的餐盘,皱着眉头抗议:"你就非得描述细节不可吗,

---

① 古蛇是撒旦的化身,在伊甸园中引诱夏娃偷吃了禁果。

第十五章

先生?"

"律师必须花费时间来描述细节,不论这些细节有多肮脏。加布里埃尔也许看上去很文雅,但内心一定饱受折磨,而一个饱受折磨的人往往会做出丧心病狂、不可理喻的事。要是他最近有鸡奸行为,而且还被人抓到证据的话,等着他的就是绞刑。辛格尔顿粗暴的质问很可能激得他铤而走险,尤其是他如果还有什么想保护的话。然后还有杰罗姆修士,我想看看他会说出什么话,他为什么说辛格尔顿是伪誓者和骗子?我可真有点儿好奇。"

马可默不作声,皱起的眉头依然没有舒展开来。"哎,醒醒,"我突然有点儿生气,"就算圣器室管理人真的想打你的主意,那又怎么样呢?他根本不可能得手。"

他的眼中闪过一丝怒气:"先生,不是我,爱丽丝。那个失踪的女孩儿也曾经是盖伊修士的助手。"

"这一点我也想到了。"

他探过身子:"先生,为了所有人的安全,以涉嫌谋杀的罪名把五个修道院负责人和杰罗姆统统抓起来不是更好?就不能把他们押到伦敦去,逼他们说出实情?"

"以什么证据抓人?就算真的抓了,要如何审讯他们?严刑拷打吗?我还以为你很讨厌这种手段呢。"

"当然不是了。但是……严格的盘问总可以吧?"

"如果他们全都不是凶手,我岂不是抓错好人?而且进行这种大规模的抓捕,怎么可能不走漏风声?"

"可是……时间紧迫,情势也越来越危险了。"

"难道我不知道?"我霎时间怒不可遏,"但是恃强凌弱无助于找出真相。辛格尔顿就这么试过,看看他现在是什么下场。解开一个结需要耐心,生拉硬拽是不行的,而且目前这个结的复杂程度是我前所未见的。不

Dissolution

过请相信我，我一定会解开它，一定会。"

"对不起，先生。我刚才那样说不是想质疑你……"

"马可，质疑并没有错。"我烦躁地说，"但是一定要有技巧。"愤怒激发了我的活力，我腾地站起来，朝桌上扔了几个硬币。

"赶紧上路吧。下午的时间可不能浪费，我还要去会会那个加尔都西会的疯老头呢。"

第十六章

我们沿着原路返回修道院，一路无言，早上还澄净湛蓝的天空很快又阴云密布。我暗暗为刚才的失态懊悔，但我最近神经紧张，马可的天真无知又着实激怒了我。以后可不能再发火了。下定决心之后，我不知不觉加快了脚步，谁知一不小心踩进一堆雪里，还得劳马可伸手扶住我，好不容易压下去的火气又腾地冒了出来。走到圣多纳特修道院围墙附近时，一阵寒风乍起，天又开始飘雪了。

我胡乱地拍打着门房大门。巴格一边过来开门，一边用脏兮兮的袖子擦去嘴上的油腻。

"我想见杰罗姆修士，请马上带我过去。"

"先生，他现在归副院长管。副院长正在念午时经。"他朝不远处的教堂点了点头，里面隐隐传出吟唱声。

"那就去教堂把他叫过来！"我厉声命令道。乡巴佬嘀嘀咕咕地走了，我们拢紧沾满雪花的外套等在原地。巴格很快就回来了，一起来的还有面色通红的莫提马斯，他皱着眉头，一脸的不高兴。

"特派员大人，听说你想见杰罗姆？出什么事了吗，为什么非把我从教堂叫出来不可？"

"我只是不想浪费时间。他在哪儿？"

"打从辱骂你过后，他就一直被锁在宿舍里。"

"那劳烦你带我们去见他，我想问他几个问题。"

他带着我们走向外院。"先生，到他自己的房间去招惹他恐怕不是个好主意，天知道他会说出什么话来侮辱你。如果你想以叛国罪抓捕他，那可是帮了我们所有人一个大忙。"

"是吗?看来他在这儿没什么朋友?"

"几乎没有。"

"不合群的人好像不止他一个,见习修士维尔普雷就是个例子。"

他冷冷地看着我:"我也想把西蒙·维尔普雷教导成一个虚心忏悔的人,可惜没有成功。"

马可小声嘀咕:"早早去天堂总好过不人不鬼地活着。"

"什么?"

"这是今天上午一个支持改革的治安官对普尔和我说的话。对了,我听说你昨天早上去看过西蒙。"

他的脸突然红了。"我是去为他祈祷的。我不希望他死,只是想赶走附在他身上的魔物。"

"即使以他的生命为代价?"

他脚下一滞,转身面向我,一脸的暴躁不耐。天气越来越糟,雪花在周围飞舞,我们的外套和副院长的长袍在风中猎猎舞动。

"我并不希望他死!害死他的不是我,他被魔鬼附体了,是魔鬼让他自杀。这不是我的错,我不应该受到责难!"

我冷眼看着他。他昨天真是出于内疚到病房为西蒙祈祷去了?不,据我所知,莫提马斯副院长这个人绝不会反思自己的所作所为。这件事实在有些蹊跷,他刚才那副歇斯底里的样子让我想起从前见过的那些激进的路德派教徒。但有一点我可以肯定,那就是他强词夺理的本领很强,要不怎么能心安理得地调戏年轻女人?

"天太冷了,"我说,"赶快带路吧。"

他没有继续和我争下去。我们跟着他走进了宿舍,这是一栋正对外院的长条形双层建筑,屋顶上有许多烟囱,浓烟正从里冒出来。今天之前,我还从来没进过修士的宿舍。我从《发现》上得知本笃会修士起初住的是

第十六章

庞大的集体宿舍,但是这种宿舍早就被分隔开来,变成一个个独立的房间,这里就是如此。我们走过一条长长的、两侧有许多扇门的走廊,一些门开着,我能看到里面有温暖的炉火和舒适的床铺,一股股热气扑面而来。莫提马斯副院长在一扇关着的门前停了下来。

"门通常是锁着的,"他说,"以免他出去乱跑。"他一把推开了门。"杰罗姆,特派员大人想见见你。"

杰罗姆修士的房间很简朴,远不及我刚刚经过的那些房间舒适。空荡荡的壁炉里没有生火,除了一个挂在床头的十字架,刷过石灰的白墙上就再也没有任何装饰了。加尔都西会老修士坐在床上,上身不着寸缕,下身只穿着长筒袜;他拱肩缩背,瘦骨嶙峋的身躯弯得像只虾米,佝偻扭曲的程度几乎和我一样,但是累累伤痕表明他并不是天生残疾。盖伊修士拿着一块布站在床边,俯身为他擦洗遍布肌肤的十多道细小鞭痕。一些鞭痕仍然红肿,另一些则渗出黄色的脓水。浓烈的薰衣草气味从一个大口罐里飘出来。

"盖伊修士,"我说,"很抱歉打扰了你的治疗。"

"我快弄完了。修士,搽完这种药,这些溃烂的伤口应该就不会那么疼了。"

加尔都西会修士神情古怪地瞪了我一样,转头对医师说:"请把我的干净衬衣拿过来。"

盖伊修士叹了口气。"就是因为穿了这个,你的伤口才总是愈合不了。你至少可以把毛泡软了再穿。"他递给他一件棕色的衬衣,内侧缝满了兽毛,这些毛又黑又硬,根根直立。杰罗姆修士穿上衬衣,又奋力去穿那件白色长袍。盖伊修士捧起大口罐,朝我们鞠了一躬就走了。杰罗姆和莫提马斯彼此对望,两人的眼里都是嫌恶。

"杰罗姆,你又在折腾自己?"

"因为我有罪。但我绝不会以折腾别人来取乐,副院长修士,不像某些人。"

莫提马斯狠狠地瞪了他一眼，把手里的钥匙递给我。"问完之后把钥匙交给巴格就行，"交代完这句话，他气冲冲地扭头就走，砰的一声关上了门。我突然意识到我和马可如今被关在一个封闭的空间里，面对着一个疯疯癫癫的老头子，在他那苍白憔悴、皱纹密布的脸上，一双眼睛正朝我们射出凶光。我环顾四周想找个坐的地方，但最终发现能坐的只有床，只好倚着手杖站着。

"你很疼吗，驼背？"杰罗姆突然问。

"有点儿不舒服，我们来之前在雪地里走了很长一段路。"

"听过一句俗语吗？触碰侏儒能带来好运，但是触碰驼背就意味着倒霉。你这长相根本就是对人类形体的嘲弄，特派员，你的灵魂肯定也是扭曲腐烂的，就和克伦威尔所有的手下一样。"

马可上前一步："够了，先生，你说话未免太恶毒了。"

我挥手示意他噤声，站在原地凝视着杰罗姆。

"为什么要骂我，伦敦的杰罗姆？他们说你疯了，你真的疯了吗？你会不会是用装疯来保护自己，好让我没办法因为你大逆不道的言论把你关进伦敦塔？"

"我不会用任何手段来保护自己，驼背。我原本就不该活下来，如果真的有机会让我为神圣的教会牺牲，我求之不得。我憎恨亨利国王，憎恨他篡夺了教皇的权力。"他狂笑起来，"你知道吗，就连马丁·路德都不支持亨利国王，他说亨利小国王①会因自封为上帝而招来杀身之祸。"

马可目瞪口呆。单凭这些话已经足以把他送上刑场。

---

① 此处原文为容克·海因茨（Junker Heinz），为马丁·路德嘲笑亨利八世的称呼，容克（Junker）是一个表高尚的敬称，语源中古高地德语（十一至十五世纪的高地德语），意为年轻的贵族。海因茨（Heinz）为德文的亨利（Henry）。

第十六章

我轻声问:"那在发誓承认了国王至高无上的权力之后,你一定天天忍受着羞愧的煎熬吧。"

杰罗姆伸手拿过拐杖,艰难地站起身。他把拐杖塞到腋下,开始在房间里慢慢踱步。当他再次开口时,语调变得既平静又坚定。

"没错,驼背。我的灵魂一直被羞愧和恐惧所折磨。你知道我亲戚是谁吗?他们有没有告诉过你?"

"我知道你是简王后的亲戚,希望上帝让她安息。"

"上帝是不会让她安息的,她会因为嫁给一个分裂教会的国王而在地狱里受烈火焚身之苦。"他转身面对着我,"想不想知道我是怎么来到这里的?要不要我把来龙去脉跟你详细地说一遍,律师大人?"

"行,告诉我吧。我会坐着听。"我坐到那张坚硬的木板床上。马可仍然站着,一只手放在剑柄上,杰罗姆拖着那条残废的腿,在房间里慢吞吞地来回踱步。

"我二十岁就进入修道院了。那时我的第二个表妹,也就是简王后还没有出生,我从来没有见过她。我在伦敦的卡尔特修道院度过了三十年的平静生活,那里人人都全心全意把自己奉献给上帝,不像这里高床软枕,腐败堕落。它就是天堂,是处在那座世俗城市中心的圣地。"

"听说穿粗毛衬衣是那里的规矩之一。"

"这是为了让我们时刻不要忘记肉体的污浊和罪恶。托马斯·莫尔和我们一起生活了四年,从那以后他一直穿粗毛衬衣,就连担任大法官的时候也一样。这个习惯帮助他保持着谦卑,让他有勇气坚决反对国王的第二次婚姻,而且最终视死如归。"

"别忘了,他在担任大法官期间烧死了他能找到的所有异教徒。可是你的信仰好像并不坚定吧,杰罗姆修士?"

他后背一僵,当他转过身来的时候,我以为他又要破口大骂了,不料他的声音依旧平静无波。

"当国王要求所有修道院成员发誓承认他为教会最高领袖的时候,只有我们加尔都西会拒绝了,尽管我们知道这么做会带来什么样的后果。"他眼里喷出的怒火简直要在我的脸上烧出洞来。

"不错。其他修道院全都发了誓,只有你们没有。"

"我们总共有四十人,全被他们一个接一个地抓走了。霍顿副院长是第一个拒绝宣誓的人,克伦威尔亲自审讯了他。特派员大人,你知道吗,当霍顿神父告诉他圣奥古斯丁①认为教会的权威凌驾于《圣经》之上的时候,克伦威尔回答说他根本不把教会放在眼里,只要他愿意,可以把奥古斯丁一起抓来。"

"他说得对。《圣经》的权威高过教会,这是任何学者都不能否认的真理。"

杰罗姆哈哈大笑:"克伦威尔只不过是个酒馆掌柜的儿子,难道他说的话能比圣奥古斯丁的还正确?

"我们可敬的副院长不肯屈服,最终他被判谋反,在泰伯恩刑场送了命。我当时就在那里,我亲眼看着他在没有咽气的情况下被刽子手用刀剖开身体。可是那一天的场面不同寻常,他死去的时候,围观人群只是默默地看着,没有发出一声欢呼。"

我看了马可一眼,他正全神贯注地盯着杰罗姆,脸上的表情非常矛盾。加尔都西会修士继续说:"霍顿副院长死了之后,你的主人同样没能在后来者身上讨到便宜。教堂牧师米德摩尔和其他高级官员们仍然没有发誓,他们自然也去了泰伯恩刑场。这一次围观人群发出了反对国王的呼声。克伦威尔害怕这样下去会再生内乱,于是他用尽各种手段逼迫我们余

---

① 圣奥古斯丁(354—430),著名的神学家、哲学家。奥古斯丁生活的年代正值罗马帝国衰亡、欧洲进入中世纪,这一时期宗教狂热席卷欧洲,奥古斯丁的思想推动了有组织的教会的形成,在以后一千多年里,其神学成为基督教教义的基本来源。

第十六章

下的人发誓。他派他的手下掌控了修道院,霍顿副院长的一条手臂被钉在大门上腐烂发臭。那些人不让我们吃饱饭,嘲笑我们的仪式,撕碎我们的书籍,还出言辱骂我们。那些起身反抗的人被他们一个接一个抓走了,某个人有可能被突然送到更顺从的修道院,或者干脆消失。"

他停住脚步,用那只健全的胳膊撑着床柱休息了一会儿。我抬头看着他。

"我听过这些故事,"我说,"但它们只是谣言。"

他没有理会我的话,自顾自地开始重新踱步。"自从去年北方爆发了叛乱,国王逐渐对我们失去了耐心。余下的兄弟们接到了最后通牒,要么发誓,要么到纽盖特监狱里活活饿死。有十五个人放弃信仰发了誓;十个人选择了纽盖特监狱,他们被关在四个小房间里,没有东西吃也没有水喝,一些人撑了几个星期……"他突然不再往下说了,这个白发苍苍的老头以手掩面,瑟瑟发抖,开始默默地流眼泪。

"我听过这种传言,"马可小声说,"大家都说这是假的……"

我挥手示意他不要说话。"杰罗姆修士,就算这些事全都是真的,你也不可能是他们其中的一个。你已经到这儿来了。"

他转身背对着我,用袖管擦干了脸上的泪水,倚着拐杖朝窗外眺望。外面雪花漫天,仿佛要将整个世界埋葬。

"不错,驼背,我是偷偷藏起来的人之一。我眼睁睁看着兄弟们被带走,我知道他们是怎么死的,可是尽管日日夜夜遭受羞辱,我们这些兄弟还是鼓励和帮助着彼此。我们都以为自己可以坚持下去。我那时还是个健康强壮的人,很为自己的坚韧不屈感到自豪。"他哈哈大笑起来,这是一种歇斯底里的笑声。

"有一天早上来了几个士兵,把我抓到了伦敦塔。那是去年五月中旬,安妮·波琳被判了死刑,一群人忙着在塔里的空地上搭建一个巨大的断头台。我亲眼目睹了这一过程,正是从那个时候起,我真正开始害怕了。当那些卫兵把我推推搡搡地带进地牢时，我意识到自己的决心恐怕会动摇。

"他们把我带到一间阔大的地下室，将我绑到一张椅子上。我看到地下室一角放着肢刑架①、铰链桌和绳索，两个人高马大的卫兵站在一边，准备扳动手柄。地下室里还有两个人，一个是伦敦塔的司狱长金斯顿，另一个人看我的眼神特别凶狠，他就是你的主人克伦威尔。"

"代理主教亲自去了？我不相信。"

"我来告诉你他都说了些什么话。'杰罗姆·温特沃斯修士，你这个包藏祸心、冥顽不灵的家伙。别耍花样，直截了当地告诉我，你愿意向至高无上的王权起誓吗？

"我说我不愿意。可是坐在这个人面前，我的心禁不住怦怦直跳，胸膛仿佛要炸裂开来。他的双目就像燃烧着地狱之火，藏在那双眼睛后面朝外窥望的不是人，而是魔鬼。你是如何面对他的，特派员大人，难道你不知道他有多可怕？"

"……别再纠缠于这个了，继续往下说。"

"你的主人，一个聪明伟大的律师，朝肢刑架点了点头。'看着吧，'他说，'几个星期之后，简·西摩就会成为英格兰王后。国王不会允许她的表哥拒绝发誓，不过他也同样不希望把你的名字列入谋反的死刑犯中，真是让人左右为难哪，杰罗姆修士。所以你一定要发誓，否则我就对你不客气了。'

"我再一次告诉他我不会发誓，但我的声音在发抖。他细细地打量了我一会儿，然后笑了。'我觉得你会，'他说，'金斯顿大人，我不想再浪费时间了，给他上刑。'

"金斯顿朝两个负责行刑的卫兵点了点头，那两个人立刻上前把我拽了起来。他们猛地将我按倒在肢刑架上，吓得我魂飞魄散。他们还绑住我

---

① 一种中世纪的残忍刑具，可让囚犯四肢脱臼。

第十六章

的手脚,把手臂拉过头顶。"杰罗姆的声音渐渐低了下去,微弱得如同耳语,"一切发生得太快了,两个行刑者都没有说话。"

"他们扳动手柄,我听到嘎吱一声,手臂处被一阵前所未有的巨大疼痛淹没。我几乎昏了过去。"他说到这儿就停住了,轻轻揉捏起被撕裂的肩膀,眼中一片茫然。他沉浸在痛苦的回忆中,似乎完全忘记了我们的存在。站在我身边的马可不安地挪动着身子。

"我放声尖叫。但我根本没有意识到自己在叫,直到亲耳听到那凄惨的声音。拉扯随后停住了,我依然很痛,但是痛苦在……"他伸出一只手上下挥动,"痛苦在慢慢减轻。我抬头一看,克伦威尔就站在我身边,居高临下地注视着我。

"'发誓吧,修士,'他说,'我看你也没嘴上说的那么坚强。如果你现在不发誓,我就继续用刑,直到你发誓为止。这两个人很有经验,他们不会弄死你,不过你的身体已经被撕裂了,只要再受一次刑,就会彻底残废,那可就要疼一辈子了。既然已经到了这个份上,发誓也不是什么丢人的事,又何必硬撑下去呢。'"

"你在撒谎。"我对加尔都西会修士说。他还是没有搭理我。

"我大喊着说我忍得了疼,耶稣不也被钉过十字架吗?他耸了耸肩,朝行刑者点了下头,那两人同时扳动了两根手柄。我感觉腿上的肌肉被生生撕裂,一股大力把我的大腿骨拉出了关节窝,我实在熬不住了,尖叫着说我愿意发誓。"

马可插嘴说:"在胁迫下发的誓应该没有法律效力吧?"

"上帝呀,赶快闭嘴!"我朝他吼了一句。杰罗姆吃了一惊,终于回过神来,旋即露出笑容。

"这个誓言虽然不是出自真心,但的的确确是在上帝面前发下的誓,我从此成了迷途的羔羊。小伙子,你的心地应该很善良吧?那你真不应该和这个驼背异教徒为伍。"

我死死地盯着他。说句真心话，他的故事给了我极大的冲击，但我必须保持主动。我站起身来，环抱双臂面对着他。

"杰罗姆修士，我受够了你的指天骂地，也不想再听你的故事了。我来这儿是为了找你谈谈罗宾·辛格尔顿被残杀的事。你叫他伪誓者和骗子，这是不少人亲耳听到的，我想知道为什么。"

杰罗姆嘴唇翕张，像是在无声咆哮。

"你知道酷刑是什么样的吗，异教徒？"

"你知道谋杀是什么样的吗，修士？"马可张嘴想要说话，我立刻制止他，"马可·普尔，你不要插嘴！"

"马可。"杰罗姆的笑容有些阴森，"又是这个名字。看到他的时候，你的主人就不会想起另一个马可吗？"

"什么另一个马可？你在胡说八道些什么？"

"你想知道？你刚刚不是说你不想再听我的故事了吗？不过这个故事你肯定会感兴趣。我可不可以坐下说？我现在很疼。"

"我不想再听大逆不道的话，也不想再听粗言恶语。"

"我这次要说的既不是粗言恶语，也不是大逆不道的话，我可以保证。这些话只和真相有关。"

我这才点头应允，他借着拐杖的支撑慢慢坐回床上。他抓着胸口，皱起眉头，粗毛衬衣显然扎疼了他。"我看得出来，我刚刚对你说起的受刑过程让你不舒服了，律师。不过接下来的话会让你更不舒服。另一个叫马可的人也是个年轻小伙子，全名叫做马可·斯密顿。你听说过这个名字吗？"

"当然听说过。他就是那个承认和安妮王后通奸的宫廷乐师，后来被处死了。"

"是啊，他承认了。"杰罗姆点点头，"不过他也是被逼的，就和我当初发誓一样。"

第十六章

"你怎么知道?"

"我待会儿会告诉你。话说在那间可怕的地下室里,我在克伦威尔面前发了誓,之后司狱长让我在伦敦塔休养几天,说我堂兄正在替我安排,今后我会以退休者的身份到斯卡恩西生活。他们会告诉简·西摩我发了誓。克伦威尔勋爵那时已经对我失去兴趣了,他把我的誓言书和其他文件收在一起。

"我被带到一个位于地下深处的牢房。我没法自己走路,卫兵们只好背着我。这个牢房在一条黑暗潮湿的走廊里,里面只有一个铺在地板上的旧草垫。卫兵把我放上草垫后就走了。一想到我的所作所为,我的脑中一片混乱,全身痛得厉害。腐朽的草垫散发着一股潮气,让我恶心得想吐。也不知是哪里来的力气,我居然爬起来走到了门边,门上有一个装了铁条的小窗户。我靠在小窗上,微微有风从走廊里吹进来,带来一点儿更新鲜的空气。我不住地祈祷,希望上帝原谅我的背叛。

"然后我听到了脚步声、啜泣声和哭喊声。更多的守卫出现了,这一次他们拽来了一个年轻男人,年纪就和你这个助手差不多大,一张脸也和他一样俊俏,只是线条更柔和些。他脸上涕泪纵横,身上的漂亮衣服已经变成了破布条,一双满是恐惧的大眼睛拼命地四下张望。从我面前经过的时候,他用祈求的眼神看了我一眼,接着我听到了隔壁牢门打开的声音。

"'好好调整一下情绪吧,斯密顿大人,'其中一个卫兵说,'今晚你就待在这里。明天的行刑会进行得很快,我保证不会疼。'听他的口气,好像很同情那个小伙子。"杰罗姆又开始大笑,露出一口灰白的烂牙。这笑声让我禁不住发抖。他笑了一会儿,接着说道:"牢门砰地关上,脚步声渐渐走远了。然后我听到有人和我说话。

"'修士!修士!你是神父吗?'

"'我是卡尔特修道院的修士,'我回答他,'你就是那个被控和王后有染的乐师?'

"他开始抽泣。'修士,我什么都没做过!有人指控我和她同床,但是我没有。'

"'那些人说你已经认罪了呀!'我回呼道。

"'修士,他们把我抓到克伦威尔勋爵家里,威胁说要是我不认罪,就要用绳子套着我的脑袋使劲拉,直把眼睛都挤出来!'他的声音狂乱不安,近乎于尖叫,'克伦威尔勋爵让他们对我动肢刑,好让表面验不出伤痕。修士,我痛极了,但是我想活下去,我明天就要没命了!'他说不下去了,隔壁牢房又传来他的哭声。"

杰罗姆静静地坐着,两眼似乎望着远方。

"我的腿和肩膀越来越疼了,连动一动的力气都没有。我用那条没受伤的胳膊钩住窗户上的铁条,昏昏沉沉地靠在门上,聆听斯密顿的哭泣声。也不知过了多久,他的情绪终于平复了一点儿,又用颤抖的声音对我说话。

"'修士,我在一份假供词上签了字,王后这回跳进黄河洗不清了。我会不会下地狱?'

"'如果你是在严刑拷打之下才做的伪证,上帝是不会怪罪你的。伪证和在上帝面前发誓不同。'我痛苦地说。

"'修士,我真怕死后灵魂会堕入地狱。我曾经和好几个女人有染,要抵御女色的诱惑是很难的。'

"'只要你真心忏悔,上帝会原谅你的。'

"'可我根本就不后悔,修士!'他狂笑起来,'女人总是能给我带来快乐。我不想死,不想永远告别这种人间极乐。'

"'你一定要让自己的灵魂平静下来,'我规劝他,'一定要真心忏悔,否则等待你的将是地狱之火。'

"'就算不下地狱,炼狱我是去定了。'他又开始抽泣。我的头晕得厉害,虚弱的身体状况再也无法支撑我继续说下去了,我只好爬回那张臭烘

第十六章

烘的草垫上。我不知道当时是几点,甚至连是白天还是黑夜都不清楚,牢狱里没有天光,只有走廊里的火把从窗户洒进一点儿微弱的光线。我睡了一会儿。后来我惊醒了两次,每次都看到卫兵把一个访客带进斯密顿的牢房。"

杰罗姆飞快地和我对视了一眼,又迅速移开了目光。"两次都听到他撕心裂肺的哭声。第三次醒来的时候,我看到卫兵带着一个神父从我门前经过,隔壁传来低沉的祷告声,声音持续了很久。至于斯密顿最后有没有忏悔罪过,从而让自己的灵魂得到救赎,我不得而知。我又迷迷糊糊地睡了过去,不知过了多久,被肩部和腿部的伤疼醒了,发现四周一片寂静。除了门上那扇小窗,牢房里没有其他窗户,可是不知怎的,我心里知道天已经亮了,他已经离开了,死了。"他再次把目光投向我,"现在知道了吧,你的主人让一个无辜的人屈打成招,最后还要了他的命。他是个嗜杀成性的人。"

我问:"你有没有把这个故事告诉别人?"

他露出一个怪异而扭曲的微笑。"没有。我不需要这么做。"

"你这话是什么意思?"

"这无关紧要。"

"对,的确无关紧要,因为依我看,你刚刚说的全是谎话。"

他只是耸了耸肩膀。

"你刚刚又把话题从罗宾·辛格尔顿身上扯开了。我再问你一次,你为什么要叫他伪誓者和骗子?"

他又露出那种诡异残忍的笑容。"因为他就是。他是克伦威尔那个魔头的爪牙,你也一样。你们都破坏了自己的誓言,背叛了曾经发誓效忠的教皇。"

我深吸了一口气。"伦敦的杰罗姆,到目前为止,我能想到的疑凶只有一个,这个人非常仇恨特派员,或者说是仇恨他的身份,这种仇恨足以驱使他想出一个疯狂的计划来杀人——这个人就是你。虽然你是个残废，不能亲自动手杀了他，但你可以蛊惑其他人去杀。我敢断定你就是凶杀案的主谋。"

加尔都西会修士伸手取过拐杖，吃力地站了起来。他把右手放在心口，我看出这只手在微微颤抖。他盯着我的眼睛，脸上的微笑依旧没有散去，那是一种让我胆战心惊的诡秘笑容。

"辛格尔顿特派员不仅是个异教徒，还是个冷酷无情的人，他的死让我很高兴。这件事想必让克伦威尔勋爵大伤脑筋，但我可以在上帝面前，以我的自由意志和我的灵魂起誓，我没有参与杀害罗宾·辛格尔顿；我也可以代这家修道院的懦夫们发誓，他们绝对没有胆量杀人。这就是我对你指控的回答。我现在很累了，我要睡觉。"他躺到床上，伸直了身体。

"那好吧，伦敦的杰罗姆。不过我们以后还会来找你。"我示意马可出去。走到门外之后，我锁上了门，和马可一起沿走廊往外走。修士们已经念完午时经回到了宿舍，此刻一个个坐在房间里，透过敞开的门看着我们。眼看就要走到通向外院的那扇大门了，门突然被推开，阿特尔斯坦修士匆匆跑了进来，他的长袍完全变白了，雪末随着他的动作簌簌而下。他在看到我的一瞬间停了下来。

"修士，我找到你和埃德温修士不合的原因了，因为你让外人闯进了他的私人房间。"

他一会儿将身体重心移到左脚，一会儿又移到右脚，显得很不安，脸上的胡子仍然乱糟糟的，沾在上面的雪花开始融化，雪水一滴滴落到灯芯草编成的毡子上。"不错，先生。"

"这个消息比你先前报告的一群人在礼拜堂里窃窃私语有价值多了。到底发生了什么事？"

他抬头看着我，眼中满是恐惧："先生，我不知道这件事情有这么重要。我那天走进账房做事，发现辛格尔顿特派员上楼进了埃德温修士的办公室，还找到了一本册子。我恳求他别把册子拿走，就算要拿，至少也让我做个记录，因为我知道埃德温修士一定会怪罪我。修士回来之后，我立刻把事情告诉了他，他果然把账算到了我的头上，说我本该好好留心辛格尔顿特派员的举动。"

"所以他生气了。"

"是生了很大的气，先生。"他低下了头。

"你知不知道那本册子里写了什么？"

"不知道，先生，我平时只负责办公室里的账簿，不清楚埃德温修士放在楼上的那些东西。"

"为什么你之前不把这件事告诉我？"

他不停地换着两只脚。"先生，我不敢说。我担心你要是去问埃德温修士，他一定会猜到是我告诉你的。他很凶，先生。"

"他很凶，而你很蠢。修士，我可以指点你一句——一个好的告密者一定要做好冒险的准备，否则他就得不到别人的信任。现在赶紧从我眼前消失吧。"

他连滚带爬地消失在走廊尽头。我和马可用外套裹紧身子，走进纷飞的大雪中。我环顾着白色的庭院。

"老天爷作证，从前哪里有过这种天气？我本来想去鱼塘看看，眼下怕是不行了。走吧，我们回医务室去。"

我们艰难地往回走，我注意到马可一路上心事重重，神情严肃。总算到达目的地了，路过厨房时，我们发现爱丽丝在里面煮草药。

"先生们，你们看上去很冷，要不要我烫点儿酒送过去？"

"谢谢你，爱丽丝。"我说，"越烫越好。"

回房以后，马可把一张带软垫的椅子拉到火炉前，一屁股坐了上去。我坐到了自己那张床上。

"杰罗姆知道一些事，"我低声开口，"他应该没有参与谋杀，否则以他的个性绝不会发那样的誓，但他一定知道些什么，我从他的笑容看得出来。"

"他已经被酷刑折磨得疯疯癫癫了，他说的那些话恐怕连自己都未必明白。"

"不见得。他心里的确充满了愤怒和羞愧，但神志却很清醒。"

马可凝视着火焰："那他所说的马可·斯密顿的故事是真是假？克伦威尔勋爵真的动用酷刑折磨他，让他屈打成招做了假供？"

"自然是假的。"我咬了咬嘴唇，"我不相信。"

马可小声说："你是不愿意相信吧。"

"总之我不信！我也不相信杰罗姆受刑的时候克伦威尔勋爵就在现场。这是谎话。安妮·波琳被处死的前几天我亲眼见过他，他一直在照料国王，不可能有时间去伦敦塔。何况他根本不会做这样的事，不会。这些统统是杰罗姆编出来的。"我意识到自己捏紧了拳头。

马可看着我："先生，想想他素日的行事，你难道真不相信杰罗姆说的都是实情？"

我犹豫了。加尔都西会修士的说辞有种可怕的真实感。他的确被拷打过，这是明眼人都看得出来的事。但是克伦威尔勋爵真的如他所说，强迫他发了假誓吗？我不相信我的主人会卑鄙到这个地步，也不相信他曾对马可·斯密顿百般折磨，逼迫他做假供——我对自己说，他只不过是在对罪人用刑。我用手抓着头发。

"某些人善于编造听起来很逼真的谎言。我记得我从前起诉过一个假冒合法金匠的人，就连行会都被他骗过了——"

"先生，这两件事不一样。"

"我无法相信克伦威尔勋爵会伪造证据诬陷安妮·波琳，别忘了我和他相识多年，马可。他当初是怎么爬上高位的？是借着安妮王后对改革者的同情。她是他的靠山，他有什么理由帮着别人置她于死地？"

第十六章

"因为国王想让她死,为了保住自己的地位,克伦威尔勋爵会不择手段。土地没收法院的人私下里都这么说。"

"不!"我再一次斩钉截铁地否定了他,"我承认他是个心狠手辣的人,面对敌人必须硬下心肠。可一个基督徒不会对一个无辜的人做这样的事,而且,相信我,克伦威尔勋爵就是个基督徒。不要忘了我已经和他认识很多年了。如果没有他,就不会有现在的宗教改革。那个不怀好意的修士向我们讲述了一个极具煽动性的故事。出了这个房间之后,你最好不要再对其他人说起。"

他看了我一眼,眼神冰冷而锐利。十几年来,他的注视头一次让我感到不安。爱丽丝端着两大杯热气腾腾的酒走了进来,笑着递给我一杯,又和马可交换了一个眼神,其中似乎承载着不一样的含义。我心中陡然腾起一阵强烈的妒意。

"谢谢你,爱丽丝,"我说,"这酒来得太及时了。我们刚才在谈论杰罗姆修士,正想喝点儿东西提提神。"

"是吗,先生?"她好像不太感兴趣,"我只见过他几次,他腿脚不太方便,走路一瘸一拐。大家说他是个疯子。"她行了个屈膝礼,转身退了出去。我回头去看马可,发现他还坐在椅子上凝视着火焰。

"先生,"他犹犹豫豫地说,"我想告诉你一件事。"

"是吗?那就说吧。"

"等我们回到伦敦……如果我们以后能离开这个地方的话……我不想回土地没收法院。我已经下定决心了。我受不了啦。"

"受不了什么?你是什么意思?"

"我受不了那里的腐败和贪婪。许多人一天到晚缠着我们不放,想知道接下来哪一家修道院会倒闭。他们写下一封封请愿书,上门声称自己是里奇男爵的熟人,还承诺要是把土地分给他们,他们只对里奇或者克伦威尔效忠。"

"是克伦威尔勋爵,马可……"

"高官们虽然对这些事避而不谈,但是等到拍卖修道院土地的时候,那些溜须拍马的人总是能分得一杯羹。先生,我痛恨这种勾当。"

"你怎么会突然这么想?是因为杰罗姆的话吗?难道你害怕将来会像马可·斯密顿一样不明不白地死掉?"

他直视着我。"不是的,先生。我从前就想告诉你我对土地没收法院的感想。"

"马可,你听我说。目前的一些恶行也让我反感,我心里的恨不比你少。但是……这些总有一天会结束。我们的目标是建立一个更加纯净的新王国。"我起身站在他面前,张开双臂。"就拿修道院的土地来说吧。你也看到这个地方是什么样子了,那些肥头大耳的修士们沉浸在罗马教廷从前发明的异端邪说里不可自拔,他们靠着吸斯卡恩西镇的血来生存,极尽剥削压榨之能事,而且只要一有机会,就会干些肮脏下流的勾当,不仅彼此行淫,连爱丽丝和你都不放过。幸而这一切就要走到尽头了,这也是理所当然的。简直太可耻了。"

"他们其中一些人并不坏,比如盖伊修士……"

"但是整个教会已经腐坏了。听着,如果克伦威尔勋爵成功地替国王夺得这些土地,不错,其中一些肯定会被拿来赏给他的支持者。恩赏的本质就是利益交换,这是社会的运作方式,无可避免。但是克伦威尔勋爵能由此得到不可胜计的好处:这些人将会拿出足够的金钱来帮助他摆脱国会的束缚。你很同情穷人的遭遇,是不是?"

"是的,先生。这很可耻。爱丽丝的悲剧正在全国各地上演,许多人像她一样被赶离自己的土地,失业的人在大街上乞讨……"

"不错,是很可耻。克伦威尔勋爵去年试图在国会通过一项可以为穷人提供真正救助的法案,法案要求设立济贫院收容失去劳动能力的人,通过各项公共工程——比如修建道路和运河——来为没有工作的人提供就业

第十六章

机会。国会否决了这项法案,因为贵族们不想缴纳税款来筹集法案所需的资金。但是只要修道院的财富进了国王的金库,他就不用再理国会了,他将有足够的金钱来建立学校,为全国每一所教堂提供一本英文《圣经》。想象一下吧,等到那一天,人人都会有工作,都能读到上帝的教诲。这就是土地法院至关重要的原因!"

他露出一丝苦笑:"你有没有想过,不少人和柯平格尔治安官一样,认为有房有地的人才有资格读《圣经》?我听说里奇勋爵也是这么想的。我爸爸没房没地,这些人不会允许他读《圣经》。我也一样。"

"你将来会有资格的。我并不赞同柯平格尔的观点。里奇只是个无赖,克伦威尔如今还离不开他,但肯定不会再提拔他了。一切总有一天会安定下来。"

"真的会吗,先生?"

"一定会,一定会。马可,你要有这样的信念,要为这一天早日到来而祈祷。我无法……无法打消你的疑惑,至少眼下不行。现在正是危急关头,我不能分心。"

他回过身对着火焰:"我不该让你烦恼的,先生。"

"那就相信我说的话。"

我的背又开始疼了。我们默默地坐着,很长时间没有说话,直到暮色降临,房间渐渐变暗。这种安静让人不太安心。我很高兴自己能激情澎湃地对着马可说大道理,我也相信我对未来的一切设想一定会成功。然而就在这沉默的时刻,杰罗姆的面容和话音又毫无预兆地回到我的脑海,律师的直觉告诉我他没有说谎。可如果他说的每一句话都是真的,那宗教改革就是建立在庞大的谎言和暴行之上,而我也是帮凶之一。我慢慢躺到床上,心中充满了恐惧。接下来的念头让我觉得好受了一些:如果杰罗姆是个疯子,他也许会相信脑中的幻象就是事实,其实一切只不过是他凭空想象出来的。我从前曾经见过这种事。我对自己说,这一定就是答案;更重

Dissolution

要的是，我眼下应该从这种纠结苦闷中摆脱出来。我需要好好休息一晚，用清醒的头脑来应对明天的挑战。面对心里的疑惑，人们常常用这种方法来安抚自己的良心。

第十七章

马可突然摇醒了我——我刚刚不小心躺在床上睡过去了。

"先生，盖伊修士来了。"

医师就站在床边，居高临下地看着我。我一骨碌爬了起来。

"特派员大人，我是来通知你一件事的。院长已经把你要的土地买卖文书准备好了，此外还有几封他想寄出去的信函。他正在来这儿的路上。"

"谢谢你，修士。"他专注地看着我，修长的棕色手指不断摆弄着系在腰上的绳索。

"我马上要去参加西蒙·维尔普雷的守夜礼。特派员大人，我觉得我应该把他有可能是被毒死的事告诉院长。"

我摇了摇头。"现在还不行。杀他的人还不知道我们已经开始怀疑西蒙是被人谋杀的，只要他蒙在鼓里，我就能占得先机。"

"那院长问起他的死因时，我要如何解释？"

"就说你不确定。"

他伸手摸了摸光溜溜的头顶。再次开口的时候，他的声音变得很激动。

"可是先生，只有知道了他真正的死因，我们才能为他选择合适的祷告方式。我们应该祈求上帝接纳一个被杀害的人，而不是一个病死的人。他临终时既没有忏悔，也没有吃圣餐，仅此两样，已经让他的灵魂陷入了危险的境地。"

"上帝会洞察一切。那个男孩儿将进入天堂，除非他本人不愿前往。"

医师似乎还想争辩，可就在这时，院长走了进来。他的老仆人背着一

Dissolution

个大大的皮背包跟在后面。费比尔院长面色灰白，形容憔悴，他一进屋子，就用一双布满血丝的眼睛把我们挨个扫视了一遍。盖伊修士朝他的上司鞠了一躬，马上离开了。

"特派员大人，我把过去一年间的四份土地交易文书带来了。除了这个，我还带来一些信件，包括事务信函和修士们的私人信件。你不是说信件送出去之前都要经你过目吗？"

"有劳了，把背包放到桌上吧。"

他沉吟半晌，紧张地搓着双手，最后终于鼓起勇气说："我能不能问问你今天和镇上的人谈得怎么样？有没有进展？那些走私者……"

"有一些进展。我的调查线索似乎又多了一条，院长阁下。我今天下午还见了杰罗姆。"

"相信他没有……没有……"

"噢，他当然又把我给臭骂了一顿。我认为他目前最好留在房里别出来。"

院长咳嗽了一声。"我自己也有一封信，"他犹犹豫豫地说，"我把它和其他信件放在一起了。那封信是我一个老朋友写来的，他是比沙姆修道院的修士。他有朋友在刘易斯修道院，他们说刘易斯修道院正在和代理主教协商投降事宜。"

我冷冷一笑。"英格兰的修士一向有自己的通信网。好啦，阁下，我想斯卡恩西并不是唯一一座因为过去的罪恶史而被克伦威尔勋爵认为最好关闭的修道院。"

"这不是一座罪恶的修道院，先生。"他低沉的话音在微微颤抖，"在辛格尔顿特派员到来之前，这里的一切都很平静！"我用轻蔑的眼神注视着他。他咬紧嘴唇，把还没说出口的话生生咽了下去。我终于意识到眼前这个人饱受惊吓，已经到了崩溃的边缘。他的世界开始动摇，我能感觉到他心中的屈辱和惶惑。

第十七章

他抬起一只手:"我很抱歉,夏雷克大人,请你原谅我的失礼。这段时间大家都不好过。"

"话虽如此,阁下,你还是应该注意一下自己的言行。"

"我再次向你致歉。"

"行了,我不计较。"

他重新镇定下来。"古德汉普斯大人已经做好了明天早上离开的准备,等辛格尔顿特派员的葬礼一结束就动身。守夜礼一小时后开始,之后我们会为亡者守灵。你要不要参加?"

"特派员和西蒙·维尔普雷的遗体会放在一起吗?"

"不,西蒙是教会的人,而特派员不是,所以两项仪式要分开举行。我会把修士分成两拨,分别为他们守灵。"

"是不是要整晚站在尸体旁边,点燃祝福蜡烛,以此来驱除邪灵?"

他犹豫了一会儿。"这是传统。"

"国王颁布的《十条信纲》是不赞成这种传统的,为死者点燃的蜡烛只能表示对上帝恩典的纪念。相信辛格尔顿特派员在天有灵,也不希望自己的葬礼蜡烛被强行赋予这种迷信的含义。"

"我会提醒他们注意这一点的。"

"至于从刘易斯修道院传出来的流言……你就让它烂在心里吧。"我点头示意他可以走了,他会意地离开了房间。我看着他的背影,若有所思。

"我想我现在已经占了上风。"我对马可说。我突然打了个寒战。"天哪,我太累了。"

"其实他挺可怜的。"马可说。

"你觉得我对他太狠了?还记得我们刚来那天他那不可一世的样子吗?我需要树立我的威信。我刚才的话可能不太中听,但却非常有用。"

"你打算什么时候告诉他见习修士的真正死因?"

"我想明天去鱼塘查一查,查完了再考虑接下来去哪里吧。我们也可以去看看那些小礼拜堂。来吧，我们先把这些信件和交易文书看一遍，看完了再去为可怜的辛格尔顿守守夜。"

"我还从来没有参加过守夜礼。"

我打开背包，把一堆信件和羊皮纸倒在桌上。"到场哀悼一下亡者是应该的，不过我可不打算整晚守在那里，参加什么和灵魂涤罪有关的可笑仪式。你看着吧，那场面一定怪里怪气。"

信件并没有什么特别之处，事务信函的内容都很平常，无外乎是为酿酒坊购买啤酒花之类；个别修士在写给家人的信件中提到了一个见习修士去世的事，不过每封信都无一例外地把死因说成是严寒导致的疟疾。院长写给西蒙父母的信函也在其中，这封信措辞正式，语句流畅，信上也对西蒙的死做了同样的解释。想起西蒙的死，我又感到一阵愧疚。

我们把信件丢到一边，去看土地买卖文书。从表面上看，这些土地的成交价格和一般的农田售价没什么两样，没有丝毫迹象表明修道院以低于市价的价格把这些土地卖给了权贵，以寻求对方的政治支持。我原想找柯平格尔核实一下，但很快又觉得一定是有人在文书上做了大手脚，确保了修道院的各项事务让人看不出破绽，至少在表面上是如此。我抚摸着每份文书底部的红色印章，圣多纳特令死人复生的图像清晰地印在羊皮纸上。

"院长必须亲自在这些文书上盖章。"我若有所思地说。

马可补充道："其他人私盖印章就等于犯下伪造罪。"

"还记得我们刚来那天，看到印章就放在他桌上吗？把印章锁起来无疑更安全，但我想他一定很喜欢把印章放在桌上显摆，因为那是他权力的象征。'虚空的虚空，一切皆是虚空。'"① 我展开双臂，"我今晚不想去餐

---

① 出自《圣经·传道书》，意即世间一切皆虚幻。

第十七章

厅吃饭,我太累了。你想吃什么就去找医师要吧。你可以给我带点儿面包和奶酪回来。"

"如你所愿。"他离开了房间,我坐在床上静静思索。自从在酒馆里发生争执之后,马可的言语间就开始流露出一种陌生的隔阂感和疏离感。关于他的前途问题,我迟早得跟他再提一次。我有责任阻止他放弃一份事业,这不仅仅是为了他的未来,也是为了对他和我的父亲有个交代。

十分钟过去了,他还没有回来,我开始变得不耐烦。不知不觉中已经很饿了,我起身出去找他,看到厨房的门半开着,有光从里面透出来。我还听到一丝轻微、模糊的声音。那是一个女人的哭声。

我把门大推开。爱丽丝坐在桌边,两手捂着脸,一头浓密的棕色长发乱蓬蓬地垂落下来,遮住了她的脸。她小声哭泣着,声音哀凄得让人心碎。听到我走进来,她立刻抬起头。女人的脸涨得通红,上面沾着污迹,匀称的五官因为哭泣而变得扭曲。她一边用袖子擦拭泪水,一边作势要起身,但我示意她继续坐着。

"不,不,坐着吧,爱丽丝。告诉我,你为什么这么难过?"

"没什么事,先生。"她咳嗽了一声,想要掩饰话音里的哽咽。

"难道有人惹你伤心了?请告诉我吧。是不是埃德温修士?"

"不是,先生。"她迷惑不解地看着我,"你为什么会以为是他?"

我把和财务主管的谈话告诉了她,说他已经猜到把消息透露给我的人是谁。"不过你不用怕,爱丽丝。我已经对他说了我会保护你。"

"不是因为这个,先生。只是因为……"她垂下头,"只是因为我觉得孤单。我一个人孤零零地活在这个世上。你不了解。"

"我想我能了解。我很多年没和我的家人见面了,他们住在离伦敦很远的地方,只有普尔和我住在一起。我知道这世上还有我的一席之地,但有时候我也觉得孤单。是的,孤单。"我给了她一个悲伤的微笑,"不过你真的连一个家人也没有了吗?斯卡恩西镇没有你能去看望的朋友?"

她皱起眉头,玩弄着衣袖上一根松脱的线。"我妈妈是我最后一个家人。菲特尔家在镇上不受欢迎,镇民们一向和女医师们保持着距离。"她的话音变得有些苦涩,"他们常常来找像我妈妈和外婆一样的女人为他们治病,可又不喜欢欠她们人情的感觉。柯平格尔治安官年轻的时候来找过我外婆一次,求她医治久患不愈的肠绞痛。她把他治好了,但是从那以后,就算在街上碰到,他也不太跟她打招呼。这个恩情也没能阻止他在我妈妈死后夺走我们的房子。我不得不卖掉那些从小用到大的家什,因为我实在没有地方放置它们。"

"我真心为你难过。这种窃夺土地的行径应该被禁止。"

"所以我离开斯卡恩西之后就再也没有回去。闲暇的时候我会留在这里看盖伊修士的藏书,他常常教我读那些书。"

"那很好啊,你起码还有一个朋友。"

她点了点头:"是啊,他是个好人。"

"告诉我,爱丽丝,你有没有听说过一个叫孤儿的姑娘?你没来之前,她曾经在这里工作过。"

"我听说她拿着几个金杯逃跑了。我并不怪她。"

我决定对斯顿普夫人的担忧只字不提——我不希望增添爱丽丝的烦恼。我心中涌起一股难以抑制的冲动,想要起身把她拥在怀里,以排解我们共同的孤苦。我生生把这个念头压了下去。

"或许你也可以离开,"我提出这个建议时有点儿心虚,"你从前不也离开过家去为一个药剂师工作吗,那个药剂师住在……伊瑟,是不是?"

"如果可以,我一定会选择离开这里,尤其是过去十天发生了这么多事,我越发觉得待不下去了。这里的人几乎全是灰头土脸的老头,种种繁文缛节里既没有爱,也没有温情。还有一点,我仍然想知道可怜的西蒙死前说的警告我,到底是什么意思?"

"是啊,我也想知道。"我探过身子,"也许我可以为你提供一点儿帮助。我和斯卡恩西镇的官员有过接触,在伦敦也有人脉。"她惊奇地看着我。"我对你的处境感同身受,这是真的,而且我很愿意帮助你。我不需要……"我觉得自己脸上发烫,"不需要你给我任何回报,只要你情愿接受一个又老又丑的驼背的帮助,我很乐意为你效劳。"

她看上去更吃惊了。她皱起眉头:"先生,你干吗说自己又老又丑?"

我耸了耸肩。"我快四十岁了,爱丽丝,而且所有人一直告诉我,我的样子很难看。"

"不是这样的,先生。"她急切地说,"盖伊修士昨天还评价说,你的长相有种罕见的文雅和悲伤混合的美感。"

我抬起眉毛,开玩笑说:"希望盖伊修士不是加布里埃尔的同好。"

"不,他不是!"爱丽丝突然变得很激动,"而你也不应该这样侮辱你自己,先生。这世间的苦难难道还不够多吗?"

"我很抱歉。"我紧张地笑了笑。我现在又羞又窘,可是她的话又让我心里甜滋滋的。她坐在桌边,一脸悲伤地看着我,我就像着了魔一样,不由自主地伸出手去抚摸她的脸。教堂的大钟突然敲响了,隆隆的钟声在寂静的夜晚旋复回荡,我俩都被吓了一跳。我放下那只手,尴尬一笑,爱丽丝也笑了,笑容和我一样不自然。门一下子被推开,马可走了进来。爱丽丝立刻转身走向碗橱;我猜她是不想让他看到脸上的泪痕。

"抱歉让你久等了,先生。"他对我说着话,目光却落在爱丽丝的背上,"我先是去了趟厕所,又在医务室大厅耽搁了一阵。盖伊修士在那里,那位年纪很大的修士病得非常严重。"

"弗朗西斯修士?"爱丽丝飞快地转过身,"先生们,请恕我失陪了,我必须去照顾他。"她从我们旁边擦身而过,踢踢踏踏地跑过走廊。马可一脸担忧。

"她是不是哭了,先生?她遇到了什么伤心事?"

我叹了口气。"孤独,马可,只是因为孤独。我们赶紧走吧,地狱的钟声已经敲响,守夜礼就要开始了。"

经过医务室大厅的时候,我们看到爱丽丝和盖伊修士站在老修士的床边。瞎眼修士安德鲁像往常一样坐在他那张椅子上,爱丽丝和盖伊修士走到哪里,他就把头转向哪里。我走到床边,盖伊抬起头来。

"他快不行了,"他小声说,"我好像又要失去一个病人了。"

"他的时间到了。"瞎眼修士突然开了口,引得我们全都转过头去,"可怜的弗朗西斯,他活了将近一百年,见证了这个世界日渐堕落的过程。他亲眼看到了《圣经》中预言的反基督者的到来,那就是马丁·路德和他的代理人克伦威尔。"

我意识到他并不知道我在这里。盖伊修士匆匆上前想要制止,但我抓住他的胳膊,把他拦了下来。

"不,修士,让我们听下去。"

"是不是有人来了?"瞎眼修士把一双浑浊的眼睛转向我们,"你认识弗朗西斯修士吗,先生?"

"不认识,修士。我只是……只是来看一看。"

"他蒙神召唤那会儿,兰开斯特家族和约克家族之间的战争①还没有结束呢。想想那是多久以前的事。他告诉我当时斯卡恩西有个老修士,那个老修士的年纪就和他现在一样大,曾经见过在大瘟疫中幸存下来的老一辈斯卡恩西修士。"他轻轻地笑了,"大瘟疫前的斯卡恩西一定有过一段辉煌的岁月。这里的修士超过了一百个,许多年轻人争着入教。老人对弗朗西

---

① 即"玫瑰战争"。

第十七章

斯修士说,大瘟疫爆发后一个星期,修士们几乎死了一半。为了不让幸存者们看到空荡荡的桌子触景生情,人们只好把餐厅隔成一个个小间。整个世界受到重创,从此离末日更近一步。"他摇了摇头。"如今一切皆成虚幻,我们离末日不远了,上帝很快就会来审判所有人。"

"别说了,修士。"盖伊修士焦急地小声提醒他,"别说了。"我转头去看爱丽丝,见她垂下了眼帘。我又低下头端详床上的老修士,他毫无知觉地仰躺着,布满皱纹的脸平静安详。

"好了,马可,"我低声说,"我们走吧。"

※

我们先把自己裹得严严实实,这才出了大门。寒冷的夜晚俱寂无声,月光洒在雪上,泛出银色的光芒,我们穿过外院朝教堂走去,冰雪在脚下嘎吱作响。教堂窗户透出了微弱的烛光。

入夜后的教堂呈现出与白天截然不同的面貌。它像极了一个巨大的洞穴,富丽的天花板隐没在黑暗中。绕墙摆放的圣像前点着蜡烛,一眼望去,满目是星星点点的火光。其中有两团烛光比其他光点要大,一团在圣坛屏里的唱诗厅,一团在一间小礼拜堂。我带着马可朝小礼拜堂走去,心想小礼拜堂规格较低,辛格尔顿的棺材应该就停在那里。

一口敞开的棺材停放在长桌上,周围环绕着八九个修士,每人手持一根大蜡烛。他们身披蒙头的黑斗篷,烛光自下而上照亮了他们肃穆的脸,看上去有种说不出的怪异。走近之后,我发现阿特尔斯坦也在这里,一看到我来了,他立刻低下了头。裘德修士和休修士让到一边,给我们腾出一块地方来。

辛格尔顿的头被重新安放到他的脖子上,头顶和棺板之间塞了一块木头用于固定。他的眼睛和嘴已经闭上了,如果不是脖子中央的那道红线,此刻安详躺卧在棺木中的他就像是自然死亡的。我低下头想要看得更清楚些,不料一股恶臭扑面而来,比修士们身上的酸臭味难闻十倍,熏得我慌忙抬头。辛格尔顿已经死了一个多星期,被移出墓穴之后,尸身腐烂得很快。我朝修士们严肃地点了点头,往后退了几步。

"我想回房睡觉了,"我对马可说,"你要是想留就留下吧。"

他摇了摇头。"我和你一起走。这情景太让人伤感了。"

"我本来想去祭拜一下西蒙·维尔普雷,不过我俩是俗人,去了恐怕不太合适。"

马可点了点头,算是向这群修士告别,随后我俩转身离开了礼拜堂。见习修士的遗体就停放在圣坛屏后面的唱诗厅,里面传出歌唱拉丁文圣诗的声音。我听出那是《诗篇》第九十四篇①。

"耶和华啊,你是申冤的神。申冤的神啊,求你发出光来。"

虽然精疲力尽,我还是没能睡个好觉。后背疼得厉害,我只能时断时续地打盹。马可睡得也不安稳,整晚哼哼唧唧地说着梦话。东方泛起鱼肚白的时候,我终于沉沉地睡了过去,可惜才睡了一个小时就被马可叫醒了。他已经起床穿好了衣服。

"求上帝可怜可怜我吧,"我呻吟着,"该起床了?"

"是的,先生。"他的话音仍然带着一丝疏离。撑着身子坐起来的时候,我的驼背传来一阵刺痛感。我不能再这样下去了。

"今天早上没什么响动吧?"我问。我说这话的本意并不是要戏弄他,不过他接下来的回答却让我有点儿生气——他好像完全没把我的话当一回事。

"事实上几分钟前我的确听到了声音,"他冷冷地说,"现在听不

---

① 《诗篇》是《圣经》旧约的一卷书。本卷书共150篇,包括150首可用音乐伴唱的神圣诗歌。

第十七章

见了。"

"我昨天一直在琢磨杰罗姆说的话。你也知道他是个疯子,他本人很有可能相信了他告诉我们的故事,这使得那些故事听起来……很真实。"

马可正视着我:"我觉得他没有完全疯掉,先生。只是他的灵魂一直遭受着巨大的痛苦。"

我真希望马可能接受我的解释,只有他接受了,我的心才能稍稍安稳一些。可他没有。

我烦躁地说:"好了好了,不管怎么说,他说的话和辛格尔顿的死没有一点儿关系,这些话甚至可能是烟幕弹,目的是掩盖他知道的一些事情。我们现在必须加紧调查。"

"好的,先生。"

我开始刮脸穿衣,马可一个人吃早饭去了。走到厨房门口的时候,我听到他和爱丽丝在里面说话。

"他不该让你干这么多活儿。"这是马可的声音。

"劳动让我变得强壮。"爱丽丝回答他,她的声音很轻柔,一种在我面前从未有过的轻柔,"总有一天,我的手臂会和你的一样粗壮有力。"

"这可不适合一个淑女。"

我强忍着心中翻涌的妒意,咳嗽一声走了进去。马可坐在桌边笑眯眯地看着爱丽丝,后者正忙着把石缸摆成一排。这些石缸看上去的确很重。

"早上好,马可,可不可以麻烦你把这些信送到院长的宅子去?告诉他我要暂时留下那几份交易文书。"

"当然可以。"他离开之后,房间里就剩下我和爱丽丝两个人。爱丽丝把面包和奶酪端到桌上,她的精神似乎好了一点儿,但是对于我们昨晚的谈话,她像忘了一样绝口不提,只问我今天早上是否安好。这样中规中矩的态度让我略感失望,毕竟她昨晚那席话着实振奋了我的心。不过我还是庆幸自己收回了手,这里的情形已经够复杂了。

盖伊修士走了进来:"爱丽丝,奥古斯特老修士想要他的盘子。"

"我立刻去拿。"她行了个屈膝礼,匆匆出去了。隆隆的钟声又响了,这声音在我脑中不停地回荡。

盖伊修士告诉我:"辛格尔顿特派员的葬礼将在半小时后举行。"

"盖伊修士!"我唤了他一声,突然觉得有些不好意思,"你能不能替我看看病?"

"当然能。我会尽我所能帮助你。"

"我的背有问题。自从骑了很久的马来到这里之后,背上……背上突起的地方就痛得厉害。"

"可以让我看一看吗?"

我深吸了一口气。虽然讨厌被一个陌生人看到背部的残疾,但是打从离开了伦敦,我就一直承受着痛苦的折磨,时间一长,我开始变得焦虑,生怕落下永久性的损伤。"那好吧。"我开始脱上衣。

盖伊修士来到我身后,我感觉到冰凉的手指触摸着我的背部,在突起的肌肉上逡巡。他嗯了一声。

"怎么了?"我焦急地问。

"你的肌肉发生了痉挛,打结很严重。不过我看得出你的脊柱没有受损,只要休息一段时间,就会好很多。"趁我重新穿衣服的当口,他绕到我面前,用医师审视病人的目光冷静地端详我的脸。

"你的背是不是经常痛?"

"只是偶尔,"我简短地说,"不过一旦发作起来就很要命。"

"你承受的压力太大了。这对病情没有帮助。"

我嗯了一声。"自从来到这里,我就没睡过一个好觉。但是谁会把这个当一回事?"

他用那双大大的棕色眼睛打量着我:"你从前睡得好吗?"

"我是个抑郁质的人,体内黑胆汁占多数。这几个月来,我觉得我的

第十七章

黑胆汁越来越多了,我担心体液平衡被破坏了。"

他了然地点了点头。"我觉得你现在心情愤怒,这也难怪,谁亲眼目睹了那一幕都会受不了。"

我沉吟了一会儿。"我觉得自己要对那个年轻人的死负责,我控制不了这个念头。"起初我并没打算向他倾吐心声,但是盖伊修士就是有一种本领,让人情不自禁地想要和他亲近。

"如果一定要有人负责,那个人应该是我。他是在我的照顾下被人毒死的。"

我问:"这里发生的事有没有吓到你?"

他摇摇头。"谁会伤害我呢?我只不过是个上了年纪的摩尔人。"他沉默片刻,又说:"和我去药房吧。我有一种药剂,说不定对你有帮助。这种药包含茴香、蛇麻草,还有其他一两种成分。"

"多谢了。"我跟着他穿过大厅来到药房。我坐在桌边,他则忙着选草药,烧热水。我凝视着悬挂在对面墙上的西班牙十字架,记起前一天看到他匍匐在十字架前的情景。

"这是你从家乡带来的?"

"是啊,无论走到哪里我都带着它。"他从存积的草药中选出几种,按一定的分量丢进水里,"等熬好了就喝一点儿,别喝太多,否则你一整天都会昏昏欲睡。"说到这儿他顿了顿。"让我为你开药是信得过我,我很感激。"

"我相信你身为医生的水准和操守,盖伊修士。"我停顿了一会儿,"我想我昨天对葬礼祷告的看法让你不高兴了。"

他低下头。"我能理解你的想法。你认为上帝并不关心祷告的形式。"

"我认为只有上帝的恩典才能让人得到救赎。你不同意?好啦,让我们暂时忘记自己的立场,以基督教学者的身份来自由地讨论一下吧。"

"只以学者的身份?你这话当真?"

237

"对，你尽管放心。天哪，这药可真难闻。"

"还得再熬一会儿。"他环抱双臂，"我能理解英国为何要实施宗教改革，教会的确存在着严重的腐败问题，但是这些问题是可以通过西班牙式的改良来解决的。如今成千上万的西班牙修道士去到美洲各地，让那些生活贫困的异教徒皈依天主。"

"我无法想象英国修道士会干这种事。"

"我也一样。可西班牙的经验已经证明了改良是可行的。"

"而且教皇特许它成立宗教裁判所作为奖赏。"

"我担心英国教会的最后结果不是被改造，而是被摧毁。"

"可是真正被摧毁的会是什么？是什么？难道不是教宗的权力，还有虚假的炼狱涤罪说吗？"

"国王颁布的《信纲十条》是允许炼狱涤罪说继续存在的。"

"《信纲十条》不过是份文件。我相信炼狱涤罪说是假的。人死之后，上帝的恩典是使灵魂得救的唯一途径，那些活人的祷告根本就无济于事。"

他摇了摇头。"先生，倘若如你所说，那一个人要如何努力才能得救？"

"要有虔诚的信仰。"

"那施舍呢？"

"一个人如果有了信仰，自然就会去施舍。"

"马丁·路德认为救赎其实并不靠信仰，照他看来，早在一个灵魂诞生之前，上帝就预先决定了他将来是要上天堂，还是要下地狱。这个说法似乎很残酷。"

"路德在《罗马书讲义》① 里就是这么说的。我和其他许多人都认为

---

① 《罗马书讲义》是马丁·路德所著的划时代巨著，对圣保罗所著的《罗马书》做出了全新的诠释。

第十七章

他说得不对。"

"可是如果每个人都有机会按自己的想法解释《圣经》,将来这些骇人听闻的说法岂不是满天飞?难道我们又要经历一次巴别塔①式的混乱?"

"上帝会引导我们。"

他站起来正对着我,那双黯然的眼睛里有……有什么?有悲伤,还是绝望?盖伊修士的心思一向难懂。

"那么你会去伪存真喽?"

我点了点头。"是的,我会。修士,你相不相信这个世界会像安德鲁老修士说的那样走向末日审判?"

"从远古时代起,这一说法就是基督教的核心教义。"

我倾身向前:"可是这一天一定会来吗?这个世界难道不可以转变成上帝希望的那样吗?"

盖伊修士两手一拍。"天主教会通常是这个世界唯一的文明之光。在人类遭受苦难、所有基督徒殉教而死的时候,是它的教义和仪式让人们像兄弟一样团结在一起。而且这些教义和仪式也迫使人去施舍行善:基督知道他需要对人类做出要求。但是你的学说却是在告诉每一个人,只要祈祷和读《圣经》,他的灵魂就能得救,这样一来,施舍和友爱就会被丢弃。"

我回忆起自己的少年时代,我清楚地记得那个醉醺醺的胖神父是如何告诉我我永远不可能成为教会的一员。"在我还是个孩子的时候,教会并没有给过我多少仁慈,"我痛苦地说,"我只能在心中寻找上帝。"

"你找到了吗?"

"找到了,他曾经降临过一次。"

---

① 《圣经·旧约·创世记》第11章宣称,当时人类联合起来兴建希望能通往天堂的高塔,为了阻止人类的计划,上帝让人类说不同的语言,使人类相互之间不能沟通,计划因此失败。高塔中途停工的画面在宗教艺术中有象征意义,表示人类狂妄自大最终只会落得混乱的结局。

Dissolution

医师笑得很悲凉。"你知道吗,就算是到了现在,无论一个人是来自格拉纳达,还是来自欧洲的任何地方,当他们走进英格兰的教堂,立刻就会有回到家的感觉。为什么呢?因为用拉丁语主持的各种仪式和他们家乡的仪式一模一样,让他们感到宽慰。如果这种国际间的友好感情荡然无存,谁还有能力调停各国君主间的纷争?我去斯卡恩西镇上的时候,孩子们常常朝我丢垃圾。如果有一天修道院不复存在,那我就失去了庇护所,到那时他们会朝我扔什么?"

"你对英国的看法太悲观了。"我说。

"基于人性的沦落,这个看法是很现实的。噢,其实我是从你的观点看出来的。你们这些改革者反对炼狱涤罪说,反对为死者举行弥撒,反对圣物,严格说来,所有象征修道院的事物都是你们反对的对象,所以我意识到它们将来会消失。"

我目光灼灼地看着他:"你想要阻止?"

"我有这个本事吗?一切已经注定了。可我担心如果没有普世教会将我们联系在一起,也许有一天连对上帝的信仰也会在这片土地上消失。从此以后,人们只会崇拜金钱和国家,这是可以想见的。"

"一个人难道不该忠于自己的国家和君王吗?"

他把煎药的罐子端起来,飞快地念了句祷词,把药水倒入一个玻璃瓶里。做完这些,他严肃地看着我。

"崇拜自己国家的人通常会尊重本国同胞,蔑视异族,这种心态是不健康的。"

"你完全误会了我们改革的目的,我们希望建立一个基督教共和国。"

"我相信你,但是事情的发展恐怕会和你的设想南辕北辙。"他把瓶子和一根勺子递给我, "这是我作为学者的观点。药熬好了,你喝一点儿吧。"

我皱着脸喝下药汁,这药的味道和闻起来一样苦。屋外响起缓慢的钟声,钟声越来越响,几乎把我们的说话声都盖住了。钟声响了八下,八点钟到了。

"我们该走了,"盖伊修士说,"仪式就要开始了。"

我把瓶子塞进长袍口袋里,跟着他穿过走廊。看着他那圈围绕着棕色脑顶的黑色卷发,我意识到他的话并非全无道理:修道院一旦解散,英格兰的土地上将再也没有他的避风港,虽然他身上的香气比其他修士的体臭味儿好闻多了。他会迫于无奈去讨要一张许可证离开英国,到西班牙或者法国的修道院去;但他很有可能讨不到,因为这些国家如今都成了我们的敌国。如果修道院关闭,盖伊修士失去的东西将比其他人多得多。

第十八章

修士们在院长的带领下走向教堂。盖伊修士离开我加入到他的兄弟们中间,我和几个后来者走在一起,无意间看到莫提马斯副院长和埃德温修士从账房出来,匆匆忙忙地穿过外院。我记起古德汉普斯曾经说过,这座修道院是他俩共同打理的,然而我丝毫看不出他们之间有情谊:副院长的步伐很快,一路上踢起细小的雪沫,身材矮胖的财务主管连走带跑才能跟上他。马可来到我旁边,走在他身边的是老古德汉普斯,老人仰望着重新变成灰色的天空,神情焦虑。

"早上好,夏雷克大人。你觉得过一会儿会下雪吗?"他着急地问,"我想等葬礼一结束就立刻上路。"

"到斯卡恩西镇的路可以通行。赶紧走吧,我们要迟到了。"

我带头走进教堂。修士们鱼贯穿过圣坛屏进入唱诗厅,我能听到他们的咳嗽声和脚步声。朝向我们这面的圣坛屏前,辛格尔顿的棺木被放在几张椅子上,棺盖仍然没有盖好。不远处放着另一具棺木,棺木周围环绕着蜡烛,那是西蒙·维尔普雷的棺木。院长站在辛格尔顿的棺木前,不过靠得不太近,因为一旦走近,又能闻到那种腐臭味。

"如果你们是来悼念逝者的,待会儿仪式进行的时候可以坐在棺木旁边。"他庄重地说,"仪式结束之后,棺木将被抬到墓地去。莫提马斯副院长已经自告奋勇做抬棺人了,不知道,呃……"他扫了我的驼背一眼,"不知道你抬不抬得动。"

虽然心里并不情愿,我还是大声说:"我力气挺大的。"

"我不行!"古德汉普斯博士尖着嗓子拒绝,"我肩膀有关节炎,原本

第十八章

该在床上躺一个星期……"

"那好吧,古德汉普斯博士。"院长不耐烦地说,"我会找一个修士顶上。"我和费比尔院长隔着老人的头顶交换了一个心照不宣的眼神,这是第一次,也是最后一次。然后他鞠了一躬,走到圣坛屏背后,我们则坐到辛格尔顿的棺材后面。古德汉普斯咳了几声,拿手绢捂住鼻子。

仪式开始了。在这个早上,尽管我坐在一个被人杀害的男人的棺木旁边,而且这棺木散发着恶臭,可是在修士们悦耳的多声部合唱声中,我发现自己的心竟慢慢平静下来。他们用拉丁文朗诵着《约伯记》中的段落,和以悠扬的圣歌。

你说,神知道什么?他岂能看透幽暗施行审判呢?密云将他遮盖,使他不能看见;他周游苍穹。

我心想,云的确很密,此时此地,我仍然身处迷雾之中。想到这里,我又觉得自己太过窝囊,不由得有些生气。这样是不行的,我当初的决心到哪里去了?脑中突然灵光一闪,我想到一件早该想到、之前却从未考虑过的事。马可和古德汉普斯博士分坐在我的两边,老人仍用手绢掩着鼻子,马可则凝视着前方出神。我轻轻推了他一下。

我小声问:"爱丽丝今天早上会待在医务室吗?"

"我想是的。"

"那就好。"我把头转向古德汉普斯,"我希望你在离开之前也去那里走一趟。"他难以置信地看着我,一脸被我愚弄了的表情。

我回过头去看葬礼。歌声时高时低,最终归于沉寂。修士们列队走出唱诗厅,一个等候在教堂里的仆人匆匆上前拿起棺盖。我最后一次去看辛格尔顿那张冷硬的脸,突然记起他在法庭上挥着手臂慷慨陈词,誓要与我辩论到底的模样。棺盖慢慢合上,他的脸从此永远落入了黑暗。副院长和

Dissolution

一个身材魁伟的中年修士走了过来,加上我和马可,四个人一起弯下腰去抬棺木。乍一抬起,我觉得棺木里有东西在动,马可转头看着我,两眼睁得大大的。

"是他的头,"我小声说,"想必是没卡住,滑出来了。"

我们抬着棺木走出教堂,修士们排着长队跟在后面。随着棺材的颠簸,辛格尔顿的头和用来卡头的木板在里面滚来滚去,简直让人心惊肉跳。临出去的时候我看到加布里埃尔修士站在见习修士维尔普雷的棺木旁,虔诚地念诵着祷辞。我们一行人经过他身边时,他抬起头看了我们一眼,眼神空洞而绝望。

我们走过雪地,丧钟在耳边嗡嗡作响。俗家墓地终于到了,地上已经挖好了一个墓坑,就像一道划在无边雪色上的棕色伤口。我看了站在旁边的莫提马斯副院长一眼,他冷峻的面孔显出若有所思的神情,难得一见。

仆人们早就拿着铲子等候在这里了,他们托起棺木放进墓坑,天色阴沉,开始有雪花飘落在新挖开的泥土和棺木上,仿佛祈祷结束后洒下的圣水。仆人们朝坑里填土,修士们纷纷转过身,照着来时的队列默默走回教堂。我见状也跟着他们往回走,副院长紧跟在我后头。

"他们耐不住外面的严寒,哪像我,从前大冬天在外头巡逻……"他说着摇了摇头。

"真的吗?"我一下子来了兴趣,"你从前当过兵?"

"我看上去有这么粗犷吗?我没当过兵,夏雷克大人,我从前是汤布里奇镇的巡逻官,职责是协助郡长抓坏人,在冬天的晚上四处巡逻,防止盗贼作案。我白天的职务是校长。我以前可是个学者,你有没有觉得吃惊?"

我垂下头:"有一点儿,你由此培养出了一种粗暴的举止。"

"我没有刻意培养,这是天生的。"他露出讽刺的微笑,"我来自苏格兰,我们苏格兰人的言谈举止不像你们英国人这么文绉绉。除了打仗,我

第十八章

们的生活中没有太多其他的东西,在我出生的边境小镇更是如此。那里的生活就等于战争,贵族领主们争斗不断,有时和自己人斗,有时和你们英国人斗。"

"你是怎么来到英国的?"

"在我还是个孩子的时候,父母遇害了,我们的农场遭到袭击……啊,袭击者是一个苏格兰贵族,不是英国人。"

"我很抱歉。"

"之后我到了凯尔索修道院创办的学校读书。因为我想去更远的地方,神父们为我凑了一笔钱,让我进了一所英国学校。对我来说,是教会给了我一切。"他眼中的嘲讽消失不见,取而代之的是认真和严肃,"宗教在世界和流血冲突中间筑起了一堵墙,特派员大人。"

这又是一个逃难者。我想起盖伊修士所说的国际共同体,看来除了盖伊,他也是受益人。

"你是怎么入教的呢?"

"我厌倦了尘世,特派员大人,我也厌倦了那些人。孩子们永远顽皮好斗,一心逃避功课,除非你天天拿鞭子抽他们。我帮着抓捕的罪犯一个个愚蠢贪婪。其中有十几个甚至宁愿被抓住判死刑也不学好。哎,人是堕落的生物,品性远远说不上高尚,比一群狗难管多了。至少在修道院里,人们还能遵守上帝的纪律。"

"让人们遵守纪律就是你在世间的使命?"

"你不也一样?那个男人被杀的事不是也让你感到愤怒吗?你来到这里不就是为了找出杀人凶手,将他绳之以法吗?"

"特派员的死激怒了你?"

他站在我面前与我对视:"谋杀是混乱的前奏。你或许觉得我冷酷无情,但是请相信我,魔鬼的手伸得很远,就连教会里的人,比如我,也需要尽全力抵御他的力量,正如国王的法律努力维护着世俗世界的秩序一样。"

"如果世俗法律和教会律例起了冲突呢？"我问，"就像近几年这样？"

"那么夏雷克大人，我祈祷大家能找到一种解决办法，使教会和国王能够重新和睦相处，要是他们起了争斗，魔鬼就会趁虚而入。"

"办法有一个，那就是教会不能挑战国王的意志。好了，我得回医务室去了，我们就在这里分手吧，你也该回教堂去了，可怜的西蒙·维尔普雷的葬礼还没举行呢。"我意味深长地说。

他直视着我的眼睛："我会为他祈祷，希望他能按照神的时间进入天堂，虽然他是个罪人。"

我转身离开，透过纷纷扬扬的雪花，我看到古德汉普斯摇摇晃晃地走在前头，马可在一旁搀扶着他。他一个人能逃离这里顺利到达镇上吗？我很怀疑。

在医务室大厅里，爱丽丝仍然在照顾着垂死的老修士。他如今又有了意识，她拿着勺子，慢慢往他嘴里喂稀粥。面对这个老人，她的脸上显出前所未见的温柔和关爱。我让她陪我们去小厨房走一趟。到了小厨房后，我把他们留在那里，独自去取财务主管交给我的蓝色册子。当我举着册子回到厨房时，他们全都用期待的目光看着我。

"据财务主管所说，这本册子就是可怜的辛格尔顿在死前拿到的那一本。古德汉普斯博士，爱丽丝·菲特尔，我希望你们都来看一看，说说你们之前有没有看到过它。你们注意了，册子的封面上有一大块红酒渍。我刚才在教堂里突然想到，见过这本册子的人应该会对这块污渍有印象。"

古德汉普斯上前接过账册，拿在手里翻来覆去地看："我记得特派员读的册子是蓝色封皮，也许就是这一本。我不知道，我记不清了。"

"让我看看。"爱丽丝靠过来拿走册子。她仔细端详着封面，又把册子

第十八章

翻过来看了看封底,非常肯定地说:"这不是那一本。"

我的心跳一下子加快了:"你确定?"

"埃德温修士给特派员的册子没有污渍,我可以打包票。财务主管不是个邋遢的人,他喜欢一切东西都干干净净,整整齐齐。"

"你愿意到法庭上说出这番话吗?"

"我愿意,先生。"她平静而郑重地回答。

"现在我敢肯定财务主管骗了我。"我缓缓点头,"他可真行啊。爱丽丝,我要再一次感谢你。你们三个人一定要守住这个秘密。"

"我就要走了。"古德汉普斯洋洋得意地说。

我朝窗外看了一眼,雪已经停了。"不错,古德汉普斯博士,我想你该上路了。马可,你能不能把博士送到镇上?"

老人高兴极了:"谢谢你,先生。路上有个人作伴是再好不过了,我把行李放在了院长的宅子里,我马上去拿。我想把我的马留在这里,如果以后天气好转,不知道你们可不可以替我把它带回伦敦……"

"可以可以。不过马可,你要快去快回。等你回来,我们还有事情要做。"

他扶着老人站起来。"再见了,特派员。"古德汉普斯说,"我希望你们在这个邪恶的地方平安无恙。"他欢快地和我们道完别,兴冲冲地走了。我回到自己的房间,把册子藏到床褥底下,这一发现让我相当振奋,接下来我想去查一查教堂和鱼塘。我坐在床上,估算着马可一去一回大概需要多久,若是他一个人,至多一小时就够了,但是带着一个老人……我暗暗责怪自己滥做好人,可又实在不忍心让古德汉普斯一个人拿着行李跌跌撞撞地穿过雪堆。

我决定去看看我们的马,它们已经好几天没出来走动了。我走出医务室,朝马厩方向走去。一个马夫正在里面打扫,一见我来了,他信誓旦旦地保证说马儿们都很健康。"大法官法庭"和"红脚鹬"看上去的确很精神，在马厩里关了这么长时间，乍一看见我，两匹马都兴奋极了。我摸了摸"大法官法庭"长长的白脑袋。

"你想出去吗，老马？"我柔声说，"其实待在这里无所事事比在外面随波逐流好多了，这世上有许多事比站在马棚里更糟糕。"

马夫从旁边经过，奇怪地看了我一眼。

我问他："难道你从来不和你的马说话？"他含含糊糊地说了一些听不懂的话，又低下头继续打扫。

我向马儿们说了再见，慢慢走回医务室。走到外院时，我看到雪地里已经扫出了一大块空地，裸露的地面上有用粉笔画出的大小不一的方块，几个修士正在玩一种游戏，玩法是根据掷骰子的点数走出复杂的步子。巴格倚着他的铲子站在一旁观看。看到我来了，修士们纷纷停下游戏为我让路，但我挥手示意他们继续。我认出利奇菲尔德也有这种游戏，它把跳房子和掷骰子巧妙地糅合在一起，在所有的本笃会修道院中流行。

在我站着观看的当口，那个脑子不太灵光、被盖伊修士责怪饮食无度的胖修士塞普蒂默斯一瘸一拐地走过雪地，边走边喘着粗气。

"过来和我们一起玩儿吧，塞普蒂默斯！"一个修士大喊。其他人哈哈大笑。

"啊不……不，我不能玩儿，我会摔倒的。"

"来吧，我们来玩个简单的版本，就连像你这么笨的人玩起来也没问题！"

"啊，不……不。"

一个修士抓着他的胳膊，把他硬拖到裸露的空地中央，已经站在那里的修士赶紧让到一边。他们全都在抿嘴偷笑，就连巴格也是。几乎就在同一时刻，塞普蒂默斯踩到一块冰面，脚下一滑，仰天摔倒在地上，啊地叫出声来。其他修士爆发出一阵大笑。

"扶我起来！"塞普蒂默斯修士号叫着。

第十八章

"他真像一只四脚朝天的土鳖!喂,土鳖,赶紧自己爬起来!"

"给他点儿雪球!"一个人喊道,"这样他就能起来了!"

修士们开始朝这个可怜人扔雪球,塞普蒂默斯拼命挣扎,可他又胖又虚,根本站不起来。雪球纷纷砸到他身上,他一边号叫,一边在地上翻来滚去,看上去更像只搁浅的乌龟。

"停下来!"他大声求饶,"兄弟们,求求你们,别砸了!"

他们毫不理会,继续拾起雪球猛砸,边砸边发出嘘声。和我前几天晚上看到的那一幕相比,这次的玩笑实在说不上善意。正当我考虑要不要插手的时候,一声大吼压过了所有的杂音。

"兄弟们!马上停下来!"

修士们慌忙丢掉手里的雪球,身形高大的加布里埃尔修士大步走了过来,恼怒地皱着眉头。

"你们还有没有一点儿兄弟情谊?你们应该为自己的行为感到羞愧!把他扶起来!"两个年纪最轻的修士连忙扶起气喘如牛的塞普蒂默斯。

"全都给我到教堂去!晨祷十分钟后就开始了!"圣器室管理人正要离开,却在不经意间看到了站在旁观者中的我。他朝我走过来,其他修士纷纷散去了。

"真不好意思,特派员大人。修士们有时候会像调皮的男学生。"

"我刚才看到了。"我回忆起先前和盖伊修士的谈话,"那种行为的确缺少了基督徒间的兄弟情。"我重新审视着加布里埃尔,意识到他并不是一个无足轻重的官员,在必要的时候,他完全有能力展现出威信和道德力量。接着我看到这种力量在他脸上慢慢消退,取而代之的是茫然和悲伤。

"寻找受害者和替罪羊似乎是这个世界的普遍规律,我说得对吗?尤其是在非常时期。先生,就像我之前说的那样,就连修士也无法对魔鬼的阴谋诡计免疫。"他略略鞠了一躬,跟着他的兄弟们进了教堂。

我继续朝医务室走去,再次穿过大厅走进甬道。我觉得有点儿饿,就

Dissolution

在厨房门口停了下来,进去拿了一个苹果。拿苹果的时候,我突然发觉窗外有点儿异样:一大片猩红色泼在洁白的雪地上。我赶紧走到窗前,一看之下,我两腿发软,几乎站不稳了。

爱丽丝脸朝下躺在草药园里,旁边有一个破罐子。她身下是一片血泊,那血现在还在雪中蜿蜒流淌。

第十九章

我重重呻吟了一声，把拳头塞进嘴里。西蒙·维尔普雷因为和我谈过话而丢掉了性命，难保爱丽丝不会步他的后尘。我冲到屋外，拼命祈祷着发生奇迹。虽然我从前很鄙视所谓的奇迹，但在这一刻，我真心希望自己是看错了。

她手脚摊开趴在小路边。她身上和周围的血实在太多了，惊慌失措之下，我以为她的头也像辛格尔顿一样被砍了下来。我强迫自己凑近了去看，谢天谢地，她是完整的。我跨过陶罐碎片蹲到她身边，战战兢兢地伸出手去摸脖子的脉搏，老天保佑，脉搏跳动得很有力，我这才长长地舒了一口气。在我的触碰下，她微微动了动，发出一声呻吟，缓缓睁开了眼睛。在她沾满血污的脸上，这双眼睛呈现出惊心动魄的蓝色。

"爱丽丝！噢，感谢上帝，你还活着。他创造了一个奇迹！"我俯下身将她搂在怀里，感觉她的体温和心跳，鲜血的铁锈味直冲鼻端，但是大悲大喜之下，我竟顾不得了。

她用力推我的胸口："先生，你这是干什么，不……"我赶紧松开她，她歪歪倒倒地坐了起来。

"请原谅我，爱丽丝。"我窘迫极了，"我只是太高兴了，我还以为你死了呢。不过你刚才一动不动地躺着，一定是伤得很重。你伤到哪里了？"

她低下头去看自己血迹斑斑的裙子，迷惑地凝视了老半天，然后一拍脑袋。她的神色变得柔和，让我惊讶的是，她竟然大笑起来。

"先生，我没有受伤，只是晕倒了。我在雪地里滑了一跤，摔到地上去了。"

"可是……"

"我刚刚扛着一罐血。你还记得吗，就是修士们放出来的血。不是我的。"

"噢！"我靠到医务室的墙壁上，在彻底放松之后，我觉得自己快要晕倒了。

"这些血是用来灌溉草药的。我们一直让血保持着温热，因为盖伊修士说要等雪融化之后再浇灌，所以我打算把血罐运到仓库去。"

"是，是，我明白了。"我苦笑了一下，"我真是闹了个大笑话。"我低头看了看自己沾了血点的上衣。"我的衣服也毁了。"

"能洗干净的，先生。"

"真是对不起，我……啊……我刚刚抱住了你。我没有恶意。"

"我明白，先生。"她不好意思地说，"很抱歉吓到了你。我以前从来没有摔倒过，但是这些穿过雪地的小路全都结冰了。谢谢你的关心。"她低下了头。我看到她缩成一团，顿时明白她并不喜欢我的拥抱，心头不由得涌上一股巨大的失落感。

"起来吧，"我说，"你刚刚摔了跤，应该进屋躺一会儿。你觉得头晕吗？"

"不，我没事。"她没有理会我伸出的手臂，"我想我们都应该换身衣服。"她从地上爬起来，拍掉身上被血染红的雪沫，和我一起回了屋子。进屋之后，她去了厨房，我则回到自己的房间。我换上从伦敦带来的另一套衣服，把血衣留在地板上，坐在床上等着马可回来。身为这里的客人，我原本可以去找爱丽丝，要求她替我洗衣服，可我觉得有些尴尬。

我好像等了很长时间。远远有丧钟声传来，西蒙·维尔普雷的葬礼结束了，他的尸身也被放进了泥土中。我责怪自己一时心软，没让古德汉普斯一个人去镇上。我现在很想去鱼塘看一看，并做好了看完之后去对付埃德温修士的准备。

第十九章

外面传来说话的声音,我皱起眉头打开了门。话音是从厨房传出来的,我能听出是马可和爱丽丝。我进了走廊,大步向厨房走去。

爱丽丝的裙子就放在搓衣板上,想必她刚才正在搓洗。她此刻仅着白色内衣,和马可抱在一起,可他们并没有笑,爱丽丝把脸贴在马可的脖子上,满脸悲伤,马可的表情也很严肃,仿佛他现在是在安慰她,而不是在拥抱她。我的出现让他们吃了一惊,立刻放开了彼此。我看到爱丽丝丰满结实的胸脯在内衣下一起一伏。我不自然地别开目光。

"马可·普尔!"我厉声说,"我一早嘱咐你快去快回,我们还有很多事情要做。"

他面红耳赤:"对不起,先生……我……"

"还有你,爱丽丝,这就是你所谓的端庄?"

"我只是在洗裙子而已,先生。"她明显不服气,"我只能在这个地方洗。"

"那你就该把门锁好,别让其他人进来。马可,跟我走。"我点了下头,他乖乖跟着我走出了厨房。

回房以后,我站在他面前说:"我早就告诉过你别去跟她调情,看来你和她的交情比我想象的要深!"

"这几天我们有机会就聊天。"他大胆地直视着我,"我知道你不会赞成,可我控制不了我的心。"

"你当初和王后侍女鬼混的时候也说过同样的话,这次的结局不会和上次一样吧?"

他脸红了。"这次完全不一样!"他突然大喊起来,"我对菲特尔小姐的感情是纯洁高尚的!我从来没有这么喜欢过一个女人。你可以嘲笑我,但我说的都是真话。除了你看到的拥吻,我们没有做任何不道德的事情。她在雪地里摔了一跤,觉得很难过。"

"菲特尔小姐?你别忘了爱丽丝不是小姐,她是个女仆。"

"她跌倒在雪地里的时候,你不也在明知道她是女仆的情况下抱了她吗?我看到你看她的眼神了,先生。你也喜欢她!"他朝我迈了一步,突然一脸怒气,"你在嫉妒我!"

"够了!"我大吼,"看来我以前对你太和气了。我应该马上把你赶出去,带着你那该死的骄傲滚回利奇菲尔德去吧,让我看看你能不能当好一个农夫!"

他哑口无言。我强迫自己冷静下来。

"这么说你觉得我是个被嫉妒冲昏了头的可怜残废?是,爱丽丝是个好姑娘,我不否认这一点,但我们有正经事要做。假如克伦威尔勋爵知道你把时间浪费在和女仆调情上,他会怎么想,嗯?"

"除了克伦威尔勋爵,生活中还有很多别的东西。"他小声嘟囔。

"是吗?你敢把这句话告诉他吗?这还不是最重要的,你今后打算怎么办,把爱丽丝带回伦敦吗?你说你不想回土地没收法院去,那你这辈子的追求就是做个仆人喽?"

"不。"他犹豫起来,不安地垂下眼帘。

"那你想怎样?"

"我想你也许会让我做你的助手,你的书记员,先生。我一直在工作上协助你,你说过我做得很好……"

"书记员?"我难以置信地重复了一遍,"一个给律师打下手的书记员?这就是你的人生理想?"

他快快不乐地说:"我知道现在提出这个要求不太合适。"

"上帝啊,你在什么时候提出这个要求都不合适!知道吗,你这么没志气,会在你父亲面前丢尽我的脸,也丢尽你自己的脸。不,马可,我不会让你做书记员。"

他一下子激动起来:"你整天把建立基督教共和国、为穷人谋福祉挂在嘴上,实际上根本看不起平民大众!"

第十九章

"社会注定会存在不同的阶级,所有人不可能身处同一阶级,上帝绝不会做这样的安排。"

"费比尔院长会是你的知音。柯平格尔治安官也一样。"

"够了,你扯得太远了!"我勃然大怒。他静静地看着我,整个人又退回到那张令人恼火的冷漠面具之后。我竖起一根手指朝他挥了挥。

"你听我说,我已经得到了盖伊修士一定程度的信任,他把西蒙·维尔普雷的真正死因告诉了我。你别忘了,爱丽丝如今受他的保护,如果刚刚的情景被他而不是被我看到,你觉得他一气之下,会不会用使出类似的手段来对付你?嗯?"

他仍旧一言不发。

"不要再和爱丽丝纠缠下去了,你听明白了吗?别再去招惹她。我劝你还是好好想想自己的前途吧。"

"我明白了,先生。"他小声回答,语气很冷淡。我真想一拳挥上那张毫无表情的脸。

"把你的外套穿上,我们一起去查查那口鱼塘,回来的时候还可以顺道去看看那些小礼拜堂。"

"这根本就是大海捞针,"马可很不高兴,"证据可能早就被掩埋了。"

"只花一个多小时就可以了,走吧。对了,你最好热热身,为下到冷水里做准备。"说完,我又刻薄地补充了一句:"那水一定比年轻姑娘的手臂冷得多。"

※

在赶往鱼塘的路上,我俩沉默无言。我的肺都快气炸了。我不只气马可行事轻率、言语无礼,也气我自己,因为他并没有说错,我的确心存嫉妒。爱丽丝先前对我再三回避,却心甘情愿地投入了马可的怀抱,当我看到他们紧紧相拥的时候,妒意就像烈火一样烧灼着我的心。我看了看走在一旁的他。起初是杰罗姆，现在是爱丽丝，这个倔强任性的小伙子怎么总是让我心烦？

我们经过教堂的时候，正好碰到修士们排成两排，再一次回到教堂。西蒙的遗体已经落葬在修士专属墓地里，不过看这些人的架势，接下来应该还要为他举行一个仪式，不会像辛格尔顿那样草草下葬就完事了。上帝对马可真是慷慨，西蒙如果能拥有他十分之一的幸运，大概就会感激涕零了吧，想到这里，我不禁有些心酸。最后几个修士走了进去，大门砰地一声关上了。我们绕过工房，走入俗家墓地。

马可突然停住了脚步。"看那边，"他说，"真奇怪。"他指了指辛格尔顿的坟墓，坟墓棕色的泥土在皑皑白雪中显得格外醒目。周围的土地上已经积了一层新雪，唯独这座坟墓上没有。

我们朝坟墓走去。到了近处一瞧，我不禁厌恶地惊叫起来，坟土上覆盖着一种黏糊糊的液体，在微弱的阳光中闪闪发亮。我弯下腰，伸出手小心翼翼地碰了一下，将手指凑近鼻端嗅了嗅。这一嗅就嗅出了端倪，我气得重重哼了一声。

"是肥皂！有人在坟上涂了一层肥皂。看来他是想让这片坟土长不出草来。就是这些肥皂使雪融化了。"

"但他为什么要这么做？"

"你难道没听过罪人的坟上会寸草不生的传说吗？记得我小时候，有个女人犯了杀婴罪被绞死，她丈夫一家就偷偷跑到她坟上去抹了肥皂，导致她的坟土上连一棵草都不长，就像眼前这块地一样。这是一种极其恶毒的恶作剧。"

"这到底是谁做的？"

"我怎么知道？"我怒不可遏，"老天爷作证，我一定要让费比尔院长带着他手下的人到这里来，当着我的面把肥皂清理干净……不，应该是当着你的面。由你出面监督，对他来说是更大的羞辱。"我气冲冲地扭头

第十九章

就走。

我们艰难地穿过墓园和果园,地上的雪差不多有一英尺厚。前面就是目的地了,淡淡的阳光照在河水和结了冰的鱼塘上,泛出金色的光。

我穿过冻得硬邦邦的芦苇丛来到鱼塘边。鱼塘表面的冰变得更厚了,边缘积着浮雪,但是弯下腰眯着眼仔细一看,我仍然能看出鱼塘中央有什么东西在闪着微光。

"马可,看到那堆松散的石头了吗,就在那处修补过的墙下头。捡块大的来,把冰层敲碎。"

他叹了口气,立刻被我狠狠地瞪了一眼。他知道不能再拖下去了,赶紧起身去捡了一大块石灰石。我退后几步,看着他把石块举过头顶,扔到鱼塘中央。只听一声巨响,一根水柱伴着碎冰喷到半空,我赶紧往后退,心中却有种奇异的兴奋感。等到水柱落下之后,我才小心地走近水边,重新趴到地上朝水底看去。受到惊吓的鱼群在水中疯狂地窜动。

"现在……对,就在那儿,你看到了吗?一抹金色的闪光?"

"我看到了,"马可表示同意,"对,那里是有什么东西,要不要我去把它钩起来?我可以拉着你的手杖,你再拉着我另一条胳膊,只要身体尽量往前伸,我应该够得到它。"

我摇了摇头:"不。我希望你下到水里去。"

他的脸一下子拉得老长:"这水都快结冰了。"

"杀辛格尔顿的凶手可能把他的血衣也扔在里面了。去吧,这水顶多不过两三英尺深,你不会淹死的。"

我起初以为他会拒绝,可他居然咬紧嘴唇,乖乖地脱起了衣服。先是外套、裤子,然后是罩靴,最后是皮靴。这双昂贵的皮鞋经不得水泡。他站在岸边发了一会儿抖,两条结实的光腿几乎和雪一样白,然后他深吸了一口气,慢慢走进水里,冰冷的塘水刺激着他的皮肤,他忍不住大叫起来。

Dissolution

我原先估计水会没到他的大腿，可他还没往前走几步就发出一声惊呼，水在一瞬间没到了他的胸口。散发着恶臭的气体在他周围冒出一个个大气泡，那味道简直让人无法忍受，熏得我不自觉地后退了几步。等臭气渐渐消散了，他站在水里大口大口地喘着气。

他边喘边说："水底有一英尺厚的淤泥……呕……"

"这是很正常的。"我说，"河水带来的淤泥会沉到塘底。你能看到什么东西吗？够不够得到？"

他白了我一眼，无奈地呻吟了一声，认命地弯下腰，水慢慢淹没了他的手臂。他在水里四处摸索着："是的……有东西……摸上去很锋利……"他抬起手臂，握了一把大剑，剑柄上镀了一层金。他把剑扔上岸，我的心剧烈地跳动起来。

"干得好！"我激动得快要说不出话来了，"除了这个……还有什么东西吗？"

他再一次弯下腰，这次连肩膀也完全消失在水下，一圈圈涟漪随着他的动作缓缓荡向结着冰的外沿塘水。

"耶稣啊，真是太冷了。等一等……没错……是有东西……摸上去软软的……我想是衣服。"

我压低声音说："一定是凶手的衣服！"

他直起身子用力往上拉，突然间失去了平衡，惊叫一声栽进水里，与此同时，另一种东西浮出了水面。我一时间惊得目瞪口呆：这东西看样子是个人，穿着一件被水浸透的长袍。这"人"的上半身似乎在半空中悬停了一会儿，长长的卷发乱蓬蓬地包着脑袋，接着慢慢倒在了芦苇丛里。

马可的头重新冒了出来。他惊恐地号叫着，手脚并用地朝岸边扑腾。他用尽力气爬上岸，虚脱般躺倒在雪地上。惊叫逐渐变成了喘息，他和我一样瞪大了眼睛，死死地看着那具躺在芦苇丛里的人形。那人似乎是个女人，灰白的皮肤已经腐烂，身上的仆人裙也烂成了破布条，两个眼窝空空

第十九章

的,嘴唇早已烂没了,露出两排紧紧闭合的灰色牙齿,头发像老鼠尾巴般一绺绺贴在她脸上。

马可哆哆嗦嗦地站了起来。他一遍又一遍地画着十字,嘴里念念有词:"请上帝拯救我们,请上帝拯救我们,请圣母拯救我们……"

"没事的,没事的。"我柔声宽慰他,满腔怒火一下子消失得无影无踪。我把手放在他的肩上,他抖得就像风中的一片叶子。"她先前一定躺在淤泥里。各种气体在水底越积越多,你刚才踩进泥里,恰好搅动了它们。你很安全,那可怜的家伙压根伤害不了我们。"我嘴上说得轻松,但是一看到那躺在不远处的可怕死尸,声音也禁不住有点儿发颤。

"别傻站着了,再这样下去你会得疟疾的。赶紧把靴子穿上。"他照着我的话开始穿衣,这动作似乎让他平静了一些。

我看到另一件东西也浮到了水面上,漂在芦苇丛边,那是一大块黑布,被气体涨得鼓鼓的。我一边用手杖去钩,一边担心那会是第二具尸体,但事实证明那只是一件修士袍。我把长袍拖到岸上。长袍上有一块块黑斑,我想那很有可能是凝固的血迹。看着看着,我突然想起我们第一天晚上吃的肥大鲤鱼,不由得打了个寒战。

马可仍然一脸恐惧地盯着那具死尸。他结结巴巴地问:"她是谁?"

我深吸了一口气。"如果我猜得没错,她就是失踪多时的孤儿·斯通加登。"我看了看那死尸可怖的脑袋,与其说是脑袋,倒不如说是被灰色皮肤包裹的颅骨。我想起斯顿普夫人说过的话:"她身材娇小,一头金发,又温柔又美丽,是我见过的最漂亮的人之一。"红颜枯骨,人生就是如此无常。原来这就是西蒙·维尔普雷想对爱丽丝发出的警告。他是这件事的知情人。

"现在我们有三桩命案要破了。"

"上帝保佑,希望这是最后一件。"我强忍着恶心捡起地上的修士袍。我把长袍翻过来,一下子怔住了,布料上竟然绣着一把小小的竖琴。我曾经见过这个图案,这是圣器室管理人的纹章。我在惊讶中不知不觉张大了嘴巴。

我喘着气说:"这件衣服是加布里埃尔修士的。"

第二十章

我让马可用跑的去把院长叫来,越快越好,这样他全身的血液能流动得更快,身子就会暖和起来。我目送他跑过雪地,这才回身去看鱼塘。塘底的淤泥仍然源源不断地溢出气泡,水面一片沸腾,我怀疑失窃的圣物也在水底,假如那个苦命的姑娘真的偷了圣餐杯,赃物说不定也在里面。

我鼓起勇气走近尸体。尸体脖子上挂着一根细细的银链子,我犹豫片刻弯下腰拾起链子,几根手指稍一用力,链子就断了。链子上有一个圆形的小挂坠,上面刻着一个背负重物的粗糙人像。我把链子塞进口袋,又拿起那把剑仔细端详。这是一件相当昂贵的武器,通常只有绅士才会佩带。剑刃上刻有铸剑师的记号:JS.1507,记号下面刻着一幢有四座尖塔的方形建筑。

我走到围墙下,坐到那堆石头上。我凝视着芦苇丛中的尸体,骇得全身僵硬。害怕加上寒冷,手指和脚尖都麻木了,我只好站起来挥手跺脚,让血液恢复流通。

我不停地来回走动,努力思考着这些发现能给调查带来什么样的进展,冰雪在我的靴子底下嘎吱作响。事情大致有了眉目,各种线索逐渐在我脑海中串联成一条线。过了一会儿,我听到有声音从果园方向传了过来,转头一看,果然看到马可匆匆往这边赶,身后还跟着两个穿黑袍的人,分别是院长和副院长,莫提马斯副院长还拿着一张大毯子。费比尔院长在看到岸上那个东西的时候停住了脚步,整个人完全呆住了。等到回过神,他立刻画起了十字,嘴里小声说着祷词。副院长走到尸体边,一张脸恶心得皱成一团,之后他看到了我放在岸上的那把剑。

他小声问："这个女人是被这把剑杀死的？"

"我觉得不是。这具尸体裹在淤泥里，我想它应该在水底待了很久了。不过我认为这把剑就是杀死辛格尔顿的凶器，看来这个鱼塘被不止一次地用作藏匿地点。"

"这是谁的尸体？"院长的声音里带着一丝惊恐。

我目光灼灼地看了他一眼："我得到消息说医师的前任助手在两年前失踪，是一个名叫孤儿·斯通加登的年轻姑娘。"

副院长又看了看尸体。"不。"我听到他小声地自言自语。他的声音里既有愤怒，也有悲伤和怀疑。"可是……她明明逃走了，"他说，"她是个贼……"

果园方向又传来人声，引得我们纷纷回首。原来是四个仆人抬着担架走了过来。院长朝莫提马斯副院长点了点头，后者把毯子盖到了尸体上。院长凑近我耳边说："修道院现在一片混乱。人人都看到普尔大人冲进了我的宅子，他告诉我你发现了尸体，我立刻就派了仆人带担架把它抬回去。不过……请问……不知道我们能不能把这件事压下来，就说刚才是有人掉进鱼塘淹死了，别提发现了一个女人的尸体……"

"眼下就这么办吧。"我同意了。仆人走近的时候，我用湿漉漉的长袍裹住那把剑。他们看到尸体后踟蹰不前，不停地画着十字。我吩咐说："马可，帮他们一把。"我留意到他的外套下是一件仆役穿的蓝色衬衣，原先的湿衣服已经被他换了下来。他帮他们把盖着毯子的尸体移到担架上抬起来，这具尸体似乎像纸一样轻。

我命令道："把担架抬到医务室去。"仆人们抬着担架走在前头，我们四个人排着队随行其后。途中我看了莫提马斯副院长一两次，他总是别开目光。变了色的水从尸体上滴下来，在雪地上洒了一路。

第二十章

一大群修士和仆人挤在果园里叽叽喳喳,就像一群蜜蜂。副院长气冲冲地朝他们大喊大叫,要他们赶紧去忙自己的事,他们这才各自散开,许多人还不死心地回过头朝盖着毯子的担架看上几眼。盖伊修士走了过来。

"这人是谁?他们说有人溺死在鱼塘里了。"

我转头对抬担架的人说:"把尸体抬到医务室给盖伊修士检查。马可,你和修士一起去。把这个也带上,放到我们房里去。"我把被水浸透的长袍递给他。"小心这把剑,"我小声说,"它很锋利。"

"我总该给兄弟们一个交代。"副院长说。

"你只需要说在鱼塘里发现了一具尸体。走吧,院长阁下,我想和你谈一谈。"我朝他的宅子点了下头。

我们再一次隔着书桌面向着对方。桌上仍然盖满了文件,院长的大印还是像第一天那样放在那块红蜡上。不过几日,他的面容好像苍老了十岁,原本红润的面颊变作灰白,脸上自信的光彩也消失不见,取而代之的是疲惫和恐惧。

我把剑搁到桌上,他用一种嫌恶的眼神打量着它。我又把细银链子放到剑边,用手指了指:"你认得这个吗,阁下?"

他俯下身仔细端详:"不认得,我从来没见过。这难道是在……在……"

"没错,是在尸体上发现的。那这把剑呢?"

他摇了摇头。"我们这里没有剑。"

"我并不想让你去辨认那是不是孤儿·斯通加登的,毕竟已经面目全非了。我是想请斯顿普夫人认一认链子上的挂坠。"

他一脸惊怖地看着我:"那个救济院监护人?一定要把她牵扯进来吗?

她对我们没有好感。"

我耸了耸肩。"要是让她知道她的监护人被人杀死后抛尸到你们的鱼塘，她对你们的好感会更少。她告诉我那个姑娘在这里工作得很不开心，你能跟我说说是怎么回事吗？"

他没有回答，只是把头埋在手里。我以为他是想流眼泪，谁知过了一会儿，他又把头抬了起来。

"让年轻姑娘在修道院里工作是不合适的，在这一点上我赞同克伦威尔勋爵。但是那时候的医师还是亚历山大修士，他老了，一个人忙不过来，所以那个姑娘被送了过来，他决定收她为徒。"

"说不定他是喜欢她的长相。我听说她是个美人。"

他咳嗽一声。"亚历山大修士不会。事实上我觉得让女孩做他的助手比让男孩儿做安全，在克伦威尔勋爵派人来视察之前，这里的……呃……"

"我明白了，这里的男孩儿可能要小心他的屁股。但是她失踪的时候，医师已经换成盖伊修士了吧？"

"没错。在视察过程中，亚历山大修士被点名批评了一顿。他又气又愧，不久便死于心脏病，之后盖伊修士就来了。"

"那骚扰姑娘的人是谁？我相信一定有人这么做过。"

他摇了摇头。"特派员大人，一个漂亮姑娘在修道院里走来走去本身就是一种诱惑。女人诱惑男人，就如夏娃诱惑亚当一样，修士也是凡人——"

"据我所闻，她并没有引诱任何人，可是却受到纠缠和骚扰。我再问你一次，你知道些什么？"

他的肩膀一下子塌了下去："亚历山大修士生前也向我投诉过，一个在洗衣房里干活的名叫卢克的年轻修士据说……调戏过她。"

"你的意思是他强行污辱了她？"

第二十章

"不,不,不。远远没到那一步。我找卢克修士谈过话,要他离她远一点儿。后来他又骚扰过她一次,我告诉他如果死性不改,就给我离开这里。"

"那其他人呢?比如修道院的官员们?"

他惊恐地瞪大了眼睛:"埃德温修士和莫提马斯副院长也遭到过投诉,他们曾经……曾经在那个姑娘面前说过一些下流话,埃德温修士更是常常如此。我也……也警告过他们。"

"埃德温修士?"

"对。"

"你的警告起到作用了吗?"

他以惯用的浮夸口吻说:"我可是院长,先生。"说完他迟疑了半晌。"那个姑娘会不会是投水自杀,如果她……很绝望?"

"但你们从前的说法是她偷了两个金圣餐杯后逃走了。"

"我们这么想是因为她失踪的时候教堂里恰好不见了两个圣餐杯。但是……她会不会是因为后悔自己的所作所为,把圣餐杯扔进鱼塘后就投水自尽了?"

"我打算抽干鱼塘的水,不过就算真的在里面找到了圣餐杯,也不能证明什么。杀她的人有可能带走了这些杯子,先把她扔到水里,再把杯子也扔进去,好造成她畏罪自杀的假象。我们一定要彻查这件事,阁下。如果到时候有需要,世俗力量或许也会参与进来,比如柯平格尔治安官。"

他低下头,默默地坐了一会儿。

"一切就要结束了,是不是?"他突然问道,声音很低沉。

"你这话是什么意思?"

"我们在这里的生活,还有整个英格兰的修道生活。我从前一直在自欺欺人,对不对?就算再怎么遵纪守法,事情也没有转圜的余地了,哪怕最后查出杀死辛格尔顿的凶手来自镇上,我们一样会完蛋。"

我没有回答他。

他从桌上的文件堆中拣出一份，拿文件的那只手在微微发抖。"不久之前，我把辛格尔顿特派员给我的投降书草案重新看了一遍。"他引用起上面的话，"'我们经过深思熟虑，由衷地认为我们和其他教会成员延续多年的生活方式和贸易方式是不可取的，它们主要包括愚蠢的宗教仪式，以及罗马教廷和其他外国当权者制定的陈规陋习。'我起初以为克伦威尔勋爵只想得到我们的土地和财富，以此作为对改革者的奖赏。"他抬起头看着我。"可是当我听说了来自刘易斯的消息之后，我才明白他想要的远远不只这些。这根本不是草案，而是已经板上钉钉的法案，我说的对不对？所有的修道院都会走向灭亡。这件案子完结之后，斯卡恩西修道院就不复存在了。"

"到目前为止，已经有三个人惨死，"我说，"但你似乎只关心你自己的生存。"

他露出迷惑的表情："三个？不，先生，只有两个。如果那个姑娘是自杀的，那就只有一个——"

"盖伊修士认为西蒙·维尔普雷是被毒死的。"

他皱起眉头："那他应该告诉我才对。我可是院长。"

"是我让他暂时保密的。"

他静静地看了我一会儿。之后他又开口了，声音低得就像耳语。

"五年之前，在国王还没有离婚的时候，你就该来这座修道院看一看。一切秩序井然，安全无忧。每个人都虔诚地祈祷，全心全意地热爱着上帝，从夏到冬，我们严格地按照各个季节的日程表来生活，几百年来从未改变。本笃会给了我这样一种生活，这是我在世俗世界里永远不可能得到的。要知道，我只是个船具商的儿子，却在这里成为了院长。"他的唇边闪过一丝悲伤的微笑。"我不仅仅是为自己难过，特派员大人。这是一种传统，一种生活。可是这两年来，这里的秩序开始崩塌。我们曾经拥有共

第二十章

同的信仰和思维方式,但是宗教改革却给我们带来了争执与不和。如今又出了谋杀事件。最终的结局就是解散,"他小声说,"解散。"我看到两颗大大的泪滴从他的眼角滑落。"我会在投降书上签字,"他此刻变得平静了,"我别无选择,不是吗?"

我缓缓地摇了摇头。

"我会拿到辛格尔顿特派员承诺的安置费吗?"

"能,阁下,你一定能拿到安置费,只是我也不知道那一天何时到来。"

"不过在这之前,我必须征得大多数兄弟的同意。你也知道,我在每一件事情上都会给予他们充分的自由。"

"现在还不到时候。等时机成熟了,我自然会吩咐你。"

他木然地点了点头,又低下头偷偷擦去眼泪。我坐在对面看着他。辛格尔顿费尽心思想要求得的战果竟然落到了我的手里,接二连三的谋杀事件把院长彻底击垮了。事到如今,我想我已经知道犯案者是谁了,这个人就是杀死他们所有人的凶手。

※

我在医务室的药房里找到了盖伊修士。医师正把一套刀子泡在水碗里清洗,刀子上沾满了棕绿色的污迹。马可坐在他旁边的小凳上,身上还穿着那件仆人衬衣。尸体就躺在长桌上,不过幸好盖着毯子。马可脸色苍白,医师虽然肤色黝黑,但也能看出脸上没什么血色,皮肤下面仿佛有一层灰。

"我已经做完尸检了。"他小声说,"虽然不能确定,但是从尸体的身高和体格来看,她应该就是那个叫孤儿的姑娘,而且尸体的头发也是金色的。不过我可以肯定地告诉你她的死因——她的脖子断了。"他掀开毯子一角,露出尸体可怕的头颅。他慢慢转动着头颅,头颅随着他的动作松松

Dissolution

地摇摆，颈椎果然脱臼了。我强压下胸中的恶心感。

"这么说她是被人杀死的。"

"掉进鱼塘是不可能造成颈椎脱臼的，普尔大人说塘底有很厚的淤泥。"

我点了点头："谢谢你，修士。马可，我们发现的其他几件东西是不是都放在我们的房间里？我们得去见一个人，你有没有别的衣服可换？"

"有，先生。"

"那就回去换上，你不该穿着仆人的衣服在外面走动。"

马可起身走了，我坐到了他的凳子上。医师低下了头。

"起初西蒙·维尔普雷在我的眼皮底下被人毒死，如今这个曾经做过我助手的可怜姑娘也有可能被人谋杀了。我从前还以为她是个小偷。"

"她在你身边待了多久？"

"时间不长，只有几个月。她工作很努力，但我发现她性格孤僻，有点儿乖戾。我单纯地以为这是因为她只信任亚历山大修士一个人，对其他人都很警惕的缘故。我当时一心忙着让医务室走上正轨，不料她却在一种极其糟糕的状态下失踪了。我对她的关心太少了，这是我的失职。"

"她有没有提起过一些修士给了她不必要的关注？"

他皱起眉头："没有，不过有一天我走进医务室，正好撞见她和一个兄弟撕扯在一起，地点就在她的房门外。爱丽丝现在住的房间以前是她的，就是走廊尽头那间房。他想要拥抱她，嘴里还不停地说着污言秽语。"

"那人是谁？"

"洗衣房负责人的助手卢克修士。我立刻把他赶走了，虽然孤儿不想让事情闹大，我还是向院长投诉了这件事。费比尔院长说他会找卢克谈谈，他告诉我这种事已经不是第一次发生了。从那以后孤儿似乎对我友善了一点儿，不过仍旧寡言少语。之后没过多久，她就失踪了。"

"据你所知，还有没有其他人骚扰过她？"

第二十章

"我没有看见。就像我刚刚说的那样,她并不信任我。"他露出伤感的笑容,"我从不妄想她有朝一日会习惯我奇怪的肤色。对一个生长在小镇上的姑娘来说,有这样的反应再正常不过了。"

"然后爱丽丝来到了这里。"

"是的,我当时下定决心要从一开始就赢得她的信任,至少就这一点来说,我觉得我做到了。"

"你正在医治杰罗姆修士。你认为他的精神状态如何?"

他警惕地看着我:"无论他这人是好是坏,但在过去的大半生中,他一直以一种严苛的方式来生活,把所有的时间和精力都投入到理想的追求中,可最终却在严刑拷打之下背叛了这一切。他的精神受到了很大的刺激,但是并没有疯,不知道这是不是你想要的回答。"

"好吧,不过在我看来,一个虚弱得不成样子的人偏要穿着刚毛衬衣自虐已经够疯狂的了。告诉我,他有没有提起过他在伦敦塔里的遭遇?"

"没有,从来没有。但他受过肢刑,这一点我可以保证。"

"他跟我说过这件事。他不只说他受了刑,还把来龙去脉和受刑细节也说了一遍,但我认为那只不过是为了激怒我而编造的谎话。"盖伊修士没有回答。我慢慢站起来,就在起身的瞬间,后背突然一阵抽搐。我皱起眉头,紧紧地抓住桌子。

"你怎么了?"

我深吸了一口气。"我站起来的时候背部抽筋了,这下恐怕要疼上好几天。"我朝他苦笑了一下,"你我都知道被人视为异类的滋味,是吗,修士?至少你的外表是自然现象,不会给你带来生理上的痛苦,而且这世上总有一个能让你找到归属感的地方。"

※

马可已经换上了备用衬衣和背心,坐在我床上等我。他的脸色很不好。

我生硬地问："你还好吗？"

他点了点头。"还好，先生。那具尸体……"

"我知道。很抱歉让你经历这种事。这实在是可怕的意外，我完全没料到……"

"没关系，谁都不可能知道。"

"马可，我们必须把我们的……我们的分歧暂时放到一边。眼下我们有一个共同的目标，那就是找出仍然逍遥法外的残忍凶手。"

他凝视着我："这是当然的，先生。你怎么会怀疑我不肯配合你呢？"

"我没有怀疑，没有。听着，我刚才一直在琢磨一件事：加布里埃尔修士的长袍怎么会被扔进鱼塘里呢？唯一的解释就是长袍上染了血。凶手穿着这件衣服杀死了辛格尔顿，之后把衣服连同长剑一起扔到了那里。"

"不错。可是……加布里埃尔修士会是凶手吗？"他摇了摇头。

"为什么不是？凭什么他就不该是？我还以为你看不起这个同性恋呢？"

"我是看不起他。"他说完沉吟了一会儿，"但是……我觉得他不是凶手。这么说吧，他这人似乎……爱憎分明，但应该没有害人之心，更不会有胆量去杀人。"

"噢，他想杀人的时候自然就有胆量了，何况他的情绪强烈而极端，极端的情绪很有可能转变为仇恨和暴力。"

他摇了摇头。"我觉得不可能。请相信我，先生，我不是故意和你抬杠，但我真心认为加布里埃尔修士不是凶手。"

"我也不希望这个人是凶手，我甚至对他有些好感，但我们不能感情用事，而是要依靠冷静的逻辑推理。我们怎么能凭着几天的相处就断定一个人有没有本事去杀人？尤其是在这个地方，我们所有的感官都被危险放大扭曲了。"

第二十章

"我还是觉得他不是凶手,先生。他的心地似乎非常……善良。"

"照你的逻辑,我们同样能以人品卑劣、铁石心肠为由来控诉埃德温修士,他这人不仅满口谎言,而且十分好色,但我们并不能因此就说他是杀人犯。"

"辛格尔顿被杀当晚他不在这里。"

"但加布里埃尔在,而且我可以推断出加布里埃尔杀人的一连串动机。不行,我们一定要把个人感情放到一边。"

"你也希望我这么对待爱丽丝吧。"

"现在不是讨论这个的时候。你要不要和我一起去审问加布里埃尔?"

"当然要。我也想早日抓住凶手,先生。"

"那就好。这次也要带上你的剑。另一把剑就留在这里,把长袍带上就行,先把衣服上的水拧干。接下来就到验证真相的时刻了。"

第二十一章

我们走出屋子,一路上我的心怦怦直跳,头脑却十分清醒。正午已过,太阳低悬在雾蒙蒙的天空,冬天的太阳又大又红,直视它的时候不必担心被刺花眼睛,仿佛所有的火焰都被滤掉了。寒冷的天气也强化了这种感觉。

加布里埃尔修士在教堂里。他和那个在图书馆里抄书的老修士一起坐在中殿,仔细查看一大堆古旧的卷册。我们走近时,两人闻声抬起头来,加布里埃尔修士目光闪烁地看着我和马可,眼中透着不安。

"你又在整理古书,修士?"

"这些是我们的祈祷书,先生,还有一些乐谱。这些书没人印刷,为防书籍褪色,我们只好重新抄写一遍。"

我捡起一本书。书页是羊皮纸,拉丁文上方挨个标注着红色的音符。书上写的是各个节日应该念诵的祈祷文和应该歌唱的圣歌,长年累月的摩挲使得边缘的墨迹褪了色。我把书丢到一张长凳上。

"我有几个问题要问加布里埃尔修士。"我转头对老修士说,"不知道你能不能回避一下?"他点了点头,快步离开了。

"出什么问题了吗?"圣器室管理人问。他的声音在发抖。

"这么说你还没听说鱼塘里发现一具尸体的事?"

他的眼睛倏地睁大了:"我今天忙得晕头转向,刚刚才去了图书馆把斯蒂芬修士找来。一具尸体?"

"我们相信死者是两年前失踪的一个姑娘,她名叫孤儿·斯通加登。"

他惊得合不上嘴,猛地半站起来,接着又坐了回去。

第二十一章

"她的脖子断了，应该是被人杀死后丢进鱼塘的。鱼塘里还有一把剑，我们认为这把剑就是杀死辛格尔顿特派员的凶器。还有这个。"我朝马可点了点头，后者立刻把长袍递给我。我在他面前挥动着长袍，上面的竖琴纹章清晰可见。

他气喘如牛。

"这是你的纹章吧？"

"没错，这纹章是我的。这……这一定就是我被偷的那件衣服。"

"被偷？"

"两个星期之前我把一件长袍交给洗衣工去清理，之后就没了下文。我去问过了，但衣服怎么也找不到。仆人偷衣服的事时有发生，我们的冬衣又是上好的羊毛料，先生，你该不会以为……"

我探过身子，居高临下地看着他："阿什福德的加布里埃尔，我有理由认定你就是杀死辛格尔顿特派员的凶手。他知道你的过去，而且发现了你最近犯下的一些足以被判死刑的罪行，所以你杀了他。"

"我没有！"他拼命摇头，"我没有！"

"你把剑和血衣藏到了鱼塘里，你知道这是个安全的藏匿地点，因为你之前就把那姑娘的尸体藏到了里面。你为什么要用这么极端的手法杀死辛格尔顿，加布里埃尔修士？你又为什么要杀死那个姑娘？是因为看到你的契兄亚历山大修士亲近她而心生嫉妒吗？西蒙·维尔普雷也是你的伙伴，他知道他的下场，是不是？可他不会背叛你。但一切并没有结束，当他在病中开始胡言乱语的时候，你狠下心肠毒死了他，从那以后你好像非常痛苦，那是因为你受到良心的折磨。每件事都很合理，修士。"

他站起身来面对我，紧紧抓住椅背，深吸了几口气。马可把手按在剑柄上。

"你是国王陛下的特派员，"他用颤抖的声音说，"可你信口开河的口吻更像一个卑鄙的律师。我没杀任何人！"他开始喊叫。"没杀任何人！我

273

的确是个罪人,可这两年来我并没有触犯国王的任何一条法令!你可以去问这里的每一个人,如果你愿意,也可以到镇上去问,但我告诉你,你最终什么也查不到!什么也查不到!"他高声咆哮着,声音在空阔的教堂里回荡。

"请你冷静一点儿,修士,"我用谨慎的口气说,"好好回答我的问题。"

"亚历山大修士既不是我的朋友也不是我的对头,他是个又懒又蠢的老头子。至于苦命的西蒙,"他叹了口气,声音近乎于呻吟,"对,刚进修道院那会儿,他和那个姑娘走得很近,他们两个都和这个地方格格不入,饱受欺凌,想来也是同病相怜吧。我提醒他不该和仆人混在一起,对他没有好处。他说那姑娘告诉他有人骚扰她……"

"那人是谁?"

"他不肯说,她要他发誓不说出去。我想不外乎是那几个修士中的一个吧。我说他不应该掺和这种事,应该叫那个姑娘把事情告诉盖伊修士——那时亚历山大去世了,他刚刚接替医师的位子。"说完他苦涩地补充道,"亚历山大是羞愧而死的。"

"然后她失踪了。"

他的脸微微有些扭曲。"我和其他人一样以为她逃跑了。"他一脸阴沉地看了看我,接着换了一种冷漠平静的语气说:"好了,特派员大人,我明白你已经编出了一整套故事,好论证出我就是三起命案的凶手。也许接下来就会有人收了钱做假口供,最终把我送上绞刑架。这几年类似的事情层出不穷,我知道托马斯·莫尔是怎么死的。"

"你错了,加布里埃尔修士,我绝不会找人做假口供,我会找到我想要的证据。"我向他走近一步,"容我提醒你一句,你如今是最大的嫌疑人。"

"我没有罪。"

第二十一章

我盯着他的脸看了一会儿,后退几步。"我现在不会逮捕你,不过你暂时不能离开修道院。如果你意图离开,就等于承认自己有罪。你明白了吗?"

"我不会离开。"

"我随时会再找你问话,你必须无条件配合。走吧,马可。"

我站起身大步离去,留下加布里埃尔呆呆地站在他的书堆中间。一走出教堂,我立刻一拳砸在石门框上。

"我还以为我已经找到凶手了。"

"你现在仍然认为他有罪吗?"

"我不知道。我起初想得很简单,以为只要当面质问他就行了,如果他心里有鬼,自然就会招认。不过,"我摇了摇头,"我知道他一定在隐瞒什么事。他说我是个信口开河的律师,也许我真的是,但二十年的法庭生涯至少教会了我一样东西,那就是如何看出一个人是不是有所隐瞒。跟我走吧。"

"去哪里?"

"洗衣房。我们可以去查证一下他的说法,顺便看看那个卢克。"

洗衣房被设在一栋非常高大的副屋里头,与食品贮藏室挨在一起。蒸汽从通风窗里冒出来,许多仆人提着一篮篮衣服进进出出。我推开沉重的木门走进去,马可进屋后顺手关上了门。

洗衣房里热烘烘的,光线非常昏暗。一开始我只能看出这个房间很大,地上铺着石板,装衣服的篮子和木桶放得到处都是。忽听马可说了声:"耶稣啊。"我这才看到了它们。

满屋子都是狗,粗粗看去有十几只,全都是第一天下雪之前我们在院子看到的大型猎犬。屋子里弥漫着一股尿臊味儿。狗儿们全都慢腾腾地站起来，有两只还汪汪叫着走上前，颈毛倒竖，嘴巴飞快地一张一合，露出黄黄的牙齿。马可慢慢拔出佩剑，我也握紧了手中的手杖。

我听到一扇门后有人声，立刻想要张口呼救，但在农场成长的经历告诉我，这样做只会让狗受到惊吓，促使它们扑过来。我咬紧牙关，暗忖这回是不可能毫发无损地走出这里了。我用那只空着的手抓住了马可的手臂。我刚害得他在鱼塘饱受惊吓，如今又害他遭到群狗的围攻。

身后传来吱呀一声，我俩飞快地转过头，只见那扇门开了，裘德修士走了出来，两只胖手捧着一碗杂碎。乍一看到我们，他惊讶得张大了嘴。我们拼命向他使眼色，他总算回过神来，开始招呼那些狗。

"布鲁特斯，奥古斯都！过来！马上来！"他把碗里的杂碎一股脑儿倒在地板上。狗儿们先看看他又看看我们，然后一只接一只地溜到食物前。领头的猎犬又坚持咆哮了几秒钟，最终还是转过身和其他狗抢食去了。我长长地舒了一口气。裘德修士急忙朝我们挥手。

"先生们，进屋来吧，算我求你们了。趁它们还在吃东西，你们赶快进来。"

我们绕过正在大快朵颐的狗儿们，跟着他进入了内室。他一把关上门，还拉上了门闩。我们发现自己来到了一个充满蒸汽的洗衣间，火上架着几口大锅，在两个修士的监督下，仆人们有的忙着在锅里煮衣服，有的用力拧干长袍和汗衫中的水分。我们在众人好奇的目光中脱下了厚外套。我吓得汗流浃背，马可也一样。他紧抓住一张桌子的边缘，深吸了几口气，看着他苍白的脸色，我真担心他会晕倒，幸好没过多久，他的脸色就恢复了正常。我两腿发软，转头去看裘德修士，发现他正不安地点着脑袋，两只手绞在一起。

"噢先生们，特派员阁下，感谢耶稣，幸好我及时赶到。"在提到我主的名字时，他恭敬地低下了头，屋里的其他人也一样。

"我们对你万分感激，修士。但是那些狗不该待在这里，它们会咬死

第二十一章

人的。"

"这你不必担心，先生，它们认识每一个人，刚刚那样只是因为看见了陌生人，请别见怪。院长吩咐雪停之前把它们关在这里。"

我抬手擦去额头上的汗水："那好吧，管家修士。洗衣房由你负责？"

"不错。有什么能为你们效劳的吗？院长早就发了话，要我们尽可能地协助你们。我听说有人淹死在鱼塘里了。"他的眼圈红红的，眼中满是好奇。

"副院长会公开说明这件事。我来是想问你点儿事，先生。你这儿有桌子吗？"

他把我们引到一个角落，远离了其他人。我示意马可把加布里埃尔修士的长袍铺到桌上，指了指上面的纹章。

"加布里埃尔修士报称他几个星期前丢失了一件长袍，你记得这事儿吗？"

坦白地说，我真心希望他说不记得，可他迅速地点了点头。"记得，先生。当初为了找到这件衣服，我们翻箱倒柜地折腾了很久。要是东西不见了，财务主管一定会大发脾气，所以我一直有做笔记的习惯。"他转身消失在蒸汽里，回来时手里拿着一本册子，"先生你看，这就是这件衣服送进来的记录，后面标注着它不见了。"我仔细查看日期，是辛格尔顿被杀前三天。

他问："衣服是在哪里找到的，阁下？"

"这个你不用管。我问你，谁能有机会偷走这件衣服？"

"白天我们一直在这里干活儿，先生。到了晚上，洗衣房通常会上锁，不过……"

"不过什么？"

"钥匙丢过几次，我的助手有点儿……嗯，我不得不说有点儿粗心大意。"他紧张地笑了笑，伸手按住脸上的粉瘤，"卢克修士，到这里来

Dissolution

一下!"

  一个身材高大,体格健壮的修士朝我们走了过来,看上去约摸二十八九岁。马可和我对视了一眼,这人长着一头红发,浓眉大眼,神情乖戾阴沉。

  "找我有什么事,修士?"

  "从跟在我身边开始,你已经丢了两套钥匙了,是不是,卢克?"

  "它们从我的口袋里滑出去了。"他不高兴地说。

  "要不是你粗心大意,钥匙也不会滑出去,"我说,"你最后一次丢钥匙是什么时候?"

  "今年夏天。"

  "在那之前你是什么时候丢的钥匙?你在洗衣房工作多久了?"

  "有四年了,先生。另一次是在两三年前。"

  "谢谢你。裘德修士,我想和卢克修士单独谈谈,我们可以去哪儿?"

  卢克修士的眼神变得很焦急,管家的神情则变得相当沮丧。他带着我们来到烘干房。他离开之后,我严厉地直视着年轻修士。

  "你知道鱼塘里发现了什么吗?"

  "听说是一具尸体,先生。"

  "是一个女人的尸体,我们认为死者是一个名叫孤儿的年轻姑娘。我们得到消息,说你从前骚扰过她。"

  他惊恐地睁大了眼睛,突然扑通一声跪倒在地上,用他发红的粗手指抓住我的长袍下摆。

  "我没骚扰她,先生,我只是和她开开玩笑,仅此而已!何况这么做的不止我一个!她是个水性杨花的荡妇,是她勾引我的!"

  "把手拿开!抬起头看着我!"

  他依言抬头,仍然保持着跪坐的姿势,眼睛睁得大大的。我弯下腰。

  "我想听真话,你可要实话实说。到底是她勾引了你,还是你骚扰

第二十一章

了她？"

"她……她是个女人，先生。一看到她我就把持不住！我满脑子都是她的一颦一笑，日日夜夜都想着她。是撒旦把她放到我身边来诱惑我的，可我已经忏悔了。我已经忏悔了！"

"你忏悔与否和我无关。你一直在纠缠她，就算院长警告说要把你赶走你也没收手，是不是？盖伊修士不得不再次向院长投诉！"

"但是从那以后我什么也没做！院长说他会把我赶出修道院！老天爷作证，从那以后我就离她远远的了！我可以对天发誓！"

"院长没把这件事交给副院长处理？"

"没有，副院长他……"

"他怎么了？小伙子，你想说什么？"

"他……他犯下了和我一样的错误，财务主管也是。"

"这我知道。除了他们，还有没有其他人？是谁害得那姑娘落到这般下场？"

"我不知道，先生。我发誓，我可以发誓，自从院长警告了我，我就再也没有去过医务室附近。圣母作证……"

"圣母！"我重重地哼了一声，"圣母要是降临凡间，只怕也摆脱不了你们这些好色之徒的纠缠。给我滚出去，混蛋！"

我看着他从地上爬起来，一溜烟跑回了洗衣间。

"他这下可怕你怕到骨子里了。"马可冷笑着说。

"吓唬这种胆小如鼠的乡巴佬再容易不过，接下来该去会会副院长和财务主管了。看，那边有扇门，从那扇门出去应该能避开那些狗。"

门外果然就是外院。重新回到天光下之后，刚才和恶狗对峙的那一幕又浮现在脑海里。我只觉精疲力尽，不得不靠在墙上休息一会儿了。一阵叽叽喳喳的人声传了过来，引得我四处张望。

"天哪，那是在干什么？"

279

人们纷纷停下脚步,观看一支走向大门口的队伍。两个修士抬着一尊圣多纳特雕像,雕像身着罗马式长袍,两手交叠在胸前,表情虔诚庄重。高高瘦瘦的津贴发放人休修士拿着一个皮袋子跟在后头,走在最后的是财务主管埃德温,他在长袍外面披了一件冬季外套,还戴了手套。这队人走到门房下,巴格站在那里等着开门。

"今天是赈济发放日。"马可说。

等我们走到门口的时候,巴格把门打开了。两个修士把雕像托到肩上,一群人站在门外仰望着这位圣人。休修士举起皮袋朝人群喊道:"全都看过来!这尊雕像就是我们的保护人,最神圣的多纳特,伟大的殉道者!我们将以他的慈悲为名来发放赈济。向他祈祷吧,祈求他宽恕你们的罪过!"

我们在许多看热闹的人中挤出一条路来。门外的雪地里站着四五十个成年人,其中有老寡妇,有乞丐,也有残疾人,一些人身上的衣服比破布好不了多少,脸冻得发青。另一群人是脸色苍白的孩子,他们一声不吭围在体态臃肿的斯顿普夫人身边。虽然天气很冷,这群人散发出的味道也让人禁不住想掩鼻。听到休修士的话,这群从镇上徒步一英里来到这里的可怜人纷纷低下头画起十字。休修士正要再说什么,却被出现在旁边的我吓了一跳。

我厉声问:"你在干什么?"

"我只是……只是在发放赈济,先生……"

"你在让这些穷苦人崇拜一块木头。"

埃德温修士快步走上前来:"特派员大人,我们只是想铭、铭记圣人的恩、恩德。"

"他叫这些人向雕像祈祷!这是我亲耳听到的!把它搬走,马上!"

第二十一章

两个修士把雕像从肩头放下来,匆匆抬走了。休修士全身抖得像筛糠一样,急急地示意仆人把篮子拿到前面来。一些镇民咧开嘴大笑。

狼狈的施赈人用慌乱的声音大喊:"上前领取你们的赈济金和肉!"

"大家不要推挤!"巴格喊道。穷人们一个接一个走上前,每人只领到几枚少得可怜的银便士,一枚面值最小的英格兰王国硬币,还有篮子里的一点儿东西:包括苹果、面包片和切得薄薄的熏肉。

埃德温修士站在我身边:"我们抬出圣人雕像并不是有、有什么不良企图,先生。这是一项古老的礼仪,我们早就把其中的含义忘掉了。我们以后会改、改正。"

"这样最好。"

"我、我们每个月都会发放赈济,这是我们建院之初就定下的规矩。赈济品里还有、有肉,不然这些人一年到头根本吃不上肉。"

"修道院全年收入不菲,我还以为你会准备更多的赈济品呢。"

埃德温修士勃然大怒:"那你要怎样?让克伦威尔勋爵把我们所有的钱拿去分给他的好朋友们,你觉得这才是慈善?"他还想往下说,却结巴得接不上话,一时间面红耳赤,转过身飞快地走开了。众人好奇地看着我,修士们继续递上微薄的钱币和食物,津贴发放人的皮袋慢慢瘪了下去。

我叹了口气。刚刚发的那通脾气让我完全暴露了,现在人人都知道修道院里来了个国王特使。在大动肝火之后,我完全没有了力气,但还是强打精神朝斯顿普夫人走去,此刻她带着孩子们站在路边,等候大人们领完赈济,一见我来了,她蹲下身行了个屈膝礼。

"早上好,先生。"

"夫人,假如你不介意的话,我想和你谈谈。我们到那边去吧。"

我们走到离孩子们不远的地方,她好奇地看着我。

"我想让你看看这个,告诉我你认不认得。"我背向人群,掏出从尸体脖子上取下来的银链子。她惊呼一声，一把抓了过去。

"圣克里斯托弗！这是孤儿到这里来的时候我送给她的！先生，你是不是找到她——"她惊喜的声音在看到我表情的一瞬间戛然而止。

"我很抱歉，夫人。"我柔声说，"这根链子是今天早上在一具鱼塘的浮尸身上发现的。"

我以为她会哭，但这个老妇人只是握紧了拳头。

"她是怎么死的？"

"她的脖子断了。我很难过。"

"那你找到杀死她的人了吗？那个人是谁？"她的声音一下子变成了尖利的嘶叫。孩子们不安地看了过来。

"小点声，夫人。拜托了。这件事目前还不能传扬出去。我向你保证，我一定会找出凶手。"

"要替她报仇，要以上帝的名义替她报仇。"斯顿普夫人声音颤抖，终于低声哭泣起来。我轻轻搂住她的肩膀。

"眼下还不能声张。一旦有了消息，我会托柯平格尔治安官告诉你的。看，那些大人就快领完赈济了。赶快冷静下来。"

最后一个成年人领到了赈济品，人们已经排成一队，正沿着原路返回镇上去。衣着褴褛的黑色人影衬着刺眼的白雪，就像一只只乌鸦。斯顿普夫人朝我飞快地点了下头，深吸一口气，带着孩子们走了。我穿过大门，走向站在不远处等候的马可。我生怕她再次失态，可这位监护人神色如常地鼓励着孩子们走上前领东西，声音非常平静。埃德温修士已经不知去向。

282

第二十二章

我蹑手蹑脚地走进黑暗的教堂，小心地掩上身后的大门。圣坛屏里面烛光闪烁，我能听到修士们咏唱圣诗的声音。晚祷仪式正在进行中。

和斯顿普夫人分手之后，我让马可去找院长，命令他确保加布里埃尔修士不会离开修道院，再安排人手清理一下辛格尔顿的坟墓，此外，鱼塘里的水最好在明天排干。马可对这项任务相当抵触，但我告诉他，若是想闯出一番事业，就必须习惯和这些身居高位的人打交道。他离开时没有多说什么，只是态度重新变得生硬傲慢。

我一个人待在房里。打算花一点儿时候来独自思考。我坐在火炉前，任由窗外夜色降临，黑暗一点点侵袭这个房间。噼啪燃烧的木柴散发出无尽的暖意，对疲惫不堪的我来说，要想不睡着实在很难。我干脆站起身来，朝脸上扑了点儿水。

洗衣房负责人的证言让人十分失望，因为我起初以为加布里埃尔就是我们要找的凶手。但我依然确信他隐瞒了什么事。我回想起马可的话，其实他说得很有道理：凶手一定是个残忍野蛮的人，而加布里埃尔修士并不是这种人。野蛮，我好像在哪里听到过这个词？我想起来了，斯顿普夫人曾经用这个字眼形容过莫提马斯副院长。

叮叮当当的钟声又响了，从现在开始，修士们会做一个小时的晚祷。一个小时？我脑中灵光一闪，突然想到这是个好机会，我应该去做做辛格尔顿做过的事：趁埃德温修士不在，溜进账房查一查。其实我早就该这么干了。下定决心之后，尽管精疲力尽，心事重重，我却惊讶地发现自己突然有了点儿力气，脑子也不那么迟钝了。我拿起盖伊修士的药剂，又喝了几口。

我轻手轻脚地走过昏暗的中殿,在圣坛屏背后唱诗的人都没有看见我。我把眼睛凑到圣坛屏的一处缺口上,这缺口是精心设计的,目的是让前来集会的信众隐约看到在另一侧举行的弥撒,营造出"犹抱琵琶半遮面"的神秘感。

加布里埃尔修士站在前头指挥,显然已经完全沉浸在音乐里。我驻足聆听,不由自主地欣赏起他的指挥技巧来——修士们在他的引导下唱着圣歌,歌声悠扬悦耳,听起来说不出的舒服,加布里埃尔的手指向哪里,他们就看向哪里。他们面前的诵经台上各摆着一本祈祷书。费比尔院长也在场,那张脸在摇曳的烛光中显得十分肃穆。我不禁想起他最后那声低语:"解散。"我扫了众修士一眼,在其中找到了盖伊,让我吃惊的是,杰罗姆修士也站在他旁边,他那身白色的加尔都西会修士袍在一片本笃会黑袍中格外显眼。他一定是被放出来做祈祷的。我看到盖伊修士俯下身,为残疾的加尔都西会修士翻了一页祈祷书。他脸上带着笑意,杰罗姆修士也感激地点了点头。这一幕深深打动了我,这个质朴虔诚的医师也许是少有的能被杰罗姆接纳的斯卡恩西人。他们到底是不是朋友?我上回碰见盖伊给杰罗姆清洗伤口的时候,他们看起来似乎没这么亲密。我把目光转向莫提马斯副院长,他并没有唱歌,只是呆呆地凝视着前方。我想起他看到女尸之后的反应,他现在应该还在愤怒和恐惧之中吧。埃德温修士与他恰恰相反,他站在阿特尔斯坦和另一个给他做助手的老修士中间,唱得格外卖力。

"凶手是他们中的哪一个?"我低声问自己,"是他们中的哪一个?上帝啊,请你指引我这个愚人吧。"我感觉不到上帝对我的回应。在这段绝望的日子里,我有时会觉得上帝没有听到我的祈祷。"别让更多的人死去了。"我默默祈祷了一番,然后悄悄离开了教堂。

第二十二章

院子里空无一人,我趁着夜色把写有"金库"字样的钥匙插进账房的钥匙孔里。门开了,一股潮湿的寒气迎面扑来,我禁不住打了个寒战,下意识地拢紧了外套。一切都和几天前一样,屋中放着几张桌子,一排架子靠墙站立,上面摆满了账册,远处的墙边置有一个柜子。账房的人离开时在桌上留下了一支点燃的蜡烛,我把蜡烛放到柜顶,挑出另一把钥匙打开了柜子。

柜子内部被分成几个小格子,每一个里都放满了口袋,袋子里全都装着一定数额的钱币,还贴有标明总额的标签。我拿出装着金币的袋子,这些金币包括安杰尔、半安杰尔和诺布尔[①]。我随手打开了两袋,逐一清点里面的硬币,核查数额是不是和袋面上标注的一样。两袋金币的数目没有差错,柜中各个袋子上标注的数额也都和账册上的数字相合。我关上了柜门。这个账房里放着一大笔钱,这点与英格兰所有账房无异,而且也足够安全,因为闯进修道院里偷东西比闯进商人的保险库难多了。

我拿着蜡烛推开门走上楼梯,在楼梯尽头的小平台停住了。账房比修道院里的其他建筑物略高一点儿,白天站在窗前,可以看到整个内院、内院外的鱼塘,以及更远处的沼泽地。我很想知道"悔改的盗贼"的手是不是沉在鱼塘里,明天就能知道答案了。

我打开了财务主管私人房间的门。把蜡烛放到桌上后,我开始打量这个房间:房间里没有窗户,是一个相对封闭的空间,一排书架靠墙而立,架子上摆着一些账本。这些账本都是过去几年的常规账册。办公桌十分整洁,文件和鹅毛笔一样样放得横平竖直。埃德温修士似乎是个对整齐度和精确度很执着的人。

[①] 安杰尔、诺布尔均为英国古代金币的名称。

Dissolution

办公桌有两个很深的抽屉。我一把接一把地试着钥匙，终于找到了打开其中一个抽屉的那把。我拉开抽屉，看到里面放着两本拉丁文书籍，拿出来一瞧，原来是托马斯·阿奎纳[①]的《哲学大全》和《神学大全》。我心里有些厌恶，原来埃德温修士还对这个意大利圣人陈旧迂腐的经院哲学有兴趣。当信仰得不到回应的时候，一个人可以通过逻辑推理来证明上帝的存在——谁会相信？但是对于一个贫瘠的头脑来说，阿奎那干巴巴的三段论无疑有着巨大的吸引力。

我把书放回原处，又打开另一个抽屉，里面叠放着一摞册子。我冷冷一笑，这些册子的封面都是蓝色的。我悄声说："谢谢你，爱丽丝。"这些册子中有三四本看上去和他给我的那一本差不多，上面写满了好几年来的零乱笔记和方程式。其中一本的封面上有酒渍，不过让我失望的是，册子上面也是笔记，只是比其他册子上的多一些。我拿出最后一本册子，封面上也有酒渍，他某天喝酒的时候一定弄洒了酒壶，原本干干净净的册子被弄得这么脏，想必他当时气坏了。

最后一本册子记载着过去五年的土地交易。我的心跳开始加快，整个人顿时兴奋不已。我把册子放到桌上，抖着手移过蜡烛，烛芯冒出的黑烟呛得我咳嗽不已。里面详细记录着售卖土地的位置和面积、买主、价格以及签署协议的日期。我着意查看最近几笔交易，这一看就看出了问题，今年有四笔土地交易都没有记录在修道院的账册上。这四笔交易的金额加在一起将近有一千英镑，这是一个相当庞大的数字，其中金额最高的一笔交易的买主就是杰罗姆的亲戚。我鼓了鼓腮帮，这一定就是辛格尔顿拿到的

[①] 托马斯·阿奎那（Thomas Aquinad，约1225—1274），中世纪经院哲学（天主教教会用来在其所设经院中教授的理论）的哲学家和神学家。他把理性引进神学，用"自然法则"来论证"君权神圣"说。天主教教会认为他是历史上最伟大的神学家，将其评为33位教会圣师之一。他是西欧封建社会基督教神学和神权政治理论的最高权威，经院哲学的集大成者。被基督教会奉为圣人。

第二十二章

那本册子。

我考虑了一会儿,从桌上拿起纸笔,把这些条目迅速抄了下来。只要把这份资料交给柯平格尔,他自会去查证这些交易是不是真的,我用不着再去刻意观察,费心推断了。这一回铁证如山,看埃德温修士还有什么话可说。

我把册子放回抽屉,在房间里慢慢踱步,一边踱步一边思索。除了财务主管,保管着修道院印章的院长是不是也参与了这些骗局?不对,他肯定清楚修道院一旦投降,土地没法收院的人会马上进来核查资产,只要一查,这些事就会被发现。那会不会是埃德温拿走了印章,在没经过院长同意的情况下私自盖了章?这样做并不难。可钱去哪儿了?这几笔卖地收入加起来足有半箱金币。我站在书架前凝视着一本本旧账册的书脊,满腹疑惑。

一件事引起了我的注意——蜡烛的火焰突然闪动起来。我立刻意识到我身后一定有股气流,门多半开了。我慢慢转过身,埃德温修士正站在门口看着我。他飞快地朝他的办公桌看了一眼,我暗暗庆幸自己重新锁好了抽屉。他把双掌紧紧地合在一起,开口说道:"我没想到有人在这里,特派员大人。你把我吓了一跳。"

"我也很奇怪你为什么不叫我。"

"我、我刚才太惊讶了。"

"我有权利进入任何地方。我打算看看你绕墙放着的这些账册,刚刚正要开始。"他有没有看到我靠近他的桌子?想来没有,否则我之前就该感觉到气流。

"这些都是旧账册,恐怕没什么好看的。"

"这我知道。"

"我很荣、荣幸,先生。"他又露出那种一闪而逝的阴冷笑容,"我为我今天早上的失态向你道歉。仪式被打断让我有点儿不高兴,一时情急才

Dissolution

口不择言,请你千万别往心里去。"

我拿出一本账册随意翻了翻,又放回原位,歪着头对他说:"我知道很多人都和你抱着一样的想法,虽然他们没有说出口。但是你们错了,那些钱会进入国库,被国王用来造福全体国民。"

"真的会吗,先生?"

"你觉得不会?"

"在这个所有人都被贪婪迷惑的时代,这有什么不可能?难道你没听说人类的贪欲从未像今天这样富有攻击性和诱惑力?就算钱进了国库,国王的支持者们也会向他施压讨赏,谁能让国王承担起造福人民的责任?"

"上帝。是他将英国臣民的福祉交到国王的手中。"

"但是在造福人民之前,国王们要优先考虑其他事情。"埃德温修士说,"请你别误会我的意思,我并没有抨击亨利国王。"

"抨击亨利国王是非常愚蠢的行为。"

"我说的是国王们的常态。我知道他们是如何挥金如土的。举一个例子,我亲眼见到他们把钱浪费在军队上。"他的眼中充满了生气,这是我从未见过的,他是如此热切地想和我交谈,之前的阴沉冷漠瞬间淡去了,眼前的他变得更像一个有血有肉的人。

"你亲眼看到过?"我鼓励他继续往下说,"这是怎么一回事,修士?"

"我爸爸是个军需官,先生。我的童年是在军营里度过的,在那期间我学到了我爸爸的记账本领。二十年前,英国和法国开战,我跟随亨利国王的军队上了战场。"

"就是陛下被西班牙国王欺骗的那次?西班牙国王承诺要支持他,后来却对他弃之不顾?"

他点了点头。"一切都是为了荣、荣耀和征服。我当时还是个孩子,可我记得军队在法国浴血拼杀,记得死去的士兵成排地躺在军营里,先生,他们的尸体无人安葬,渐渐变成了绿色,战俘们则被挂在军营的大、大门上。我曾在铁胡万遭到围困。"

"战争是场浩劫,"我深表赞同,"虽然很多人都说它是高尚的。"

他用力点了点头。"牧师们一直在伤员中间穿梭,给他们涂油膏,希望他们支离破碎的身体能够好起来。从那时起,我下定决心要成为一名修士,用我的算术本领为教会服务。"他又笑了,这一次的笑容里有了感情,虽然这种感情近乎于自嘲,"大家都说我很吝啬,是不是?"

我耸了耸肩。

"对我来说,教会收入的每一枚银币都是为上帝而得的,能使这些钱远离罪恶的俗世。你能明白我的意思吗?这些钱将为祈祷和施舍提供资金。如果我们不施舍,穷人们就什么也得不到了。施舍是必须的,因为这是我们的信仰。"

"而对于国王们来说,施舍只是一种选择,他们可以选择给或不给?"

"就是这样。我们还通过为死者做弥撒来得到报酬,先生。这在上帝眼中是个善举,它不仅能帮助炼狱里的亡者减轻痛苦,也能给付钱的人积福。"

"又是炼狱。你相信这个地方的存在吗?"

他毫不犹豫地点点头。"这个地方是真实存在的,先生,虽然我们常常冒着死后饱受痛苦的风险去忽视它。就跟我算账一样,上帝会衡量我们的善和恶,加减乘除之后为我们安排一个公正的结局,所以说它的存在难道不是合情合理的吗?"

"照你这么说,上帝应该是个伟大的数学家喽?"

他又点点头。"是最伟大的一个。炼狱是真实的,它就在我们站立的土地之下。你难道没听说过炼狱之火从意大利最大的火山喷涌而出的事吗?"

"你害怕炼狱吗?"

他慢慢点了下头。"我认为我们所有人都应该害怕。"他说完顿了顿,

Dissolution

调整了一下情绪，小心翼翼地看着我，"请恕我直言，《十条信纲》并没有否认炼狱的存在。"

"的确没有。你刚才说的话并不违法，而且很有意思。不过你刚才真不是在暗示国王无法担负起教会最高领袖的责任？"

"我跟你说过了，先生，我只是在说、说国王们的常态，而且我说的是教会，不是教皇。我、我的看法并没有离经叛道，你可别瞎想。"

"那好吧。告诉我，既然你在军队待过，那你知道怎么用剑吗？"

"就像杀死特派员那样？"

我扬起眉毛。

"我从庄园赶回来之后听说了尸体的死状，猜到了是怎么一回事。我小时候见过太多被砍头的人。但是我成年后就蒙主圣召了，从那以后我就再也没见过血腥。"

"不过修士生涯也是有缺陷的，是不是？比如独身生活就很难熬。"

他这下再也镇定不了了："你这话是什、什么意思？"

"我如今既要调查特派员的死，也要调查一个年轻姑娘的死。"我告诉了他在鱼塘里发现的尸体是谁，"有人向我报告了几个曾经对她有过不当行为的人的名字，你的名字也在其列。"

他坐到书桌前垂下了头，这样一来我就看不到他的脸了。"独身是很难的，"他低声说，"不要以为我像其他人一样乐在其中，其实我极其讨厌这些邪恶的情欲，它们瞬间摧毁了我好不容易建立起来的神圣的生活方式。不错，先生，我的确渴望那个姑娘。但我也是个羞怯的人：每回她一说难听的话我就走了。不过我又忍不住回去，她总能诱惑我去亲近她，就像荣耀会诱惑男人去发动战争一样。"

"是她引诱了你？"

"她别无选择。她是个女人，女人来到世上的目的不就是诱惑男人吗，除此之外她们还要做什么？"他深吸了一口气，"她是、是自杀的吗？"

第二十二章

"不是。她的脖子断了。"

他摇了摇头。"她、她原本就不、不应该来到这里。女人是魔、魔鬼的工具。"

"埃德温修士,"我轻声说,"你可以说自己羞怯,不过在我看来,你或许是这里心肠最硬的人。现在我要走了,你可以算你的账了。"

我走出房间来到平台上,努力整理着纷乱的思绪。我起初确信加布里埃尔就是凶手,还是在冲动之下杀了人,但如果我发现的这本册子就是辛格尔顿找到的那一本,那么埃德温修士就有杀害我前任的明显动机。然而杀死辛格尔顿的家伙必定有着冲动而极端的性情,可是除了对算账和攒钱有着强烈的兴趣,我实在看不出财务主管这人有什么激情——虽然我差不多能肯定他是个骗子——而且他那晚不在斯卡恩西。

我正要转身下楼,却被沼泽地里的一点亮光吸引了注意力。我定睛一看,辨出那亮光是两个闪烁不定的黄色光团,似乎在很远处的泥沼中。等等,四笔土地交易的收入有半箱黄金之多,而我去沼泽地那天正好碰到了埃德温修士。我顿时醒悟过来,如果一个人想把这些黄金转移出去,有什么方法比求助职业走私者更可行呢?我屏住呼吸,匆匆往医务室赶去。

爱丽丝坐在大厨房里,忙着把一种草药的根切下来。她用充满敌意的目光看了我一眼,勉强挤出一个笑容。

"在为盖伊修士准备熬药的材料?"

"是的,先生。"

"马可回来了没有?"

"他回你们的房间去了,先生。"

她朝我行了个屈膝礼,这种疏远、敌视的态度让我有些难过,看样子马可把我对他说的话全都告诉她了。

"我刚刚去了账房。透过二楼的窗户,我看到沼泽地里有亮光,我在想会不会是走私者又开始活动了。"

"我不知道,先生。"

"你从前跟马可说过,你愿意带我们去看看沼泽地里的几条小路。"

"没错,先生。"她的口气非常谨慎。

"我对这几条路很有兴趣,不知道你愿不愿意明天带我去看一看。"

她犹豫了一会儿。"我还得为盖伊修士干活儿呢,先生。"

"要不然我和他说一说?"

"随你的便。"

"我有……我有一两件事想和你谈谈,爱丽丝。你也知道,我很愿意做你的朋友。"

她把头偏到一边:"如果盖伊同意我陪你去,那我一定会去的。"

"那我就去问他了。"我用和她一样冷漠的声音回答。我沿着走廊往房间走去,内心很受伤,感觉既痛苦又愤怒。回房之后,我看到马可站在窗前,一脸忧郁地朝外眺望。

"我已经让爱丽丝明天带我去看那几条穿过沼泽地的小路了。"我连招呼也没打就直截了当地说,"我刚才看到沼泽地里有光。从她的态度来看,你一定把我说的不要和她继续纠缠之类的话告诉她了。"

"我告诉她你认为我们身份差距太大,不应该在一起。"

我脱下外套,重重地坐进椅子里。"事实就是这样,"我说,"你有没有向费比尔院长传达我的命令?"

"他明天会安排人手清理辛格尔顿特派员的坟墓,然后再抽干鱼塘的水。"

"这两件事我希望由你出面,我会单独和爱丽丝去一趟沼泽地。为免你说出一些让自己后悔的话,必须声明一句,我之所以让她陪我去沼泽

第二十二章

地，是因为我认为那些走私者很可能和我们的调查有重大关联。之后我会去镇上找柯平格尔。"我把在埃德温的办公室里发现册子的事告诉了他。

"我多希望能回到普通人中间啊，"他说话时刻意避开了我的目光，"无论你从这里的哪一处着手，最后都会查出一个流氓或小偷。"

"你有没有好好考虑我们之前的谈话？等我们返回伦敦之后，你有什么打算？"

"没有，先生。"他耸了耸肩，"伦敦也多的是小偷和流氓。"

"那你或许应该住在森林里，和飞禽走兽做朋友，这样你就不用和世人打交道，也就不会被玷污了。"我冷冷地说，"我打算喝点儿盖伊修士的药，好好睡一觉，吃晚饭前别叫醒我。今天是我有生以来经历过的最漫长，最艰难的一天。"

第二十三章

晚饭照例在餐厅里吃,只是气氛非常压抑。院长要求每个人吃饭的时候不要喧哗,还命令他们为鱼塘里发现的尸体做祷告,当然他声称自己并不认识死者。修士们露出紧张忧虑的表情,我留意到有许多人向我投来惶恐不安的目光。院长提到的解散的预感仿佛已经在整个修道院蔓延了。

马可和我默默地走回医务室。尽管两个人都精疲力尽,我还是再一次察觉到了马可的疏离,自从我禁止他追求爱丽丝开始,他一直对我爱理不理。回到房间之后,我一屁股坐到那张带软垫的椅子上,马可走到火炉前,又朝里面添了几块木头。我把遇到埃德温的事原原本本地告诉了他。我心里仍然挂着这件事。

"如果明天一早安排柯平格尔着手调查,我们隔天应该就能得到答案了。只要有一项土地交易得到证实,就能坐实埃德温的欺诈罪,而且这样一来他就有了明显的杀人动机。"

马可坐到我对面的一堆垫子上,一副很感兴趣的样子。无论我们之间如何争执,他对抓到凶手的渴望一点儿也不比我少。我很想让他听一听我的推测是否合理,同时也为能再一次听到他热情的话语而高兴。

"先生,你老是忘记他那天晚上不在这里的事实。辛格尔顿找到那本册子的时候他已经离开了,案发那晚他并没有回来。"

"我知道。辛格尔顿拿走册子的事只有阿特尔斯坦知道,他说他没有告诉其他人。"

"凶手会是阿特尔斯坦吗?"

"他有本事砍掉一个特派员的脑袋?别开玩笑了。你难道忘了他来找我毛遂自荐当告密者的时候有多害怕。他连招惹一只老鼠的胆量都没有。"

"这不就是他的本性吗?"马可的声音里带着一丝挖苦。

"说得没错。先前认定加布里埃尔是凶手的时候,我也许对自己的逻辑推论太过自信了,虽然一切听上去都很合理。但有一点是没错的,那就是在判断的时候要考虑一个人的性格,而阿特尔斯坦明显是个胆小鬼。"

"可他有两点是其他人不具备的,一来他非常憎恨埃德温修士,巴不得他上刑场;二来他不是个虔诚的修士,即使修道院倒闭他也不会难过。"

"倘若他真是凶手,那他是如何得到那把剑的?我希望可以追溯这把剑的历史,如果回到伦敦,或许可以通过剑刃上的标记找到铸剑师,锻冶行会应该知道标记是谁的,可惜如今我们被大雪困在这里。"

"先生,会不会是辛格尔顿把他在账房里发现册子的事告诉了其他人,从而惹来了杀身之祸?说不定就是院长。那些买卖文书上很可能盖着他的印章。"

"文书上多半有他的章。可是那枚印章就放在他的书桌上,任何人都可以趁他离开的时候拿到。"

"那莫提马斯副院长呢?他这么野蛮,应该有胆量杀人吧?而且不是说这个地方是他和埃德温修士共同管理的吗?"

"你是说这两个人合伙欺诈?我不敢肯定,还是等柯平格尔查出眉目再说吧。"我叹了口气,"我们离开伦敦多久了?一个星期?我总觉得像过了一辈子。"

"只有六天。"

"我多希望有一天能回到伦敦,可是雪这么大,就连送封信都得花上好几天。该死的,这雪是打算永远下下去了吗?"

"看样子是的。"

Dissolution

马可很快爬上了他那张小轮床，把床移回我的床下。我坐在椅子上，凝视着封好的炉火出神。窗玻璃上又结了一层白霜，晚祷的钟声透过窗户传了进来。无论发生了什么样的事，无论多么可怖的噩梦在这里上演，宗教仪式都会几百年如一日地继续下去。

我想起了克伦威尔勋爵，他一直在伦敦等候我的回复。我必须尽快送出消息，虽然只能告诉他我不仅没有找到凶犯，还有两件新的人命案要解决。我完全可以想象出他愀然改容、连声咒骂的样子，说不定还会对我的忠心起疑，不过一旦柯平格尔证实了这几宗土地买卖确有其事，我就能以欺诈罪逮捕埃德温。然后呢？我要把他关在斯卡恩西镇的监狱里，用枷锁铐着他的手脚审讯，天哪，这该有多痛快！这个念头一下子惊住了我，我突然意识到对一个人的厌恶和要对这种人施以颜色的想法把我的思想引上了一条多么可鄙的道路。我不觉惭难当，又开始去想爱丽丝和马可。我劝他俩分开的动机是完全无私的吗？这可不见得。虽然我对马可说的都是真话，他和爱丽丝的确存在着阶级上的差异，在事业上获得成功是他对家人应尽的责任，但我很明白自己说这番话多多少少也是因为嫉妒。我回想起他们在厨房里拥抱的那一幕。我死死闭上眼睛，另一幅画面浮现在我的脑海，在这幅想象的画面中，爱丽丝拥抱的人是我而不是他。马可的呼吸声一直在我的耳畔响起，他已经睡熟了。

我默默祈祷上帝引导我成为一个坦诚公正的君子，一个像基督那样的君子。我必须得睡觉了，我先前盯着死火发呆一定有好几个小时，现在后背疼得要命，寒气透到了骨头里。我从椅子上吃力地站起来，连衣服也没脱就疲惫地躺到了床上。

我一沾床就睡死过去，一觉醒来已经是第二天早上了，起床后我觉得

第二十三章

自己精神百倍，比过去一周的任何一天都要振奋。早饭之后我给柯平格尔治安官写了一封信，交给了马可。

"把这封信送到斯卡恩西镇去，问问柯平格尔明天能不能给我答复。"

"我还以为你想亲自去见他呢。"

"我想趁天气还不错，抓紧时间去沼泽地看一看。"我抬头看了看窗外的天空，原本湛蓝的天空如今又是阴云密布，"对院长说等你回来之后再去清理辛格尔顿的坟墓。他做好抽干鱼塘的安排了吗？"

"修道院里有一个大坑，可以把河水引进去。这里的人每隔十年会清理一次塘底的淤泥。"

"上一次清理是什么时候？"

"三年前。"

"这么说如果尸体没有被我们发现的话，会在鱼塘里躺很多年，但不可能永远不被人发现。"

"也许凶手是想尽快把尸体藏起来。"

"你说得有道理。可尸体一旦丢进去就很难捞出来了。"

"我们现在不需要去教堂了吧？"

"目前不需要，等把鱼塘里的水抽干再说。"说完我着意补充了一句，"你会度过非常忙碌的一天。"我说这话的本意是想让他高兴起来，谁知事与愿违，他似乎又回到了那种自闭的状态中。"是的，先生。"他低低应了一声，转身离开了房间。

我又读了几封院长差仆人送来的日常信件，这才动身去找爱丽丝。一想到马上就能见到她，我心里又是紧张又是激动，就像一个毛头小伙。盖伊修士告诉我她正在干燥室里挂草药，很快就能腾出空来，于是我走到外院里，想看看天气怎么样了。云悬得很高，我暗暗希望待会儿不要下雪。天实在太冷了，让人禁不住发起抖来。

一阵吵闹声吸引了我的注意力。我看到门房边有两个人影扭打在一起，一个穿着黑衣，一个穿着白衣。我急忙赶了过去。扭打在一起的人是杰罗姆和莫提马斯，后者正紧抓着前者不放。准确地说，莫提马斯想要去抢杰罗姆死死抓在手里的一张纸。别看加尔都西会修士身有残疾，挣扎起来却很有劲。站在一旁的巴格拎着一个小男孩儿的衣领，男孩儿在他手下不断挣扎。

"把它给我，你这个无赖！"副院长高声咆哮。杰罗姆试图把纸塞进嘴里，冷不防被副院长钩住那条没受伤的腿，整个人一下子失去平衡，仰天摔倒在雪地上。莫提马斯立刻伸手扯过那张纸，站在杰罗姆身边大口大口地喘着粗气。

我出声问："你们到底在闹什么？"

副院长还没来得及回答，杰罗姆猛地用胳膊肘半撑起身子，朝他的衣服啐了一口痰。他嫌恶地惊叫一声，飞起一脚踢上杰罗姆的胸口，老人惨叫着倒在被搅得乱七八糟的雪地上，一边翻滚一边呻吟。莫提马斯举起一封信。

"看，特派员大人，我抓他是因为他想偷偷把这封信送出去！"

我接过信读起信封上的收信人："信是写给托马斯·西摩爵士的！"

"他不是国王的顾问之一吗？"

"的确是，而且他还是已故王后的弟弟。"我看了杰罗姆一眼，他躺在地上瞪着我们，那样子活像一头野兽。我撕开信封开始读，越读越觉得脊骨发寒。这封信是杰罗姆以表哥身份写给托马斯·西摩的，他不仅在信中提到自己被囚禁在一座腐败堕落的修道院里，还提到一位国王特使在这座修道院里被杀，最严重的是，他说他要告诉西摩一件事，一件克伦威尔勋爵的丑事。他把在伦敦塔中遇到马可·斯密顿的事原原本本地复述了一遍，说那个乐师是被克伦威尔屈打成招的。他在信末写道：

如今我被克伦威尔的另一个特派员关在这里，他是一个面容

第二十三章

严肃的驼背。我之所以把这件事告诉你,是希望你能用它来对付克伦威尔,那个反基督者的带头人。人们原本就憎恨他,如果知道了这件事,他们一定会更加憎恨他。

我把信揉成一团:"他是怎么出来的?"

"他做完晨祷就不见了,我赶紧出来找人。与此同时,这个来自救济院的小孩儿找到我们尽忠职守的巴格,说一个修士想要送信,他是来取信的。巴格起了疑心,没让他进来。"守门人得意地点了点头,捏着孩子衣领的手更加用力了,指节咔咔作响。孩子这时也不挣扎了,只是用惊骇的目光凝视着躺在雪地上的杰罗姆。

我问他:"是谁派你来这儿的?"

"一个仆人给我带来了口信,先生。"他用颤抖的声音回答,"他让我来这儿取一封信寄到伦敦去。"

"我在他身上搜到了这个。"巴格说。他张开那只空着的手掌,掌中躺着一只金戒指。

"这是你的?"我问杰罗姆。他恨恨地别开脑袋。

"是哪个仆人,孩子?赶紧回答我,你现在碰上大麻烦了。"

"是在厨房做事的格林德斯塔夫大叔,先生。这枚戒指是给我和邮差的报酬。"

"格林德斯塔夫!"副院长哼了一声,"他是给杰罗姆送饭的下人,一直对国王的各种新政十分抵触。我今天晚上就把他赶出去……你会不会觉得这个惩罚太轻了,特派员大人?"

我摇了摇头。"你要确保杰罗姆时时刻刻都被关在自己的房间里。你不应该放他出来参加仪式……看看这差点儿惹出多大的麻烦!"我转身对着巴格,"把这孩子放了吧。"

巴格揪着孩子的衣领把他拖到大门边,一把推到路上。

莫提马斯副院长厉声对杰罗姆说:"你给我起来!"

他试着爬起来,可挣扎几下之后还是倒了回去。"我起不来了,你这个粗野的乡巴佬。"

"扶他起来。"我命令巴格,"把他锁到他自己的房间里。"守门人用力拽起杰罗姆,动作粗暴地拖走了他。

"克伦威尔有很多敌人!"杰罗姆偏过头朝我喊道,"他的末日很快就要来了!"

我转头对副院长说:"能不能带我去你的办公室坐坐?"

他带着我穿过外院,来到一个生着火炉的温暖房间。一张铺满文件的办公桌上放有一个酒壶,他拿起酒壶,为我俩各倒了一杯酒。

"这是不是杰罗姆第一次在做完仪式后消失?"

"是的,他一直受到监视。"

"今天之前,他有没有可能已经找到机会送出了一封信?"

"自从被关起来之后他就没机会了,就在你来的那一天。但是之前……有可能。"

我点了点头,下意识地啃着手指甲。"从现在开始,你必须派人牢牢看住他。这封信涉及到的问题非常严重,我要立刻向克伦威尔勋爵报告此事。"

他用老谋深算的眼神看着我:"那你会不会告诉勋爵是一个忠于国王的修士把这封信给拦了下来?"

"到时候再说吧。"我冷冷地看了他一眼,"我有另外一件事想和你谈,这件事和孤儿·斯通加登有关。"

他慢慢点头道:"不错,我听说你已经找人问过话了。"

"是吗?那你知不知道有人提到了你的名字?"

他耸了耸肩膀。"就连独身许多年的老修士也会有按捺不住的时候。她是个漂亮姑娘。我曾经想让她和我一起玩玩儿,这我并不否认。"

第二十三章

"你的职责不就是维护这家修道院的纪律吗?而且你昨天才对我说过,只有纪律才能让这个世界免于混乱。"

他坐在椅子上不安地动了动。"和一个热情的小姑娘开开玩笑无伤大雅吧,这与修士之间因为不正常的情欲而失和相比是小巫见大巫。"他急切地说,"我不是完人,除了圣人,没人敢说自己是完人,何况连圣人也不是个个完美无缺。"

"莫提马斯副院长,你这番话只会让人觉得你是个伪君子。"

"噢,得了吧,特派员大人,这世上谁不是伪君子?我并不希望那个女孩儿受到伤害。她当初拒绝我的速度可真够快的,而且那个好男色的老头亚历山大向院长告发了我。"他压低声音补充道,"她的态度让我觉得挺伤心,失魂落魄了好一阵子。不过从那之后我就再也没有和她说过话了。"

"你知不知道有谁强行侮辱过她?斯顿普夫人认为有人这么做过。"

"不知道。"他一下子黑了脸,"我决不会允许这种事情发生。"他长长地吐了一口气。"昨天重新见到她的时候我心里很难过,我一眼就认出了是她。"

"斯顿普夫人也坚信死者就是她。"我环抱双臂,"副院长修士,真没想到你居然如此多愁善感,我简直不敢相信你和不到半小时前脚踢残疾人的莫提马斯是同一个人。"

"人活在世上不容易,修士尤其如此——他既担负着上帝赋予他的职责,又要抵御各种强烈的诱惑。女人则不一样,只要行事有女人的样子,就可以过上平静安宁的生活。孤儿是个好姑娘,和现在给盖伊干活儿的那个野丫头完全两个样。"

"可我听说你也接近过她。"

他登时哑口无言,好一会儿才说:"你要知道,我从没有强迫过孤儿。在她拒绝我之后,我并没有逼她。"

"但是其他人有,比如卢克修士。"我停顿了一下,"还有埃德温修士。"

"对。亚历山大修士也到院长面前告过他们的状,不过他自己干的丑事更加不堪,没多久就被人揭发了。"他说这话时的口气颇为怨毒,"院长处置了卢克,又警告埃德温离她远点儿。我也收到了同样的警告。他很少对我下命令,但那一次他命令了我。"

"有人告诉我这个地方是你和埃德温修士共同管理的。"

"这也是不得已,费比尔院长一向不爱理事,更喜欢把时间花在和本地乡绅出去打猎上。谁都知道管理修道院是件非常枯燥的事。"

我很想顺口提一提修道院的财务状况或者平时的土地买卖,好看看他作何反应,但我知道现在不是时候,在掌握切实证据之前,不宜打草惊蛇。

他低声说:"说句心里话,我从不相信她会偷走杯子逃掉。"

"可你就是这么对斯顿普夫人说的。"

"事情表面上看起来确实如此,而且费比尔院长要我们统一口径……他自己也坚持这么说。我希望你查出把她抛进鱼塘的人是谁。"他说这话时态度郑重,"如果你这么做了,我不介意亲自去找埃德温和卢克谈谈。"

我霎时义愤填膺,盯着他的脸冷冷地说:"我想你不仅不会介意,还会非常享受吧。我必须告辞了,我要赶着去赴约,现在已经迟了。"

爱丽丝在医务室的厨房里等着我,她穿了一双肥大的罩靴,身边放着一袭旧羊毛外套。"你得穿件更暖和的衣服才行,"我说,"野外会非常冷。"

"已经足够了,"她说着把外套裹在身上,"这件外套是我妈妈的,给了她整整三十个冬天的温暖。"

我偕同爱丽丝,沿着我和马可昨天走过的路线朝开在后墙上的那道门

第二十三章

走去。我惊惶地发现她竟比我高出一英寸。因为我是个驼背，所以大多数男人的个子都比我高，但我通常可以和女人平视。我反复思量着爱丽丝身上到底有何闪光之处能让我和马可两人如此迷恋她，因为她并不是那种传统意义上端庄白皙的美人。但我对扭扭捏捏的金发女子从来没有兴趣，我理想中的另一半应该是个见识不凡的女性，能与我在交流中碰撞出思想的火花。当我意识到这一点时，我的心又怦然跳动起来。

经过辛格尔顿的坟墓时，我看到泥土仍旧衬着白雪，显出刺眼的棕色。爱丽丝离我远远的，像马可一样对我爱理不理。这种无声的疏离再一次激起了我心中的怒火，我很想知道这态度到底是他俩商量好的，还是他俩不约而同的巧合。不过话说回来，弱者若是想对当权者表达不满，可以采取的方式也相当有限。

我俩深一脚浅一脚地穿过积雪的果园，今天的树梢上蹲着一大群乌鸦，它们也许是找不到东西吃，饿得嘎嘎直叫。为了打破两个人之间的沉默，我问她小时候是如何在沼泽地附近玩耍的。

"小时候我家旁边的农舍里住着两个小男孩儿。他们是两兄弟，哥哥叫诺埃尔，弟弟叫詹姆斯。我们常常在一起玩。他们家世世代代都是渔民，所以知道沼泽地里所有的道路，也清楚哪一处地标能让你踩在坚实的土地上。两兄弟的爸爸在做渔民的同时兼职走私。这家人现在都死了，他们的船在五年前的一场大风暴里失去了下落。"

"我很难过。"

"一旦当上了渔民，就必须做好这样的准备。"她转头看着我，声音里终于有了一丝生气，"就算人们真的走私布匹到法国换回葡萄酒，也仅仅是因为贫穷。"

"我没兴趣起诉任何人，爱丽丝。我只是怀疑有人通过沼泽地里的道路运走了一些没有记到账上的钱，也许还有失窃的圣物。"

我们来到了鱼塘对面。在不远处的一条小路上，几个仆人正在一个修士的监督下开启河里的一道小闸门，我看到鱼塘的水位已经下降了不少。

"盖伊修士跟我讲了那个可怜姑娘的事。"爱丽丝说着裹紧了她的羊毛外套，"他说在我来之前，她做着我的工作。"

"不错，她是你的前任。但是除了西蒙·维尔普雷，那个不幸的人在这里没有一个朋友。而你不同，你有很多愿意保护你的人。"我看出了她眼中的不安，笑着安慰道，"走吧，后门就在那里。我有钥匙。"

我们穿过木门。时隔多日，我又重新站在小路上眺望着白茫茫的沼泽地，远处的那条河流，以及沼泽地中央伫立着废墟的小山丘看起来还是和几天前一样。

"第一次来这儿的时候我差点儿陷了进去，"我揭着自己的短，"你确定沼泽地里有条安全的路？不是我不信，现在所有东西都被雪覆盖着，我想不出你能用什么方法来辨认地标。"

她朝前指了指："看到那几排长得高高的芦苇没有？找路并不难，只要你找到对的芦苇丛，和它们保持正确的距离。这片地区不全是沼泽，其中也有一些坚硬的土地，这些形态各异的芦苇就是这些土地的路标。"她走下小路，试探性地踩了踩地面。"有些地方只是表层被冻硬了，你要小心一点儿，千万别把外壳给踩破了。"

"我知道。我上一次就是这么掉下去的。"我紧张地笑了笑，在岸上犹豫不决，"你手里攥着一个国王特使的性命。"

"我会小心的，先生。"她沿着一条路线来来回回地走了几次，判断出我们应该在哪里落脚，随后她命令我走入沼泽地，踩着她的脚印前行。

❖

她在前面慢慢探着路，态度极为小心，常常是走上一小段路就停下来判断方向。我承认我的心一开始跳得很厉害。我朝后一看，意识到我们已经离修道院的围墙越来越远，就算是陷进沼泽里，也不可能有人来救。不

第二十三章

过爱丽丝看上去很自信,只要我踏上她的足印,脚下的地面无一例外的坚实,若是误踏到其他地方,凹陷处会很快渗满油亮的黑水。这一进程看似缓慢,可是我不经意间抬头,惊奇地发现竟然快走到小山丘了,山丘上倾圮的石头建筑离我们只有五十码之遥。这时爱丽丝停住了。

"我们得爬到山丘上去,对面有另一条路可以通向那条河。只是对面更加危险。"

"先别管这么多,爬上山丘再说吧。"

片刻之后,我们踏上了小山丘的坚硬土地。这座山丘只高出沼泽地几英尺,但是站在上面可以清楚地同时看到背后的修道院与前方的河流,灰色的河面平静无波。我同样可以看到远处的大海,一股寒风吹来,空气里掺入了一丝咸味。

"这么说走私者可以通过这条路运送走私的货物?"

"是的,先生。几年前一群税务官进入沼泽地驱逐走私者,自己却迷了路,其中两个人陷入了泥沼,短短几秒钟内就消失得无影无踪。"我顺着她的目光看向那片白色荒原,禁不住打了个寒战。我勉强定了定心神,开始打量起这座山丘。山丘的面积比我预计的要小,残破的建筑物就和一堆堆石头差不多,只有一座房子是个例外,它虽然没有屋顶,但是比其他建筑物完整。我注意到房子里有生过火的痕迹,有一处地方没有雪,地面上盖着一层灰烬。

"最近一定有人来过这里。"我转身对着灰烬说。我拿手杖捅着灰烬周围的地面,心想指不定能找到藏在此处的圣物或者装黄金的箱子,但最终一无所获。爱丽丝站在边上静静地看着。

我走回她身边,继续四下张望。"第一代修士的生活一定非常艰苦。我真不明白他们为什么把修道院建在这里,也许是为了安全吧。"

"据说是因为河口淤塞,导致沼泽地逐年升高。也许当时这里并不是沼泽地,只是河流附近的一片区域而已。"她的声音很平淡,似乎对这个话题没有太大的兴趣。

"这里的景象是绘画的绝佳素材。你知道吗,我很喜欢画画,一有时间就会画两笔。"

"我只看过教堂玻璃上的彩画。画的颜色非常鲜艳,可不知怎的,人物总是显得不太真实。"

我点了点头。"那是因为人物的比例不对,而且在绘画技法上不讲究远近和透视。不过如今的画家正在尝试着呈现事物的本来面貌。"

"是吗,先生?"她的声音依然冷漠而疏远。我把一段古墙上的积雪拂去一块,将就着坐了下来。

"爱丽丝,我想和你谈一谈。是关于马可。"

她冷冷地看着我。

"我知道他已经对你有了感情,而且我相信这种感情是美好的,值得尊重。"

她立时激动起来:"那么先生,你为什么要制止他见我?"

"我爸爸是个农场主,马可的爸爸就是农场的管家。我爸爸并非有钱人,但我有幸找到了一条成功的道路,通过学习法律,最终得以为克伦威尔勋爵效劳。"我意图用这番话打动她,可她表情不为所动。

"我爸爸曾对马可的爸爸许下过承诺,说我会努力让他的儿子在伦敦出人头地。我的确做到了,当然,这不仅仅是我的功劳,他聪明的头脑和得体的举止也是他成功的因素。"我微妙地咳了一声,"不幸的是他后来遇上了一点儿麻烦,不得不离开自己的岗位……"

"我知道那个侍女的事,先生。他全都告诉我了。"

"哦,是吗?既然他告诉你了,你还不明白吗,爱丽丝,这个任务是他重整旗鼓的最后机会。只要抓住了这个机会,他就能爬得更高,拥有更加可靠更加光明的前程,只是这样一来,他就必须迎娶一位有身份的妻子。爱丽丝,你是个好姑娘。如果你是个伦敦富商的千金,一切就另当别

第二十三章

论了。假如这是真的,也许我会和马可一样向你求婚。"最后这句话我其实并不打算说,但是突如其来的冲动却让我脱口而出。她皱起眉头,一脸的茫然。难道她还不理解?我深吸了一口气,狠下心说:"无论如何,只要马可想成功,他就不能追求一个女佣。我知道这很残忍,可社会现实就是如此。"

"那这个社会很邪恶。"她的语气依旧冰冷,却又充满了怒气,"我很久以前就这么想了。"

我站起身来:"这个世界是上帝为我们创造的,不管幸福还是痛苦,我们必须在这里生活下去。你会不会拖马可的后腿,阻碍他的前途?要是你鼓动他置前程于不顾,那个傻小子一定会这么做的。"

"我不会做任何妨碍他的事。"她恼火地说,"我不会强迫他违背自己的意愿。"

"但说不定他的意愿就是做一些会阻碍他前途的事。"

"这要由他自己来说。既然你不允许我们交谈,那他能说什么呢?"

"你会破坏他的机会吗?你能不能老老实实地回答我?"

她细细打量着我,我们隔得这样近,使我整个人都不安起来,我这一生中还从来没被一个女人俯视过。她终于重重地叹了一口气。"有时候我会觉得自己很可怜,不论是人还是物,只要是我爱的,最后都会被夺走。"说完她痛苦地补充道,"这也许就是仆人的命运吧。"

"马可说你曾经有个当樵夫的恋人,他死于一场意外。"

"如果他没有死,我在斯卡恩西镇就能安身立命,地主们这几年除了砍树之外什么也不干,他一定能找到活计。"泪水从她的眼角涌了出来,她抬手用力擦去。我真想把她拥进怀里软语安慰,可我明白她想要的不是我的臂膀。

"我为你感到难过,可这个世界的本质就是如此,你也好,我也好,我们常常会痛失所爱。爱丽丝,这家修道院也许维持不了多久了,要不要

Dissolution

我给柯平格尔治安官打个招呼,让他替你在镇上找份工作?我明天可能会去见他。这里已经发生了这么多可怕的事情,你不应该继续留在这里。"

她擦了擦眼睛,定定地看着我,那是一种奇异的,充满感情的眼神。"是啊,在这个地方,我终于了解到人类的暴虐有多极端。真是太可怕了。"她的眼神给我留下了极其深刻的印象。事隔多年,当我写下这段话的时候,我仿佛重新看到她站在我面前盯着我,这清晰的回忆使我忍不住战栗。

"那就让我帮你远离这可怕的暴虐吧。"

"也许我会接受你的好意,先生,但我很难对那个治安官生出敬意。"

"我明白。但我必须再说一次,世道就是如此。"

"我如今很怕待在这里。别说我了,连马可也很不安。"

"是的,我也一样。"

"先生,盖伊修士说除了那个姑娘的尸体,你们还在鱼塘里找到了其他东西,可以告诉我你们找到了什么吗?"

"只有一件长袍和一把剑,而且这件长袍似乎不能提供我期望的线索。我正在让人排干鱼塘的水,看看里面还有没有其他东西。"

"一把剑?"

"是的,我相信这把剑就是杀死辛格尔顿特派员的凶器。剑刃上面有铸剑师的标记,凭着标记应该可以查到这把剑的主人,但我必须回伦敦才能追查。"

"不要走,先生,求你了。"她突然急切地恳求我,"不要丢下我们。先生,如果我之前冲撞了你,我向你道歉,但请你不要走。只有你留在这里,我才能得到真正的保护。"

"我想你太高估我的能力了。"我沮丧地说,"我没能挽救西蒙·维尔普雷的性命。不过你放心吧,现在雪积得这么深,不花上一个星期是回不了伦敦的,我现在根本抽不出这么多时间来。"

第二十三章

她一下子松了一口气。我大起胆子靠过去，轻轻拍了拍她的手臂："没想到你这么信任我，我非常感动。"

她抽回手臂，脸上却露出笑容："也许是你对自己的信心太少了，先生。若是在其他情况下，没有马可……"她羞涩地低下头，不再说下去了。我承认我的心因为这句话剧烈地跳动起来。我们在山丘上默默无言地站了一会儿。

"我想我们该回去了，"我说，"暂时不用走到河边去了。我要赶回去接收柯平格尔治安官送来的消息。而且爱丽丝，我不会丢下你不管的，我向你保证。还有……谢谢你刚才那番话。"

"我也谢谢你的帮助。"她飞快地笑了笑，转过身返回山丘下的沼泽地。回去的路比来时容易得多，我们只消踏着先前的足印往回走就行了。我跟在她身后，目光落在她的后颈上，有一次差点儿就伸出手摸了上去。我意识到面对如此的诱惑，不仅仅是修士，任何男人都有可能丑态百出，轻易地变成伪君子。

我顿时觉得有些尴尬，因着这样的心理，我俩在回程中几乎没怎么说话。这虽然也是沉默，但是在我看来，至少比来时那种冰冷的、充满敌意的沉默要温暖得多。爱丽丝在医务室大厅里和我分了手，说她有事情要做。盖伊修士正忙着给胖修士包扎生了溃疡的腿。听见我回来了，他停下手里的工作抬起头。

"你回来了？你看上去冻坏了。"

"我回来了。爱丽丝帮了我很大的忙，我很感谢她的帮助。"

"你最近睡得怎么样？"

"好多了，这都是你那特效药的功劳。你看到马可没有？"

"几分钟前我碰见过他，他进你们的房间去了。"我听完这话转身就走，盖伊修士在我身后喊道："你既然觉得药水有效，每天就多喝一点儿吧。"我感谢他的好意，但如今心中完全被另一个问题占据了：到底要不

Dissolution

要把和爱丽丝的谈话告诉马可呢?我走到房间门口,一把推开了门。

"马可,我刚才去了……"我一下子怔住了,环顾着这个不大的房间。房内空无一人,这时一个声音忽然响了起来,仿佛来自虚空。

"先生!救救我!"

第二十四章

"救救我!"马可含混不清的声音显得惊慌失措,可让我疑惑的是我根本看不到他在哪里,这声音就像凭空出现的一般。我四处搜寻,这才看见橱柜被拉开了一点儿,朝橱柜背后一看,墙板上竟有一扇门。我费劲搬开橱柜。

"马可!你在里面吗?"

"我被关在里面了!帮我把门打开,先生!快点儿,他可能就要回来了!"

我握住门把拧了拧,把手显然已经很旧了,上面生满了铁锈。只听咔哒一声,门开了,一股阴风带着湿气扑了过来。马可从黑暗中闪身而出,灰头土脸,头发乱七八糟。我盯着黑乎乎的门洞看了一会儿,回过头问他:"天哪,到底出什么事了?谁要回来了?"

他连喘了几口粗气。"我进去之后把门关上了,结果发现门从里面打不开!我被困在里面了,后来发现墙上有个窥视孔,先前有人就在这儿暗中监视着我们。我看到你进了房间,才敢大声呼救。"

"把事情的来龙去脉仔仔细细地说一遍,从头开始说。"我暗暗有些高兴,至少他经过这番惊吓,暂时顾不上和我闹脾气了。他一屁股坐到床上。

"你走了以后,我对莫提马斯副院长说了排干鱼塘的事。现在他们正在排水。"

"是的,我路过鱼塘时看到了。"

"之后我回来取罩靴。穿罩靴的时候我又听到了声音。"他睁大眼睛直视着我,"我知道自己绝没有听错。"

"你的耳朵一向比你的脑子反应快。接着往下说。"

Dissolution

"声音似乎是从橱柜那里传来的。我想拉开橱柜看看后面有什么东西,结果发现了这扇门。我拿了根蜡烛走进去,里面有条通道,本来我打算沿着通道往前走,看看它到底通往哪里,因为担心有人进来,就关上了门,没想到拉门时造成的气流把蜡烛给吹灭了,通道里顿时一下黑透了。我用肩头去撞门,可门纹丝不动。"他有些羞赧地红了脸,"我立刻没了胆气,而且剑也没带在身上。不过烛光熄灭之后,我竟然看到一点亮光——墙板上有一个窥视孔。"他指了指墙上的一个小洞。我站在近前仔细观察着小洞,从这一侧看这小洞就像个钉孔。

"你被关了多长时间?"

"没多久。上帝保佑,才过了几分钟你就回来了。你去过沼泽地了吗?"

"去过了。那个地方的确有走私者出没——我们发现了生火的痕迹。我和爱丽丝谈了话,待会儿会跟你细说。"我用炉火点燃了两根蜡烛,递给他一根,"啊哈,要不要再去探一探这条通道?"

他深吸了一口气。"好的,先生。"

为防有人突然闯入,我锁上了房门。我俩一前一后挤到了橱柜后面打开了门,门里是一条黑暗狭窄的通道。

我突然想起一件事:"盖伊修士说医务室和厨房之间也有一条连接通道,在大瘟疫时期被关闭了。"

"但是这条通道最近有人频繁出入。"

"不错。"站在通道之内,我可以看到一点亮光,那是开在木头墙板上的窥视孔,"从这个小洞望出去可以清楚地观察整个房间,看上去像是最近才开的。"

"这个房间是盖伊修士为我们选的。"

"是啊,他为我们选了一个好地方,一个任何人都能监视我们、偷听我们说话的地方。"我停下话头,又去查看那道门。门上的锁是那种只能

第二十四章

从外面打开的类型。"我们这次得确保万无一失。"我把门拉过来,将手帕塞在门缝里,这样门就没法关死了。

我们沿着通道前进。通道十分狭窄,看其走势,和医务室的外墙应该是平行的。通道一侧是医务室各个房间的墙板,另一侧则是修道院其他建筑的石墙,潮湿的石墙上有成排的火炬支架,不过全都锈蚀残缺了。这条通道显然被废弃已久,里面弥漫着一股霉臭味,角落里长满了奇怪的球形蘑菇。走了一小段路之后,通道拐了一个九十度的弯,空间一下子阔大起来,前面出现了一个房间。我们走进房间,四下张望。

经过一番打量,我们发现正置身于一间囚室,四下见方,没有窗户。古老的铁脚镣固定在墙壁上,一处角落里有一堆腐烂的布片和木头,应该是一张床的残迹。我把视线投向墙壁,那些潮湿的石头上布满了字迹,看上去像是刮出来的。有一排字刻得极深,定睛一看,原来是一排拉丁文:*Frater Petrus tristissimus. Anno* 1339. "'彼得修士非常伤心,1339年',这句话到底是什么意思?"

"那里有一个出口。"马可说着朝一扇厚重的木门走去。我弯下腰凑到锁眼前向外一看,门的另一侧没有一点儿亮光。我又把耳朵贴在门上,也听不到一丝声音。

我慢慢转动门把手。门朝里打开,无声无息得让我诧异,我低头一瞧,发现铰链上涂了油。等出了门口,我俩不由得吃了一惊,原来门外是另一个碗橱柜,也被挪开了一点儿,和墙壁之间的缝隙仅够一个人挤入。我们从橱柜后面挤出去,来到一条铺着石板的走廊里,不远处有一扇半掩着的门,里面传来唔唔的说话声和盘子的撞击声。

"这里是厨房的过道,"我压低声音说,"趁没有人看见我们,赶快退回去。"

我跟在马可身后挤回过道,在弯腰关门的时候,通道里潮湿的空气呛得我微微咳嗽了一声。一只手突然捂住了我的嘴,另一只手则按在了我的驼背上，我登时浑身一僵。紧接着蜡烛熄灭了，只听马可在我耳边说："别出声，先生。有人来了！"

我点点头，他把手放了下来。其实我什么也没听见，可见他的确有对像蝙蝠一样灵敏的耳朵。过了一会儿，拐角处果然出现了一点烛光，一个人影慢慢走了过来，他身穿长袍，头盖兜帽，兜帽下那张面庞黝黑瘦削。那人左顾右盼，正不断打量着囚室——竟然是盖伊修士！烛光照到了角落里的我们，他被吓了一跳。

"天哪，你们在这里干什么？"

我走上前去："这话应该是我们来问你才对，修士。你到这里来干什么？我们明明把我们的房门锁上了。"

"我把锁打开了。我得到消息说鱼塘里的水已经抽干了，赶紧来通知你们，谁知没有人应门。我担心你们遇害了，就自作主张用钥匙开了门，结果发现橱柜背后有扇门开着。"

"普尔几次听见墙后有动静，今天早上他终于发现了那扇门。我们一直被人监视着，盖伊修士。你把一个墙后藏着密道的房间给了我们！为什么？你为什么不告诉我房间里有一条直接通向厨房的密道？"我厉声质问他。在这件事发生之前，我本已开始把盖伊视作朋友一般的存在了。我深恨自己太轻信此人，虽然他帮过我不少忙，虽然他的言谈很容易让人产生好感，可他依然是个嫌疑犯。

他的脸僵住了。那长长的鼻子和窄瘦的脸庞在闪烁的烛光中显得极为怪异。"我忘了你房里有那扇门。先生，这条通道已经差不多两百年没人使用了。"

"今天早上才有人用过！你把一个墙板上可以打窥视孔的房间安排给我们住，到底是何居心！"

"墙板上可以打洞的房间不止这一个。"他平静地说，眼神十分镇定，拿蜡烛的手也没有发抖。"你难道没看见吗？这条通道是和医务室外墙平

第二十四章

行的，它就在走廊上那排房间的后面。"

"那些不和院长住在一起的客人都会被安排住你们这间房，通常是信使，或者是从我们下属的庄园赶到这里来商讨事宜的雇员们。"

我在这间潮湿的小屋子里挥了挥手："这到底是什么鬼地方？"

他叹了口气。"这是旧时关押修士的囚室。大多数修道院都有这种房间，在过去的年月里，院长们用它来囚禁犯了重罪的修士。根据教会法，今天的院长们仍然拥有这个权力，不过他们已经不再用了。"

"是啊，如今修道院的纪律是越来越松懈了。"

"几个月前莫提马斯副院长问过我这个老房间是不是还在，他说想把房间重新作为囚室使用。我告诉他据我所知房间还在，当初接任医师一职的时候，一个老仆人带我看过那扇门，可我从没有进来过。我还以为那扇门已经被封死了。"

"那门实际上是没有封死的。这么说莫提马斯副院长曾经问起过这间屋子，是不是？"

"是。"他非常肯定地说，"刚才看到门开着，我还以为你同意他的建议了呢，在我看来，代理主教似乎希望我们过得越惨越好。"

我没有马上接话，我们俩就此沉默了一会儿，最后我说："你开口之前最好先用脑子想一想，修士。"

"多谢你提醒。如今这世道已经和从前大不一样了，英格兰国王会因为一个人说了句不该说的话而吊死他。"他努力让自己平静下来，"真对不起。可是夏雷克大人，尽管昨天我们就宗教改革进行了一次非常友好的学术讨论，可是恐惧和不安仍然压在这里每一个人的心上。特派员大人，我只求平平安安地活着。我们所有人都是这样想的。"

"所有人？不见得吧，修士。凶手完全可以穿过这条密道去厨房杀死辛格尔顿特派员，这意味着他们不需要钥匙也能到厨房去。对，一定是这样……有了这条通道，厨房就成了绝佳的谋杀地点，凶手首先和辛格尔顿约在那里见面，然后预先躲在里面，等他一到就杀死他。"

"那天晚上我和爱丽丝一直在照顾詹姆斯老修士，如果有人从我们旁边经过，我们绝不可能看不见。"

我拿过他手里的蜡烛，高举到他面前："但是你可以做到啊，修士。"

"我可以对天发誓，我绝不是杀死辛格尔顿特派员的凶手！"他激动地说，"我是个医生，我立誓要挽救生命，而不是夺走它。"

"除了你之外还有谁知道这条通道的存在？你说副院长提到过它，这是什么时候的事？"

他以手扶额："是在一次高层会议上提出来的。当时在场的除了我，还有院长、埃德温修士和加布里埃尔修士。管家裘德修士和津贴发放人休修士也在。莫提马斯副院长像往常一样说到强化修道院的纪律是如何如何的重要，他说他听见有人提到医务室后面有个专门关押犯错修士的旧牢房。我觉得他只是说说罢了，没太把这话当真。"

"修道院里还有谁有可能知道这个房间？"

"新的见习修士一来到这里，老人们就会把修道院里藏着一个旧牢房的事告诉他们，好给他们一个下马威，但我认为他们不可能知道这个房间具体在哪里，连我也忘了这个房间的存在，要不是你来这儿的第一天问起，我压根就想不起来。我当时告诉过你，我以为它已经关闭很多年了！"

"照你这么说，大家都知道修道院里有这么一个房间。那你的朋友杰罗姆修士呢？"

他摊开两只手，疑惑地问："你这话是什么意思？我们并不是朋友。"

"昨天我亲眼看到你在晚祷仪式上帮他翻书。"

盖伊修士摇了摇头。"他和我同为基督教兄弟，何况又是个可怜的残废，难道如今连帮残疾人翻一页书也成了罪状？夏雷克大人，我不相信你是这种人。"

我没有和他多话："我在查找杀人犯，修士。所有的修道院官员都在

第二十四章

我监视之下,其中也包括你。既然莫提马斯当着这么多人提过通道的事,那所有参加过那次会议的人都有可能想起他说过的话,然后下定决心去找寻它。"

"我想是的。"

我再一次环顾这个潮湿的牢房:"我们走吧。这地方不能久留,我连骨头都疼起来了。"

我们沿着通道默默地往回走。盖伊修士第一个走出了通道口,我弯下腰拾起落在地上的手帕。拾手帕的时候,我看到有什么东西在烛火照耀下闪着微光。我用指甲小心地刮了刮石板。

马可问:"那是什么?"

我把手指举到面前。"天哪,这么说偷窥我们的人是他。"我小声嘀咕着,"对了,一定是这样,在图书馆那次就有些不对劲。"

"你在说什么呀?"

"等一等。"我把手放到长袍上仔仔细细地擦拭干净,"走吧,我得赶快坐到火炉边烤烤火,否则真是连骨头都要冻僵了。"

重新回到房间之后,我遣走了盖伊修士,站到壁炉前烤暖我的双手。

"老天爷作证,那鬼地方真是太冷了。"

"真没想到盖伊修士胆敢抨击代理主教。"

"他还抨击了国王的政策,可他不敢直接抨击国王,因为一旦抨击这个教会领袖,他就要背上谋逆的罪名,所以即使在盛怒之下,他也只是说出了他们所有人的想法。"我鼓了鼓腮帮,"我在通道里找到了新线索,但这线索指向的人不是盖伊修士。"

"那指向谁?"

他急迫的样子让我有些高兴,看来他已经把心里的不愉快彻底忘光了。

"等会儿再告诉你,得趁他们自己动手清理鱼塘之前赶到那里去,我

317

们需要看一看鱼塘里还有没有其他东西。"我们离开房间朝鱼塘奔去，一路上我的头脑运转如飞。

我们沿着已经走过多次的道路穿过果园，一出果园，就看到一小群仆人手拿长棍站在鱼塘边上。莫提马斯副院长也在这群人中间，他转过身来对着我们。

"特派员大人，河水已经改道了，鱼塘的水也抽干了。但我们必须尽快让河水流回来，否则污水会淹没地面。"

我点了点头。鱼塘如今成了个空荡荡的深坑，塘底积着厚厚的灰棕色淤泥，里面插着许多碎冰。我转头招呼仆人：

"谁能在里面找到东西，我就赏谁一先令！"

两个仆人走上前来，犹犹豫豫地爬到塘底，用长棍伸进淤泥里探来探去。突然其中一个人欢呼一声，举起某样东西。那是两个金圣餐杯。

"这应该就是孤儿拿走的杯子。"副院长小声说。

我原本希望能在里面找到失窃的圣物，可是两人又搜寻了十分钟，除了一只旧拖鞋，什么也没有找到。仆人们重新爬回岸上，那个找到圣餐杯的仆人把两个杯子递给我。我给了他一先令，转头发现副院长正目不转睛地盯着杯子。

"我敢肯定这就是教堂失窃的杯子。"他吐了一口长气，"特派员大人，如果你抓到了杀死那个可怜姑娘的人，记得给我留一点和他独处的时间。"他说完这话转身走了。我朝马可扬了扬眉毛。

他问："他真的为她的死感到难过？"

"人心难测，我怎么知道他真正的心思？好了，我们得去教堂走一趟。"

第二十五章

我们踩着积雪往修道院方向走去,我的腿就像灌了铅,后背又疼了起来。看着马可生龙活虎地迈着大步,两条强健的腿不断踢起地上的雪沫,我心中不由得有些嫉妒。好容易走到了外院里,我停下来歇了一口气。

"通道里的线索指向加布里埃尔修士。我的猜测似乎没有错,他一定隐瞒着什么事。我们现在马上去找他,先去教堂找找看,他多半就在那里。我和他说话的时候你最好不要听,但别站得太远了,别问为什么,我自有我的道理。"

"就照你说的办吧,先生。"我看得出他对我不露口风颇为不满,但这也是计划的一部分。真奇怪,虽然地道里的发现证明了我先前对加布里埃尔的怀疑并非无中生有,可我并没有一丝一毫的满足感。人心果然难测,不可理解,不可捉摸。

天空依旧阴云密布,教堂里一片昏暗。我们径直朝中殿走去,两侧的小礼拜堂没有喃喃的诵经声,想必现在是修士们的休息时间。我认出了站在中殿中央的加布里埃尔修士,他正在监督一个仆人擦拭一块镶在墙上的巨大金属名牌。

"铜绿被擦掉了。"我们走过去的时候,听到他低沉的声音在中殿里回荡,"盖伊的配方果然管用。"

"加布里埃尔修士,"我说,"恐怕又得请你的仆人离开一会儿,我必须再和你谈一谈。"

他叹了口气,把仆人遣走了。仆人刚刚擦拭的名牌下方雕刻着一个躺在棺板上的修士,我读了读名牌上的拉丁文。

"原来第一任院长被葬在这堵墙里?"

"不错,这块名牌造得非常精美。"他瞥了马可一眼,马可就像我要求的那样站在离我们不远的地方。看过这一眼之后,他又转头对我说:"可惜这牌子是铜合金做的,年深日久生了铜锈,幸好盖伊修士提供了一个清洗配方。"他的语速非常快,可见心里有些紧张。

"你可真是个大忙人啊,修士,既要负责教堂的音乐,又要负责教堂的装饰。"我抬头看了看装了栏杆的走道,圣多纳特像的旁边放着一堆工具,拴在走道和钟楼之间的绳子还在原处,木头篮子也像几天前一样吊在绳子上。"工程好像没什么进展啊,你还没和埃德温修士商量好吗?"

"是的。可你来这儿肯定不是为了和我说这个吧?"他的声音夹杂着一丝愠怒。

"当然不是,修士。昨天我在你面前推理案情的时候,你说我像个信口开河的律师。我指控你是凶手,你又说我是在胡编乱造。"

"是的,我的确说过。我本来就不是凶手。"

"但是有一件事你要知道,我们这些信口开河的律师可以本能地察觉到一个人有没有隐瞒什么事。我们很少出错。"

他没有接话,两眼眨也不眨地盯着我。

"我现在再向你推理一次案情,我首先声明一下,这只是假设,如果有说得不对的地方,你可以随时纠正。这样总公平了吧?"

"我不知道你想耍什么花招。"

"我保证不耍花招。先从几个月前的高层会议说起吧,莫提马斯副院长在会上提到了一间旧牢房和一条连接医务室和厨房的通道。"

"是……是的,我记得这件事。"他的呼吸加快了一点儿,眼睛也眨动得更频繁了。

"虽然大家当时并没有深究此事,但我想你的心思肯定活动了。之后你去了图书馆,因为你知道那里肯定能找到修道院过去的所有设计图。你

第二十五章

带我参观图书馆的时候我就看到这些图纸了，我记得你一把将图纸抢了回去，好像生怕我看似的。我认为你找到了那条通道，修士，而且你还进入了通道，在我们房间的墙板上凿了一个窥视孔。厨师曾说你在厨房周围鬼鬼祟祟地转悠，我现在知道这是为什么了，因为那里是通道的入口。"

他舔了舔干燥的嘴唇。

"你无法反驳我，修士。"

"我……我根本不知道什么窥视孔。"

"不知道？马可说他早上经常听见声音，我一开始还嘲笑过他，说那声音是耗子弄出来的。可就在今天，他搜查了我们的房间，发现了那扇门和墙板上的窥视孔。我很想知道躲在通道里偷窥我们的人是谁。起初我怀疑是盖伊修士，可后来我在窥视孔下方的地面上发现了一些东西，一些闪闪发光的东西，我终于明白那人并不是为了监视我们才跑来偷窥的，他其实另有目的。"

加布里埃尔修士呻吟了一声，这声音仿佛发自他的内心深处。他像只脱了线的木偶般萎顿了下去。

"加布里埃尔修士，你对年轻男人有特殊喜好。如果让你每天早上如此近距离地观看马可·普尔脱衣服，相信你很快就精尽人亡了。"

他摇晃了一下，我还以为他要跌倒，幸好他用手扶着墙壁站住了。当他重新抬起头来看着我的时候，他的脸色先是死一样的灰白，接着又涨得通红。

"你说的都是真的，"他小声说，"希望上帝原谅我。"

"你夹着胯下勃起的阳具，在黑暗中穿过那间阴森的旧牢房，天哪，这段路程一定很诡异。"

"请你不要说了……不要说了。"他无力地抬起一只手，"别告诉他，别告诉那个小伙子。"

我走近一步："那就老实告诉我你到底隐瞒了什么。那通道是一条通向厨房的密道,而我的前任就是在那里被人杀害的。"

"我也不想这样,"他突然激动起来,哑着嗓子说,"很久以前,当我在家乡教堂里第一次看到圣塞巴斯蒂安的雕像时,就沉迷于男色不能自拔。我成天思恋着他,就像其他男孩儿迷恋圣阿加莎雕像的乳房一样。但他们可以通过和女孩儿结婚来得到慰藉,而我只能终身孤独……就像现在这样。我来到这里就是为了逃避诱惑。"

我难以置信地问:"来到一座修道院?"

"是的!"他哈哈大笑起来,那是一种空洞的、没有生气的笑声,"这年头健康的年轻男人已经不想做修士了,有这个意愿的人寥寥无几,肯做修士的大都是像西蒙一样无法在世俗社会立足的可怜人。我对西蒙没有情欲,更不用说对那个老亚历山大了。这些年间我的确和其他男人干过不体面的事情,但是次数很少,自从克伦威尔勋爵派人来视察过后,我就再也没有犯过了。我每天努力地诵经和工作,成功地压制住了心里的欲望。可是不久之后,外头的来访者、我们庄园的管家、信使们又陆续来到这里了,有时候看到……看到漂亮的小伙子,我心里那把火就又烧起来了,整个人就像着了魔一样,根本控制不住自己的行为。"

"来访者通常被安排住进我们的房间。"

他低下了头。"当副院长提起那条通道的时候,我就在想它会不会通到这个房间的后面。你说得对,我的确看了图纸。上帝帮了我一把,我成功地在墙板上凿了一个洞,偷看他们赤身裸体的样子。"他又朝不远处的马可看了一眼,这一次他的脸上显出一种困兽般的愤怒,"后来你来了,和他一起。我在毫无准备的情况下见到了他,而他又是这么英俊,身上有着我所追求的那种极致的美好。他是我心目中最完美的人。"他的语速又开始加快,简直到了含糊不清的地步。"早上估计你们要起床了,我就偷偷溜进通道。希望上帝原谅我,昨天和西蒙下葬那天我都去了那里。今天早上我又去了,我根本无法抵挡这种诱惑。噢,我成了什么人了?我怎么

第二十五章

能在上帝面前做出这样的事,世上还有比我更无耻的人吗?"他把手捏成拳头塞进嘴里,狠狠地咬住,直到手上出现一滴血珠。

我突然反应过来:他一定也看见我穿衣服了。每到这个时候,马可都会善解人意地移开目光,避免直视我的驼背,可他一定看到了。想到这里,我很有些不痛快。

我探过身子:"听我说,修士。我什么都没对马可说,不过你要是希望我继续为你保密,就必须把你所知道的凶案的内幕统统告诉我,再也不要对我隐瞒任何事。"

他把拳头从嘴里抽了出来,一脸疑惑地看着我。

"但是特派员大人,我无话可说。这件难以启齿的丑事就是我的秘密。除了这件事,我对你说的全是真话,我确实不知道和这些凶案有关的消息。我使用那条通道的唯一原因就是……就是想看看这个新来的小伙子。"他颤抖着吸了一口气,"我只是想看看他。"

"你真的没有隐瞒其他事情?"

"没有,我可以发誓。我以上帝的名义向你发誓,如果可以帮助你侦破这些可怕的案件,我责无旁贷。"

他软软地靠在墙上,似乎已经羞愧得无地自容了。调查再一次走进了死胡同,我不由得感到一阵愤怒。我摇了摇头,气呼呼地吐了一口气。

"天哪,加布里埃尔修士,你真是让我兜了好大一个圈子。我还以为你是凶手呢。"

"先生,我知道你会关闭修道院。但是我求求你,不要把我的所作所为当作借口,我不希望修道院关闭是因为我的罪过。"

"上帝啊,你把自己犯下的罪过看得太严重了。人独身久了,难免会憋出毛病来,你这点儿小事连立案要求也达不到。就算以后修道院关闭了,也是因为其他原因。我只是想不通,为什么好好的人要把一生浪费在这种虚假的偶像崇拜上。是人总会犯错,你也一样,终归不能免俗。"

Dissolution

他羞愧地闭上眼睛,然后仰起脑袋,我看到他的嘴唇在一张一合地说着祷词。接着他闭上嘴,睁开了眼睛,头依然仰着。那双眼睛突然越睁越大,好像马上就要凸出眼眶似的。我被他的表情弄糊涂了,慢慢走上前去。说时迟,那时快,他猛地转过身大吼一声,张开双臂朝我扑过来,我还没来得及做出反应,就被他扑住了。

接下来发生的事情实在太可怕了,多年后回想起来仍旧历历在目,当我写下这段文字的时候,手都在微微发抖。他拼命用胸口推挤我,我仰天倒下,后背重重地撞上石板,痛得差点儿断气。那一刻我当真以为他狂性大发,想要杀人灭口。我吃力地朝上一看,只见他站在我面前,双眼圆睁。谁知下一秒情势突变,一尊巨大的石头雕像从天而降,落到我刚才站立的地方,把加布里埃尔砸倒在地。石像撞击地面后迅速裂开,那震耳欲聋的咔嚓声混合着加布里埃尔骨头断裂的声响,让我毛骨悚然,直到现在,依然清晰可闻。

※

我用手肘半撑起身子,呆呆地躺在原地,张大嘴巴看着那尊彩绘圣多纳特雕像。雕像如今已摔成了碎片,压在加布里埃尔身上,他的一条手臂从碎片下伸出,一摊鲜血在地板上扩散开来。雕像断裂的脑袋躺在我的脚边,他的眼下画了几颗白色的泪珠,正用一种悲悯的表情看着我。

接着我听到了马可的声音,那是一种我从未听到过的叫喊。

"赶快离开那堵墙!"

我抬起头往上看。在距离地面五十英尺的上方,雕像站立的基座在走道边缘摇摇欲坠。我能看出基座后面有个穿着斗篷的人影,但完全看不清脸。我手脚并用地往后爬,就在爬开的一瞬间,基座砸到了刚才躺卧的地方。马可一把将我拽了过去,他的脸白得像死人一样。

"他在上面!"他大声喊道。我顺着他的目光看去,只见一个模糊的人

第二十五章

影沿着走道朝内殿奔去。

"他救了我。"我凝视着被压在石头下面的加布里埃尔,他已经被砸得面目全非,一摊血迹红得触目惊心,"他救了我!"

"先生,"马可焦急地压低声音说,"我们得去抓他。他正在走道上,唯一的出口就是位于圣坛屏另一侧的楼梯。"

我一面整理着纷乱的思绪,一面看了看圣坛屏另一侧的楼梯:"对,你说得对。你看清楚那人是谁了吗?"

"没有,只看出是个穿着斗篷的人,用兜帽蒙了脑袋。他刚刚朝教堂顶部逃去了,只要我们一人一边爬上楼梯,就可以截住他,除了楼梯,他无路可走,我们一定能抓住他。没问题吧,先生?"

"没有。扶我起来。"

马可扶我站了起来。他拔出了腰间的佩剑,我则抓紧了手杖,接连深吸了几口气,努力平复剧烈跳动的心脏。"我们左右包抄,而且要确保能看见对方。"

他点了点头,飞快地跑向右侧的楼梯。我不再看加布里埃尔血肉模糊的尸体,向左侧跑去。

我慢吞吞地往上爬,心脏咚咚直跳,简直快跳到嗓子眼了。眼前金星乱舞。我脱下厚重的外套,把它抛在楼梯上。没了外套保暖,顿时让人觉得寒冷刺骨,好在行动起来灵活不少。

楼梯直通向横贯教堂内壁的狭窄平台。平台是用铁丝网做成的,朝下一望,可以远远地看到下方圣坛前闪烁的烛光、供着圣人雕像的神龛、一堆碎石头和加布里埃尔那一大摊猩红的血迹。平台不足三英尺宽,边缘只有一根铁栏杆围着,人不至于掉下去。一堆泥瓦工具乱七八糟地放在前面,工具旁边就是绳子,一端被铆钉固定在墙壁上,另一端系在钟楼上,绳子上还吊着木头篮子。我眯起眼睛望向平台深处,暗暗咒骂这微弱的光线,教堂所有的窗户都在走道下方,平台的光线暗得可怜。虽然看不到远处的景况，可我知道前面有人。一定有。我小心翼翼地往前挪着步子，弯下腰避开绳索。

平台和圣坛屏顶部齐平。圣坛屏横贯整个中殿，大约有七英尺宽，顶部立着几尊雕像，从前站在地面仰望这些雕像时，我觉得他们看上去很小，可如今在昏暗的光线中看去，我才发现他们和真人一样大。

我小心谨慎地抓住栏杆，往平台前方挪动。每走几步，栏杆就发出嘎吱嘎吱的声音，有一次我甚至感觉到它在我脚下摇晃。我对自己说，泥瓦匠和帮工们天天在上面走来走去，也没见谁掉下来过，可还是禁不住暗暗担心，教堂掉落的石块就砸在这个平台上，平台会不会因此而变得不牢固？

我在半空中穿过教堂，模模糊糊地看到马可从对面慢慢走了过来。他举起手中的剑，我也挥了挥手杖向他示意。那个凶手现在一定被我们包围了，他就在我们中间。我紧紧地抓住手杖。腿开始发抖，我急得暗自咒骂，希望它们别再抖了。

我稳步向前移动，两眼眨也不眨地凝视着幽暗的前方。没有人，也没有声音。当我走到教堂顶部的时候，走道转了一个半圆形的弯，片刻之后，我和马可站在一起面面相觑，我们站立的地方离内殿两端各有五十英尺，此刻两人之间空无一物，更别说人了。他难以置信地看着我。

"他走的明明就是这条路，我刚才看到了！"他大声辩解道。

"那他在哪儿？整条走道上根本没有人。你一定是看错了，他多半走了另一条路，朝大门方向跑了。"我回过头看了看来时的路，走道尽头到圣坛屏这一段路完全消失在黑暗中。

"我可以用我的生命发誓，他的的确确走了这条路，我发誓！"

"行了行了。"我深吸了一口气，"不要着急。如果他是从走道另一头逃的，我们仍然可以抓住他。没有人走下楼梯，否则我们一定可以听见。我们回走道另一头去看看。"

第二十五章

"也许我们应该下去。我们其中一个人可以去找帮手。"

"这样不行,一双眼睛很难同时看到两侧楼梯的情况,何况这地方这么大,只要他跑下楼梯,就很容易溜走。"

我们沿着原路分头往回走。我全神贯注地盯着前方,两只眼睛隐隐有些酸痛。经过立着雕像的圣坛屏时,我突然想到了什么,但一时又想不明白。走到几尊雕像的正前方时,我突然意识到:圣坛屏上的三尊雕像是之前就有的,他们分别是施洗者约翰、我主耶稣和圣母玛利亚。而这三尊雕像之间,竟然还有我从未见过的第四尊雕像。

就在我停下来的一瞬间,一件东西呼啸着破空而来,砸在我身侧的墙壁上。只听哐当一声,一把匕首落在我脚边,我总算明白过来:中间那尊雕像其实并不是雕像,而是一个穿着本笃会长袍的活人。我飞快地转过身,看到一个模糊的人影越过栏杆爬上了走道。正要拔腿追赶,脚却被铁丝网卡住了,我整个人顿时朝前栽倒,撞上了栏杆。头和肩膀悬在栏杆外,下方遥远的地面让我脑子发晕,我扑腾了好一阵,这才站了起来。那人已经跑了。我听到咔哒咔哒的下楼声。

"马可!"我大声呼喊,"这边!他往这边跑了!"

马可和我隔着一段距离,这会儿他已经跑回了另一侧的楼梯口,离那个修士逃跑的楼梯非常远。我听到脚步声啪嗒啪嗒地远去,凶手正沿着我身下的这堵墙奔跑,这样一来,我就不可能看见他了。我奔下楼梯返回地面,马可也在同一时间出现在对面。远处的教堂大门砰的一声关上了。

"他刚才站在圣坛屏上,和那些雕像在一起!"我高声咆哮,"你看到他的样子了吗?他一闪身就不见了。"

"没有,先生,我赶来和你会合的时候他已经跑下楼梯了。"他抬头看着圣坛屏,"他一定是趁我们上楼的时候爬到了圣坛屏上。天哪,那里既没有栏杆也没有可扶的东西,站在上面胆子可不小。"

"他一定是算准了改革派会忽略神雕像。这下好了,他已经逃走了。"

Dissolution

我看了看从走道上捡起来的匕首，匕首由精钢打造，锋利异常，但没有半点装饰，看来想从匕首上找到线索是不可能了。我一拳砸到墙上，一波疼痛感顿时传遍了整条手臂。

"可是先生，加布里埃尔是怎么一回事？你之前不是还在怀疑凶手是他吗？你在那条秘密通道里发现了什么东西？"

我犹豫了一下。"我弄错了，完全弄错了。他没有秘密。现在又有一个人为我而死，尽管我曾向上帝祈祷过。"我仰望着高高的穹顶，胸中怒气翻涌，"但是我对天发誓，他将是最后一个。"

第二十六章

我把四个活着的修道院高层负责人召集到了教堂。费比尔院长、莫提马斯副院长、埃德温修士、盖伊修士,连同我和马可一起站在中殿,注视着仆人们搬走压在加布里埃尔尸体上的石块。真奇怪,我发现自己竟然能够承受这可怕的场面,惊骇的同时又觉得麻木。我观察着几个负责人的反应:盖伊修士和莫提马斯副院长一脸漠然,埃德温修士嫌恶地皱着面孔,费比尔院长则走去旁边的耳堂里呕吐。

我命令他们陪我去到加布里埃尔的小办公室,地板上堆着一大摞还没来得及抄写的书籍,那尊断了鼻梁的圣母像依旧凄凉地靠在墙角。我问他们一个小时以前石像掉落的时候,修道院里的修士都在哪里。

"在修道院各处,"莫提马斯副院长回答,"一个小时前是休息时间。天这么冷,没多少人会出去,大多数人会待在自己的房间里。"

"杰罗姆呢?他现在安全吗?"

"从昨天开始,他一直被锁在房里。"

"还有你们四个。一小时前你们在哪里?"

盖伊修士说他独自在药房里钻研医术;莫提马斯副院长说他待在自己办公室里,也是一个人;埃德温修士对我说他的两个助手可以证明他一直在账房里,而费比尔院长说他当时正在向他的管家作指示。我坐在椅子上看着他们四个,即使有人可以提出不在场证明,我也不能轻易相信他们,他们的那些手下很有可能在自愿或者被迫的情况下撒谎,这个道理也同样适用于其他修士。我可以单独提审这里的每一个修士和仆人,但这得花多长时间?就算花了时间,就一定能找出凶手吗?我突然觉得很无助。

莫提马斯副院长打破了沉默:"是加布里埃尔救了你?"

"是,他救了我。"

"为什么?"他问,"先生,我无意冒犯,我只是觉得好奇,他怎么会为了你连自己的性命也不要?"

"也许这并不奇怪。我想他是因为遭遇了一些事,觉得活在世上已经没有意义了。"我冷冷地看着莫提马斯。

"那我希望他舍己救人的行为可以在最终审判的时候帮他一把,他生前可造了不少罪孽。"

"说不定在上帝看来,他的罪过并不是那么严重。"

有人犹犹豫豫地在门上敲了一下,一个神色惊恐的修士把头伸了进来。

"请原谅我的冒失,柯平格尔治安官给特派员大人送来了一封信。送信的人说这封信要马上交到特派员手里。"

"那好吧。先生们,你们暂时留在这里。马可,你跟我来。"

❈

离开教堂的时候,我们看到加布里埃尔的尸体已经被移走了。两个仆人正在清洗地板,他们用布巾蘸着热水擦拭地上的血迹,周围热气腾腾。我们推开教堂大门,发现外面聚集了一大群人,修士和仆人们一边看着我们,一边焦虑不安地交头接耳。五十多张嘴一张一合,哈出的气形成了灰白色的云雾。我看到阿特尔斯坦挤在人群中,好奇地看着教堂,塞普蒂默斯一脸茫然地东张西望,两只手不安地绞来绞去。看到我们出来了,裘德修士立刻叫人群让出一条路。我们由那个来教堂找我们的修士带领着穿过人群,巴格拿着一封信站在门房边,一双精明的绿豆眼里充满了好奇。

"特派员大人,希望你原谅我的打扰,可是送信的人说这封信十万火急。听说加布里埃尔修士在教堂里出意外死了,到底是不是真的?"

第二十六章

"不,巴格先生,不是意外。有人想要杀我,他是为了救我才死的。"我接过信之后转身就走,直至庭院中央才停下来。经过刚才的恐怖事件,远离高墙让我觉得更加安全。

"一个小时以后,有人想要杀你的事恐怕就要传遍整个修道院了。"马可说。

"这样正好,我们不用再花力气遮遮掩掩了。"我破开蜡封,读起这张纸上的内容。读罢,我焦虑地咬了咬嘴唇。

"柯平格尔已经开始调查了。他命令爱德华爵士和名字同样出现在册子上的另一个本地地主来见他。那两个人回报说他们被大雪堵在自家的庄园里了,可既然信使能进去,他们自然能出来,所以他又派人去叫了一次。大雪阻路不过是拖延时间的借口罢了,他们一定想隐瞒什么。"

"现在你可以去质问埃德温修士了。"

"如果我两手空空地去问,那个老奸巨猾的家伙一定会说册子上写的东西只是假设罢了,我想拿到确凿的证据之后再去质问他。可是以现在这个速度,恐怕明天甚至后天,我都拿不到想要的证据。"我把信纸折起来,"马可,谁有可能知道我们今天早上会去教堂?我是在鱼塘边对你说这事儿的,我记得我当时说,我们必须去教堂走一趟。"

"莫提马斯副院长在场,可我们说话的时候他走开了。"

"说不定他的耳朵很灵,就像你一样。关键在于除他之外别人不可能知道我们去了那里,我们可以假设那人爬到上面想要伏击我。"

他想了想。"就算是这样,可他怎么知道你会恰好走到那些石块下面?"

"你说的有道理。上帝啊,我没法正确思考了。"我抬手揉了揉额头,"好吧,如果凶手是因为其他原因爬到走道上去的呢?他会不会是看到我停在那里,才临时起意想要除掉我?"

"可是他爬到上面去干什么呢?上面连维修工程都停了,根本无事可做。"

"除了刚刚过世的加布里埃尔，还有谁最了解教堂的维修工程？"

"修道院的日常运转是由莫提马斯副院长负责的。"

"我想我得去找他谈谈。"我停下话头，把信收好，"但是在这之前，马可，我必须告诉你一件事。"

"说吧，先生。"

我严肃地看着他："你先前不是送给柯平格尔一封信吗？我在信中不只让他调查土地交易，还让他查一查斯卡恩西有没有去往伦敦的船。现在大雪封山，穿越威尔德地区得花上一个星期，但眼下出了杰罗姆私自送信这件事，我必须回伦敦见克伦威尔。柯平格尔在回信上说可能有船往返，有一艘船预备在今天下午涨潮的时候运送一船啤酒花到伦敦去，预计两天后到达伦敦，第三天就返航。如果没有大风浪，我只需要离开四天。我不能错过这个机会。我希望你能代我留在这里。"

"你现在就要走吗？"

我来回踱步："我必须抓住这个机会。你还记得吧，国王并不知道这里的事。如果杰罗姆已经送出了其他信件，而国王看到了，那克伦威尔一定会有麻烦。我也不想走，可我不得不走。而且我回去还有其他事情要办，记得那把剑吗？"

"就是在鱼塘里找到的那一把？"

"剑上有铸造师的标记，那种剑通常是订购的，如果能找到铸剑师，应该就可以查出买剑的人。这是我目前拥有的唯一线索。"

"这可不见得，等我们拿到卖地的证据，不就能审问埃德温了吗？"

"你说得不错。你知道吗，我觉得埃德温不像有同谋，他这个人似乎非常自我。"

马可沉吟半晌，开口说道："盖伊修士有可能杀死辛格尔顿。他虽然很瘦，但看起来挺结实的，而且个头也高。"

第二十六章

"他是有这个能力,可你为什么单单怀疑他?"

"因为那条秘密通道,先生。案发的那个晚上,他可以轻而易举地溜进通道,神不知鬼不觉地到达厨房。根本不需要钥匙。"

我再一次揉起额头。"不只是盖伊,其他人一样可以做到。证据就这么一点儿,据此可以衍生出无数种可能性。我必须找到更多的证据,希望在伦敦可以找到有用的东西。但我需要有人代替我留在这里,我走了以后,你就搬到院长的房子里去吧,一边检查信件,一边留意这里发生的事情。"

他眼中精光一闪:"你是希望我离爱丽丝远一点儿吧。"

"我是希望你远离那些危险的区域,就像老古德汉普斯一样。你可以住他先前住过的房间,那个房间很舒服,非常适合接待像你这样的年轻人。"我叹了一口气,"你说得也对,我的确希望你离爱丽丝远一点儿。我已经和她谈过了,我告诉她继续和你纠缠下去只会破坏你的前途。"

"你无权这么做,先生!"他顿时怒气冲天,"我有权利决定自己的人生道路。"

"不,马可,你没有。你必须对家人和你自己的未来负责。我现在命令你搬到院长那里去。"

我看到那双曾经让可怜的加布里埃尔痴迷不已的蓝色大眼里泛着寒光。"我亲眼见过你贪恋地看着她的背影。"他冷冷说道,声音里有种掩不住的轻蔑。

"我克制住了自己的感情。"

他上下打量着我:"你别无选择。"

我咬紧牙关。"知道你这话有多无礼吗,我本该在大庭广众下踢你的屁股。我多希望离开期间不需要你留在这里,可惜我确实需要。好了,你会照我说的去做吗?"

"我会尽我所能来帮助你抓到杀人凶手。他应该被吊死。但我不保证破案以后还听你的,哪怕你彻底和我决裂。"他深吸了一口气,"我打算向爱丽丝·菲特尔求婚。"

"如果你真这么做,到时候我就算不想和你决裂恐怕也不行了。"我小声回答,"我对天发誓绝不会看不起你,但我无法要求克伦威尔勋爵重新接纳一个娶了女佣的男人。那是不可能的。"

他没有回答。其实我心里很清楚,假使事情到了最坏的地步,他真的和爱丽丝结了婚,我仍然会雇用他做我的书记员,为他和爱丽丝在伦敦找一个住处。但我不会让他轻易知道这一点。我用一种冷硬的目光看着他,他也一样。

"为我整理一个包裹吧,"我简略地吩咐他,"给'大法官法庭'配上马鞍。我想去镇上的路应该有人清扫过了。我马上去见副院长,之后就启程回伦敦。"我说完这话转身就走,虽然内心很希望他陪着我一起去找莫提马斯,可是经过刚才的事情,我想我们还是分开的好。

※

高层官员们仍然留在加布里埃尔的办公室里,脸上显露出我从未见过的沮丧。我突然意识到这几个人的貌合神离:院长那脆弱的傲慢与日俱增,盖伊坚守着朴素的生活方式,副院长和财务主管虽然共同管理着修道院,然而我再一次感觉到他们并不是朋友,仅仅是教友,除此之外,彼此之间没有更多的牵连。

"修士们,我要告诉你们一件事,我打算回伦敦一趟,我需要和克伦威尔勋爵见一面,来回大概需要五天。在我回来之前,这里的事务由马可·普尔全权代理。"

"你怎么可能在五天之内来回呢?"莫提马斯副院长问,"听说连布里斯托尔都下雪了。"

"我准备乘船。"

第二十六章

费比尔院长紧张地问:"你要和克伦威尔勋爵谈什么?"

"谈些私事。我已经把加布里埃尔修士的死因公开了,我还决定把孤儿·斯通加登的遗体送还给斯顿普夫人,由她做主安葬,请你们安排一下。"

"但是这样一来,镇上的人都会知道她死在这里了。"院长皱起眉头,仿佛面临着一个天大的难题。

"不错。可如今事情的发展远远超出了我们的预料,保密已经没有意义了。"

他抬起头看着我,神情带着几分旧有的傲慢。

"我必须提出抗议,夏雷克大人。这可不是一件小事,弄不好会影响这里每一个人的声誉,你做出决定之前应该先和我商量一下,毕竟我是院长。"

"如今这里权力最大的人是我,阁下。"我一句话将他堵了回去,"你们可以走了,副院长暂时留下。"

三个人陆续出去了,院长临走时看了我一眼,眼神茫然而迷惑。我环抱双臂面对莫提马斯,本想勉强打起精神,最终发现只是徒劳。

"修士,我一直在想,有谁知道我会去教堂呢?我在鱼塘边对我的助手说起这件事的时候,你恰好在场。"

他不可置信地大笑起来:"我当时走开了。"

我仔细审视着他的脸,但他脸上并没有惊慌,只有愤怒和迷惑。"对,你的确走开了。这么说来那个推石头的人并不是专程躲在那里伏击我,而是另有目的。谁有可能爬到那上面去呢?"

"在维修工程开工之前,没有人会上去。"

"我想让你陪我回走道看一看。"我想起了那件失踪的圣物,如果我关于土地买卖的猜测没有错,那半箱黄金也一定是存在的。那它们都藏在哪里呢?会不会就藏在走道上的某个地方,否则那个凶手为什么要爬到上

Dissolution

面去？

"如你所愿，特派员大人。"

我带头走向楼梯，再次爬了上去，双脚踩在走道上的时候，心脏怦怦直跳。朝下一看，仆人们还在清洗地面，正将被鲜血染红的拖把伸进水桶里拧干。这就是一个男人的结局。我突然一阵恶心，死死抓住栏杆。

"你还好吗？"莫提马斯站在离我几步远的地方问。我突然想到一件事：如果他想跑上来控制住我，甚至把我推下去，那我逃脱的可能性会非常小，因为他比我强壮。早知道我就带着马可一起来了。

我连忙挥挥手让他不要过来。"没事。我们往前走吧。"

我看了看石块旁边的一小堆工具，那个木头篮子仍然吊在绳子上。

"上一次维修是在什么时候？"

"绳索和篮子是两个月前挂上去的，这样工人们才能够到雕像，雕像当时摇摇欲坠，所以我们想了这个法子，把它搬开后检查裂口。我们在墙壁和钟楼之间挂上活动的绳子，篮子就吊在绳子上，这个巧妙的设计是泥瓦匠想出来的。自从埃德温修士命令工程停工，工人们就很少干活了，其实他这么做也有道理，加布里埃尔不应该在项目获得批准之前就动工，所以他强行叫停了工程，好让加布里埃尔明白谁才是这里的当家人。"

我看着蜘蛛网一样的绳子："这工作可真危险。"

他耸了耸肩。"搭脚手架当然更安全，但你认为财务主管会批准这笔花费吗？"

"看来你不喜欢埃德温修士。"我假装若无其事地试探了一句。

"他就像一只肥胖的雪貂，尽可能地猎取每一枚便士。"

"他会不会经常和你商议修道院的财务问题？"我一眼不错地看着他，可他只是随意地耸了耸肩。

"除了院长，他从不和任何人商议，不过他常常浪费我和其他人的时间，逼着我们核算每一份账目，直算到最后一法新为止。"

第二十六章

"我明白了。"我转身仰望钟楼,"你们是怎么上去敲钟的?"

"底层另有一道楼梯通向上面。如果你想上去看看,我可以带路。我怀疑这个工程还能不能继续下去,现在加布里埃尔被人杀了,工程也就没人主持了。"

我扬了扬眉毛。"莫提马斯副院长,为什么你能为一个女佣的死如此伤情,面对和你共事多年的兄弟的死却没有半点儿悲伤?"

"我从前说过,一个修士此生的责任和一个小女子完全不同。"他冷冷地看了我一眼,"责任之一就是不能成为一个变态的同性恋。"

"副院长修士,我真庆幸你不是王座法庭的法官。"

※

他带着我走下楼梯回到中殿,穿过另一扇门,走上一道通向屋顶的螺旋形楼梯。楼梯非常长,等爬到顶上,我已经气喘吁吁了。接着我们来到一条狭窄的木制通道里,通道尽头又有一扇小门。走道里有一扇没有镶玻璃的窗户,窗外的景色简直让人晕眩:修道院里里外外的景象尽收我眼底,向左看去,可以看到白色的荒野和森林,右面则是灰色的大海。这里一定是方圆几英里内的至高点。一股寒风呼啸着刮来,吹乱了我们的头发。

"穿过这扇门就到了。"副院长带着我穿过小门来到一个空荡荡的房间,房间铺有木质地板,粗大的钟绳直垂到地上。抬头望去,我可以模模糊糊地看到悬在上面的两口巨钟。房间中央有一个大圆洞,圆洞周围围着栏杆。我越过栏杆往下一看,看到了另一个角度的教堂底部,我们现在站得太高了,底下的人一个个像蚂蚁一样小。我可以看到那个篮子挂在距离我二十英尺的下方,上面搭着一大块布,篮子下面就是工具和木桶。绳索穿过圆洞伸进房间,被人用更多的铆钉固定在墙上。

"如果不是有这个圆洞,钟声一定会把敲钟人的耳朵给震聋。"副院长说,"钟声响起的时候,他们必须堵住耳朵才行。"

"我能想象得出来,就算站在地面上,钟声也几乎要把人的耳朵给震聋了。"我留意到一架木梯,"这梯子是通到钟楼上面的吗?"

"是的,这梯子是仆人们用来爬到上面去清洗和维修那两口钟的。"

"我们爬上去看看。你先爬。"

梯子尽头是另一个房间,一道栏杆围着两口钟。这钟的确是庞然大物,每一口的体积比一个人还大,都用巨大的铁环吊在天花板上。此处除了大钟之外没什么摆设,看来也藏不了什么东西。我朝大钟走过去,但又不敢靠得太近,因为栏杆实在太低了。离我最近的一口钟上雕刻着华丽的金属花纹,此外还镶着一块大铜牌,上面刻着一段奇怪的西班牙文。

我大声读出这段话:"*Arrancado de la barriga del infiel*,ano 1059."

"这段话是说这钟是从异教徒手里夺过来的。"莫提马斯的声音在我耳边响起。我被吓了一跳。我没察觉到他原来离我这么近。

"特派员大人,"他说,"我想问你一件事。你刚才看到院长了吗?"

"看到了。"

"他已经力不从心了,不适合再坐在院长的位子上。如今是时候找个人替代他了,克伦威尔勋爵应该会希望这名继任者是个手段强硬、对他忠心耿耿的人。我知道他正在各个修道院里提拔支持者。"他意味深长地看着我。

我惊讶地摇了摇头:"莫提马斯副院长,这里已经发生了这么多可怕的事情,你真的以为克伦威尔勋爵会让这座修道院继续存在下去?"

他收回了目光。"但这是不可能的……我们在这里的生活……不可能真的结束。朝廷并没有颁布法令让我们投降。我也听人说过英国的修道院都会关闭,但那是不可能的。"他摇了摇头,"绝不可能。"他又向前走了一步,我本能地往后一退,后背已然抵上了栏杆,他那臭烘烘的体味儿直往我鼻孔里钻,我的心怦怦狂跳起来。

第二十六章

我终于忍无可忍了:"莫提马斯副院长,请离我远一点儿。"

他凝视了我半晌,这才往后退了几步。

"特派员大人,"他急切地说,"我可以挽救这座修道院。"

"你不要再说了,我只会和克伦威尔勋爵讨论这座修道院的未来。"我口干舌燥,一想到他有可能趁此机会把我推下去,心里害怕极了,"该看的我都看过了,这里什么东西也没藏。我们赶紧下去吧。"

我们默默地走下楼梯。重新回到地面的一瞬间,我感到一种前所未有的愉悦。

莫提马斯问:"你现在就走吗?"

"对。在我离开期间,马可·普尔将代我行使权力。"

"先生,你见到克伦威尔勋爵的时候,可以顺便提一提刚才那番话吗?求你了。我愿意为他效劳。"

我没有正面回答他:"我有很多事情要对他说。行了,我得走了。"

我转过身快步朝医务室走去。亲眼目睹加布里埃尔惨死的惊惧感重又袭上心头,走到大厅的时候,我头晕目眩,两腿发软,差点儿就要跪倒在地。我咬着牙走回房间,发现马可不在,不过床上摆了一个驮篮,里边儿装着我的文件、一点儿食物和一件换洗衬衣。我把驮篮推到一边,重重地坐到床上,压抑许久的颤抖一下子爆发出来。我突然无法自制地流下了眼泪,但我不想伸手去擦。我流泪是为了加布里埃尔,为了孤儿,为了西蒙,甚至是为了辛格尔顿。也为自己的恐惧。

我总算觉得平静了一点儿,走到水盆前洗了把脸。这时门上有人敲了一下,我还以为是马可来和我道别了,谁知来的竟是爱丽丝。她走进房间,好奇地看着我通红的脸。

"先生,仆人已经把你的马牵过来了。如果你想要乘船的话,现在该出发了。"

"谢谢你。"我拿着驮篮站了起来。她站在我面前。

Dissolution

"先生，我希望你不要走。"

"爱丽丝，我必须走。回到伦敦之后，也许能找到结束这场恐怖线索。"

"你是说那把剑？"

"是的，那把剑。"我深吸了一口气，"我走了以后，你最好时刻留在这里，尽量不要出去。"

她没有回答。我匆匆走了出去，生怕再迟疑一会儿，就会说出一些让自己后悔的话。与她擦身而过的时候我看到了她的脸，那上面带着一种我无法读懂的表情。马夫牵着"大法官法庭"等在医务室门前，老马一见我出来，立刻甩着白色的长尾巴，发出欢快的嘶叫。我摸了摸它的肋部，心情总算好了一点儿，不管别人如何对我，至少还有这个老伙计欢迎我、亲近我。我像从前一样艰难地爬上了马背，驱使马儿朝大门走去，巴格已经把大门给打开了。出门之前，我停下来，回过头注视着白色的庭院，我也不知道自己为什么这么做。过了很久很久，我转过头来，朝巴格点了下头，骑着老马踏上了去往斯卡恩西的路。

第二十七章

　　回伦敦的旅程非常顺利。港口刮着顺风，我乘坐的双桅小货船借着大潮驶出了运河。海上的气温比陆地更低，船下是铅灰色的波浪，头顶是灰暗的天空。我先前一直待在小小的船舱里，可是啤酒花的气味越来越浓，我实在忍受不住，只好出了舱门。船夫是个沉默寡言的男人，另有一个骨瘦如柴的年轻人给他打下手，我试图和他们谈谈斯卡恩西的生活，可这两人都对我爱理不理。我怀疑船夫是个天主教徒，因为有一次我走上甲板的时候，发现他手握一串念珠念念有词，看到我来了，他立刻把念珠塞进了衣袋里。

　　我们在海上度过了两个夜晚，夜里我裹着外套和毛毯，睡得十分香甜。盖伊修士的药水果然有奇效，但我知道接连两夜的安眠并不仅仅得益于药水，也得益于我离开了修道院。到了现在，我终于意识到日夜生活在恐惧和混乱之中是多么的难以忍受。处在那样的氛围之中，难怪马可会和我争吵，也许等这一切结束之后，我们就能重归于好了。一想到马可，我的思绪就再也停不住了。他一定已经搬到院长的房子里去了，我敢肯定他不会乖乖听话疏远爱丽丝，几天前他已经把话说得很清楚了。我猜她多半会把我在沼泽地上对她吐露心意的事告诉他，顿时觉得有些不好意思。我还担心着他们的安全，但我只能安慰自己说如果马可能老老实实地待在院长的房子里——当然了，这小子肯定会趁机去医务室溜达溜达——而爱丽丝则安安静静地做自己的工作，相信没有人会动伤害他们的念头。

❈

　　第三天下午我们到达了比林斯门，之后在泰晤士河口稍作停留，等待

Dissolution

潮水上涨。河口的堤岸上积着白雪，不过我感觉这里的厚度肯定比不上斯卡恩西。站在甲板上，可以隐约看到远处堤岸上肮脏的积雪渐渐被踩成了冰。船夫也顺着我的目光向前看，随口和我搭起话来。自从起航之后，这还是他第一次正正经经地和我说话。

"我还以为泰晤士河又会结冰呢，就像去年冬天一样。"

"这么说也没错。"

"先生，我还记得去年国王和大臣们骑马穿过冰封的泰晤士河的情景呢，你看见过没有？"

"没有，我当时在法庭上。我是个律师。"

虽说没有亲眼看过，可是我还记得马可对这件事情的描述。他那天正在土地没收法院里工作，谁知突然有人前来传话，说国王打算带着所有王公大臣骑马从白厅出发，踏着结了冰的泰晤士河前往格林威治宫参加圣诞节庆祝活动，而且他希望威斯敏斯特宫的书记员们也跟着他一起去。这一切当然是一出政治秀，象征着朝廷与北方叛乱者及他们的领袖罗伯特·阿斯克的和解，国王当时表示愿意赦免这群人的罪过，于是叛军们来到了伦敦，准备和国王进行商谈。国王希望通过这一盛大的场面向伦敦人表明，叛乱丝毫不会影响他庆祝的兴致。之后这件事就成了马可百谈不厌的话题，他一遍又一遍地向我讲述着全体书记员如何带着文件去到河边，强迫他们不情不愿的马匹踏上冰面。

当国王骑着马从他身边经过的时候，他的马惊慌失措，差点儿把他摔下了马背。国王是个身形魁伟的男子，他胯下的战马也是一匹神骏，简王后骑着她的小马与国王并肩而行，他们身后是宫中所有的绅士和贵妇，王室的仆从则紧跟在这群人后面。马可和其他书记员，还有大大小小的官员们走在最后，庞大的队伍浩浩荡荡地踏过冰面，一路上人喊马嘶，马匹和车轮不时打滑，半数的伦敦人站在窗前观看这一盛景。书记员不过是被叫去充场面，入夜之后，他们又奉命带着文件和账册，穿过伦敦桥回家去

第二十七章

了。记得几个月前阿斯克因为叛国罪被捕之后,我还和马可说起过这件事。

"听说他在约克郡被五花大绑着吊死了。"马可说。

"他是个大逆不道的叛徒。"

"可国王说过会饶恕他的。为什么会这样呢,宫廷之前还邀请他参加了圣诞节庆祝会呢。"

"'*Circa regna tonat*'."我引用着怀亚特的诗句,"王座四周电闪雷鸣。"

船身开始颠簸,潮水上涨了。船夫将船驶向河道中央,没过多久,圣保罗教堂的尖顶出现了,成千上万座房屋杂乱无序地挤在一起,屋顶覆盖着白雪,这就是我熟悉的伦敦城。

我上船之前把"大法官法庭"留在了斯卡恩西镇的一个马棚里,因此下船后我只好步行回家。太阳开始西沉,我走在街道上,那把从鱼塘里捞起来的剑一下一下地敲着我的腿,很不舒服。我把它插进了马可的剑鞘里,可是剑鞘实在太小了,而且我也不习惯随身携带武器。

当我重新回到伦敦熙熙攘攘的人流中的时候,内心感觉到无比的轻松,在这里我只是一个普普通通的绅士,而不是众人恐惧和憎恶的焦点。家就在眼前了,我这颗疲惫的心一下子振奋起来,不出所料,琼一见到我,立刻上前笑脸相迎。我回来得太突然了,她只来得及准备一点儿鸡肉和煮得很老的羊肉来做晚餐,但是能重新坐在自己的餐桌前已经足以让人开怀。吃完晚饭我马上躺到了床上,因为我只能在伦敦待一天,而要做的事情实在太多了。

冬日的太阳还没升起来我就早早出了门,没有了"大法官法庭",只

Dissolution

能骑着家里养的另一匹老马慢吞吞地赶往威斯敏斯特宫,等到达的时候,整个威斯敏斯特已经熙来攘往,我找到首席书记员格雷,说我需要马上求见克伦威尔勋爵。他噘起嘴巴,朝克伦威尔的办公室看了一眼:"勋爵正和诺福克公爵在一起。"我扬了扬眉毛。诺福克公爵是朝中反改革派的带头人,此人生性傲慢,一向是克伦威尔的大敌,这样一个人怎么会纡尊降贵,来克伦威尔的办公室见他呢?

"虽说这个时候不好去打扰,可我的确有要紧事。你能不能进去捎个话,就说我今天必须见他?"

书记员好奇地看着我:"你还好吗,夏雷克大人?你看起来很疲惫。"

"我好得很,但我有要事求见克伦威尔勋爵。请你告诉他,只要他抽出空来,可以随时召见我。"

格雷知道我不会无缘无故地打扰他的上司。他怯怯地敲过一下门进了屋,几分钟后他出来告诉我克伦威尔勋爵十一点整会在位于斯特普尼的家里接见我。现在离十一点还有一段时间,我其实很想回法院走一趟,去听听最近律师们中间流传着哪些新闻,让熟悉的场景抚慰一下疲惫的心灵,可我还有更重要的事情要办。我调整了一下腰间的长剑,骑马离开了威斯敏斯特宫,踏着被晨光染成粉色的冰雪,朝伦敦塔方向走去。

我原本打算拜访一下锻冶行会,可是所有的行会几乎都是一个德行:他们手中有一大堆文件,可是出于行业保护的狭隘目的,他们死守着这些文件,不肯轻易透露,如果想从他们嘴里撬出一点儿有价值的信息,可能要花上整整一天的时间。几个月前我在一个聚会上结识了一个叫奥尔德诺尔的男人,他是伦敦塔军械库的保管员,我记得他自称对兵器非常有研究,英格兰无人能比,而且他也是克伦威尔的人。凭着之前那封委任状,伦敦塔的守卫没有为难我。大门开在伦敦塔墙上,穿过阴暗幽深的门洞,

第二十七章

再走过一道架在冰封的护城河上的桥，我顺利进入了这座巨大的堡垒。巍峨的白塔将周围的附属建筑衬得十分矮小。我一向不喜欢伦敦塔，这个地方总让我想起那些走过护城河之后就再也没能活着离开的人。

皇家动物园里的狮子正在咆哮着索要它们的早餐，我看到两个穿着金红相间的守卫服的男人匆匆走过白雪覆盖的绿塔，他们手里提着两大桶动物内脏，想必就是狮子的早点。我想起几天前被群狗包围的惊险一幕，不禁打了个寒战。把老马拴到马棚后，我踏上了通往白塔的台阶。军人和官员们在巨大的厅堂里四处游走，我注意到两个卫兵粗暴地拖着一个身穿破烂衬衣的老头朝地牢走去，老头状似疯癫，一路上不断挣扎。我把委任状拿给一名中士看了一下，他立刻把我领到了奥尔德诺尔的办公室。

军械库保管员是个相貌粗鲁、神色冷峻的军人。我进去的时候他正在看一堆文件，闻声抬起头来，阴沉地打量了我一番，这才叫我坐下。

"天哪，原来是夏雷克大人。这些天我们手头有不少文件要处理，希望你来这儿不是为了给我送文件。"

"当然不是了，奥尔德诺尔大人，我来是想请教你一个问题。眼下我正在为克伦威尔勋爵办一件事。"

他意味深长地看了我一眼："既然如此，你只管开口，能帮的一定帮。你似乎压力很大啊，先生，不知道我说得对不对。"

"是啊，大家都这么说，他们是对的。我想知道，这把剑是谁造的。"我把剑拔了出来，小心翼翼地递给他。他弯下腰看了看铸剑师的标记，接着惊讶地瞥了我一眼，又低下头仔仔细细地端详。

"你是在哪里得到这把剑的？"

"在一座修道院的鱼塘里。"

他把剑放到办公桌上，走到门边，小心地关上门。

我问："你知道铸剑的人是谁吗？"

"知道。"

Dissolution

"他还活着吗?"

奥尔德诺尔摇了摇头。"已经在一年半前去世了。"

"把你知道的事情全都告诉我,就从这些字母和这个图形的含义开始说。"

他深吸了一口气:"看到那里刻着的小城堡了吗?那表示铸剑师曾在西班牙的托莱多学艺。"

我闻言睁大了眼睛:"这么说剑主是个西班牙人?"

他摇了摇头。"这倒未必。很多外国人也到托莱多学习锻冶。"

"包括英国人?"

"宗教改革是一个分水岭。如今英国人在西班牙不受欢迎,但从前并非如此。那些在托莱多学过艺的人通常会把摩尔人建造的城堡,也就是阿尔卡萨尔堡作为他们刻在剑上的标志提交给行会登记。这个人就是这么做的。那些字母是他姓名的首字母。"

"JS.。"

"不错。"他久久地看着我,"约翰·斯密顿。"

"上帝啊!他是不是前王后的情人马可·斯密顿的亲戚?"

"是他的爸爸,我和他略微有些交情。这把剑多半是他当年铸来加入行会的那一把,一千五百零七,应该就是他铸造这把剑的确切日期了。"

"我不知道斯密顿的爸爸原来是个铸剑师。"

"一开始是的,而且还蛮优秀。不过几年前他发生了意外,失去了两根手指,从那以后手就使不上力气了,不能继续铸剑,只好转行做了木匠。他的小铺子在白教堂一带。"

"他死了吗?"

"他儿子被杀后的第三天,他突然病死了。我记得我当时还和人说他的手艺后继无人了。"

"但他一定有亲戚。这把剑很贵重,多半是他遗产的一部分。"

第二十七章

"对,的确是这样。"

我深吸了一口气。"这么说来辛格尔顿的死和马可·斯密顿有关。杰罗姆肯定知道些什么,难怪他会对我说起那个故事。"

"我听不懂你在说什么,先生。"

"我必须查出约翰·斯密顿死后这把剑落到了谁手上。"

"你可以去他家看一看。他和大多数手艺人一样住在自己的铺子上面,新主人多半就是他的遗产继承人。"

"谢谢你,奥尔德诺尔大人,你帮了我很大的忙。"我拿起长剑挂回腰上,"我得走了。克伦威尔勋爵约我去他家一趟。"

"我很高兴能帮上你的忙。对了,夏雷克大人,如果你要去见克伦威尔勋爵……"

我抬起了眉毛。人们一旦知道我要去见克伦威尔,就会千方百计地求我替他们说句好话,我对此已经司空见惯了。

"我只是想……如果你有机会的话,可不可以请他少派一点儿文书工作给我?我这星期每天在这里熬到深夜,忙着回复关于兵器的各种问题,而且我知道这只是白忙活,他们明明什么都清楚。"

他的话把我逗乐了。"我尽量替你说说。不过时势就是如此,抗拒潮流不是一件容易的事。"

他无奈地说:"等这种文件潮流结束的时候,我们恐怕早就被淹死了。"

※

克伦威尔勋爵位于斯特普尼的家是一座红砖大宅,外观气势不凡,是他几年前建造的。大宅里不仅住着他的妻儿,还住着他一些朋友的儿子,他特意把这十几个男孩儿带到自己家里来接受教育。我从前来过这里几次,大宅内部就像一个微型法庭,里面不只有仆人和家庭教师,还有书记员和络绎不绝的访客。走到大宅附近时,我看到一群衣衫褴褛的人等在外面,一个盲老头赤脚站在雪地上,伸出一只手哀乞着:"施舍一点儿吧,求老爷发发慈悲施舍一点儿吧。"我曾经听说过克伦威尔让他的仆人在侧门里施舍钱物,以图获得伦敦贫民好感的传闻,如今亲眼见到这一幕,倒使我回想起斯卡恩西的赈济发放日。那一天的回忆让我心里不太舒服。

我先把老马拴在了马棚里,再由和气的管家布莱兹曼把我带进了屋子。他说克伦威尔勋爵会晚点儿回来,说完给我端来一杯酒。

"你真是太客气了。"

"先生,你想不想看看克伦威尔勋爵的豹子?他很喜欢向客人们展示这头豹子。它被关在后院的笼子里。"

"我听说这头野兽是他最近得到的。麻烦你带路吧。"

布莱兹曼带着我穿过闹哄哄的厅堂,朝后院走去,我从没见过豹子,不过我早就听说过这种浑身长满斑点,跑起来比风还快的猛兽。他把我引进了院子,脸上一直挂着礼貌的微笑。一股浓烈的气味扑鼻而来,我发现院子里放有一个金属笼子,面积大约二十平方英尺。笼子里散落着肉块,一头大猫正在里面来回觅食。它的皮毛金灿灿的,上面布满了黑色的斑纹,矫健的身体肌肉贲张,每一根线条都象征着野性的力量。我们一走进院子,它立刻转过身朝我们咆哮,露出巨大的黄色尖牙。

我感叹了一声:"好吓人的畜生。"

"这家伙可是勋爵花了十五英镑买来的。"

豹子坐下来盯着我们,偶尔张开嘴嚎叫一声。

我问布莱兹曼:"它叫什么名字?"

"噢,它没有名字,给这种野兽取一个基督徒的名字是藐视上帝的做法。"

"可怜的畜生,它一定很冷。"

一个穿制服的小伙子出现在门口,小声跟布莱兹曼说了几句话。

第二十七章

"克伦威尔勋爵回来了。"布莱兹曼说,"走吧,他在书房里。"我看了那头咆哮的豹子最后一眼,跟着他回了屋子。我的上司也有着残暴的恶名,他豢养这种动物,莫非是想蓄意传达出什么信息?

✦

克伦威尔勋爵的书房是他威斯敏斯特宫办公室的缩小版,房间里塞了好几张桌子,上面堆满文件。房间里的光线通常很昏暗,不过今天是个例外,阳光被花园里的积雪反射进来,在克伦威尔沟壑纵横的脸上投下一道刺眼的白光。他就坐在办公桌后面,一看到我进来,立刻面露不悦之色,紧闭的嘴唇和突起的下巴都在表明他的愤怒。他没有让我坐下。

"我还以为会很快收到你的消息。"他冷冷地说,"整整九天了。我可以从你的神态看出来,事情还没有解决。"他留意到我的剑。"天啊,你竟敢在我面前佩剑?"

"阁下,事情不是你想的那样。"我急忙把剑解了下来,"这是一件证物,我不得不随时带在身上。"我把剑放到桌上,旁边有一本带插图的《圣经》,翻开的书页上绘着索多玛和蛾摩拉被天火焚城的图画。我把发生的事一五一十地告诉了他,从西蒙和加布里埃尔的死到发现孤儿·斯通加登的尸体,从院长有意投降到那几项神秘的土地交易,最后我说到杰罗姆的信件,还把信交给了他。除去看信的时间,他一直牢牢地盯着我,两眼眨也不眨。待我说完之后,他哼了一声。

"天哪,照你这么说,那里比贝德兰姆疯人院还要混乱。希望你回去的时候,你那个小跟班还有命在。"他说话时的口气非常漠然,"我可是花了不少时间才哄得里奇回心转意,同意重新接纳他,我不想白白浪费我的精力。"

"我觉得我应该当面向你汇报一下情况,阁下。尤其是我发现的那封信。"

他又哼了一声。"他们早该把加尔都西会修士藏在那里的事告诉我,我也好让格雷有所防备。杰罗姆这个人留不得。不过我倒不担心他给爱德华·西摩写信,现在王后已经死了,整个西摩家族的人都要寻求我的支持。"他探过身子,"我担心的是斯卡恩西尚未侦破的死亡事件。这几件事目前绝对不能泄露出去,我不希望我的另一项谈判泡汤。刘易斯修道院打算投降了。"

"他们投降了?"

"修道院的人昨天传了话给我,投降书这个星期就签。诺福克就是为这个来见我的,我们打算瓜分刘易斯的土地,国王基本同意了。"

"刘易斯的地产一定相当多。"

"的确很多。我和公爵已经商量好了,位于苏塞克斯郡的地产归我,位于诺福克郡的地产归他。你看,只要有好处,就连宿敌也肯来和我谈判。"他大笑了一声,"我要安排我儿子格里高利住进院长的豪宅里,让他做个地主。"他突然停下话头,恢复了冷峻的表情。"马修,你在转移我的注意力,想让我高兴起来。"

"先生,我没有。我知道这件事进展缓慢,可它是我这辈子遇到过的最难侦破,也最险象环生的案件……"

"这把剑有什么重要之处?"

我把发现这把剑的过程以及先前与奥尔德诺尔的谈话告诉了他,他皱起眉头。"马可·斯密顿。没想到一个进了坟墓的人还能惹麻烦。"他绕过桌子拿起长剑,"这的确是一把好剑。当年在意大利当兵的时候我还很年轻,做梦都想拥有这样一把剑。"

"杀人案和斯密顿之间一定有联系。"

"我看得出来,"他说,"至少辛格尔顿的死一定和他有关。目的当然是为了复仇。"

他思索了一会儿,转过身看着我,眼里透着警告:"这件事一定不能

第二十七章

对第二个人说起。"

"我以人格担保,绝对不会泄露出去。"

他放下长剑,两手背在背后,开始来回踱步,黑色长袍在膝盖处不断翻腾。

"国王去年和安妮·波琳反目成仇,我不得不立刻采取行动。我从一开始就和她互有牵扯,那些拥护天主教的人一定会借机打击我,国王也开始听信他们的话了,所以我必须帮助国王摆脱她。你明白吗?"

"明白。我明白。"

"我劝国王说,既然她是个淫妇,我们就能以叛国罪处死她,只要不扯上她的宗教信仰就行。但是我们一定要找到确凿的证据,而且要举行一场公开的审判。"

我站在他面前默默地看着他。

"我找了几个我最信任的人,命令每个人分头对付她的几个朋友,这些朋友是我亲自挑选的:诺里斯,威斯顿,她的弟弟罗奇福德子爵,当然还有斯密顿。他们的任务是要么让这几个人供认罪行,要么制造出一点儿看起来像证据的东西,总之一定要把他们说成是她的情夫。我派去对付马可·斯密顿的人正是辛格尔顿。"

"他捏造罪名诬陷了斯密顿?"

"斯密顿看似是几个人中最好对付的一个,毕竟只是个毛头小伙子,可事实证明并非如此,他在伦敦塔里受了一整套肢刑之后才承认和王后通奸。我也用同样的手段整治过那个加尔都西会修士,他肯定和斯密顿见过面,因为他向你复述的斯密顿说过的话都是真的。"他的语气非常平静,像是经过深思熟虑之后娓娓道来,看来他所说的都是事实。

"加尔都西会修士不是看到几个访客深夜去到牢房吗,其中一个多半就是辛格尔顿本人。我派他去确认斯密顿临刑前会说些什么,其实这种传统早该取缔了,不过那个小伙子并没有翻供。辛格尔顿提醒过他,要是他说了什么不该说的话，他父亲就会遭殃。"

我凝视着这个在朝中翻云覆雨的大人物："这么说来人们所说的都是真的？安妮王后和那些被控和她通奸的人都是无辜的？"

他转头看着我，皱起眉头，刺眼的白光照在他脸上，仿佛滤走了他眼中所有的感情。

"他们当然是无辜的。虽然没有人敢公然说出这句话，可是全世界的人和参与了审判的陪审团成员都知道这是怎么一回事。就连国王也隐约知道真相，只是为了避免良心的折磨，他不愿意承认罢了。天哪，马修，身为一个律师，身为一个宗教改革的信徒，你未免太天真了！这都是因为你没有经过血和火的淬炼，只有闯过这一关才能改变你天真的想法，就像我一样。"

"我之前一直相信他们真的有罪。正因为这样，我不止一次和人这么说。"

"在这件事上你最好随大流，把嘴巴闭紧一点儿。"

"但事实上我不可能忘掉这个秘密，"我低声说，"也许我会把它藏在心底某一处连上帝也无法企及的地方。"

克伦威尔看我的眼神不耐烦起来，脸上显出恼怒的表情。

我见势不妙，赶紧说："照你的说法，辛格尔顿是被人仇杀了，凶手依照安妮·波琳的死法杀死了他。但是这个人是谁呢？"我脑中灵光一闪，"另一个去看斯密顿的人是谁？杰罗姆提到有两个人来看过他，最后还有一个牧师来聆听他的临终忏悔。"

"我会把辛格尔顿的办案文件找出来，看看上面有没有记录斯密顿的家庭情况，两小时后我派人把文件送到你府上。去老斯密顿家走一趟是个不错的想法，你等会儿去吧。明天就回斯卡恩西去？"

"对，船天亮之前就起航。"

"如果走之前有任何发现，立刻通知我一声。对了，马修……"

第二十七章

"大人还有什么吩咐?"

他走出了阳光,强烈的愤怒和不容任何人质疑的霸道又重新回到他眼里。"一定要把凶手找出来。这件事我已经隐瞒国王很久了,将来告诉他的时候,我必须向他提供凶手的名字。修道院投降之后,记得把院长的印章拿到手。我想你这次还不至于一事无成,能让修道院投降也算一个收获。"

"遵命,阁下。"我犹豫再三,又问,"修道院投降之后会怎么样呢?"

他冷冷一笑。"自然和其他修道院一样,院长和修士将拿到安置费,仆人们必须自谋生路,那些好吃懒做的家伙也活该有这个下场。至于修道院的建筑物,我可以告诉你我打算如何处理刘易斯修道院的房子——我要派一个拆迁工程师到那里去,让他把教堂和所有附属建筑夷为平地,等全国的修道院地产都落到国王手里,我们就把这些地租出去。我还要在每份租约里写上一条:承租人必须拆毁修道院建筑。我不管他们用什么手段,就算只是带头掀了屋顶,再让当地人搬走石头盖房子,只要能达到目的就可以。我要让教会几百年来的虚伪表演荡然无存,只留下一些断壁残垣来提醒人们,在这个国家,王权才是至高无上的。"

"有些建筑还是很精美的。"

"一个绅士可不能住在教堂里。"克伦威尔不耐烦地说。他眯起眼睛。"你不会是想为天主教徒出头吧,马修·夏雷克?"

我慌忙道:"我绝没有这个意思。"

"赶紧走吧,这次别再让我失望了。你要记住,我既然有能力让一个人飞黄腾达,那也一定有本事毁掉他。"他又像先前那样对我怒目而视。

"我绝不会让你失望,阁下。"

我拿着剑离开了。

第二十八章

走出克伦威尔勋爵的大宅时，我脑中一片混乱。我把修道院中所有人的名字一一过滤，试图找出谁有可能和斯密顿家族有关联。三十年前，约翰·斯密顿会不会在西班牙见过盖伊修士？如果他当时在西班牙做学徒，那他和医师多半是同龄人。

我翻来覆去地思考着这些问题，心上像压着一块石头。我一直相信托马斯·克伦威尔不会用不符合基督教教义的手段去打垮安妮·波琳，可如今他却在无意中承认了这一切的真实性。但是克伦威尔从始至终并没有欺骗过我，我其实一直在自欺欺人。

老马沿着土路上被冻住的车辙印慢吞吞地往前迈步，到舰队街时，它突然不肯走了，脑袋高高扬起，显得很不安。前面不远处聚着一群人，把街道堵得水泄不通。越过人群的头顶，我看到两个巡官模样的人和一个年轻学徒扭打在一起，后者一边拼命反抗，一边朝抓捕他的人大喊大叫。

"你们这些恶棍竟敢抓捕被上帝选中的孩子！正义终将获胜，恶势力一定会垮台！"

治安官把他的双臂反扭到背后，连拖带拽地拉走了，他到了这时候仍然不肯屈服，两条腿不停地踢蹬。一些围观者朝他的背影发出了嘘声，另一些则高喊着支持他的话。

"坚强点儿，兄弟！上帝的选择一定会胜利！"

耳畔响起马蹄声，一转过头，我看到佩珀那张带着嘲讽神色的脸，真是太巧了，我接到去斯卡恩西的任务那天也碰到了他。

"啊，夏雷克！"他亲切地向我打招呼，"巡官刚刚又带走了一个狂热

第二十八章

的教徒。听他的口气像是再洗礼派教徒。你知道吗,他们竟然主张财产公有!"

"难道有人未经许可聚众传道?我最近不在伦敦,不清楚这里的情况。"

"最近伦敦出现了再洗礼派教徒在城中妖言惑众的传言,国王下令把可疑分子统统抓起来,他还会烧死几个教徒以儆效尤,真是大快人心。再洗礼派教徒比天主徒还要危险。"

"这年头到处都不太平。"

"克伦威尔正好借此机会来了个一网打尽。如今近日气候不佳,小偷、骗子和非法传教者统统潜藏在他们的狗洞里,这回可要被勋爵连根拔起了。其实早该这样。你还记不记得我们上次看到的那只会说话的鸟儿?"

"记得。虽然知道没过多久,但回想起来总觉得是很久以前的事了。"

"事实证明你是对的,那鸟只会重复别人教它的话。有人运了好几船同样的鸟到伦敦来,城里人人都在谈论这件事,每户人家都想养一只。那个老太婆被控欺诈,可能要挨鞭子。你最近到底去哪儿了,天天待在屋子里烤火吗?"

"不是的,佩珀,我到乡下去了,克伦威尔勋爵又给我派了差事。"

"我听说他已经开始为国王物色新王后了,"他又开始拐弯抹角地探听小道消息,"新娘将从德国挑选,未来王后不是黑森的公主就是克里维斯的公主。如果婚事成了,我们就和路德教绑在一起了。"

"我什么也没听说。我刚才不是说了吗,我出去为克伦威尔勋爵办事了。"

他一脸羡慕地看着我:"他真是一刻也不肯让你闲下来。你觉得他会不会有多余的工作派给我?"

我苦笑了一下。"佩珀,也许他会的。"

回到家中，我开始看这段时间积压的信件，昨天晚上太累了，只是草草看了看信封。信件大多和我处理的各个案件有关，人们开始着急了，迫切想得到一些事情的答案。还有一封信是我父亲写来的，信上说今年庄稼收成不好，农场没赚到什么钱，他思量着把更多的地用来养羊。他希望我的事业蒸蒸日上，也希望马可在土地没收法院工作顺利——我从没有向他提起马可被法院开除的事。他在信末说乡下的修道院又要关掉一批，马可的父亲说这样很好，意味着马可将有更多工作可干了。

我把信放下，坐在桌前默默地凝视着壁炉里的火焰。我想起遭受了肢刑折磨的马可·斯密顿，他根本没有罪。杰罗姆也受过同样的刑罚，他怎么可能不憎恨我，不憎恨我代表的势力呢？现在真相大白了，他说的话都是真的。他一定知道辛格尔顿和马可·斯密顿之间的联系，否则他为什么要对我说起那个故事？然而他也曾赌咒发誓，说修道院里的人并没有杀害辛格尔顿。我努力回想他的原话，但实在累得无力思考。一声敲门声打断了我的思绪，琼走了进来。

"刚刚有人送来一封信，先生。是克伦威尔勋爵给你的。"

"谢谢你，琼。"我从她手里接过厚厚的信封，把它翻转过来。信封上标注着"绝密"两个字。

"先生，"她欲言又止，"我可不可以问你一件事？"

"当然可以。"我朝她笑了笑。她圆鼓鼓的脸庞上满是忧虑。

"先生，我想知道你是不是一切安好？你看上去很烦恼。还有马可大人，他在南部海岸安全吗？"

"我希望他安全，"我说，"不过我不知道他将来会如何，因为他不想回土地没收法院工作。"

她点了点头。"我并不觉得意外。"

第二十八章

"你不意外吗,琼?我很意外。"

"我看得出他在那里并不开心。恕我多嘴,我听说那是个邪恶的地方,里面的人个个贪得无厌。"

"也许是吧。但是这种地方实在太多了,如果完全避开这些地方,成天坐在壁炉边烤火,我们恐怕只能做乞丐了,你说是不是?"

她摇了摇头:"先生,马可大人不一样。"

"为什么不一样?琼,他一定是把你给迷惑了,他一向很讨女人的喜欢。"

"不,先生。"她突然激动起来,"他没有。也许和你比起来,我更加了解他的本质。在随和的表象之下,他有一颗温和纯真的心,种种不公正的现象让他难以忍受。我怀疑他当初和那个姑娘搅在一起只是为了败坏自己的名誉,好离开威斯敏斯特宫。他是个彻头彻尾的理想主义者,先生,有时我觉得这个世界对他来说太残酷了,他很难开开心心地活下去。"

我凄然一笑:"曾几何时,我也认为自己是个有崇高理想的人,如今,'我眼前的帘幕被揭开了。'"

"你说什么,先生?"

"没什么,琼。别担心了。我得开始读这封信了。"

"是我耽搁了你,请你原谅。"

"你不需要道歉。还有,琼……谢谢你对我的关心。"

——❖——

我长叹一声,低头撕开信封。信封里装着辛格尔顿的笔记和他写给克伦威尔报告马可·斯密顿一事进展的信件。这些东西清晰地拼凑出一个蓄谋已久的计划,计划的内容就是如何用伪造的证据来诬陷这个年轻的乐师,最终置他于死地。辛格尔顿在信上说,宣称王后和这种出身低微的人同床共枕一定会在公众间引起轰动,所以让斯密顿落入陷阱是当务之急。

Dissolution

　　他提到斯密顿的时候语带嘲讽，把后者形容为一个傻瓜，一头被引向屠宰场的羔羊。他还说到在克伦威尔的家里，他们那伙人当着斯密顿的面把他的鲁特琴扔到墙上砸得粉碎，让他赤身裸体地在地下室里过了一夜，不过这些并没有让他松口，直到动用了刑罚才最终屈打成招。这人未免太残忍了，希望他如今还能好好待在天堂里，不会被秋后算账。

　　辛格尔顿专门写了一份说明书来记录可怜小伙的家庭状况。他母亲已经过世了，家里只剩下他父亲，除此之外没有其他的男性亲属。约翰·斯密顿有个姐姐住在乡下，但是姐弟两人不和，他已经很多年没有见过她了。辛格尔顿对克伦威尔说没有往来密切的亲戚是件好事，这样他们动起手来就会更加方便，不怕惹出麻烦。

　　我把信小心翼翼地塞回信封。回想起辛格尔顿的葬礼，回想起棺盖缓缓掩住他面容的那一幕，我承认我如今觉得很痛快。我让人把马牵到门口，是时候去白教堂走一趟了。重新穿上外套踏出大门的那一刻，我心里非常振奋，如今总算又有了一条可以追寻的线索，我终于从纷乱的思绪中解脱了。

第二十九章

．

白教堂远在伦敦墙外，离我家有很长一段距离。这是一片扩展迅速的区域，一眼望去全是穷人居住的抹灰篱笆房。空气里没有一丝风，淡淡的烟从上百根烟囱里飘出来。在这个地方，严寒的天气带来的不仅仅是出行不便，看到一张张面带饥色的憔悴脸庞，我意识到对这里的一些人来说，严寒意味着太多的艰辛。比如说，他们不得不挨冻，因为我看到很多女人提着水桶从结了冰的河里打水。绅士走在这里一向不太安全，所以我出门时特意换上了最不起眼的衣衫。

斯密顿木匠铺所在的街道算是这一带比较干净体面的一条街，街上有不少作坊。辛格尔顿的文件上说斯密顿住在一栋二层小楼里，毗邻一家铁匠铺，我照着他的描述，轻而易举地找到了这个地方。小楼已经不再是木匠铺了，店铺前方钉上了木板，只留下一道小门，木板和小门新上了漆。我把老马拴在一根门柱上，拍了拍薄薄的木门。

门开了，一个衣着寒酸的年轻人走了出来，黑发乱蓬蓬的，一张脸苍白消瘦，颧骨高耸。他无精打采地问我想干什么，在我说明我是克伦威尔勋爵办公室的特派员之后，他立刻向后退了几步，连连摇头。

"我们什么也没有做，先生。这里没有克伦威尔勋爵感兴趣的东西。"

"没人说你有罪，"我温和地说，"我来这儿只是想打听上任屋主约翰·斯密顿的一些情况。如果你提供的情况对我有帮助，我会奖赏你的。"

他看上去仍然半信半疑，但还是把我请进了屋子。"先生，请原谅寒舍简陋，"他小声说，"可我没有工作。"

他说的不是客套话，屋子内部的确很寒碜。这里从前显然是一个作

Dissolution

坊，因为房屋内部并没有分隔开来，是一个低矮狭长的大通间，经过长年累月的烟熏火燎，砖墙完全变黑了。木工台如今变成了餐桌，房间里很冷，火炉里只燃着几个硬邦邦的煤球，散发的烟和热气一样多。房间里没什么像样的家具，除了木工台之外，只有几把缺胳膊少腿的椅子和几张铺在地板上的草席。三个瘦小的孩子和他们的母亲一起挤在火炉边，母亲怀里还有一个不停咳嗽的婴儿。他们全都抬头看着我，表情忧郁漠然。这里的前门被封住了，只有一扇小小的后窗透进些许光线，整个房间一片昏黑。房里有股浓烈的煤烟味和尿臊气，整个场景让我感到一种刺骨的悲凉。

我问年轻人："你们是不是在这里住了很久？"

"自从老房主死后我们就搬到这里，算算有一年半了。买下房子的人让我们住这个房间，楼上的生活区住着另一户人家。先生，我们的房东是普莱西德先生，他住在斯特兰德大街。"

"你知道老房主的儿子是谁吗？"

"知道，先生。是马可·斯密顿，那个'御用婊子'的情夫。"

"我猜这所房子是斯密顿的继承人卖给普莱西德先生的。你知道继承人是谁吗？"

"是个老太太。我们刚搬进来的时候，这里有一堆斯密顿先生的遗物，一些衣服，一个银杯，还有一把剑……"

"一把剑？"

"是的，先生。它们就堆在那边。"他指了指一个角落，"普莱西德先生的仆人对我们说约翰·斯密顿的姐姐要来拿走它们。我们一件也不能碰，否则他就把我们赶出去。"

"我们什么也没碰过，先生。"坐在火炉边的女人也来帮腔。她怀里的婴儿剧烈地咳嗽着，她紧紧地抱住她。"安静点儿，虔诚。"

我努力克制住心里的激动："老太太？她后来来了吗？"

第二十九章

"来了,先生,在几个星期之后。她从乡下来,在城里显得坐立不安。是她的律师带她来的。"

"你还记不记得她的名字,"我急切地问,"或者她来自乡下哪里?是不是一个叫斯卡恩西的地方?"

他摇了摇头。"真对不起,先生,我只记得她是从乡下来的。她是一个矮矮胖胖的女人,有五十多岁,头发花白。她只说了几句话,就跟律师一起拿了包裹和剑走了。"

"你还记得那个律师的名字吗?"

"不记得了,先生。他那天帮她拿着剑。我记得她感叹说她要是有儿子就好了,那把剑可以拿给他用。"

"太好了,我想让你看看我的剑……不,别紧张,我只是想把剑拿出来给你看看……你替我认认这是不是老太太拿走的那一把。"我把剑放到木工台上,男人仔仔细细地端详着剑身,他妻子也抱着孩子凑了过来。

"看上去很像。"她说。她眯起眼睛看着我。"先生,我们的确把剑拔出了剑鞘,但我们只是看了一眼,并没有对它做什么。不过我认得出那个金色的剑柄,还有剑刃上的那些标记。"

"我们当时还说它是一把好剑呢,"男人补充道,"是不是,伊丽莎白?"

我把剑插回剑鞘。"谢谢二位,你们提供的信息非常有用,这孩子病了吧,真是可怜。"我伸出手想要摸一摸婴孩儿,不料女人抬手挡住了我。

"别碰她,先生,她身上有虱子。她一直咳个不停。天气太冷了,我们已经失去了一个孩子。安静点儿,虔诚。"

"她的名字可真特别。"

"我们的牧师是个狂热的改革者,先生,孩子们的名字都是他取的。他说现在正适合给孩子取这种名字,以后一定会帮助我们生活得好一点儿。孩子们,站起来。"另外三个孩子摇摇晃晃地站了起来,他们像是得了佝偻病，两条腿向内弯，身子很瘦，肚子却胀鼓鼓的，他们的父亲挨个指着他们说："热忱，毅力，责任。"

我点了点头。"我会给他们每人六便士，这里还有三先令是给你的，算是对你的报答。"我数着钱包里的钱币。孩子们一把将钱抓了过去。夫妻俩面面相觑，仿佛不敢相信自己的好运。我感到一阵心酸，连忙转过身走出屋子，策马离去。

屋子里的惨景一直在我眼前挥之不去，为了好过一点儿，我强迫自己去想刚才的新发现。这一发现似乎没什么意义。这把剑的继承人，也是唯一有复仇动机的人竟然是个老太太？除了几个老仆妇，修道院里没有五十多岁的女人，而且那几个老仆妇又高又瘦，并不符合年轻人的描述。我在斯卡恩西只见过一个符合描述的人，那就是斯顿普夫人，而且一个身材矮小的老太婆怎么可能挥得动这么重的剑呢？可辛格尔顿的文件又明明白白地写着马可·斯密顿没有男性亲戚。我摇了摇头。

我想得太入神了，一时忘了驱马，老马开始随心所欲地走走停停，等回过神来的时候，发现它正朝泰晤士河走去。可是我现在不想回家，算了，就让它这样走下去吧。我尽力呼吸着冰冷的空气。奇怪，空气最后竟变得温暖了，这到底是不是我的错觉？

我走过一块积着白雪的荒地，其上搭着几个简陋的棚子，这里是一群无业者的聚居之处。他们聚集在这里，也许是希望能在码头上找到一点儿零碎活计。这群人用从河里捞起来的浮木加上几个麻袋搭起简陋的屋子，三三两两地围坐在火堆边。我经过的时候，他们用极不友善的目光看着我，一个浅黄头发，身材消瘦的无赖甚至跑出来朝我的老马大吼大叫。老马仰起头不安地嘶叫着，其中一个人又唤狗来追。我赶紧策马狂奔，不断夹着马腹，直到她平静下来。

第二十九章

　　我们来到了河边。有几艘船已经靠岸,工人们正忙着卸货,其中一两个人的肤色和盖伊修士一样黑。我让老马停了下来。正前方的码头边泊着一艘远洋大帆船,方形的船头上装饰着一尊美人鱼雕像,浑身赤裸,脸上挂着轻浮的微笑。工人正从船舱里拖出篓子和箱子。我真想知道这艘船来自地球的哪一个地方,抬头一看,只见桅杆高耸,绳索缠结得如同蜘蛛网。我惊讶地看到瞭望台周围缭绕着雾气,河面上同样白烟袅袅,能明显地感觉到气温升高了。

　　老马又有了不安的迹象,我只好拨转马头,慢慢朝城里走去,经过一条仓库林立的街道时,我停住了。一栋木头房子里传出叽叽呱呱的噪音,我仔细一听,噪音里既有尖叫声,也有呐喊声,还有各种乱七八糟的声音,而且口音十分奇怪,听上去很不自然,声音穿透薄雾传进耳里,有种不真实的怪异感。我止不住心里的好奇,翻身下马,把老马在柱子上拴好,径直朝散发着一股刺鼻气味的仓库走去。

　　敞开的大门里露出一幅可怖的景象。仓库里放着三个一人高的大铁笼,每个铁笼里都装满了鸟。这些鸟和佩珀先前提到过的老女人的鸟是同一个种类。笼子里的鸟估计有几百只,每只看起来都是一般大小,颜色却是五彩缤纷:有红有绿,有黄有蓝,甚至还有金色。这些漂亮鸟儿的处境十分悲惨,他们的翅膀被尽数剪去,一些伤口深可见骨,加上没有好好处理,导致伤处发炎溃烂。许多鸟还生了病,身上半数的羽毛都掉了,光裸的皮肤上结着痂,眼睛周围渗出脓水。活着的鸟多用爪子抓住笼子,死鸟们则直挺挺地僵卧在笼底粉末状的粪便里。最糟糕的是它们的叫声,一些可怜的鸟儿只是发出凄厉哀怨的嘶叫,仿佛在恳求着什么人来结束它们的痛苦,但是其他鸟却用五花八门的语言叽叽喳喳地喊叫着,我能听出拉丁语、英语,还有一些我根本听不懂的语言。有两只鸟抓着栏杆上上下下地挪动,不断朝对方尖叫,其中一只一遍又一遍地重复着"顺风,顺风,顺风",另一只则翻来覆去地回答着"玛利亚,圣母玛利亚",它说的居然是德文郡口音。

  我站在笼子前面，被这可怕的景象惊得目瞪口呆。一只粗糙的大手突然拍了拍我的肩膀，我回头一看，发现一个水手站在我背后，他身穿一件油腻腻的夹克，一脸狐疑地看着我。

  "你在这里干什么？"他厉声问，"你如果是来买货的，应该到福尔德先生的房里去。"

  "不……不，我只是路过这里时听到奇怪的声音，一时好奇就进来了。"

  他咧开嘴笑了："先生，你是不是想到了巴别塔？不同的声音，不同的语言？还不只是这样呢，如今上流社会的人都想养一只这样的鸟当作宠物，我们还需要更多的鸟。"

  "它们的处境很可怜。"

  "在它们的原产地，这种鸟多得要命。从海路运过来的时候，一些鸟总会死在海上。更多的鸟会被冻死，这种动物可娇气了。不过它们很漂亮，不是吗？"

  "你是在哪里找到它们的？"

  "在马德拉岛。那里有个葡萄牙商人，他意识到这种鸟在欧洲的销路会非常好。先生，你该去看看他买卖的东西，他从非洲运了好几船黑鬼去巴西，卖给当地的殖民者做奴隶。"他哈哈大笑，露出满口黄牙。

  我心里难受极了，只想尽快离开这个寒冷刺骨、臭气熏天的仓库。我匆匆辞别水手，骑上马落荒而逃。我打马穿过泥泞的街道，鸟儿们凄厉的叫声和怪异的人语，仿佛一直在身后追着我。

❖

  我终于回到了伦敦墙下。走进伦敦城之后，我发现城里也突然间变得烟雾缭绕，房檐下的冰柱开始融化，到处都是滴滴答答的水声。我在一座

第二十九章

教堂外勒住了马缰。从前我至少每周去一次教堂,这回有超过十天没去了,我现在急需精神上的安慰,于是下马走了进去。

这是一座富丽堂皇的城市教堂,来做礼拜的多是商人。如今许多伦敦商人支持改革,因此教堂里没有蜡烛。圣坛屏上的圣人图像全被石灰涂盖,取而代之的是《圣经》中的一段话:

> 主知道搭救敬虔的人脱离试探,把不义的人留在刑罚之下,等候审判的日子。①

教堂里空无一人。我绕到圣坛屏背后,圣坛的装饰已经被完全剥除了,圣餐盘和圣餐杯就放在一张朴实无华的桌子上。诵经台上放着一本新《圣经》。我找了一条长凳坐下,这里的氛围和斯卡恩西截然不同,熟悉的环境让我心安。

不过旧日的遗迹并没有完全被摒弃。从我坐的地方望出去,可以看到一处上世纪的墓葬。墓葬共有两具石棺,上下叠放。上面那具石棺的棺板上躺卧着一个富商的雕像,身穿华丽长袍,颌下生有胡须,模样十分富态。下面那具石棺上的雕像则是一具干瘪的死尸,身上的衣服似乎也和尸体一样朽烂了。墓葬的铭文是:"今日腐朽身,往昔富贵人;莫笑我归处,汝终步后尘。"

看着这石雕的死尸,我突然回想起孤儿腐烂的尸体从水底浮起的那一幕,紧接着画面一转,斯密顿旧宅里那几个患了佝偻病的孩子又在眼前晃来晃去。我顿觉有点儿头晕,改革的意义难道只限于把几个面黄肌瘦的孩子的名字从圣人名改成虔诚和热诚吗?不,不该是这样。我想起克伦威尔无意间吐露的真相,他曾经伪造证据将无辜的人送上断头台;我又想起马

---

① 《圣经·彼得后书》2:9.

Dissolution

可发过的牢骚,贪婪的请愿者成群结队地来到法院,要求瓜分修道院的地产。这个新世界并不是基督教共和国,现在不是,将来也不会是。这个社会其实并不比从前美好,人们仍然醉心权势,爱慕虚荣。我记起那些颜色俗丽,被剪掉翅膀无法飞翔的鸟,它们只会朝着彼此盲目地尖叫,我印象中的王家法庭就是这个模样,天主教徒和改革者在其中针锋相对,喋喋不休,为了权力而争斗。这一切就发生在我面前,而我从前却固执地不去看它。人总是惧怕现实的动荡和身后的虚无,所以我们才创造出宗教,试图解释生命无常的秘密,让我们自觉不能独善其身,无论是生前还是死后。

　　我意识到自己之前的想法太过狭隘,这让我无法看清斯卡恩西事件的真相。今天之前,我一厢情愿地认为这个社会如何如何,但现实并不是这样。思维一旦不再拘泥,我便犹如醍醐灌顶,脑子一下子敞亮起来,仿佛心里那面扭曲的镜子陡然被换成了一面清晰的镜子。我不知不觉张大了嘴巴。我知道杀死辛格尔顿的人是谁了,我也想通了他为何要杀人,迈出这一步之后,所有事情都得到了解释。时间已经不多了。我继续坐了一会儿,张着嘴大喘粗气,随后奋身而起,翻身上马,让老马以最快的速度奔跑。我要赶回一个地方去。如果我没有猜错的话,迷局的最后一部分就在伦敦塔。

❈

　　重新来到护城河上的时候,天已经黑了,熊熊燃烧的火把将白塔照亮。我匆匆跑入大厅,径直走进奥尔德诺尔先生的办公室。他还留在办公室里,把一份文件的内容认真地抄写到一张纸上。

　　"夏雷克大人!我相信你今天大有收获。至少肯定比我强。"

　　"我必须马上和负责看守地牢的监狱长谈谈。你能直接带我去找他吗?我没时间在这里转来转去了。"

　　他从我的表情中看出了事情的严重性。"我这就带你去。"他拿起一大

第二十九章

串钥匙,带着我走出了办公室,还向一个经过的士兵要了个火把。穿过大厅的时候,他问我从前有没有去过地牢。

"没有,我很庆幸这一点。"

"地牢是个非常可怕的地方。牢房里全是人,一刻也没空过。"

"是啊。我还真想看看那地方是什么样子。"

"那地方关满了不信上帝的罪犯,就是这样。既有天主徒,也有疯疯癫癫的宗教狂热分子。我们应该把这些人全部吊死。"

他带着我走下一道狭窄的螺旋形楼梯。越往下走,空气越潮湿。墙壁上生着绿色的苔藓,大颗大颗的水珠从墙上渗出来,就像汗水一样。我们如今所处的位置已经低于泰晤士河面了。

楼梯尽头是一道铁栅门,门后有一个被火把照亮的地下室,一小群人正站在一张放满文件的桌子周围。一个身穿伦敦塔制服的卫兵朝我们走了过来,奥尔德诺尔隔着栅门对他说:"我带来了代理主教的一名特派员,他想马上见见总监狱长霍奇斯大人。"

卫兵打开了门:"这边请,先生。他现在忙得很,我们今天刚接收了一批再洗礼派嫌疑犯。"他带着我们朝桌子走去,一个又高又瘦的男人正站在那里,和另一个卫兵一道核查文件。地下室两侧是一扇扇厚重的木门,每扇门上都有一个装着栅栏的小窗,一个男人在其中一扇门后大声念诵着《圣经》中的段落。

"万军之耶和华说:我与你为敌,必将你的车辆焚烧成烟,刀剑也必吞灭你的少壮狮子……"

监狱长抬起头来。"给我闭嘴!你是不是想挨鞭子?"声音消失了,他转身朝我鞠了一躬,"先生,真不好意思,我正忙着整理今天这批新犯人的罪状。克伦威尔勋爵明天要亲自审讯其中一些人,我不想把文件给送错。"

"我需要一年半前关在这里的一个犯人的资料,"我说,"你还记不记得马可·斯密顿?"

他扬起眉毛。"当然不可能忘记,先生。英格兰王后被关进伦敦塔,那可是一件让人终生难忘的大事。"他停下话头,回想了一下,"不错,斯密顿临刑前一天晚上被关在这里。我们接到指示说要把他和其他犯人隔离开,有人会来探望他。"

我点了点头。"这就对了,罗宾·辛格尔顿来看过他,目的是确保他不会翻供。不过除他之外还有其他访客,你这里有没有记录?"

监狱长和奥尔德诺尔对视了一眼,哈哈大笑起来。"当然有了,先生。时下什么东西都得做记录,是不是,托马斯?"

"至少要记两次。"

监狱长向一个卫兵吩咐了几句,没过多久,他就拿来了一本厚厚的记录簿。监狱长翻开记录簿。

"1536年5月16日。"他的手指在纸页上游走,"对,斯密顿就关在那个伤人犯的牢房里。"他朝先前传出念诵声的牢房点了点头。牢房如今一片寂然,从小窗望进去,里面黑乎乎的,什么也看不见。

"谁来看过他?"我心里着急,索性走到他背后朝前张望。他不着痕迹地躲开一步,重新弯下腰去看记录簿。也许一个驼背曾经让他倒过霉。

"看,这是辛格尔顿的名字,他是在六点钟进来的,还有一个注明是'亲属'的人在七点钟进来,最后是牧师,在八点钟进来。他是伦敦塔的牧师马丁修士,是来听斯密顿的临终忏悔。弗莱彻这家伙真该死,我早就嘱咐过他一定要记录名字。"

我看到了另一个犯人的名字,伸出手指一点。"杰罗姆·温特沃斯被称作伦敦的杰罗姆,是卡尔特修道院的修士。对,他当时也被关在这里。不过我眼下最想知道这个亲戚的情况,霍奇斯先生。弗莱彻是谁,你手下的卫兵吗?"

"对,他这个人不喜欢作笔录。他字写得不好。"

第二十九章

"他今天有没有上班?"

"没有,先生,他爸爸过世了,他回埃塞克斯参加葬礼去了,估计明天下午才能回来。"

"他回来之后会不会马上来上班?"

"当然会。"

我咬了咬指甲。"不过那时候我已经在船上了。给我纸和笔。"

我飞快地写了两张便条,交给霍奇斯。

"这一张是让弗莱彻把他记得的那个访客的所有信息全部告诉我。你要向他强调这些信息非常重要,如果他不会写,就让其他人代笔。等写好以后,你带着另一张便条到克伦威尔勋爵的办公室去,把回信交给勋爵。我在另一张便条里要求勋爵派一个最好的骑手把弗莱彻的回信送到斯卡恩西给我。现在积雪开始融化了,道路会很不好走,不过一个好骑手应该能和我的船同时到达斯卡恩西。"

"夏雷克大人,我会亲自把信交给克伦威尔勋爵。"奥尔德诺尔说,"我很乐意出去走走。"

"我替弗莱彻向你道歉,"霍奇斯说,"只不过现在的文书工作太多了,难免会出点儿纰漏。"

"霍奇斯先生,你只要确保我能收到回信就行,别的我不会追究。"

我转身离开了,奥尔德诺尔带我走出了地牢。我们上楼的时候,斯密顿曾经住过的那间牢房里又传出男人的喊叫声,他颠三倒四地引用着《圣经》里的语句,随着刺耳的开门声和一声惨叫,喊声中断了。

第三十章

谢天谢地，回程一路顺风，海面上的雾气已经消散了，船顺着和煦的东南风沿英吉利海峡而下。气温升高了好几度，上星期刺骨的寒冷已经消失不见，空气里有了明显的暖意。船舱里装着织好的布匹和各种铁器，满载而归的船夫比来时高兴多了。

船在第二天晚上接近了陆地，透过轻薄的夜雾，我能看到蜿蜒曲折的海岸线。我的心跳陡然加快，就要回到斯卡恩西了，行船期间我一直在思考一些问题，但这对将来的计划并没有太多帮助，只有等到信使从伦敦赶来，我才能决定下一步该怎么做。现在我所能做的就是再找杰罗姆谈谈。想到这里，一个最近几天一直被压抑在心里的念头一下子浮现在脑海：马可和爱丽丝是否安然无恙？

船沿着运河穿过沼泽地，驶向斯卡恩西镇的码头，弥漫的雾气让人很难看清前面的路。船夫怯怯地问我能不能帮他一把，如果船离河岸太近，就用杆子把船撑开，我同意了。船有一两次差点陷入又厚又黏的泥沼里，泥沼中流淌着一股股细小的水流，那是融化的雪水。船终于到达了码头，我长舒了一口气。船夫扶着我走上干燥的地面，连声向我道谢，也许从此以后，他对一个支持宗教改革的异端的看法会有所改观。

❖

我立刻朝柯平格尔的宅子赶去。到他家的时候，他刚刚坐下和妻儿一起吃晚饭，见我来了，他热情地招呼我一起吃，但我说我必须尽快赶回去。他闻言会意，放下餐刀，把我带到他那间舒适的书房里。

第三十章

门一关上,我马上问他:"这几天修道院有没有再出事?"

"没有,先生。"

"每个人都安然无恙?"

"到目前为止的确如此,不过我有了关于那几笔交易的消息。"他伸手拿起一张放在书桌上的羊皮纸,那是一份土地交易书。我仔细审视着华丽的字迹和末尾的红色蜡印,蜡印清晰地显示着俯身朝向死人的圣多纳特,这果然是修道院的印章。照交易书的内容来看,修道院曾把位于南唐斯丘陵另一侧的一大片土地以一百英镑的价格卖给了爱德华·温特沃斯男爵。

"这价格太贱了,"柯平格尔说,"那可是一块好地。"

"我从没在修道院的正规账册上看到过这笔交易。"

"那他们一定做了假账,先生。"他笑得十分开心,"我最后带上巡逻官,亲自去了爱德华男爵的家。他吓坏了,总算明白无论他再怎么神气,我也有权力逮捕他。半小时之后他乖乖交出了交易书,赌咒发誓说他是以合法手段买下这块地的。"

"当初他是和修道院哪个人谈的这笔买卖?"

"我想是他的管家和财务主管谈的。你也知道,修道院所有和钱有关的事务都由埃德温管着。"

"但是院长必须在交易书上盖章。不过也有可能是其他人代劳。"

"你说得不错,先生,而且还有一点很奇怪:修道院和爱德华男爵一致同意暂时隐瞒这笔交易,承租人仍然像从前一样把租金交给修道院的管家,再由管家转交给爱德华男爵。"

"秘密交易并不违法,但是隐瞒国王的审计员就是另一回事了。"我卷起羊皮纸放进背包,"你做得很好,我对你的支持非常感激。继续调查下去,目前千万不要声张。"

"我已经命令温特沃斯不要把我去过的事情张扬出去,还警告他但凡轻举妄动,克伦威尔勋爵办公室就会要他好看。他会守口如瓶的。"

Dissolution

"那就好。要不了多久我就会采取行动,不过在这之前,我得等伦敦送消息来。"

他咳嗽了一声。"先生,斯顿普夫人想要求见你。我跟她说了你今天下午可能会回来的事,午饭过后她就一直待在我家厨房里。如果见不到你,她是不会走的。"

"那好吧,我会花几分钟见见她。顺便问一句,你手底下有多少人?"

"我的巡逻官和他的助手,加上三个线人,一共是五个人。不过镇上还有几个拥护改革的积极分子,到了必要的时候,我可以把他们召集起来。"他眯起眼睛看着我,"你觉得这里会出乱子?"

"但愿不会。不过我们应该很快就能抓捕罪犯了,希望你能确保你的手下随时待命。还有,在镇上的监狱里清出几间牢房来。"

他笑着点点头。"我很乐意看到几个修士去那里坐牢。还有,先生,"他别有深意地看了我一眼,"等事情结束之后,你能不能看在我全力配合的分上,在克伦威尔勋爵面前替我美言几句?我有个儿子现在已经到了可以去伦敦见世面的年纪了。"

我冷冷一笑。"恐怕我的举荐如今已经没有多少分量了。"

"哦。"他看上去很失望。

"我现在能不能见见斯顿普夫人?"

"不知你介不介意到厨房见她?我不希望她的脏鞋子踩脏我的地毯。"

他把我带到厨房,我一眼就看到了斯顿普夫人,她坐在凳子上,手里攥着一壶麦芽酒。柯平格尔喝退了两个好奇的厨娘,把我和她单独留在了厨房里。

老妇人单刀直入地说:"很抱歉耽误了你的时间,先生,我来是想求你帮个忙。两天前我们把孤儿埋在了教堂墓地。"

"她可怜的遗体终于得到安葬,我真是高兴。"

"丧葬费花完了我所有的积蓄,我再也拿不出钱来为她立墓碑了。先

第三十章

生，我看得出你很同情她的遭遇，所以我想……只要一先令，先生，一先令就够立块便宜的墓碑了。"

"那贵的要多少钱？"

"两先令，先生。我可以派人给你送张收据。"

我从钱包里数出两先令。"这钱就算我的一点心意，"我伤感地说，"她应该有块好墓碑。不过我不会出钱为她做弥撒。"

她哼了一声："孤儿不需要弥撒，我才看不起那些安魂弥撒呢。她现在一定平平安安地待在上帝身边。"

"你说话的口气真像个改革者，夫人。"

"我本来就是，先生，而且我以此为豪。"

"对了，"我随口问道，"你从前去没去过伦敦？"

她一脸迷惑地看着我："没有，先生。我最远只到过一次温切尔西。"

"你在伦敦没有亲戚？"

"我的亲戚都生活在这附近。"

我点了点。"果然如此。我随口问问罢了，你别多心，夫人。"送走她之后，我立马辞别了柯平格尔，这人自从知道我并不受克伦威尔的宠幸，对我的态度就大不如前了。我找到旅店的马夫，领走了"大法官法庭"，沿着雾蒙蒙的道路朝修道院赶去。

❈

天早就黑透了，融化的积雪让道路变得很滑，"大法官法庭"每一步都走得非常小心，赶路的速度自然慢了下来，尽管如此，我还是觉得越来越热。四周处处是水珠滴落的滴答声和雪水流入沼泽地的汩汩声。过了一会儿，我爬下马背，牵着马往前步行，天这么黑，要是"大法官法庭"不小心踏进泥沼里可就糟了。不知走了多久，修道院的高墙和门房的灯光终于出现在雾气中，我用力拍了拍大门，巴格举着一支火把应声而来。

373

Dissolution

"你回来了，先生。今晚骑马赶路挺危险的。"

"我必须尽快赶回来。"我牵着"大法官法庭"走进大门，"巴格，最近有没有一个骑马的人给我送消息来？"

"没有，先生。没有这样的人来过，也没人给你送消息。"

"真该死。我在等一个从伦敦来的人，如果他来了，你就立刻来找我，不管是白天还是晚上。"

"没问题，先生。我一定照办。"

"只要我没发话，任何人，你听清楚了，任何人都不能离开这个修道院。你明白了没有？要是有人想要出去，你就来通知我。"

他好奇地看着我："这是命令吗，特派员大人？"

"这就是命令。"我深吸了一口气，"最近几天这里发生什么事没有，巴格？大家都好吗？马可大人如何？"

"先生，马可大人很好。他一直待在院长的宅子里。"他深深地看着我，在火把的照耀下，他的眼睛闪闪发光，"但是有人不在自己屋里。"

"这是什么意思？有话直说，别打哑谜。"

"我说的是杰罗姆修士。他昨天离开了他的房间。他失踪了。"

"你的意思是他逃跑了？"

巴格幸灾乐祸地大笑起来。"他那个样子是不可能跑远的，何况他根本没出大门。不，他肯定藏在修道院里的某个地方，副院长很快就能把他揪出来。"

"上帝啊，我先前不是让人好好看着他吗！"我气得咬紧牙关。现在我没法问他去监牢探望马可·斯密顿的另一个人是谁了，一切只能靠那个信使。

"我知道，先生，但是修道院里的人最近都有些反常，负责看守他的仆人忘了锁好门。你也知道，大家都被吓坏了，加布里埃尔修士的死成了压垮所有人精神的最后一根稻草，而且最近有传言说这个地方就要关

第三十章

闭了。"

"是吗？"

"先生，这是顺理成章的事，不是吗？这里出了这么多凶杀事件，而且人人都在说国王会关闭更多的修道院，这事应该是真的吧？你说呢，先生？"

"天哪，巴格，你觉得我会和你讨论政策问题吗？"

他一脸挫败，就像被人打了一拳似的："真对不起，先生。我不是有意冒犯你。不过……"他欲言又止。

"不过什么？"

"听说修道院关闭之后，修士们都会拿到安置费，仆人们就要被赶到大街上去。先生，我都快六十岁了，既没有家人也没有手艺，只能靠这份工作来糊口，斯卡恩西根本没有工作可干。"

"巴格，我并不清楚那些散布谣言的人说了些什么，我也管不住他们的嘴。"我的口气变得温和了一点儿，"好了，你的助手在不在？"

"先生，你是说戴维？他在。"

"那就叫他替我把马牵到马厩里去，行不行？我要到院长的宅子去一趟。"

我注视着小伙子牵起"大法官法庭"穿过庭院，一路上小心翼翼地踩着融雪和泥泞。我想起和克伦威尔的谈话，如果修道院真的关闭了，巴格和其他仆人将统统被赶出去，他们找不到工作，就只能流落街头，自生自灭。我回忆起前往救济院那天看到一群有乞食证的乞丐在街上扫雪的情景，虽然我不喜欢巴格，但是一想到他将来要沦落到去做那种工作，心里还是一阵发酸。他是那么珍视他少得可怜的优越感，如果连这个也没有了，他一定活不过半年。

我转身朝四周看了看，蓦地握紧了约翰·斯密顿的剑。透过雾气，可以看到一个淡淡的人影站在围墙下。

我厉声喝问:"谁在那里?"

盖伊修士走上前来,兜帽半掩着他那张黝黑的脸。"夏雷克大人,"他用他那种含混不清的口音说,"原来你回来了?"

"修士,那边黑灯瞎火的,你站在那儿干什么?"

"我想呼吸点儿新鲜空气。我花了整整一天照顾保罗老修士,他一小时前去世了。"他说完画了个十字。

"我很抱歉。"

"他的大限到了。临终时他好像回到了他的童年时代,他提到了你们上世纪的内战,就是约克家族和兰开斯特家族之间的那些战争。他还看到老国王亨利六世带着兴高采烈的人群穿过伦敦的大街小巷,准备重登王位。"

"如今我们有了一位雄主。"

"没有人会怀疑这一点。"

"我听说杰罗姆逃跑了。"

"没错,看守他的人忘了锁门。不过这个地方虽然大,他终究会被找到。他又能躲到哪里去呢?可怜的人啊,他比表面上更虚弱,在外面过夜对他的身体没有好处。"

"他是个疯子,可能会对其他人造成威胁。"

"仆人们现在已经没有心思履行职责了。修士们也一样,他们都在担心自己将来的命运。"

"爱丽丝还好吧?"

"还好,非常安全。她最近一直跟着我忙个不停。现在天气变暖了,好多人开始发烧,病因就是从沼泽地里冒出来的臭烘烘的雾气。"

"修士,我问你一件事,你有没有去过托莱多?"

他耸了耸肩。"在我还小的时候,我家经常从一个城市搬到另一个城市。我到法国的时候是十二岁,在那之前,我们一家人辗转流离,没过过

第三十章

几天平安的日子。对,我记得我们在托莱多住过一阵子。我还记得那里有一座巨大的城堡,城里整天充斥着叮叮当当的打铁声,好像有上千家铁铺一样。"

"你在那儿有没有见过一个英国人?"

"一个英国人?我不记得了。那时的西班牙可不像现在,那里有很多英国人,遇到一两个并不是什么稀奇事,可惜现在一个也没有了。"

"当然没有了,西班牙已经成了我们的敌人。"我上前一步,凝视着他棕色的眼睛,但那双眼睛深不可测,我看不出其中包含着什么样的情愫。我拉起外套。"我必须告辞了,修士。"

"你还回不回医务室住?"

"到时候再说。你先替我把房里的火炉生上吧。晚安。"

我离开他,朝院长的宅子走去。经过那排工房时,我紧张地扫视着房屋的阴影,寻找着加尔都西会的白袍。杰罗姆这一次想干什么?

※

来应门的还是上次那个老仆。他告诉我费比尔院长在家,不过正忙着和副院长谈事情,马可在房间里。他带我上了二楼,来到古德汉普斯从前的房间,房间里的酒瓶子已经不见了,也没有了那种不洁净的老人味儿。马可坐在桌前工作,面前摊着一摞信件。我留意到他的头发变长了,如果他想重新变得时髦起来,回伦敦后非得去趟理发店不可。

他草草问候了我几句,眼神冷漠而警惕。以我对他的了解,过去这几天里,他一定尽可能找时间和爱丽丝腻在一起。

"在看院长的信件?"

"是的,先生。它们看起来都很正常。"他小心翼翼地看着我,"伦敦的事情进展得怎么样了?你查到那把剑的主人是谁了吗?"

"我找到了一些线索,也做过了调查,现在就等从伦敦来的信使了,

Dissolution

至少克伦威尔勋爵貌似并不担心杰罗姆给西摩家的人送信，不过我听说他逃跑了。"

"副院长已经带着几个年轻一点儿的修士四处搜寻过了。我昨天也帮着找了一会儿，不过一无所获。副院长大发雷霆。"

"我想象得出来。那些修道院就要关闭的传言是怎么回事？"

"最近刘易斯修道院的一个人在酒馆里说他们的院长已经投降了。"

"克伦威尔说这件事迟早会发生。他可能正派出手下到全国各地去散布这种新闻，好威慑其他修道院。不过我目前并不想看到流言漫天的情况。我必须努力安抚院长，让他暂且相信斯卡恩西修道院有机会存活下去。"马可眼中的寒意更浓了。他不喜欢撒谎。我想起琼说过的话：他是个彻头彻尾的理想主义者。

"我收到一封家书，"我对他说，"今年的收成恐怕不太好。你爸爸说他希望修道院快点儿关闭，那会给土地没收法院带来更多工作。"马可没有吱声，只是用一种冷冽阴郁的眼神与我对视。

"我要下楼去见院长，"我说，"你留在这里。"

※

费比尔院长坐在书桌一头，和坐在另一头的莫提马斯副院长面面相对。看他俩的样子，仿佛已经坐了很久了。费比尔院长的脸比之前更憔悴；莫提马斯则面色通红，一脸怒气。我走进房间后，两人双双站了起来，院长开口说："夏雷克大人，欢迎你回来。你的事情办好了吗？"

"也算是吧，起码我知道了克伦威尔勋爵并不担心杰罗姆送信出去。不过我听说那个坏家伙逃走了。"

"为了找到那个老混蛋，我把这地方里里外外搜了个遍。"莫提马斯说，"我不知道他钻进了哪个洞里，但他不可能翻墙，也不可能在巴格的眼皮底下溜出去。他一定还在这里。"

第三十章

"我想他这么做一定有什么目的。"

院长摇了摇头。"我们刚刚就是在讨论这个问题,先生。也许他现在正等机会逃出去。他现在既没东西吃又没水喝,盖伊修士认为以他的健康状况,在寒冷的户外坚持不了多久。"

"但他也有可能是在等机会伤害谁。比如说,我。"

院长赶紧说:"我希望不是。"

"我已经吩咐过巴格,这几天没有我的允许,任何人都不准离开修道院。你们去告诉其他修士一声。"

"为什么,先生?"

"为了预防万一。对了,我听说刘易斯修道院传出谣言,人人都在说下一个关闭的就是斯卡恩西。"

院长叹了口气:"你之前已经亲口告诉我了。"

我微微点了下头。"从我和克伦威尔勋爵的谈话来看,一切还是未知数。我话说得太早了。"说出这番谎话时,我感到一丝内疚,但我不得不如此。我不希望把某个人逼到狗急跳墙的地步。

费比尔院长喜形于色,莫提马斯眼中也燃起希望的火花。

"这么说这里不会关闭喽?"院长问,"我们还有机会?"

"现在谈关闭的事还为时过早,我们不应该鼓励这种言论。"

院长急切地探过身子:"半小时后就是晚餐时间,或许我应该去餐厅对修士们说点儿什么?我可不可以对他们说……说朝廷还没有计划要关闭这里?"

"这是个好主意。"

"你最好写个讲稿。"副院长说。

"对,当然要写。"院长伸手去拿纸和笔。我的目光落在那枚静静放在他手边的修道院印章上。

"告诉我,阁下,你平时出去的时候,是不是不会锁门?"

他诧异地抬起头:"对啊。"

"你觉得这样妥当吗?万一有人偷偷溜进来,把修道院的章盖在他带来的文件上呢?"

他一脸茫然地看着我:"可是我的房间一向有仆人照管。没有我的允许,谁也不能迈进这宅子一步。"

"任何人都不能?"

"任何人都不能,不过修道院的几个官员除外。"

"我知道了。好啦,我这就告辞了。晚饭时再见。"

我再一次注视着修士们列队走进餐厅。记得我来这里的第一个夜晚,西蒙·维尔普雷戴着一顶尖帽子站在窗边,窗外大雪纷飞,可怜的小伙子冻得瑟瑟发抖。今晚透过那扇窗户,我可以看到水珠从越来越小的冰柱上滴落,有些地方的积雪完全融化了,一眼望去,到处是大大小小的黑块,沟槽里流淌着小股的雪水。

修士们坐到餐桌边,长袍下的身体佝偻着,一副沉默寡言的模样。院长来到雕刻精美的大诵经台前,我站在他身边,清晰地感觉到一道道焦虑不安、充满敌意的目光向我投射过来。当马可从我身旁走过,想要到高层专座边入座的时候,我一把抓住他的胳膊。

"院长待会儿会发表讲话,说国王不会接收斯卡恩西修道院,"我小声说,"这很重要。现在还不到时候,我不能打草惊蛇。"

"这一切真是让人烦透了。"他小声抱怨着,甩开我的手,径直走到桌边坐下。他这种公然的无礼举动让我红了脸。面色红润容光焕发的费比尔院长展开讲稿,向修士们宣布关于所有修道院都会关闭的传言非实。虽然斯卡恩西近来出了好几起尚未侦破的凶杀案,但克伦威尔勋爵亲口说朝廷目前没打算逼迫他们投降,最后他补充说,最近任何人都不能离开修

第三十章

道院。

修士们的反应多种多样。一部分人，尤其是老年人，纷纷长舒一口气，露出笑容。另一部分人则是半信半疑。我把高层专座从头到尾扫了一遍，地位较低的裘德修士和休修士看上去如释重负，副院长莫提马斯面带希冀。不过盖伊修士却微微摇头，埃德温皱着眉，不知在想些什么。

仆人把晚饭端了上来，先是浓浓的蔬菜汤，紧接着是香草炖羊肉。我睁大眼睛注视着我的餐点从公共菜盆里舀出来，再经过众人的手传递给我，还好，没有可疑的人做手脚。开始用餐时，莫提马斯已经自顾自地喝下了两杯酒，他转头对院长说："现在我们安全了，阁下，我们应该重新任命一个圣器室管理人。"

"你怎么能这么说呢，莫提马斯，可怜的加布里埃尔三天前才下葬。"

"但我们活着的人必须向前看哪，总得有人和财务主管商量教堂维修的事吧，是吧，埃德温？"他把手里的银杯朝财务主管的方向倾了倾，后者仍旧愁眉不展。

"我只、只求任命一个比加、加布里埃尔通情达理，理解我们负担不起大工、工程的人。"

莫提马斯把头转向我："在金钱问题上我们的财务主管是英格兰最谨慎的人。不过埃德温，我一直不懂你为什么坚决不同意在维修过程中使用脚手架，光用绳子和滑轮怎么维修呢？"

成为了关注焦点的财务主管涨红了脸。

"你说得有、有、有道理。如果你一定要搭脚手架来进行维、维修，我会同意。"

院长哈哈大笑。"修士，你今天怎么爽快起来了，先前你不是还为这件事和加布里埃尔争了好几个月嘛。甚至在他说如果不搭脚手架，可能会有人员伤亡的时候你都没有动摇过，你怎么突然就想通了呢？"

"事、事情是可以商量的嘛。"财务主管垂下脑袋，对着他的餐盘皱起眉头。副院长又喝下一杯烈酒，一张脸变得通红，他趁着酒兴对我说："特派员大人，你没有听过埃德温和血肠的故事吧。"他说得大声极了，不远处的长桌上传来修士们吃吃的窃笑声。财务主管的脸一下子涨成了猪肝色。

"好了，莫提马斯，"院长发话了，但听口气他并不是真心想阻止，"兄弟之间要互相宽容。"

"我又不是要讲他的坏话！两年前，赈济发放日快到了，但我们没有肉分给等在大门口的穷人。我们本打算杀头猪来取肉，不过埃德温不肯。盖伊修士那时候刚来不久。他为一些修士放了血，把废血留着给药草施肥用。故事是这样的：埃德温提议拿一些血和面粉混合，做成血香肠分给穷人，反正穷人绝不会知道那不是猪血。一切都是为了省下一头猪！"他说完放声大笑。

"这个故事不是真的，"盖伊说，"我已经跟大家说过很多次了。"

我看了看埃德温。他已经停止了进餐，弓着背坐在餐盘前，右手把汤勺捏得死死的。突然他啪的一声扔下汤勺，猛地站起身，紫红的面膛上，一双黑色的眼睛简直要喷出火来。

"傻瓜！"他大声咆哮着，"亵渎神明的傻瓜！和你们相关的血理应只有我主耶稣基督的血，就是每次做弥撒的时候，我们喝下的由葡萄酒变成的圣血！整个世界就是被这血连接起来的！"他握紧了肉乎乎的拳头，神情激动，说话不再磕磕绊绊。

"傻瓜们，再也不会有什么弥撒了。你们干吗要抓着救命稻草不放？在听说了全国各地发生的事情之后，你们怎么还能相信斯卡恩西会继续存留下去的谎话？傻瓜！一群傻瓜！国王总有一天会毁掉你们所有人！"他将拳头砸向桌子，随后转过身气冲冲地走出了餐厅。门砰的一声关上了，留下满屋死寂。

我深吸了一口气。"莫提马斯副院长，埃德温修士显然犯了谋逆罪，

第三十章

请你带几个仆人把他拘禁起来。"

副院长吓呆了："可是先生,他并没有说冒犯天威的话。"

马可急切地靠过来。"说真的,先生,那些话应该算不上谋逆吧?"

我瞪视着费比尔院长："照我说的去做。"

"看在上帝的分上,照做吧,莫提马斯。"

副院长咬紧嘴唇,但还是起身出去了。我低下头陷入了沉思,回过神来时,发现这里的每个人都在看我,于是我做了个手势,示意马可留下来,自己追了出去。走到餐厅门口的时候,副院长正带着一队高举火把的仆人出了厨房,朝账房赶去。

一只手突然搭上我的胳膊。我急忙转身,原来是巴格,他看上去挺着急的。

"先生,信使来了。"

"什么?"

"从伦敦来的骑手赶到这里了。我还从没见过这么灰头土脸的人,满身都是烂泥。"

我继续在原地站了一会儿,注视着莫提马斯嘭嘭地敲打账房大门。我是该跟他进去呢,还是去见信使呢?我无法决断。我的头开始发晕,无数细小的光点在眼前飞动。我深吸了一口气,把头转向巴格,这个老头正好奇地看着我。

"走吧。"我说完这两个字,带头走回门房。

第三十一章

信使坐在巴格的小屋里烤着火。虽然他从头到脚都包裹在泥巴里,我仍然认出他是克伦威尔办公室里负责送信的一个青年,我曾经见过他。看来监狱长是完全按照我的吩咐把话带给克伦威尔的。

他站起来朝我鞠了一躬,身体微微有些发抖,我看得出他已经精疲力尽了。

"你是夏雷克大人吧?"

我点了点头,因为太过紧张,我连一个字都说不出来。

"上头命我亲手把这个交给你。"他递给我一封盖有伦敦塔蜡印的信。我转身背向他和巴格,破开蜡印,仔细阅读着信上的三行字。情况果然和我料想的一样。我强迫自己镇定下来,这才重新转过身。巴格正专注地看着我,信使已经坐回火炉边了。

"守门人先生,"我说,"这个人骑马赶了很远的路,麻烦你给他找一个房间过夜,火一定要生得旺旺的,如果他想吃东西,就给他准备一点儿。"我把脸转向信使。"你叫什么名字?"

"先生,我叫汉福尔德。"

"明天一早可能还要劳烦你送信回去。今晚好好睡一觉。你在这么短的时间内就能骑马赶到这里,真是太棒了。"

我把信纸捏成一团放进口袋,匆匆离开门房,快步穿过庭院。现在我知道该怎么做了,一颗心却有着前所未有的沉重感。

我停了下来。附近好像有什么奇怪的东西。眼角瞥见一片阴影闪过,我猛地转过身,因为动作太快,地上湿滑的泥浆差点儿让我失去平衡。我

第三十一章

敢肯定它就躲在锻造厂的披屋①边,但我现在什么也看不见。

我厉声喊道:"谁在那里?"

无人应答,我只听到水珠从房檐上不断滴落的声音,一定是屋顶的积雪融化了。雾气更浓了,丝丝缕缕缭绕在房屋周围,模糊了它们的轮廓,使得透出火光的窗户周围圈出黄色的光晕。我警觉地竖起耳朵,慢慢走向医务室。

保罗修士的床空了。瞎眼修士垂着脑袋,坐在床边的椅子上,胖修士躺卧在床,看样子已经睡着了。除了他们两个,大厅里没有其他人,盖伊修士的药房里也没有人,修士们一定还在餐厅里吃饭。埃德温的被捕势必会引起轩然大波。

❖

我沿着走廊往前走。经过我和马可的旧房间时我没有停步,我要去的是爱丽丝的房间。她的门下透出一线烛光。我抬手在门上敲了敲,随后推开了门。

这是一个没有窗户的小房间,她正坐在一张轮床上,把叠好的衣服放进一个大皮袋里。当她抬起头看着我的时候,我从那双蓝色大眼里读出了恐惧。她那线条冷硬的方形面孔似乎也因为这恐惧而憔悴下去。我感到一种刺骨的悲哀。

"你要出远门?"真奇怪,我的声音听起来居然这么平静,我还以为它会嘶哑呢。

她没有发话,只是静静地坐着,两手放在皮袋的束带上。

"哎,爱丽丝?"现在我的声音开始颤抖了,"爱丽丝·菲特尔,你妈妈出嫁前是不是姓斯密顿?"

---

① 正屋旁依墙所搭的小屋。

红晕爬上了她的脸，可她还是没有说话。

"爱丽丝，我多希望这一切不是真的。"我深吸了一口气，"爱丽丝·菲特尔，我必须以国王的名义逮捕你，因为你以残忍的手段杀害了他的特使，罗宾·辛格尔顿。"

这回她说话了，她的声音因为激动而发抖："我没有杀害他，我只是替天行道。替天行道！"

"对你来说的确是这样。这么说我的猜测是对的，马可·斯密顿是你的表哥？"

她抬头看着我。她的蓝眼睛眯了起来，好像在算计着什么。接着她开口了，声音清晰而平静，却透着一种疯狂，我从没料到有朝一日会从一个女人口里听到这样的声音。

"他不只是我的表哥。我们是恋人。"

"你说什么？"

"他的爸爸，也就是我妈妈的弟弟，年少时只身到伦敦闯天下去了。我妈妈一直不肯原谅他抛下家人的行为，可是在我的前一个恋人死后，我决定到伦敦去认亲，虽然我妈妈千方百计阻止我，我最后还是去了。这里根本找不到活儿干。"

"他们接纳了你？"

"约翰·斯密顿和他太太都是好人。很好很好的人。他们不仅让我住进了他们的家，还帮我找了一份给一个伦敦药剂师做助手的工作。这是四年前的事了，马可当时已经做了宫廷乐师。感谢上帝，一年后我舅妈死于汗热病，至少躲过了后来的灾祸。"她眼中闪动着泪花，但她倔强地抬手擦去，仰头直视我的脸。我又看到她算计的眼神，但我不明白她到底在算计什么。

"不过你一定全都知道了吧，特派员……"我还从没听过她如此轻蔑地称呼我，"否则你为什么来这儿？"

第三十一章

"直到半小时前,我还什么也不确定。那把剑把我引向了约翰·斯密顿——我现在终于明白那天在鱼塘边你为什么求我别去伦敦了——不过之后一段时间我并没取得进展。我百思不得其解,因为根据记录,约翰·斯密顿没有男性亲属,他的遗产都留给了一个老太太……就是你妈妈吧?"

"是的。"

"我把这座修道院里的每一个人挨个琢磨了一遍,想知道谁有本事和力量去砍下一个壮年男人的脑袋,可直到回伦敦为止,依然没有理出头绪。之后我想,倘若约翰·斯密顿除了一个姐姐之外,还有另一个女性亲属呢?一直以来,我习惯性地认定犯案的是个男人,后来我明白过来了,犯案的凭什么不能是一个身强力壮的年轻女人呢?就这样我最终想到了你。"我痛苦地作出结论,"我刚才收到了一封信,信上的内容证实了我的想法,一个年轻女人曾在马可·斯密顿行刑的前一天晚上到牢房探望他,根据当值卫兵的描述,那个女人就是你。"我看着她的脸,摇了摇头。"女人行凶可是重罪。"

她的声音重又平静下来,微微带着苦涩。"是吗?比辛格尔顿的所作所为还要严重?"她的克制和冷静让我惊讶。

"我知道马可·斯密顿的遭遇,"我说,"杰罗姆告诉了我一部分,我在伦敦又了解到剩下的一部分。"

"杰罗姆?他和这件事有什么关系?"

"你去探望你表哥那晚,杰罗姆就在隔壁的牢房里。他来这儿之后一定认出了你。他同样认出了辛格尔顿——这就是他称呼他为伪誓者和骗子的原因。还有,他曾经向我发誓说这里的懦夫们并没有杀人,现在看来他是在拐弯抹角地戏弄我。他猜到杀人的是你。"

"他从没和我说过一句话。"她摇了摇头,"其实他应该和我说说话,毕竟知道真相的人实在太少了。你们这群人的罪恶都被掩盖了起来。"

"来到这里的时候,我并不知道马可·斯密顿和前任王后是被冤枉的,爱丽丝。你说得对，这件事很邪恶，很残忍。"

她的眼中闪现着希望的光芒："那放我走吧，先生。和你相处的这段日子，我也觉得很困惑，辛格尔顿和克伦威尔其他的手下都是冷血无情的畜生，可你和他们不一样。我这么做只是想为马可讨回公道。求你了，放我走吧。"

我缓缓摇头。"我不能放你走。不管你这么做是为了什么，谋杀就是谋杀。我必须把你绳之以法。"

她用祈求的眼神看着我："先生，如果你想知道所有的事情，就请听我说吧。"

我猜到她是想拖延时间，但我并没有阻止。她要说的正是我追查了很久的谜题：辛格尔顿是怎么死的。

"马可·斯密顿常常回家探望他父母。他从红衣主教沃尔西的唱诗班进入安妮·波琳的宫殿，成为她的乐师。可怜的马可，贫寒的出身让他感到羞耻，可他还是经常回家看父母。就算他的思想被宫廷的奢靡所改变，那也没什么好奇怪的。人总是会被更好的生活诱惑，你不是也拿荣华富贵诱惑马可·普尔嘛。"

"到了现在你还不明白吗？马可·普尔是不会因为这些而放弃你的。"

她没有理会我，自顾自地说了下去："马可带我去看了那些宏伟宫殿的外景，我们去过格林尼治宫和白厅宫，但他一直没带我进去过，就算我们成了恋人也是一样。他说我们只能悄悄见面，但我已经很满足了。后来有一天，我收了工回到家，发现辛格尔顿带着一群士兵在家里，朝我鳏居的舅舅大喊大叫，逼迫他承认马可曾经说过和王后同床共枕的话。等我弄清楚发生了什么事情之后，我冲向辛格尔顿，拼命地揪打他，最后那些士兵强行把我拖了出去。"她皱起眉头。"那是我第一次认识到我内心的愤怒有多么强大的力量。他们把我丢了出去，我当时既没有考虑过约翰·斯密顿会不会告诉他们我和马可之间的关系，也没有考虑过他们同样有可能来

第三十一章

找我，威逼我闭嘴。

"我可怜的舅舅在马可死后三天就去世了。我参加了审判，我可以看出陪审团的人有多么害怕……审判的结果没有任何疑问。我想去伦敦塔探望马可，但他们不让我见他，直到行刑的前一天晚上，一个看守可怜我，让我进去见了他一面。他戴着镣铐躺在那个阴森的地方，身上的漂亮衣服都变成了破布。"

"我知道。杰罗姆对我说过。"

"马可被捕的时候，辛格尔顿说要是他承认和王后睡过觉，国王就会网开一面，暂时不杀他。他告诉我刚刚被捕时，他曾天真地以为英格兰的法律会保护他！"她尖声大笑起来，"英格兰的法律就是地下室里的一座肢刑架！他们对他动用肢刑，直到他的世界回归虚无，只剩下疯狂的尖叫。所以他承认了，他们只让他多活了两个星期，拖着残废的身子接受审判，最后还砍掉了他的脑袋。那天我站在人群里，亲眼看到了那一幕。我多么希望他在这个世界上看到的最后一件东西就是我的脸。"她摇了摇头。"他流了好多血。一根血柱喷向半空，血水一直流，一直流。"

"是啊，我知道。"我想起杰罗姆说过，斯密顿曾向他承认和许多女人有染，爱丽丝心目中的斯密顿只是理想化的他，但我不能告诉她真相。

"接着辛格尔顿出现在这里。"我说。

"那天我经过外院，看到他正和财务主管的助手争吵，你能想象我当时的感受吗？我之前听说一个特派员会来修道院见院长，但我不知道那个人就是他……"

"然后你决定杀了他？"

"我早就不止一次地梦见自己杀了那个恶棍。我当时什么也没想，只知道我必须这么做。我一定要为马可讨个公道。"

"这个世界常常没有公道可言。"

她的脸渐渐变得冰冷僵硬。"但这一次我找到了。"

"他没有认出你?"

她哈哈大笑。"没有。就算他注意到我,他也只会把我当做一个扛着袋子的普通女佣。当时我已经在这里待了一年,做盖伊修士的助手。伦敦的药剂师开除了我,因为我是斯密顿家的亲戚。我只好回到我妈妈身边,不久之后,她收到一封律师信,去伦敦接收了我舅舅少得可怜的遗产。然后她和舅舅一样得了急病不治身亡,柯平格尔就把我赶走了。我走投无路,只好来这里。"

"镇上的人都不知道你和斯密顿家的关系?"

"我舅舅已经离开三十年了,我妈妈出嫁后也改了姓氏,斯密顿这个姓早就被忘记了,何况我怎么会主动提醒别人想起来呢?我对镇上的人说我去了伊瑟为一个药剂师工作,后来那人死了。"

"你留下了那把剑。"

"一开始只是为了留个念想。某个冬夜,我舅舅向我们展示过剑客的一些招式,我也学了一点儿,包括平衡,步法,运劲的角度。见到辛格尔顿之后,我知道这些本领终于可以派上用场了。"

"上帝啊,小姐,你勇气惊人。"

"这很容易。我没有厨房的钥匙,可我回忆起一个关于旧通道的传说。"

"而且找到了它。"

"是的,通过搜查医务室所有的房间。接着我写了一张匿名便条给辛格尔顿,说我是个告密者,希望天亮前在厨房和他见面。我告诉他我打算向他透露一个大秘密。"她说罢笑了起来,那是一种让我不寒而栗的笑容。

"他一定以为便条是某个修士写的。"

她脸上的笑容渐渐消失。"我知道到时候一定会沾上一身血,所以悄悄到洗衣房偷了一件长袍。刚到这里的时候,我在我房间的抽屉里发现了一把洗衣房钥匙。"

第三十一章

"这钥匙是卢克修士和孤儿·斯通加登拉扯的时候不小心掉的,她一定把钥匙留下了。"

"可怜的女孩儿。比起抓住杀辛格尔顿的人,你更应该找出杀她的凶手。"她目不转睛地看着我,"我穿好长袍,拿着剑,悄悄穿过通道去厨房。当时我正和盖伊修士一起照顾一个老修士,我借口要休息一小时,他想也不想就同意了,可以说不费吹灰之力。我站在厨房的碗橱后面,等他走过的一瞬间,挥剑砍向他的脖子。"她又笑了,笑容里带着让人毛骨悚然的满足感。"我预先磨利了剑,一下子就砍下了他的脑袋。"

"就像前王后安妮·波琳那样。"

"是像马可一样。"她的表情从喜笑颜开变成了愁眉深锁,"他流了好多的血。我原本希望他的血可以洗尽我的愤怒,但是没有。直到现在,我依然会在梦中见到他的脸。"

说着说着,她的眼睛突然亮了,随即发出一声如释重负的长叹,就在这时,一只手从背后抓住我的手腕,把我的胳膊扭到背后,我腰间的匕首哐当一声掉到地上。另有一只手环住我的脖子。我低下头,看见一把刀横在喉咙上。

我嘶声问:"杰罗姆?"

"不,先生。"马可的声音响了起来,"不要喊叫。"刀子压上了我的皮肤。"坐到那张床上去。走慢点儿。"

我步履蹒跚地穿过房间,坐到小小的轮床上。爱丽丝站起来走到马可身边,伸手搂住他。

"我还以为你永远不会来了,我刚刚一直拼命和他说话。"

马可一脚踢关了门,然后踮起脚尖稳住身子,他的刀子离我的喉咙只有一英寸,只要他把刀子往前一送,就能在我的喉咙上切开一道口子。他的表情不再冷漠,取而代之的是十足的坚决。我仰头看着他:"刚才在院子里的人是你?你跟踪我?"

"不错。这件事还有谁知道，先生？"他仍然叫我先生。我差点儿笑出声来。

"送信的人是克伦威尔勋爵的手下。事到如今，信件的内容迟早会被克伦威尔知晓。如此说来，你知道她的所作所为？"

"你去伦敦那天，我们第一次相拥而眠，事后她把一切都告诉了我。我跟她说你很聪明，只怕很快就要查出真相了，所以我们准备今天晚上离开。如果你晚几个小时回来，你可能就见不到我们了。我真希望你晚些回来。"

"你们已经无处可逃了，英国没有你们的容身之所。"

"我们不会留在英国。河边有一条船在等着我们，我们会乘船到法国去。"

"你是说那些走私者的船？"

"是的，"爱丽丝语调平平，"我对你说了谎。我儿时的伙伴并没有淹死，他们一直是我的朋友。他们安排了一艘法国海船等在海上，准备明天晚上从修道院取走一批货物，不过他们今晚特地安排了一艘小船来接走我们。"

我吃了一惊："从修道院？你知道他们向谁取货吗，那批货又是什么？"

"我并不关心这些。我们会待在海船上，等明天天一黑，就能出发去法国了。"

"马可，你知道那批货是什么吗？"

"不知道。"他咬了咬嘴唇，"对不起，先生，现在对我来说，爱丽丝和我们的逃亡才是最要紧的。"

"法国人对英国改革者没有好感。"

他看我的眼神带着遗憾："我不是改革者，从来不是。起码在我知道克伦威尔的所作所为之后，我就放弃这一身份了。"

第三十一章

"你是个叛徒。"我痛心地指责他,"你对不起你的国王,也对不起待你如亲生儿子一样的我。"

他眼中的遗憾之色更浓了。"先生,我不是你的儿子。我从来没有认同过你的宗教信仰。你早该明白,你应该认认真真地听听我的心里话,而不是像对待一个应声虫一样对我。"

我咬牙切齿地说:"你不值得我这样对你。你也一样,爱丽丝。"

"天知道什么值得不值得?"马可突然暴怒,"这个世界既没有公理也没有秩序,如果你不是个瞎子,你应该看得见。在爱丽丝把一切告诉我之后,我就更加确信这一点。我四天前就做出了决定,我要和爱丽丝一起走。"他口里言之凿凿,然而我看得出他神色有所动摇了,他的羞耻之心和对我的敬爱之情并没有完全消失。

"这么说你变成天主教徒了?我的眼睛并不像你想象中那么瞎,马可,我时常在怀疑你真正的信仰是什么。如果你是个天主徒,那你对这个女人玷污教堂的行为作何感想?这件事是你干的吧,爱丽丝?在杀死辛格尔顿之后,你故意把死鸡放在教堂的圣坛上,好混淆查案者的视听?"

"不错,"她说,"是我干的。但倘若你以为马可和我是天主教徒,那你就错了。改革者也好,天主教徒也好,其实你们骨子里都是一样的。你们用所谓的信仰把老百姓逼上绝路,自己却忙着争夺权势、土地和金钱,这些才是你们真正想要的东西。"

"这些并不是我想要的。"

"也许吧。你是个善良的人,我不想对你撒谎。可如今的英国正发生着种种有违公正和道义的事情,你却像个初生的孩子一样对这些视而不见。"她的声音混合着遗憾和愤怒,"你本该站在民众的立场上看问题,但你这种人绝不可能这么做。你以为我在亲身经历过这一切之后,还会在意教会吗?比起在圣坛前做的事,我更加难过的是不得不亲手杀死那只公鸡。"

"那现在呢?"我问,"不得不杀死我吗?"

马可咽了口唾沫。"我不会这么做。只要你不伤害我们。"他转头面向爱丽丝,"我们可以把他绑起来塞住嘴,藏进你的橱柜里,其他人一定会找他,但他们肯定想不到他在这里。你觉得盖伊修士会在什么时候发现你不见了?"

"我告诉他我今天想早点儿睡觉。我平时早上七点准时到药房去,所以在明天早上七点之前,他应该不会发现我不见了,到那个时候我们已经在海上了。"

我拼命整理着思路:"马可,请听我说,你不要忘了加布里埃尔、西蒙·维尔普雷和孤儿·斯通加登。"

爱丽丝怒道:"他们的死和我无关!"

"我知道。我先前以为可能有两个凶手在联手杀人,从没想过两个凶手根本不相干。马可,想想你看到的一切,你还记不记得孤儿·斯通加登从鱼塘里浮上来的样子?你还记不记得加布里埃尔像只虫子一样被石头砸扁的样子?你还记不记得西蒙被毒药害得疯疯癫癫的样子?这段日子你一直在帮我,一直和我站在一起,难道现在你想半途而废,让凶徒逍遥法外?"

"我们原本打算给你留张纸条,告诉你杀死辛格尔顿的人是爱丽丝。"

"你听我说,埃德温被抓住了吗?"

马可摇了摇头:"没有。我尾随你出了餐厅大门,听到巴格说有人送信来。接下来我跟着你到了门房,又看到你回医务室去了。这时莫提马斯向我走过来,说埃德温既不在账房,也不在自己的宿舍里,他好像逃跑了。所以我才来晚了,爱丽丝。"

"他现在一定还没有逃。"我急切地说,"他卖掉了不少土地,我相信他是瞒着院长偷偷干的。卖地收入总共有上千英镑,他多半把这笔钱藏在了某个地方。你们说的那艘船其实是来接他的,在船到达之前,他必须拖延时间。而他之所以杀死西蒙·维尔普雷,是因为担心他会把孤儿·斯通加登的事告诉我,如果我知道了真相,有可能抓捕他。"

他放下匕首,一脸惊讶。我终于成功地转移了他的注意力。

"是埃德温杀了她?"

"是!他后来还想在教堂里杀死我。当时大雪阻路,就算伦敦方面再派人来,也要花一个星期左右,他正好可以趁那段时间逃跑。那条船不是专程来接你们的,你们要和一个杀人犯同乘一条船。"

马可问:"你能肯定?"

"我能。我之前误会过加布里埃尔,但这一次我绝不会错。你刚才说的那条船的事启发了我。埃德温不但是个偷窃修道院财产的大盗,还是个凶残的杀人犯,任何有良知的人都不能让他这种人跑掉。"

我看出他刹那间的动摇。爱丽丝问:"你真的确定杀死那个姑娘的人是埃德温?"

"真的确定。你们听我说:凶手一定是曾经探望过西蒙·维尔普雷的几个修道院高层负责人之一,其中莫提马斯和埃德温都有过骚扰妇女的不光彩历史。莫提马斯还骚扰过你,但是埃德温没有,为什么?因为他害怕自己会失去理智,像对待孤儿一样对待你。"

马可咬了咬嘴唇。"爱丽丝,我们不能让他逃出这里。"

她用绝望的眼神凝视着我:"他们会吊死我的,或者更有可能烧死我。他们一定会以我杀死那只鸡为由指控我施行巫术。"

"你先听我说,"马可说,"等我们到了船上,就告诉那些人不要再等了,今天晚上就走,这样他就没办法带着非法得来的黄金潜逃了。他们不会等一个杀人犯。"

"那好,"她急忙说,"我们就这么做。"

"可他仍然会逃脱。"我说。

马可深吸了一口气。"那你必须抓住他,先生。原谅我帮不上忙。"

"我们得走了!"爱丽丝尖声催促,"快要涨潮了。"

"还有时间。修道院的钟刚过八点,还有半小时才到满潮,现在穿过沼泽地还来得及。"

我难以置信地问:"穿过沼泽地?"

"对,"爱丽丝说,"走我之前带你走过的路。船就等在河口。"

"但你过不去!"我厉声喝止她,"你没看到现在的天气吗?积雪化得差不多了,沼泽地里已经没有一块冻硬的地方,全是泥浆。今天下午穿过运河的时候我看到的沼泽地就是那个样子,现在一定更糟。雪水正从南唐斯丘陵上倾泻下来,而且外面还起了大雾,你绝不能走那条路!你一定要相信我!"

"我很熟悉那些路。"她说,"我绝对能找到方向。"她嘴里说得坚决,表情却有些心虚。

"马可,看在上帝的分上,请你相信我,如果你跟她走那条路,一定会没命的!"

他深吸了一口气。"她认识路。而且留在这里不也是死路一条吗?"

我气得不知说什么好。"那就让她一个人走吧。让她马上就走,到沼泽地里赌一把。我会告诉其他人你和这件事没有一点儿关系,我对天发誓。上帝啊,我可以做你们的同谋,我可以冒着杀头的风险放过你们!只求你们别去那片沼泽地!"

爱丽丝绝望地看着他:"马可,别离开我。我一定会安全地把你带出去。"

"我已经告诉过你了,你过不去!你没看到沼泽地现在成了什么样子!"

他看看我,又看看她,脸上满是难以抉择的痛苦。我终于想到他还多么年轻,年轻到无法果断地决定自己和情人的命运。他的神情渐渐变得坚定了,我心下一沉。

第三十一章

"先生，我们不得不把你绑起来。我会尽量不伤着你。爱丽丝，你的睡衣在哪儿？"

她从枕头底下抽出一件衣服，马可拿起匕首，把衣服割成许多长条。

"先生，趴下。"

"马可，求求你……"

他抓住我的肩膀把我翻了过去，先把手臂反绑到背后，接着绑好我的腿，最后又把我翻回来。

"马可，别从那片沼泽地出去……"

这是我对他说的最后一句话，我还没来得及把话说完，他就把一大团布塞进我嘴里，差点儿让我窒息了。爱丽丝一把拉开小橱柜的门，两人合力把我放到里面。一切办妥之后，马可停下动作，居高临下地看着我。

"稍等一会儿，他后背硌着了。"

他在爱丽丝不耐烦的目光中，从床上拿了一个枕头垫到我背后，让我能靠得舒服一点儿。"对不起。"他小声说。说完他转身关上柜门，把我留在了黑暗中。片刻之后我听到了房门轻轻关上的声音。

我很想呕吐，可我知道一旦呕吐，必定会窒息。我仰靠在枕头上，用鼻子使劲呼吸。爱丽丝说除非她明早七点没去药房，否则盖伊修士不会找她。我还得在这里熬上十一个小时。

第三十二章

这一夜寒冷而漫长，其间我仿佛两次听到遥远的呼喊声，人们一定在寻找马可和我，同时也在寻找埃德温。虽然很不舒服，但我肯定睡着过，因为我做了一个梦，梦到杰罗姆俯视着被绳索捆绑躺在柜子里的我，咯咯怪笑。我一下子惊醒了，只见柜子里一片漆黑，手腕处的绳索勒得我生疼。

在接下来的几个小时里，我睡了醒，醒了睡，最后终于听到房门外响起了脚步声。我聚起全身的力气用脚蹬踢柜门，过了一会儿，门开了，突如其来的亮光刺得我本能地往后一缩，不停地眨巴眼睛。当适应了白天的光线之后，我看到盖伊修士站在橱柜外面俯看着我，惊讶地张大了嘴巴。此时此刻，我竟然不合时宜地想，对于一个已过中年的人来说，他那口牙可真不错。

他为我松开了绳索，扶我站起来，告诉我一定要慢慢活动，以免突然的动作伤到僵硬的背。他把我带回到我的房间，能够坐在暖烘烘的火炉前让人愉悦，因为我整个人已经冻僵了。我把昨晚发生的事原原本本地告诉了他，当听到爱丽丝就是杀死辛格尔顿的凶手时，他发出一声呻吟，无力地坐在了床上。

"记得她刚来这里的时候，我对她说过通道的事情。我当时是想和她找点儿话说，她看上去很失落，很孤独。我就想，我要像关心我的病人一样关心她。"

"我想被她所杀的应该只有辛格尔顿一个。盖伊修士，告诉我，你们还没有抓到埃德温吗？"

第三十二章

"没有,他像杰罗姆一样消失得无影无踪。他很可能已经逃掉了,昨晚吵得最厉害的时候,巴格离开了他的小屋,如果他没从大门逃走,那也有可能是穿过后门进了沼泽地。可我不明白你为什么这么关心他被抓了没有,你来这里之后肯定听过不少人的坏话,行事比他过分的也不乏其人,干吗单单揪着他不放呢?"

"因为他杀了加布里埃尔和西蒙,相信还有那个叫孤儿的姑娘。而且他还偷了一笔数额不菲的黄金。"

盖伊呆呆地坐在原地,过了好一会儿,他抬手捂住脸:"亲爱的耶稣啊,这个地方究竟是怎么了,居然出了两个杀人犯?"

"爱丽丝并不是生来就是杀人犯,是我们生活的时代把她逼成这样的。如果国家和谐稳定,埃德温也不至于弄出这么一个骗局。你也许该问英格兰这个国家究竟是怎么了,国家变成今天这个样子,其实我也有责任。"

他抬起头来:"费比尔院长昨天晚上崩溃了,就在你下令抓捕埃德温之后。他似乎不想做任何事情,也不想跟任何人说话。他只是坐在自己的房间里,盯着一个地方出神。"

我叹了口气。"这件事一定让他手足无措。埃德温卖那几块地的时候,拿院长的印章在交易书上盖了印。他还让买家发誓保密,那些人肯定以为卖地的事经过了院长的同意。"我强撑着站了起来,"盖伊修士,你得帮帮我。我想去修道院后面走一走。我必须去看看爱丽丝和马可有没有从那儿出去。"

他觉得以我现在的身体状况不适合走这一趟,但是拗不过我的坚持,最终扶着我站了起来。我拿上手杖,和他走出了医务室。修道院上空浓云密布,空气温暖而沉闷。四周的景色一夜之间彻底改变了,外院里到处是小小的水洼和肮脏的烂泥,昨天的雪堆不见了踪影。

人们在院子里往来穿梭,看到我一瘸一拐地经过,纷纷停下来看着我。莫提马斯急匆匆地走了过来:"特派员大人!我们还以为你像辛格尔顿一样被人杀了呢。你的助手去哪儿了?"

我将昨晚的事重新讲述了一遍,周围的修士和仆人全都惊呆了。我命令莫提马斯去把柯平格尔请来,如果埃德温逃跑了,朝廷必须在全国范围内通缉他。

我不知道自己是如何穿过果园的,要不是有盖伊修士搀扶着,只凭我一个人是不可能做到的。从柜子里出来之后,我到现在还觉得全身发软,后背剧烈疼痛。尽管走得很慢,我们最终还是到达了后墙。我打开小门走了过去。

横亘在我眼前的是一个足足有半英里宽的湖。沼泽地已经变成了一片泽国,在这片宽至脚边的广阔区域里,那条河像根带子一样从中央穿过,若不是河水在迅速流动,我们根本看不出它来。沼泽地的水很浅,约摸不到一英尺,水下就是泥浆,丛生的芦苇冒出水面,在微风中轻轻摆动。泥浆一定早被水泡软了。

"快看!"盖伊指着两串脚印喊,脚印一双较大,另一双则稍小一些,深深地印在小门旁边的泥地里。脚印下了堤岸,进到水中。

"上帝啊,"他说,"他们走进去了。"

"他们不可能走出一百码。"我吸了一口气,"天那么黑,雾那么大,这里又全是水。"

"那是什么?就在那边?"盖伊修士指了指不远处浮在水上的一个东西。

"是一盏灯!看样子是医务室里常用的小烛台,他们离开时一定把它也拿走了。上帝啊。"我顿时支撑不住,要不是及时抓住身旁的盖伊,我一定会瘫倒在地,想到马可和爱丽丝已经失足陷落,葬身在这片被水淹没的沼泽中,我眼前一片昏黑,几欲晕厥。盖伊赶紧扶我坐下,我深吸了好几口气,这才渐渐清醒过来。等重新抬起头,盖伊正在低声用拉丁语祈祷。他将双手交握在胸前,凝视着那盏在水面漂漂荡荡的灯。

第三十二章

盖伊把我扶回了医务室。他坚持要我休息吃饭,硬把我拉到他的小厨房里坐着,亲自给我端上饭食。食物和酒水让我的身体恢复了活力,可身体里的那颗心仍然没有知觉,麻木得就像一块石头。马可的影像不断在我脑海中闪现:在马路上和我互开玩笑的马可,在房间里和我争执不休的马可,在厨房里拥抱爱丽丝的马可。他曾经让我伤心、气恼,到了最后,带给我的却是最深重的痛苦和怀念。

盖伊终于开口了:"只有两串脚印出了那扇门,埃德温似乎没走那条路。"

"他没有,"我痛苦地回答,"他多半趁巴格转身的时候从大门跑了。"我握紧了拳头。"不过只要我还活在世上一天,就一定会对他穷追到底。"

这时敲门声响了起来,莫提马斯随即走进了房间,他的表情很严肃。

"你派人去请柯平格尔了吗?"我问。

"已经去过了,他应该很快就到。但是特派员大人,我们刚才发现了——"

"埃德温?"

"不是,是杰罗姆。他现在在教堂里,我想请你过去看看。"

"你不能叫他去。"盖伊出声阻止,但我一把甩开他的手,抓着手杖站了起来。我随莫提马斯来到教堂,一群人正聚在外头想看热闹。津贴发放人像个卫兵一样守在门口,不让他们进去。莫提马斯从人群中挤出一条路,我跟在他后面进了教堂。

教堂里的某个地方正在滴水。除了滴答声,我还听到有人在哭,哭声十分微弱,听上去凄惨可怜。我跟着莫提马斯走下中殿,脚步声在空阔的殿中回荡着。我们经过一座座燃着蜡烛的壁龛,最后在曾经放置着盗贼手掌的壁龛前停了下来。基座下面的那堆拐杖和支架如今散落在地板上,我

Dissolution

这才发现基座原来是中空的，下面的空间足可以容纳一个人。杰罗姆蹲坐在里面，怀里还抱着一样东西。他那件白袍又脏又破，身上散发着一股恶臭，低着头哭得十分伤心。

"我是在半小时前找到他的。"莫提马斯说，"原来他爬到了基座下面，把拐杖和支架拖回原处挡住了自己。我找遍了整个教堂，终于记起了这个地方。"

"他拿的是什么东西？难道是……"

莫提马斯点了点头。"是那件圣物。'悔改的盗贼'的手掌。"

我跪到杰罗姆面前，这个动作引得我全身的关节刺痛起来。我能看出他抱的是一个方形的大匣子，匣子上镶嵌的宝石在烛光中闪烁，匣中隐约可见一个黑乎乎的东西。

我柔声说："修士，圣物是你拿走的吗？"

从第一次见到他开始，杰罗姆的声音还从来没像现在这样平和过。"是我拿的。它对我们，对教会来说都很珍贵。因为它治愈了很多人。"

"所以在辛格尔顿被杀之后，你趁乱拿走了它。"

"我把它藏在了这下面，我这么做是为了挽救它，使它免遭厄运。"他把匣子抱得更紧了，"我知道克伦威尔要做什么，他想毁掉这件神圣的宝贝，让象征着宽恕的神赐之物灰飞烟灭。当他们把我关起来之后，我知道你迟早会找到它，我必须保护它。现在我失败了，失败了。我再也没有力气抵抗，我太累了。"他这番话说得平静而伤感。他摇了摇头，凝视着前方，眼中一片迷茫。

莫提马斯俯下身扳住他的肩膀。"好了，杰罗姆。一切都结束了，赶快出来和我一起走。"让我惊讶的是，加尔都西会修士丝毫没有反抗。他拖起放在身后的拐杖，吃力地爬出了壁龛。他捧起匣子亲了亲，这才小心翼翼地把它放到地板上。

"我会把他带回他自己的房间去。"莫提马斯说。

第三十二章

我点了点头。"行,就这么做吧。"

❖

杰罗姆没有看我,也没有再看圣物,只是默默地拖着毫无知觉的右腿跟随莫提马斯走过了中殿。我目送他离开。如果杰罗姆能在我审问他的那一天直接告诉我爱丽丝去探望过马可·斯密顿,而不是和我玩什么文字游戏,我当时就可以逮捕她,一旦破了辛格尔顿被杀的案子,我说不定能提早揭露埃德温的罪行,那西蒙和加布里埃尔就不会死。然而不知道为什么,我并不怨恨他,这里发生的一切似乎耗尽了我所有的感情。

我跪在地板上打量着这件圣物。黄金打造的匣身华美无比,上面镶嵌的祖母绿个头之大,是我生平仅见。透过玻璃,我看到一只手掌,一颗钉子从手腕处钉入,将手掌钉在了一块乌黑的旧木头上,整件东西下面垫着一块紫色天鹅绒。手掌已经干瘪萎缩,皮肤变成了深棕色,但仍然可以看出是一只手,我甚至可以辨认出手指上的老茧。这手掌的主人真是那个接受基督为救主,和基督一起被钉死在十字架上的强盗吗?我向玻璃伸出手,在手指触碰到玻璃的一瞬间,我心中升起一种疯狂的希望,我希望各个关节的疼痛能就此消失,我将不再是个驼背,而是一个完整健康的人,就像我曾经无比嫉妒的马可一样。但是什么都没有发生,只有我的手指轻叩在玻璃上的声音。

我的眼角忽然有一道微弱的金光闪过,瞬间落下去了。有什么东西撞在离我几英尺远的瓷砖地上,发出哨的一声。那东西落地后还旋转了一会儿,最终静止了。我凝视着地上的东西,那是一枚面值一诺布尔的金币,亨利国王的头躺在地上盯着我。

我抬头往上看。我如今正好站在钟楼下方,头顶上就是滑轮和那堆蜘蛛网似的绳索,昨天吃晚饭时,它们曾是其他人用来取笑埃德温的话柄,但是今天好像有什么地方不一样了。对了,木头篮子已经不在原处,它被

Dissolution

拉到了钟楼里。

"他在那上面！"我低声说。原来那个篮子就是他藏黄金的地方。那次和莫提马斯一起上到钟楼去的时候，我真应该好好看看那块布下面到底有什么。这真是一个绝妙的藏匿地点。难怪他执意要停止维修工程。

之前和莫提马斯一起爬上这道通往钟楼的螺旋形楼梯时，我全程胆战心惊，可是这一次我感到的不是害怕，而是汹涌决绝的怒意。我努力往上爬，完全忽略了每爬一步，楼梯就发出的嘎吱声。我体内的感情并没有枯竭，它们只是陷入了沉睡，如今一种我从未体会过的愤怒在激励着我不断前进。我来到了钟绳所在的房间，篮子果然在这里，篮中空空如也，地板上有几个金币。可是房间里一个人也没有。我凝视着通向大钟的梯子，梯子上散落着更多的金币。我意识到刚刚躲在这里的人一定听到我爬上来了，他现在是不是退到悬挂大钟的房间里去了？

我举起手杖挡在身前，小心地爬上梯子。我转动门把手，用手杖推开了门，然后迅速往后退了两步。与此同时，一个人影闪身而出，朝我之前站立的地方投来一支没有点燃的木制火把。这件临时武器砸在了手杖上，没有伤我分毫，我瞥见了埃德温的脸，在这张因为愤怒而涨得通红的脸上，他正用一种我从未见过的眼神怒目而视。

"埃德温修士，你被发现了！"我朝他喊道，"我已经知道你想乘船逃到法国去！你这个盗贼和杀人犯，我要以国王的名义逮捕你！"

他飞快地往房内退去，我听到他踏着木板跑远的脚步声，伴随着一种金属的叮当声，我被弄糊涂了。

"一切都结束了！"我继续喊道，"这里没有第二条出路。"我爬上最后一级阶梯朝里看去，可是从这个角度只能看到地板和栏杆里的大钟。地板上散落的金币比梯子上的还要多。

我意识到事情陷入了僵局。他不可能越过我逃出去，但是我也被困住了。如果我沿着螺旋形楼梯往回走，将很容易受到来自上方的攻击，这个

第三十二章

曾被我看作是锱铢必较的小会计的男人显然什么事都干得出来。我挥舞着手杖护住身体，慢慢走进了房间。

他站在房间另一头，两口大钟的后面。我进屋之后，他也走了出来，我看到他的脖颈上挂了一根粗绳，绳子两端各系着一个皮袋子。他每动一下，袋子就发出清脆的叮当声。他喘着粗气，示威似的晃了晃握在右手的火把，因为握得太用力，指节都发白了。

"你到底想干什么，修士？"我大喝一声，"拿着卖地得来的钱，逃到法国开始全新的生活？"我向前走了一步，试图让他分心，可他像只猫一样警惕，无论我怎么说，他都一眨不眨，还挥舞着手中的火把，威胁我不要靠近。

"不、不是！"他像个被大人错骂的孩子一样喊出这几个字，"不！我是要用这笔钱进入天堂！"

"什么？"

"她一而再，再而三地拒绝我，后来魔鬼让愤怒充满了我的灵魂，我就把她给杀了！你知道杀死一个人有多容易吗，特派员大人？"他狂笑起来，"我小时候目睹过太多杀戮，这等于是为魔鬼打开了一扇门，他一直用血、血腥的梦境占据着我的思想！"

在朝我尖叫的时候，他圆胖的脸变得赤红，脖子上青筋暴起。他已经失去理智了。如果我可以出其不意，到前面敲响大钟……

我大声喊道："你用这个理由是很难说服陪审团的！"

"去他妈的陪审团！"他高声喊叫起来，结巴再一次消失了，"罗马教皇，上帝在人世间的传道者，是允许赎罪的！我告诉你，上帝一直在天堂里衡量我们的灵魂，善和恶是随时加减的！我会向他献上一份礼物，让他知道我是他的得力助手！我要把一千多英镑从你们那个异端国王手里带走，送给法国教会，这是上帝眼中的壮举！"他看我的眼神透着疯狂。"你阻止不了我！"

Dissolution

"这笔钱也能赎清你对西蒙和加布里埃尔犯下的罪吗?"

他用火把指着我:"维尔普雷猜到了我对那个姑娘所做的事,想要告诉你,他必须死,我必须完成我的事业!至于加布里埃尔,其实他是代替你死的,死的人本该是你才对,你这个混蛋,上帝一定会让你偿命!"

"你根本就是个疯子!"我忍不住大吼,"我看你将来一定会被关进贝德兰姆示众,让大家看看扭曲堕落的宗教会把人害成什么样子,好引以为戒!"

他发出一声怪叫,双手握住火把向我冲来。我猝不及防,差点儿被他打中,幸亏两个沉重的皮袋子减缓了他的速度,我得以成功闪避到一旁。他迅速回过身,再次挥棒打来。我举起手杖抵挡,却被他一棒打落。手杖啪的一声落到地板上,我猛然意识到他已经挡在了我和门之间。他挥舞着火把,一步步朝我走来,我慢慢朝背后那道低矮的栏杆退去,栏杆后面就是大钟和直通到教堂的大洞。他现在又恢复了冷静,我看到那双狡猾的黑眼睛里闪烁着算计的光芒,他一定在估计我们之间的距离和栏杆的高度。"你那个小伙子去哪儿了?"他边问边露出邪恶的笑意,"今天怎么没在这里保护你?"话音未落,他飞身扑向我,我立刻抬手格挡,手臂重重地挨了一下。他对着我的胸口狠命一推,我向后摔倒,翻过了栏杆。

我曾经不止一次地梦到过从高处坠落的情景,身体在下坠过程中扭曲翻腾,双手拼命乱抓,却只能抓住空气。现在这种恐惧的感觉又回来了,耳中只听到埃德温得意洋洋的叫嚷。就在这时,我的手臂无意中拍在了一口大钟上,我本能地抱住这口钟,死死抓住金属表面,指甲叩进繁复的花纹里。下坠之势暂时止住了,可手心里都是汗,滑溜溜的,我感觉自己的身体在一点一点往下滑。

我的脚撞上了什么东西,整个人又停住了。我用手指抠住钟面,平贴在钟上,飞快地往下扫了一眼,原来脚踩在了这口西班牙古钟的大铜牌上。我紧紧地抓住大钟,感到一阵绝望。

第三十二章

接着我感觉到大钟开始移动,我的重量让它晃起来了。它撞上了旁边的大钟,发出一声震耳欲聋的巨响,声音响彻整个钟楼,钟面的颤动几乎把我震飞。钟又开始往回荡,我像根爬藤一样附在上面。我看了看埃德温,他正解下皮袋子,弯腰去捡掉落在地板上的金币,间或恶狠狠地看我一眼。他知道我坚持不了多久。遥远的下方有微弱的人声传来,一定是教堂外的人群被这意外的钟声惊动,跑进来看个究竟。钟又荡了回去,再一次撞上它的邻居,这回两口钟响声惊人,我的耳朵都快被震聋了,随着撞击的力度,钟声急剧震动,我感觉到我的手在慢慢滑开。

情急之下,我做了一件这辈子最铤而走险的事。我不得不赌一把,如果不这么做,最终只能是死路一条。我彻底放开了手,在半空中翻了个身,两脚用力蹬在铜牌上,借着一蹬之力,一跃而起,直扑栏杆飞去。在这生死关头,我脑海中浮现出一个念头:我要把我的灵魂托付给上帝。这也许是我在人世间的最后一个想法。

我的上腹撞上了栏杆,疼得差点儿背过气去。栏杆被撞得摇晃不止,我拼命抓住栏杆内侧,稀里糊涂地把自己拖了过去,瘫倒在地板上,后背和手臂疼痛无比。正跪在地上、手里捧着满满一把金币的埃德温回过头来,用一种愤怒而困惑的眼神盯着我,叮叮当当的钟声仍然在我们耳畔回响,连地板都被震得抖动起来。

他立刻站起来,抓过皮袋朝门口跑去。我赶紧爬起来冲向他,抓住他的皮袋不放。他用力甩开了我,可是皮袋太重了,他也因此重心不稳,跟跟跄跄地扑倒在栏杆上,和我一分钟前的遭遇如出一辙。经这一摔,两个皮袋从他手里脱出,落入大洞,他尖叫一声,立刻俯身去抓,但只来得及抓住拴着两个皮袋的绳子。他死死抓住绳子,渐渐失去了平衡。过了一会儿,他四肢大张,壁虎一样趴在栏杆上,我相信只要他现在放手,一定可以得救,可他没有。皮袋的重量拖得他向前栽倒,头率先撞上了大钟,随着一声尖叫,他整个人消失在我的视线里,这声音愤怒而惊恐,仿佛在生

Dissolution

命的最后时刻他总算明白过来,在完成这项伟业之前,他就要去见他的上帝了。我冲到栏杆边,看到他还在往下坠,黑色的长袍鼓了起来,似乎要将他托起来似的,从皮袋里掉出的金币好似漫天金雨,他就在这片金雨中央飞旋而下。只听砰的一声,他落到地面,血花和金币四溅开来,人群惊慌地逃散。

我靠在栏杆上,气喘吁吁,汗落如雨。人群又慢慢围拢过来,一些人低头去看埃德温的尸体,另一些则抬头看向我站立的地方。我看到修士和仆人们不顾血污趴跪到地上,争先恐后地去捡散落在地上的金币,这情景真让我恶心。

尾声

1538 年 2 月，三个月后

我一走进修道院的大院子，就看到那两口大钟已经被人移出了教堂钟楼，正放在院子里等待熔化。曾经的庞然大物如今成了碎片，巨大的金属残片堆得老高，每一片上都隐约可见精美的花纹。一定是有人割断了悬挂它们的铁环，让它们摔到教堂地板上砸得四分五裂。它们撞击地面的一瞬间，一定发出了惊天动地的巨响。

不远处堆着一堆小山似的木炭，旁边伫立着一座高大的砖砌熔炉，里面正熔化着铅。一伙人正在教堂顶上忙活，不时把条条块块的铅扔下来。稽核员的一群手下在地面等候，捡起铅块丢进火里。

克伦威尔说得对，初冬时分的投降事件使其他修道院认清了抵抗是没有希望的，如今修道院解散的消息几乎日日可闻。过不了多久，这个国家就不再有修道院了。全英国的修道院院长都拿着丰厚的津贴隐退了，其他修士要么选择到新教区任职，要么拿着自己那份津贴退休，数额自然大大少于院长那份。在我住宿的那家小旅店里，流传着许多零零碎碎的故事，我听说修士们在三个月前离开了修道院，但是几个年老体衰或是身染重疾的人无法远行，仍旧住在自己房里。后来他们手里的钱花光了，更是不肯离开，最后治安官带着手下把他们拖出来扔到了大街上，其中就有那个腿上生着溃疡的胖修士，蠢笨可怜的塞普蒂默斯。

Dissolution

亨利国王知悉圣多纳特修道院发生的事情之后，下令把这座修道院夷为平地。克伦威尔手下的意大利工程师波尔提那利先前奉命拆毁了刘易斯修道院，如今他正在赶往斯卡恩西的路上，准备带人拆掉所有的建筑物。我听说他在拆房方面很有一套，在刘易斯，他成功毁掉了教堂地基，致使整座教堂在一片烟尘中轰然倒塌。说起这既壮观又可怖的景象时，斯卡恩西人无不啧啧称叹，恨不能马上一睹这奇观。

刚刚过去的这个冬天异常寒冷，在春天到来之前，波尔提那利无法把他的手下和设备全数带到这座位于英吉利海峡边的小镇来。现在天气已经暖和了，他们应该会在一个星期之后到达斯卡恩西，不过土地没收院的官员们已经占得先机了，上到铸钟的黄铜，下到房顶上的铅，所有值钱的东西被他们搬了个精光。在门房边，一个土地没收法院的人检查了我的证件，巴格和其他仆人早就离开了。

当克伦威尔派人送给我一封信，命我到斯卡恩西监督解散进程的时候，我着实吃了一惊。自从去年十二月到威斯敏斯特宫和他进行过一次短暂的会面后，他似乎把我遗忘了。记得那天听完我的报告，他告诉我国王不久前对他发了半个小时的脾气，国王在得知修道院发生的凶杀事件之后，责怪他不该隐瞒自己几个星期，而且他的新任特派员的助手居然和杀死上任特派员的凶犯一起私奔了，更是让国王肝火大动，说不定还扇了他的首席国务大臣一耳光——我听说他经常这么干。作为一个行事直率、一向不拘小节的人，克伦威尔直接解雇了我，连声感谢的话也没说。彻底收回了他曾经的恩宠。

不过我现在依然保留着特派员的头衔，虽然我并不需要。对于克伦威尔把这个任务派给我的目的，我百思不得其解，毕竟在这件事上，土地没收法院的官员们比我在行多了，所以我坏心眼地想，克伦威尔会不会是抱着让我故地重游，好好回味一下那些可怕经历的心思，以作为害他挨骂半小时的惩罚。这种惩罚可真是别出心裁。

尾声

这片昔日的修道院地产已经易主,承租人就是治安官柯平格尔,此刻他站在离我不远的地方,和另一个人一道翻看图纸。我朝他走去,途中与几个土地没收法院的人擦肩而过,他们各抱着一大摞从图书馆里搬出来的书,把它们堆在院子里,准备一把火烧掉。

柯平格尔抓住我的手:"特派员大人,你还好吗?如今的天气比你上次来时好得多了。"

"说得没错。虽然海上还有寒风吹来,时节已经是春天了。你觉得院长的宅子如何?"

"我已经高高兴兴地搬进去了,宅子被费比尔院长维护得很好。等修道院解散的事彻底了结,我就可以好好欣赏英吉利海峡的风光了。"他朝修士墓地挥了挥手,只见一群人正在里面挖碑掘墓,很是忙碌,"看,我要在那里建一个马场,我可是花了大价钱才把那块地买下来的。"

"我希望你别让土地没收法院的人来干这种活儿,吉伯特爵士。"我笑着对他说。柯平格尔在圣诞节那天被授予了爵位,国王亲自拿一把宝剑触碰了他的肩膀。比起从前,如今的克伦威尔更需要在全国各郡拥有忠心耿耿的手下。

"不,不是,那些都是我花钱雇来的人。"他骄傲地看了我一眼,"你明明到这儿来了,却不上我那儿去住,真叫人遗憾。"

"这个地方给我留下了很多不愉快的记忆。我住在镇上更好,希望你能体谅。"

"那好吧,先生,那好吧。"他说着点了点头,那模样就好像给了我天大的恩典似的,"不过希望你等会儿和我一起吃顿饭,我想给你看看我手下的检测员画的图纸。我们打算把主建筑拆掉,把一部分附属建筑改造成羊圈,这景象一定会很壮观,是吧?只要几天就可以了。"

"肯定很壮观。请容我告辞了。"我鞠了一躬,转身就走,二月的风还是有点儿凉,我下意识拢紧了外套。

Dissolution

我走进修道院主建筑里,一入内就看到走廊上满是灰尘和泥土,这多半是被无数双穿靴子的脚踩过的结果。土地没收法院的稽核员把办公室设在了餐厅,他的手下源源不断地把杯盘碗盏、镀金神像、金十字架、挂毯、法衣、白麻布圣职衣送到他面前,就连修士们的被褥也没有落下——一切有拍卖价值的东西都要在两天内搬空。

餐厅里坐着威廉·格兰奇大人,这里原先的家具全被搬走了,取而代之的是满屋子的箱子和柜子。他背对着一个熊熊燃烧的火炉,和公证人讨论着大账册上的一个条目。他又高又瘦,鼻梁上架着一副眼镜,看他说话做事,不像个好伺候的人。这个冬天,土地没收院招纳了许多这样的人。在我说明身份之后,格兰奇仔细地在账册中夹入一张书签,以标明他看到了哪里,这才站起来鞠了个躬。

我说:"你似乎把一切都安排得井井有条。"

他自负地点点头。"你说得没错,先生,我连厨房里的锅碗瓢盆都没有漏掉。"他这模样忽然让我想起了埃德温,若不是极力克制,我简直要发抖了。

"我看到他们准备烧掉那些书。有这个必要吗?说不定一些书还有点儿价值呢?"

他坚定地摇了摇头:"不,先生。所有的书都要毁掉,它们是天主教愚弄人的工具,其中没有一本书是用纯正的英语写的。"

我见说不动他,只好转过身去,随手打开一个柜子。里头装满了教堂里的装饰品,我拿起一个精雕细刻的金圣餐杯,这就是埃德温把孤儿的尸体抛进鱼塘后故意扔下去的圣餐杯之一,好让人们以为她是个逃跑的贼。我翻来覆去地端详这个杯子。

"这些不是要卖掉的,"格兰奇说,"所有的金器和银器都会被送到伦敦塔里的铸币厂熔掉。吉伯特爵士想买下几件,他说这些装饰品很精美,也许是吧,不过它们都是天主教仪式的道具。他最好明白这一点。"

尾声

"对,他应该明白。"我把圣餐杯放了回去。

两个人把一个大柳条筐抬了过来,公证人把里面的长袍一件一件地放到桌子上,边放边不以为然地说:"这些衣服应该被丢出去。再去拿别的来。"

我看得出格兰奇急着想要工作,于是借机告辞:"我就不打扰你了。"说完我又补充了一句:"千万不要遗漏什么东西。"他闻言瞪大了眼睛,一脸被冒犯了的样子,我心头一乐,觉得很是解气。

我穿过外院朝教堂走去,两眼一直盯着在教堂屋顶上爬来爬去的工人。教堂周围到处是掉落的铅块。刚走进教堂时,我觉得这里和从前没什么不同,光线仍然从一扇扇彩绘玻璃窗流泻而入,在中殿的地面上投下万花筒似的温暖色彩。但是向两边一看,我终于发现了这里的变化:墙壁和两侧的小礼拜堂都空空如也,敲击声和说话声从屋顶传下,在教堂里回荡;中殿前部的地板被砸破了,瓷砖全都变成了碎片。这里是埃德温落地的地方,也是大钟从屋顶坠下时落地的地方。我仰头望着钟楼里那处空荡荡的地方,陷入了回忆。

绕到圣坛屏背后,我发现诵经台被挪走了,就连那架大风琴也不见了踪影。我摇了摇头,转身欲走。

突然,我的动作僵住了。我看到一个穿斗篷的人坐在唱诗班大厅的一处角落里,面孔背向我。我感到一股寒气直透脊背,难道是加布里埃尔的鬼魂去而复返,来哀悼这片寄托着他毕生心血的废墟?神秘人转过头来,我差点儿出声惊叫,因为我起初以为那片兜帽下面没有脸,过一会儿,我才慢慢辨认出盖伊修士瘦削的棕色面孔。他起身鞠了一躬。

"原来是医师,"我松了一口气,"我刚才还以为你是鬼魂呢。"

他凄然一笑:"从某种程度上来说,我的确是。"

我走过去坐了下来,示意他也坐下。"很高兴见到你,"他说,"我想为津贴的事向你道谢,夏雷克大人。我那份津贴的数额比预想的多,我想

413

这一定有你的功劳。"

"费比尔院长宣布退居二线之后，新选出来的院长就是你。虽然你只在这个位子上待了几个星期，但并不妨碍你拿到更多的钱。"

"莫提马斯副院长看到修士们选了我而没选他，心里很不高兴。你知道吗，他回德文郡教书去了。"

"也许上帝会宽恕他从前的过失。"

"我一直不知道拿这么多钱到底对不对，毕竟其他修士每年只能靠五英镑过活。可是因为我当初拒绝投降，他们是不可能拿到更多的钱了。我长着这么一张脸，即使将来回到社会上，也注定无法平平静静度日。我俗家的姓氏是艾拉克巴，不过我并不想恢复这个姓氏，我想保留我的法名，继续叫莫尔顿的盖伊……我可以这么做吗，就算'修士'这个称呼被完全禁止？"

"当然可以。"

"别一脸羞惭的样子，我的朋友……你是我的朋友，我没想错吧？"

我点了点头。"对，我是你的朋友。相信我，我很高兴被派回这里来，我还以为我再也不能做特派员了呢。"我打了个寒战，"好冷。"

盖伊点点头。"是啊。我在这里坐了很久了。我一直在想，过去四百年来，修士们就日复一日地坐在这些座位上咏唱和祈祷。贪污也好，懒惰也好，虔诚也好，一切的一切，都是这里的生活。可是……"他指了指叮当作响的屋顶，"我很难集中精神。"

就在我们抬头往上看时，上方响起"叮"的一声，那是锤子敲在屋顶上的声音，声音极其响亮，灰尘像小雨一样飘落下来。伴随屋顶裂开的咔嚓声，一团团灰泥砸上地板，一缕阳光从一个小洞漏进来，长矛一样直直刺下。"伙计们，我们把屋顶砸穿了！"一个声音从上面传下来，"你们小心点儿！"

盖伊发出一种奇怪的声音，既像是叹息，又像是呻吟。我碰了碰他的

尾声

手臂:"我们走吧,等会儿会有更多的灰落下来。"

我们来到了外院,他的脸在天光中显得很憔悴,神情却沉静下来。我们抬脚朝院长的宅子走去,站在院子里的柯平格尔冷冷地朝他点了下头。

"修士们十一月末离开的时候,吉伯特爵士让我暂时留下。"盖伊告诉我,"上头安排他看管这里,直到波尔提那利赶到,所以他要我帮帮忙。你知道吗,鱼塘一月份涨了大水,我帮着他把水排干了。"

"大家都走了,留你一个人孤孤单单地住在这里,日子一定不好过吧。"

"其实还好,直到这星期土地没收法院的人来动手清理这里,我才觉得有些难过。整个冬天我总有一种错觉,觉得这座修道院只是暂时空了,修士们总有一天还会回来。"他说完转过头,恰好看到一大块铅落到地上砸得粉碎,他皱了皱眉头。

"你希望修道院暂时不要解散?"

他耸了耸肩。"我一向这么想。除了这里,我没有地方可去。我申请了去法国的通行证,过去这段日子我一直在等待回音。"

"如果事情拖太久,也许我可以帮上忙。"

他摇了摇头。"不用了。我一个星期前就得到回音了。我被拒绝了。听说法国和西班牙准备结成新的联盟一起对抗英国,这应该就是我被拒的原因。我想我还是考虑一下把长袍换成紧身衣和长筒袜吧,这身衣服穿了这么多年,现在忽然要我脱下来,还真是有点儿不习惯。我还得把头发蓄起来!"他拉下兜帽,抬手摩挲着光秃秃的脑顶。我看到他那圈黑色的头发如今染上了白霜。

"你今后有什么打算吗?"

"我想过几天就离开这里。要我眼睁睁看着那些人拆房子,我做不到。现在全镇的人都涌到这里找活儿干,他们是有多么憎恨我们哪。"他叹了口气,"我可能会去伦敦,那里的异国面孔不像这里这么少。"

"说不定你能到那里做个医师呢?你毕竟有卢万大学的学历。"

"但是医学会会接纳我吗?药剂师行会会接纳我吗?一个棕色皮肤的前修士?"他抬起一根眉毛,露出悲伤的笑意。

"我有个委托人就是医师,我可以托他为你说情。"

他犹豫了一下,接着又笑了:"多谢。我会感激你的。"

"我还可以帮你找一个住处。等会儿我把我的地址写给你,到伦敦后就来找我,好吗?"

"和我这种人交往不会给你带来麻烦吗?"

"我以后不会再为克伦威尔办事了。我打算做回老本行当个私人律师,过平平静静的生活,也许还会画画。"

"小心点儿,马修。"他回过头警惕地扫了一眼,"就算你不在乎,可是被吉伯特爵士看见你和我这么亲近,真的不要紧吗?"

"这个讨人厌的柯平格尔。你放心吧,我很清楚法律是触犯不得的。虽然我今后有可能不再做改革者,但也不会变成天主教徒。"

"如今这个年头,遵纪守法也不见得能保你平安。"

"也许是吧。但即使没有人是安全的——好吧,事实也的确如此——可我在自己家里干自己的事总不会出问题。"

我们来到了院长的宅子前,这所华屋如今是柯平格尔的了。一名园丁正小心地侍弄着花园里的玫瑰,把马粪铺在花丛里。

我问:"柯平格尔是不是租了很多地?"

"是很多,而且租金非常便宜。"

"他真是幸运。"

"你没有拿到酬金吗?"

"没有。我为克伦威尔抓到了杀人犯,找到了他被偷走的黄金,还让这座修道院投了降,但我不够快。"我略微顿了顿,那些死去的人一个个浮现在我的脑海中,"他说得没错,我的确是不够快。"

尾声

"你已经办成了谁都办不成的事。"

"也许吧。你知道吗,我常常在想,其实我早该看出埃德温是个什么样的人,我是那么讨厌他,为此我花了不少力气,强迫自己公正客观地看待问题。即便到了现在,我还是觉得自己很难理解那样一个人,表面上如此严谨守序,内里却极其疯狂。我很想知道他近乎苛刻地执着于秩序、迷恋数字和金钱是否只是为了控制自己的情绪。我很想知道那些血腥的梦境有没有让他害怕。"

"我希望有。"

"但是对数字的痴迷最终让他变得更加疯狂。"我叹了口气,"揭露复杂的真相绝不是一件容易的事情。"

盖伊点了点头。"这需要耐心、勇气和努力。如果这个真相是你希望找到的话。"

"你知道杰罗姆死了吗?"

"不知道。自从他十一月被带走之后,我就再也没听到过他的消息。"

"克伦威尔把他投进了纽盖特监狱,就是他的兄弟们被活活饿死的地方。他很快就死了。"

"希望上帝永安他备受折磨的灵魂。"盖伊停下话头,一脸犹豫地看着我,"你知不知道'忏悔的盗贼'的那只手掌到底怎么样了?那些人抓杰罗姆的时候把它也带走了。"

"不知道。我想他们多半撬走了金匣子上的宝石,把匣子熔掉了,手掌可能已经被埋掉了。"

"你知道的,那只手掌的确属于'忏悔的盗贼',有强有力的证据证明这一点。"

"你依然相信它可以创造奇迹?"

他没有回答,我们默默地走了一会儿,来到了修士墓地,一群人正在这里掘起墓碑。不远处的俗家墓地也是一片狼藉,几座家族墓室变成了一

Dissolution

堆堆瓦砾。

我终于开口了:"告诉我,费比尔院长怎么样了?据我所知,因为在投降书上签字的不是他,所以上头没给他院长级别的津贴。"

盖伊难过地摇了摇头:"他妹妹把他接走了,她是镇上的一个裁缝。不过他的情况并没有好转,他时常闹着要去打猎,或是去拜访本地的豪绅,他妹妹只能千方百计地阻止他穿着一身寒酸的衣服出门,现在的他已经没有好衣服可穿了。他现在成了个唠叨的老头子,整天痴痴傻傻,神志不清。我给他开过一些药,可是没什么效果。"

我心下慨然,引用《圣经》里的话说:"一世之雄,而今安在。"

我们一边走一边谈,等我回过神来,发现正朝着果园的方向走去,修道院后墙已经遥遥可见。我停下脚步,刹那间五内翻腾。

盖伊柔声问:"要不我们回去吧?"

"不,我们继续往前走。"

我们来到那扇通向沼泽地的小门前,我掏出钥匙打开了门。门外的景色一片荒凉,十一月的洪水早就消退了,棕色的沼泽地寂静无声,丛生的芦苇在风中摇曳,影像倒映在一潭潭死水里。河水开始涨潮了,海鸟在水面上下翻飞,羽毛被海风吹得竖了起来。

我低声说:"马可和爱丽丝常常来到我的梦里。我看到他们在水里挣扎,下沉,拼命呼救。我有时候会尖叫着醒过来。"我的声音变得嘶哑破碎。"我用不同的方式爱着他们两个人。"

盖伊看了我好一会儿,把手伸进长袍里。他掏出一张折起来的纸递给我,纸上有许多折痕。

"我一直很苦恼,不知道应不应该把这个交给你。我总觉得如果你不看,受到的伤害也许会小一些。"

"这是什么?"

"一个月之前,这封信出现在我药房的办公桌上。我办完事回来就发

尾声

现它在那里了,我想应该是一个走私者贿赂了柯平格尔的手下,把信送给我的。信是她写来的,不过动笔的人是他。"

我展开信纸读了起来,信上的字迹圆润清晰,果然是出自马可的手笔。

盖伊修士:

我请马可代我写下了这封信,因为他的字写得比我好。我会托镇上一个常到法国来的人把信送回英国,不过你不用知道他是谁。

希望你原谅我冒昧地写信给你。马可和我如今安全地生活在法国,具体地点请恕我不能相告。我不知道那天晚上我们是如何穿过沼泽地的,马可有一次陷进了泥沼里,我拼命把他拖了出来,但我们最终上了船。

上个月我们结了婚。马可会一点儿法语,而且这段时间进步得很快,他打算在这个小镇上谋份职员工作。我们现在很开心,自从我表哥死后,我一直生活在仇恨里,如今我开始感受到一种前所未有的平和与安宁,虽然我不确定这个世界会不会容许我们平平静静地生活下去。先生,我知道你没理由关心这种事,但我还是希望你明白,我是迫于无奈才欺骗你的,这对我来说是一件非常痛苦的事,因为你一直保护着我,还教给我这么多东西。我后悔骗了你,可我不后悔杀了那个男人,他做了那么多坏事,实在死有余辜。先生,我不知道你将来会去哪里,但我一定会祈求我主耶稣基督看顾你,保护你。

爱丽丝·普尔
1538 年 2 月 25 日

Dissolution

我折好信纸,眺望着远方的河口。

"他们完全没有提到我。"

"这信是她写给我的。他们也不知道我还会见到你。"

"这么说他们还活得好好的喽,这两个该死的家伙。也许从今以后我不会再做噩梦了。我可以把这件事告诉马可的爸爸吗?他这段日子伤心欲绝。我会悄悄告诉他马可还活着。"

"当然可以。"

"她说得对。这个世界如今没有一处地方是安全的,一切都充满了变数。有时候我会想起埃德温和他的疯狂情状,想起他满心以为用两袋偷来的金币,就能买到上帝的原谅,洗脱杀害几条人命的罪责。《圣经》上说上帝按照他自己的形象创造了人,但我反而觉得是我们人类按照自身不断变化的需要,创造或者重塑了上帝的形象。你说上帝知道吗,介意吗?我还真有点儿好奇。盖伊修士,一切都在消亡,一切都会消亡。"

我们默默地站着,观看在河面飞舞的海鸟,身后远远传来铅块碎裂的声音。

历史说明

1536 年至 1945 年间，托马斯·克伦威尔以副摄政和代理主教的身份策划了英国修道院解散运动。在对各个修道院进行了全面调查，掌握了诸多对修道院极其不利的材料之后，克伦威尔于 1536 年推出了《解散修道院法案》，准备解散国内年收入不足两百镑的小修道院。就在他的手下开始将这一法案付诸行动的时候，"求恩巡礼"运动爆发了，这是发生在英国北方的一次大规模武装起义。亨利八世和克伦威尔假意与起义军领袖谈判，暗中聚集军队镇压起义。

1537 年，对大修道院的攻击开始了，正如书中描写的那样，朝廷借助各个修道院的弱点向他们施加压力，希望他们主动投降。当年十一月，刘易斯修道院经不住威逼恫吓，终于投降，这一事件成为了决定性的转折点，此后三年间，所有修道院一个接一个投降了国王。到了 1540 年，英国已经没有修道院了，被废弃的建筑开始朽烂坍塌，屋顶上的铅则被土地没收法院的人剥走。修士们拿着补偿金离开了修道院，其中一些人挺身反抗，结果下场凄惨。比起斯卡恩西的修士们害怕夏雷克，普通的院长和修道院官员们对特派员的恐惧无疑更加深重，因为这些人的的确确残忍无情。不过斯卡恩西并非一座普通的修道院，夏雷克也不是一个普通的特派员。

人们通常认为，对王后安妮·波琳与多人通奸的指控是克伦威尔捏造的，目的是迎合已经厌倦安妮的亨利八世。在她所有的"情夫"中，只有马可·斯密顿承认了罪行，这很可能是肢刑的功劳。他父亲是个木匠，他先前的铁匠职业是我虚构的。

Dissolution

英国宗教改革一直备受争议。老一辈历史学家认为天主教会腐败堕落，如果冲突不可避免，一场极端的宗教是很有必要的。但是这一观点近来遭到了一些学者的质疑，其中最具代表性的有克里斯多福·黑格的《英国宗教改革》（牛津大学出版社，1993年版）和伊艾门·达夫的《圣坛的脱落》（耶鲁大学出版社，1992年版），达夫在书中描绘了教会欣欣向荣，备受爱戴的图景，不过我认为他将中世纪天主教生活过分浪漫化了。有意思的是，这些学者很少提到修道院解散，针对这个问题的最后一本研究著作是大卫·诺尔斯在20世纪50年代出版的《英国宗教秩序：都铎时代》（剑桥大学出版社，1959年版）。在这本特别的著作中，本身就是天主教修士的诺尔斯教授承认都铎时代的大多数修道院生活奢靡，是一种十分可耻的现象。在哀悼他们被强制性毁灭的同时，诺尔斯教授认为他们当时的状态已经和创立初衷相去甚远，他们不配以那种状态继续存在下去。

没有人真正知道英格兰人民对于宗教改革的真正看法。伦敦和东南部的部分地区爆发了如火如荼的新教运动，北部和西部郡区保留着强大的天主教势力，但是人口最为稠密的中部地区宗教倾向如何仍然是一个未知之谜。我个人认为大多数普通民众很可能看清了这一系列改革是由上层推动的实质，就像马可和爱丽丝一样，长久以来，他们已经习惯了由统治阶级告诉他们如何行事，如何思考，这一次也不例外。情势的变化是迅速的——一开始激进的新教逐渐兴起，紧接着玛丽·都铎时代天主教回归，伊丽莎白一世时期又恢复新教——人民很难不变得愤世嫉俗。他们索性保持沉默，因为没人有兴趣知道他们的想法，而且伊丽莎白一世不会像她的前任那样，用烈火和斧头"为人民的心灵开窗放亮"。

从宗教改革中获益最多的人被统称为"新人类"，他们是新兴资产阶级和官僚阶级，没有与生俱来的财富和地位。我认为都铎王朝中期的英国出现了许许多多的克伦威尔，宗教改革最大的意义就在于改变了阶级结构。眼下有一种观点,认为讨论历史时提到阶级是不对的,但是这种观点已经过时了。潮流早已改变,而且将来会再次改变。

C. J. 桑森

高能预警

《纽约时报》首席畅销作者 幻想文学短篇精选集

【美】尼尔·盖曼 著

王予润 译

　　我第一次遇见"高能预警"这个词是在互联网上，意在警告人们以下的某些内容可能会令观看者失望、痛苦、焦虑或恐惧；它作为警示，至少能让人先做好心理准备。

　　而在这本书里，有一些东西同样可能会令你心烦意乱。

　　这里有火星归来的"瘦白公爵"大卫·鲍伊，有鼎鼎大名的福尔摩斯的新结局，它甚至荣膺了银匕首奖提名；

　　书里也收录了我特别为《神秘博士》撰写的故事，它或许会令人有些不安，但就算没看过全剧，你仍能享受它的剧情；

　　当然，还有万众期待的《美国众神》外传。

　　它们包括死亡和伤痛，泪水和不适，有各式各样的奇谈怪论，但也有一些善良的东西，几个幸福的结局。

　　不过，不少故事的结局都不算完美。我已经提醒过你，你可要考虑好了。

——尼尔·盖曼

与 福尔摩斯 为邻

IN THE COMPANY OF SHERLOCK HOLMES

【美】劳丽·R.金，莱斯利·S.克林格 编
梁宇晗 译

在过去，柯南·道尔遗产基金会声称他们管理着一切关于福尔摩斯的版权。
除他们认证以外，任何人无权染指。
但是在这里，这里汇聚了一群不安分的人，一群无比热爱福尔摩斯的年轻书迷。
他们向基金会发起挑战，甚至不惜与之对簿公堂。经过漫长而令人焦虑的诉讼，他们终于迎来了公正的裁定——
解放福尔摩斯！
他们创造了历史。
自本书之后，福尔摩斯和华生的形象将重新回归全世界。
现在，这些出色的作家和艺术家们将为你展示他们心中最独特的、最具趣味的当代福尔摩斯。
希望你能与我们同样，发现这一切的等待都值得。

《猎魔人》系列

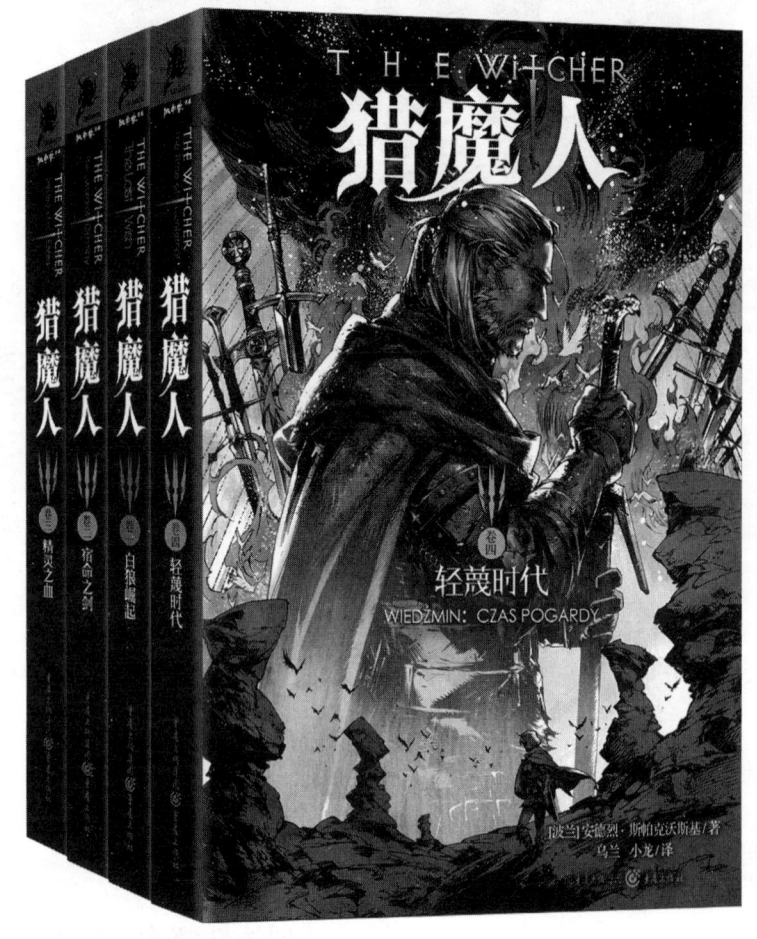

作者：【波兰】安德烈·斯帕克沃斯基

译者：乌兰、小龙、赵琳 等

- 波兰国宝级奇幻系列，曾被作为国礼赠送给美国总统奥巴马！
- 经典游戏大作《巫师》系列原著小说，一切魅力的原点，猎魔人的故事从这里开始真正展开！
- 附地图及怪物图鉴，资料翔实，极具收藏价值！

他骑马从北方来，一头白发，满面风霜；
他是异乡客，也是猎魔人，以斩妖除魔为己任，
行走在现实与传说的迷雾之间！

绅士盗贼
新版重磅出击！

卷一　绅士盗贼拉莫瑞
卷二　红色天空红色海（上下册）
卷三　盗贼联盟（上下册）

[美] 斯科特·林奇/著　　马　骁、姚向辉/译

女士们，先生们，
请注意你们的荷包，从未失手的盗贼团即将前来！

顺手牵羊，招摇撞骗，这些小把戏不足挂齿，
绅士盗贼洛克·拉莫瑞与他的伙伴们巧手伪装，
将要设下重重惊天骗局。

奇诡幻变的卡莫尔城，紫醉金迷的塔尔维拉，
他们乔装打扮，混迹于此。
一毛不拔的大贵族，押上性命的赌局，最不可能失守的金库……
哪有难题，能拦住绅士盗贼们的脚步？

面对生死抉择，同伴莫非即将成为劲敌？
爱恨纠葛，步步惊心，即将上演的是一场真正的好戏！

**引爆欧美奇幻文坛，国内最受欢迎奇幻小说之一
荣登美国Goodreads书评网站最佳史诗奇幻榜**

UNICORN
独 角 兽 书 系
分享与无趣相悖的话题
你的脑洞 超乎你想象